U0927438

CNS PUBLISHING & MEDIA
湖南文艺出版社
HUNAN LITERATURE AND ART PUBLISHING HOUSE
博集天卷
CS-BOOKY

目 录 / 藏红花 /

昆仑殇

二十世纪七十年代第一个冬天，发射军事卫星的国家，自高空所摄的我国昆仑山地区的照片中，发现了一条奇异的曲线。

这是什么？

新式武器试验场？国防设施的伪装？中国人修筑的马其诺防线？抑或又一座长城？情报人员陷入忙乱之中。待到高精度分辨仪器，经过连续动态观察，电脑显示出最终结论之后，他们愕然了。

海拔五千米以上的高原永冻地带，零下四十摄氏度的严寒，这些徒步行进的中国军人，究竟要干什么？

他们等待着它消失，或者凝固在那里。

然而，曲线顽强地向前延伸，延伸……

一

昆仑防区作战室里的会议，已经开了整整一天。

摆在铺着墨绿色军毯会议桌上的所有菜碟，都盛满了烟蒂，像富足好客的乡下人端上来的菜。散落在地面上的烟灰，薄白细腻，看得出，那些烟都是上等货色。

丢下第一个烟蒂的人，此刻却睡着了。

他很矮小，缺陷增加了他的威严，作为昆仑防区最高军事指挥官，他的名字被“一号”所代替。一个除了“〇”以外最小的数字，又是一切天文数字的开始。谁能逾越过“一”呢！

他也实在太累了。急电之下，以一个连的兵力清雪开道，将业已封山的道路打开；两个司机轮番开车，昼夜兼程，他才得以赶到军区，领受了总部关于进行冬季长途野营拉练的最新指令。之后，飞驰上山，赶到这座用赭红色花岗岩造的石屋里，就这样也已经晚了。内地部队，闻风而动，为摘掉“老爷兵”的帽子早已离开温暖的营房，“拉”到野外“练”去了。唯有高原部队因拉练一项尚无先例，还在举棋不定。副统帅提出必须做到“四会”：会吃饭——必须自带生粮野炊；会宿营——意味着甩开帐篷，露宿在冰天雪地；会走路——摒弃不多的现代化运输工具，徒步负重行军；唯有最后一条容易，会做群众工作——防区内几乎没有老百姓，尤其是冬季。但前三条已经足够了，严酷的自然条件加上苛刻的人为要求，昆仑将士以血肉之躯和昆仑相撞，后果将难以设想。

空中，弥漫着烟雾。起初，它们是柔弱的，若有若无地积聚在房屋的最高处，随着时间的推移，它们无声无息地卷曲、重叠、增厚，一寸寸地蚕食着清朗的空间。然而一股又一股粗重的气流，依旧汹涌喷出。烟雾如帐幔一般，使得所有军官的面目都变得朦胧了。但是，他们的意见仍大相径庭。

会议陷入了僵持状态。

记录者可以休息一下了。作战参谋郑伟良迅速浏览了一下自己的会议记录簿，随手改正了几个错别字。还好，纸面清楚整洁。有的地方语句不很连贯，个别处简直前言不搭后语。可这不是他的过失，发言者水平如此。记录唯其原始，才有价值。但他不能否认，自己对赞同拉练的意见，记得简略些，对主张灵活变通的意见，则记得详尽有条理些。记录时不察觉，现在通篇看来，倾向性就明显了。他有点儿惶然，作为一个参谋，他是无权在这种场合留下自己存在的痕迹的。

司令员醒了。反常的寂静惊醒了他。他从略显宽大的座椅里站了起来，舒服地打了一个哈欠，又伸了一个懒腰，接着，他深深地吸了一口气。从烟雾里，他嗅到了迟疑、悲哀、痛苦，以至怯懦。这一切，都在他的意料之中。他的下属们所经历的心路历程，他在军区的会议桌旁全都经历过了。

他清楚地记得自己在听到“四会”的一刹那，倏地火了。“四会”，“四会”，这么说，我们现在是“四不会”了！我们守在昆仑山上，是一伙吃军饷、拿烧火棍的饭桶喽！哈！连饭桶都算不上，饭桶好歹还会吃，可我们连吃——都不会！真是岂有此理！这念头像闪电一样划过脑海，跟着传来闷哑的雷声——他被自己的想法吓坏了，禁不住用余光睃了一下四周。惊惧中他忘了，多年的戎马生涯，到了他这一级的军人，脸色已不再能显示心绪的变化。

震惊过后，他表示服从，并竭力使思绪纳入指示的轨道。这是军人的本能，也是形势的要求。自从“天下大乱”以后，军队格外要求服从。

如果不服从，那会怎么样？撤职？回老家种地去？昆仑防区将换上一位新的司令员？昆仑部队依然得去拉练？……十分有可能，但他没有想过。要是他对每一道自己感情上不能接受的命令都想那么多的话，别说当“一号”，他连排长都当不上。别以为只有士兵才需要服从，其实军官具有更强烈的服从意识。因为他们是从最优秀的士兵升上来的，而最优秀的士兵最要紧的素质就是服从。新兵身上的服从像一株小草，老兵身上的服从像一棵大树。

“一号”如今面对不同意见如同面对一片杂乱的丛林。他从郑伟良处要过记录簿，很快扫了一遍，鹰隼似的目光，又从与会者脸上缓缓掠过。他要将所有的林木从根儿上砍掉，露出白森森的茬口，然后，树立起统一的意志来。

“同志们！”他的声音十分喑哑，这使刚才怀疑他是否佯睡的人相信他确实是睡熟了。其实呢，包括这场睡眠都是他预先计划好的。既然有人想不通，就得给他个说话的机会。他何不借此养养神呢！

“地图。”他头也不回地说。声音依旧暗哑。他没有咳嗽清清嗓子的习惯，再暗哑的命令也是命令。

郑伟良按动机关，石墙的岩缝自中央裂开，无声地滑向两侧。一幅纵布整面墙的防区军事地图，满布蛛网似的符号和数字，呈现在与会人员面前。

“我要的是全国地图。”“一号”略有不快。最优秀的参谋，应该明白指挥员没有说出来的话。

很快，一张全国地形图挂在合拢了的高墙上。图太小，显得有点儿局促。郑伟良递上一根木棍，“一号”接在手里，却不再理会地图，随意聊天似的开了口：“在座的同志们，当然首先是我喽，荣幸得很，都有两套档案，一套在军区干部部，记载着你何时入党，何时做官，官至几品，受过什么嘉奖，立过什么功，等等。也许呢，还揣着你的处分决定，记录着你犯过不想要乡下老婆之类的错误。”

很可笑，然而无人笑。

“还有一套，在那边。”“一号”用细木棍点了点窗户。这不是命令，人们却不由自主地把头转了过去。想到暗中有对手在评价着自己，不禁有些惴惴然。

“这也是荣誉喽！别说一般人享受不到，离了昆仑山，你的官再大，也没这待遇。那上面写点儿什么，我们将来总会知道的。有一天仗打起来，到时候翻出来一看，吓，某某稀泥软蛋，带兵最差劲，他防守的地带最易攻破。你就是战死在疆场，只怕做鬼都不光彩！”

“一号”的口气并不严厉，听的人却为之一震。

“别人的记录，咱们暂且不看。郑参谋的记录，我数了数，共有三十次提到缺氧、二十四次提到零下几十度，至于海拔多少米，简直是无人不谈，我也懒得数了。说这些有什么用？是你们不知道，还是我不知道？！我命令，从现在起，谁也不许扯这些没用的数字！说那么多，无非是说昆仑山苦。不苦，要我们这些人干吗？！我问你们，在座的，谁能用两匹不安鞍子的光背马倒换着骑，换马不换人，马歇人不歇，能骑着马睡觉，在高原上连跑几天？”

有几个想回答，一看势头，又忙像大家一样低下了头。

“我再问你们，谁能怀揣一条生羊腿，鲜血淋漓，不烧，不烤，不煮，不炖，充饥解渴全靠它，三五天粒米不进，枪一响，照样打仗？”

无人回答。

“我们的对手能做到。”“一号”沉重地叹了一口气，白色烟雾剧烈地抖动了一下。

“我们原来也是能做到的。”“一号”有资格讲这个话，他是当年进军昆仑的先遣部队成员，“不知道从什么时候起，我们变得娇了、阔了、蠢了！住要帐篷，吃要高压锅，走路得坐汽车，一副老爷兵的派头。皮大衣皮帽子皮鞋皮褥皮手套，一群羊剥了皮也装备不出我们一个班。这个样子，还怎么打仗！我当司令员的，耻辱啊！”“一号”的目光中流露着真正的悲哀。

哀兵必胜，哀帅的力量就更大。军人们被感动了。

不过也有例外。那个年轻的郑伟良就觉察到“一号”的描述并不准确。茹毛饮血骚扰国境的，并不是对手，而是被他们收买利用的土著边民。是有意疏漏，还是……未及郑伟良分辨，“一号”索性自己点透：“当然啦，他们也不乏少爷兵，我就碰见过一位。边境会晤，他穿了套挺漂亮的粗呢子军装，满身香气，很年轻，官阶可是和我相当的——”“一号”突然一顿，连最敏感的郑伟良也没有察觉到其中的酸味，“一号”就很快接了下去，“他对我说：‘请问阁下，你们那里出产些什么？’我一愣，出产什么？出产石头和大风！只是这话是不能说的。我不知如何回答，翻译点拨了我一句：‘反问他。’我赶紧照办了。”

“一号”停下来，等着人们发出的轻微笑声。殊不知，当时的情况是“一号”并未经翻译提醒，旋即反问了对方。为了缓和过于严肃的气氛，“一号”撒了个小小的谎。

“他倒挺痛快，毫不掩饰地回答我：‘很抱歉，阁下。我们这边什么都不长，没有任何值得留恋的东西。我想，上帝是公平的，你们那边也是这样，对吗？’尽管是对手，我还是很欣赏他的坦率。于是，我点了点头，心里却怪不是滋味，好像把什么国家机密出卖了。他倒没一点儿家丑不可外扬的意思，凑近我说：‘我真不明白，为什么国家与国家之间，竟然为了仅仅几平方英里如此贫瘠的土地，要彼此扑上去紧紧扼住对方的咽喉？’这一次，我可没迟疑，面对着他那双漂亮的蓝眼睛，我告诉他：‘先生，在我们这块土地上，出产一种最宝贵的东西，它的名字叫作尊严！’”

说到这里，“一号”严肃起来，他用手中的小棍在地图上棕黄斑驳夹杂白晕的区域，勾勒出了一个不规则的圆：“这里，就是我们的防区。”小棍在地图上轻轻敲击着，凝聚了所有人的目光。

寂静无声。只有屋内的烟雾呼地抬高了尺许，下缘颤动着，久久沉降不下。

“一号”再没有说什么，缓缓地、缓缓地将细细的木棍轻轻移开了。

以后的事情，就变得十分简单和自然。进行拉练的决议一致通过。作战室里的空气热得要燃烧，“一号”反倒淡淡地说：“刚开始有些同志谈了些不同意见，我看很好。怎么吃，怎么走，怎么住，你们不知道，我也不知道。高原拉练没有现成经验。我带着部队先走一步，摸索成功了再全面展开。你们看呢？”

没有人反对。争挑重担也须职务相当。政委因病到内地休养去了，大家尊敬地望着这位瘦小的老人。

紧闭的门一打开，烟雾像爆炸似的散了出来。郑伟良夹着会议记录簿，怅怅地离开了作战室。

二

会议一结束，柴油发电机就停止了转动。整个营区陷入黑暗之中。过了一会儿，星星点点的烛光亮了。

确信不在任何人的视野之内，“一号”放松了对身体各部分的控制，顿时，他几乎瘫倒在地。骨头和关节的每一个接触面，都又涩又糙，渴望着一种温暖柔滑的液体滋润。每走一步，他都能清楚地感觉到骨节间的摩擦，好像还带着轻微的声响，并不很疼，却令人恐惧——不定哪一下会突然闭锁住，以至关节永远不能打开。如果这结局一定要出现，最好等到拉练后。他知道，自己的身体已经不允许在山上待太长的时间了，这最后一次，他要干得漂亮些。

脚不争气，得歇一歇才能走。他把身子倚在一扇窗户旁。昏黄的烛光透过双层玻璃上的冰霜，变幻出大小不等的圆环。

“话说那畜生张开血盆大口，一对眼睛吊得铜铃样大，山似的压了过来……”屋内有人绘声绘色地讲故事。

“难道还有人不知道武松吗？”“一号”想着，靠得近些，脸上挂着慈和的笑。

“一枪响过，嘿！那可真叫绝了，对穿了那畜生的双眼，登时成了两个血盅，呼的一声，倒下了。他提着短刀走过去，打算先割点儿好肉带回去给大伙儿充饥。不承想那畜生并未断气，呼地腾起，挟着冰雪铺天盖地而来。正在这时，斜里冲出一人，手握利刃，连胳膊带刀直捣进那畜生的口中，在喉咙口连搅三下。那畜生临死前将双牙一错，便把那人半个肩膀扯了下来……”

“一号”感到微微地战栗。

民间的故事，是爷爷传给孙子，几代才增删一次。军人的传说，是老兵讲给新兵，几年就相当于一代。先遣部队的事情，已经变得这样富于传奇色彩了。那故事的主人公就是他自己。英勇救人的烈士却至今不知是何姓名。

屋里另外一人又说：“听说‘一号’将那白牦牛的尾巴割了下来，请组织上寻找烈士的家人。说起那尾巴，更神了，根根如银似铁，中间都是空心的，吹口气，哨似的响……”

这话前半属实，后半就不确了。那白牦牛固然神奇，尾巴却是实心的。只是，不知它现在何处。腿已经好些了，“一号”还想听听下属们聊些什么。即使是再大的官，也不能禁止下属们聊天，特别是杜绝他们随心所欲地议论自己。“一号”有点儿心虚，却又舍不得走。“不要紧。即便有人发觉，他们会比我还要尴尬哩！”“一号”给自已壮着胆。

窗内换了一个嗓音，颇有点儿权威地说道：“有一年，从运送给养的卡车驾驶楼里，跳下一个极漂亮的女军医……”

“有肖玉莲漂亮吗？”有人打断了问。

“别打岔呀！当然有了！不过，肖玉莲也是真叫漂亮……这么着吧，一样美，总行了吧！”

这些小伙子，又在谈女人！“一号”有点儿恼火。肖玉莲是什么人？大概是女医生护士之类的。他早说过，昆仑山上不能要女人，偏就有人不信。自从三年前调上来一批，至今扰得军无宁日！他拔腿想走，屋内的话语又把他钉到了地上。

“女医生说她找人，随口叫出一个名字。听的人吓了一跳，这名字又熟又不熟，昆仑山上谁都知道，可谁都没敢叫过。你猜来人是谁？她是‘一号’的老婆！当天夜里，流动哨围着‘一号’的宿舍，轻手轻脚地转了一圈又一圈……”

“听到什么了？”几乎是异口同声。

他妈的！“一号”在心里骂了一句，可又无可奈何。除非他立刻闯进去，否则，什么变故也打断不了这饶有兴趣的话题。昆仑山上最末一号的士兵在这一刻，也找到了同“一号”相同的地方：大家都是男人啊！

“当然听到了。‘一号’对他老婆说：‘谁叫你来的？’没人吭声。‘一号’又说：‘你马上给我回去！’女医生还是不吭声。‘你倒是说话呀！光哭算怎么回事！’敢情女医生用枕巾捂着嘴哭呢。半天，才听她开了腔：‘你是军人，我是医生，我来看看你，犯了你哪条法？报告我都打好了，过几天批下来，我就正式调这儿来了！’‘一号’立时火了：‘你想来？昆仑防区我说了算，我不点头，没人敢要你！’‘你……你……’女医生气得说不出话。‘一号’又劝她：‘你也不想想，全防区都是光棍儿汉，就我一个人带着老婆。走到哪儿不管说什么，大家都会想到我有夜夜搂着老婆睡觉的福分，我还能当司令员吗？昆仑山上什么都需要，就是不需要这些婆婆妈妈的事情，你赶紧给我走吧。’女医生还想说什么，只听‘一号’讲：‘告诉你，流动哨在这周围已经绕了三个圈，现在就在窗外站着听呢！’”

众人吸了一口凉气，紧接着问：“后来呢？”

“哪还有什么后来！后来流动哨就走了呗。女医生没几天也走了。听说是苏州人呢。”

“一号”缓缓地踱开了。清冷的月光洒在他的身上。朦胧的山，朦胧的夜。他的心被一股宁静安稳的气氛包裹着。关节仿佛不那么僵硬了，估计进行拉练没问题。

想到拉练，他立刻又紧张起来。这样的暗夜，正好考虑决策。需要成立一个“拉练指挥部”。具体人选需要亲自定。精干为原则。副职要不要呢？他思忖着。副职的作用有点儿像女人，小事尽可以由他们去操办，细致牢靠，比你自己还周到。但大事就得正职拿主意了。正职相当于男子汉，天塌下来，你得顶着，是祸是福，你永远独挑一份。但话又说回来，副职多了，如果意见相左，你的意志便会被干扰。想到这里，“一号”决定“拉指”不配副职。由他一个人说了算，去揭开昆仑防区历史上新的一页。

嚓，嚓，前面传来有节奏的脚步声。又是流动哨。“一号”抖擞精神，立即由蹒跚的老人变为威严的指挥官了。

“一号”房间的门虚掩着。

“老的要走，新的乍到，就这样疏忽！”尽管房内并没有太多的秘密，如此门户开放，毕竟是警卫人员不可原谅的过失，“一号”生气地想。

推开房门，眼前的景象出人意料。

文件柜敞开着，抽屉被整个拉了出来，倾斜得像架滑梯。文件散落各处，扉页上的“秘密”字样，像一双双恐怖的红眼睛。一个彪形大汉伏在桌上，用手电筒照明，正在紧张地抄写着。

“什么人？！”“一号”迅速闪在门侧，厉声喝问道，右手下意识地摸向腰间，虽然那里并没有手枪。

抄写人吓得一抖，手中的笔掉落地上，大张着嘴转过身来。手电筒的雪白光柱，自下而上斜着照亮了他的半边脸。

“噢，是你。这么晚了，来干什么？”“一号”平和地问。

大汉嗫嚅着，说不出成句的话。

看来得让他做点儿事情，稳定一下情绪再说。“把灯点上吧！”“一号”吩咐道。

大汉手脚伶俐地拨开灯罩，擦着火柴，点燃马灯，将灯芯拨得不大不小。金红色的烛焰均匀地照亮了四周。趁放回火柴的空当，他把抄满字的白纸团在手心，然后开始收拾房间。

“一号”利用这个机会，进行了一次真正的预先没有估计到的小憩。待到一切整理完毕，他也恰好睁开眼睛。高大的汉子垂手肃立在一边等候指示。他就是明天要调离的“一号”的警卫员金喜蹦。

“你要找的东西，找到了吗？”“一号”温和地说。

金喜蹦又开始发抖。

看着这么魁梧的躯体抖成一团，“一号”真是不忍。不知是哪个小子往军区写信告了黑状，使金喜蹦原本被“一号”压下的“反动事件”又被提起来。无奈，只得写报告，请示上级该如何处理。处于这种情况之下，金喜蹦显然已不宜再待在“一号”身边，“一号”随他挑个单位，他要求去炊事班，明天就得去做饭了。作为贴身侍卫，金喜蹦有无数机会接触“一号”的一切物品，是什么吸引他非到临走前的深夜来寻找呢？

静得像碗凉水似的战士给“一号”出了个谜。搞清并不困难，但目前得先止住这筛糠似的抖。“一号”真有点儿抓瞎，劝不得，哄不得。突然，他灵机一动，提了一口气，屈尊当起了“班长”，点名道：“金喜蹦！”

“到！”金喜蹦立时像被灌了水银，坠在地上，纹丝不动。

“好极了！”“一号”得意起来。五分钟后，他发布了“稍息”令。

金喜蹦恢复了常态，满脸愧悔之色：“‘一号’，俺犯纪律了，俺在找你的文件看……”

“一号”轻“嗯”了一声，不动声色。最机密的文件都封存在保密室里。

“俺没坏心，只是想从文件上知道多会儿能打起仗来。找了几遍，哪个本上都说要打，可都没个准日子……”金喜蹦失望地说。

“打仗？和谁打？”“一号”有点儿摸不着头脑。边情平稳，并无战争征兆。

“不管和谁打都行啊！美帝、苏修……单个打，伙着干都行啊；打得越大越好，甩颗原子弹就更棒了！只要一打起来，啥事都好办了。”金喜蹦一扫片刻前的沮丧模样，紫檀色的椭圆大脸泛着亮光，“堵枪眼，炸碉堡，滚地雷，哪桩我都抢着干。若是这会儿半空里有颗手榴弹炸了，俺一下就扑到你身上，保管遮挡得严严实实……不是俺吹牛，只要打起仗来，俺一定能立个大功。‘一号’，你刚打军区开会回来，这仗，近日里能打起来吗？”他焦渴地盯着“一号”。

“一号”知道金喜蹦对战争如此渴求的原因是什么，不禁在心里暗下决心：非他妈的找出那个打黑报告的小子，把他赶出昆仑防区！可那都是后话，眼下，如何答复这个如此爱好战争的汉子呢？“一号”破例地拍了拍金喜蹦的胳膊：“眼下就要进行的冬季长途野营拉练，将在最大限度上模拟实战，同样是非常艰苦的。小伙子，好好干，照样能立功！到那时，我去炊事班把你接回来！只怕你不愿意再侍候我这个老头子啦。”

金喜蹦不知道说什么好，嘿嘿乐着，低下肩膀，希望“一号”能再拍他两下。

“一号”催促金喜蹦去休息，并装作漫不经心地问道：“你兜里的那张纸，让我看看行吗？”

金喜蹦愣了一下，还是把纸团掏了出来。

这回，轮到“一号”发窘了。

金喜蹦倒缓过神来，说道：“俺觉着好，寻思不是啥秘密，就抄下来了。首长若不乐意，我这就——”说着要撕。

“留着吧。”“一号”摆手止住他，“不过，这多少也算个小秘密吧。”

“是！”高大的警卫员向矮小的司令员行了最后一个军礼，倒退着出了房间。

三

一个秀美的姑娘，五指托腮，凭窗而立。柳眉弯弯，睫毛密长，鼻梁周正，嘴唇小巧，两颊由于激动，泛出浅浅的桃红色，雪白的颈项之侧，是两页鲜红的领章。

这就是女卫生员肖玉莲。

窗外，贴着新刷出来的动员拉练的标语。

还用动员吗？肖玉莲做梦都想有这样一个机会。听说拉练很苦，但她不怕苦，她只怕无休止的传闻。

在昆仑防区，肖玉莲工作负责，态度和气，是好评最多的卫生员。可她就是入不了党。她填过两次入党申请书，两次一到支部大会就被卡住。因为她出众的美丽和温柔，年轻的军人难免不想入非非。一线哨卡上，为了看她而来看病就医的人，绝不止一个两个。于是，围绕着她就有了数不清的传闻。党组织是负责的，传闻需要核实，核实需要时间，时间又产生出新的传闻……她被压得喘不过气来。“从此，对年轻的没结过婚的男军人，绝不给一个好脸！”她无数次地下决心，可一走到病房就忘了自己的誓言。现在，机会来了。参加拉练，火线入党！这念头使她激动，使她兴奋和不安。

可是，怎样才能确保自己能参加拉练呢？要不，就哭吧。她——一个偏远山区农民的独生女，能当上万里挑一的女兵，就是哭出来的。那年招兵的来了，她跑去要当女兵。早已不是红色娘子军那会儿了，当女兵哪有那么容易！况且当地根本没有招收女兵的名额。没等接兵的说完，她就放声痛哭起来。接兵的劝不住，只得赶紧从乡下找来她的父母，好把她接走。没想到，衣衫褴褛的老夫妇，一进门就给接兵的长跪不起，恳求他们把肖玉莲带走。接兵的又要解释，老夫妇竟也悲悲切切地哭起了。一时间，三口人哭成一团。情况蹊跷，接兵的一查访，原来当地的一个造反派头头儿不知怎么看上了肖玉莲，硬要娶她为妻。明白说了是妾。还说，若不是看她年轻貌美，才不花气力搞什么明媒正娶，抢回去玩玩就算了。接兵的军人们义愤填膺，用白床单为她在闷罐子车厢里隔出一个单间，将她带回了部队。负责接兵的头儿为擅作主张而背了个处分。肖玉莲几次险些被退回，每次她都哭得泪人一般模样，使经办的人为之黯然。事情便一拖再拖。后来，内部征兵的风愈刮愈烈，多一个少一个女兵也就不那么严格。费尽周折，她才算当上了一名真正的战士。眼泪曾帮她化险为夷，百战百胜。

“喂，想什么呢？是不是想给锁在抽屉里的哪一位回封信？”

肖玉莲感到耳边一痒，回头一看，是甘蜜蜜。这个脸蛋滚圆的胖姑娘正瞪着滚圆的眼睛。

肖玉莲有个抽屉，挂着把沉甸甸的“将军不下马”，几乎从未见她开启过，每逢收到笔迹陌生的信件，肖玉莲看也不看，就从抽屉缝儿轻轻塞入，拍打两下，确保信件落底。抽屉空了满，满了空，肖玉莲总是趁没人的时候自己到山上去烧。同屋的女伴们先是惊异，是嫉妒，再以后是见怪不怪，待到入了党，提了干，自己也或多或少地收到过这种信，也就不大注意这只抽屉了。唯有甘蜜蜜这位高干之女，相貌不扬，脾性又劣，昆仑男士们不敢高攀，她从未收到过一封可称为情书的信件，因此至今对肖玉莲的抽屉充满好奇。

肖玉莲苦笑了一下：“还回信呢，他们害得我好苦！”

“那些信里都写了啥？拿出来，咱们奇文共欣赏一下嘛。”甘蜜蜜装作开玩笑地说，心却有点儿怦怦跳。

“嘿，都差不多。”肖玉莲有些脸红。但大家平日对她的这些事讳莫如深，今天甘蜜蜜能直截了当地问，她倒觉得挺知心的，于是就慢慢说下去，“一般开头写一段毛主席语录，多半是‘我们都是来自五湖四海’——”

“哈哈……”甘蜜蜜虽说很想听下文，可是仍忍不住大笑起来，“那还有什么可保密的，拿到大会上念都可以，真是活学活用啊！”

肖玉莲有点儿生气了，闭上了嘴巴。

甘蜜蜜笑够了，扳着肖玉莲的肩头又说：“别生气呀！我帮你报仇！”

“报仇？怎么报？”

“把他们召集起来，臭骂一顿！”

“骂？！我可不会。我只愿下辈子托生成一个最丑最丑的女子，便是福分了。”肖玉莲想到自己的身世，睫毛湿了，拼命扑闪着，不愿把泪落下来。

甘蜜蜜真动了侠义心肠，拍着胸脯说：“我来帮你骂！骂完了，把他们的信往桌子上一倒，说，失物招领，谁的谁领回去，再写，就抄成大字报贴出去！”甘蜜蜜为自己的设想正眉飞色舞，忽又脸色一沉，“只怕你这个‘失物招领处’最后得剩下一封！”

“为什么？”

“因为这里也有‘他’的，你才不忍心把他叫来挨骂呢。我说得对不对？”

“不对。”肖玉莲沉静地反驳，“他才没有给我写过这种信呢！”让青春少女隐藏爱情，实在是很困难的事。

“哎，这抽屉里的信，你让他看过吗？”甘蜜蜜今天是存心要从肖玉莲那儿探讨点儿恋爱经验。

“没有。我想，他看了会生气的。”

“你真傻！才要叫他好好看看呢……”

“不说这个了。参加首批拉练，你有什么好办法吗？”

“我还用想办法？”甘蜜蜜故意夸张地扬起淡得看不见的眉毛，“告诉你吧，没谁也不能没我！”

“为什么呀？”

“这还用问？因为我有一个好爸爸呀！诸位领导把我看成眼中钉，成天嫌我懒呀馋呀，这样是优越感啦，那样是特殊化啦，现在有这样一个整治我的上好机会，还能饶过我？”甘蜜蜜说着说着，自己把自己给感动了，索性像个男孩子似的，双手抱拳，南不南北不北地冲着一处，那儿大概是她父亲所统辖的军区所在，拜了几拜说道，“老爹呀老爹！想当年，您老人家在家，何不规规矩矩地给地主扛长工，偏要去当什么红军。当就当呗，当个马夫火头军的什么不行，偏又要去做什么官。做就做了呗，当到团长也就足矣，偏还要没完没了地‘进步’。这倒好，您那里步步高升，我这里不停倒霉。张口一个‘干部子女’，闭口一个‘锻炼改造’，快跟‘地富’子女差不多的待遇了。我早就把履历表出身一栏里的‘革命军人’改成‘雇农’了，可领导还对我另眼看待……”甘蜜蜜越说越伤心，眼里也难得地泛起了水花。

肖玉莲一见，忙说：“蜜蜜，别难过。要真的有你没我，那咱俩换换好吗？”

“这叫什么话！”甘蜜蜜脸色陡地一变，退后几步，好像怕肖玉莲上来抢似的，冷冷说道，“你也这么小看人！告诉你，我也是将门之女，真要打起仗来，绝不会落在任何人后头。这小小的拉练算什么！”说着，她双手叉腰，英姿勃勃地挺着胸，像一颗饱满的豆子。

庄户人家的独生女瞅着大军区副司令员家的贵千金，说不出是什么滋味的泪水扑簌簌地滚落下来。

“别哭，别哭，不就是想去拉练吗？听我的，保管你能去。”甘蜜蜜转眼间拿来刀剪、纱布，叮当扔在桌上。

“你敢不敢？”

“干什么？”

“写血书呀！我爸爸说过，打仗那会儿，谁都想立功，炸碉堡时让谁上不让谁上啊？谁先写了血书，谁就准能有份儿，灵极了。只是他们那会儿，是用上下牙把手指头尖咬破的。”甘蜜蜜说着，不由得甩了甩手，好像手指头尖已经疼起来。

肖玉莲没答话，拿起了手术刀。刀柄沉甸甸的，清冷的刀锋映出她秀丽的面庞。她像捏绣花针似的轻轻一挑，左手中指纤长的指尖立即豁开一道深沟，雪白的肌肤向两边绽着，殷红的血珠愣了一下，才大滴大滴地涌出。

“你……还没消毒呢！”甘蜜蜜先是吸了一口凉气，接着又忙不迭地朝伤口上吹，手忙脚乱地用纱布去堵。

“蜜蜜，别帮倒忙啊，血止住了，你叫我用什么来写血书呀？”

四

干涸的血字使纸皱得厉害。面对转交“拉指”的一沓血书，郑伟良写完拉练方案的最后一个字后，丢下了沉重的笔。

四周无人。他抽出肖玉莲的血书，把它贴在脸上。每个字都像火似的烧着他。

起风了。等待中的机会来了。他用电话通知各单位司号员前来集合。

还有短暂的余暇。他看看表，打开半导体调到中央人民广播电台。听到一句“朔风吹”，他就拧了过去，然后戴上耳机，调到另一个波段。

“取金羊毛的英雄们，为了抵御西连岛上怪鸟们极富诱惑力的歌声，弹起了自己的基法拉琴。他们歌唱不畏风浪的航海家们，歌唱正在等待他们胜利返航的家乡。‘阿尔戈’号终于驶过了危险的西连岛……”

希腊神话连播。郑伟良正在收听怪鸟们的歌唱——外台的对华广播。

看完昆仑山上能找得到的书籍之后，他开始从太空中捕捉知识。这是一件十分危险的事情，一旦被人发现，后果不堪设想。他做得很周密，收听时有人进来，他会以极快的速度将旋钮调到中央台，并且能立刻讲出正在播放的内容。例如现在，大概讲到杨子荣的“穿林海，跨雪原”了。

尽管没出过一次纰漏，他心里还是很痛苦。中国军人为什么要从外国人那里学习知识？

时间差不多了。他走出门外，大风立时把他吹了个趔趄。好，越大越好。他这样想着，来到列队的号兵面前。

这些平日里稀拉惯了的连队“八大员”之一，今天倒是少见的规矩。每人都是斜背着号袋，站得笔直，透出老兵才有的那种机警干练的神采。要知道，能够入选“拉指”，成为众号之长，是件很荣耀的事情。郑伟良一言不发，绕着队列转了一圈，对末尾的一名说：“你可以回去了。”

那个兵个子很矮，军装邋遢，尤其是两页领章，早已失了鲜红，成为一种污紫色，靠近脖子的地方几乎是黑的。

“报告，我能问一下为什么吗？这样连里领导问起来，也好有个交代。”那个兵斜着眼睛说。

郑伟良感到了在不卑不亢后面的敌意。对方是一个很老的兵了。年轻的军官们最怕碰上和自己军龄一般长短的老兵，他们既没有新兵的谦恭，也没有更老的兵的平和，对比自己多两个兜的同龄人有一种天生的敌意。

郑伟良受命于“一号”，挑选号长，他的话就是命令。对于命令，是不能问为什么的。但郑伟良感觉到了自己的武断，他回答道：“你的号袋太脏了。”

老兵从黑皮子似的布袋里掏出了军号。虽说前来应选的号兵们都精心擦拭过自己的军号，但还是为这把军号赞叹不已。它金光灿烂，仿佛是纯金打制的。这绝非一般擦拭可就。

“牙膏擦的。”他漫不经心地说，眼睛始终盯着郑伟良。

郑伟良不由得看了一眼他的牙：焦黄，污垢满牙，却极齐整。号兵是必须有一口好牙的。于是，他当着众人的面修改了自己的命令。

“你叫什么名字？”

“李铁。”

“你带队，爬那座山。”

老兵并不受宠若惊，待大家都动身了，才慢吞吞地往山脚走去。然而第一个到达山顶的正是他。

山顶上风很大。一股股迅猛的山风，像轮番进攻的拳击手，又准又狠地朝人的口鼻砸来。

“开始拔音。”不待号兵们喘过气来，郑伟良下达了第二道命令。

号兵们手握军号，迎风站成一排，各自深吸了一口气，从最低的“1”开始拔起，浑厚凝重的号音，与灌进号碗的冷风较量着，终于迸出略带沉郁的声响。

“1”完了是“3”，“3”完了是“5”。号兵们用号，与大风展开了顽强地搏斗，在音高的阶梯上艰难地跋涉着。每一音阶上最先停止的号兵，被淘汰下去。最后，剩下了包括李铁在内的几个人。

“现在，你们每人吹三遍‘E团参谋长跑步前来’的号令。”郑伟良又命令道。

号音依次响了。连着三遍如此长程的号令，都嘹亮高亢，难分伯仲。号兵们头上腾起了水汽。

轮到李铁了。他突然拔腿就跑。数分钟后，号音自几百米外传来，清亮从容，没有一丝气喘的断续。显然，他技高一筹。

“你为什么要跑出去那么远？”技艺出众固然不错，哗众取宠却并不可取。有了上次的教训，郑伟良谨慎地问道。

“还记得你口述的命令吗？”语调虽不恭敬，李铁的神色还是认真的。

“当然。”郑伟良点点头。

“那就对了。既然是号传团参谋长，这里就必定设有一个团以上的指挥机构。如果我就地吹号，岂不暴露了目标？”

郑伟良当即宣布：李铁为“拉指”号长。

五

参谋干事们为拉练忙得晕头转向，“一号”倒清闲地披着军大衣，四处闲转。

一个指挥员，应该抓两头——最大的和最小的，大到决策，小到细节。决策是在军区会议上做出的，从那时到现在不过几天，他却仿佛走过了漫长的道路。

他永远不会向部属们透露，昆仑防区的冬季长途野营拉练任务，是他在三秒的怀疑之后主动向军区请求来的。高寒缺氧，使得军区领导在部署拉练任务时将昆仑防区搁置在一旁。这种搁置，应该说是意味深长的，可以理解为照顾，也可以理解为遗忘。在历次会议上都颇受重视的“一号”，感到一种被忽略的苦涩。

世上单知道文人相轻，可知道还有更厉害的武人相轻吗？！会师、拥抱、欢呼，把战友举起抛到天上去……这都是真的，曾一百次、一千次地发生过。可是别忘了，那是在战争中！长期的和平环境，模糊了假想中敌人的影子，日常工作中诸多竞争的对手，就是身边的战友！如果说这种微妙心理在普通士兵身上会演变成口角，那么在相当一级的指挥员身上，则要深沉得多。

在选择试点部队时，“一号”眼睁睁地看着军区领导的目光滑过自己的头顶，缓缓地落在身旁另外一人的呢子军帽上，心底感到一种败将之辱。

“呢子军帽”是军区一支野战部队的司令员。“一号”总感到“呢子军帽”身上有一股毫不掩饰的骄矜之气。神气什么？倘我在昆仑山上进行一次艰苦卓绝的拉练，其壮举可以震慑十个“呢子军帽”。就是军区领导也将为他们今日对昆仑防区的漠视而羞愧。

正想到这里，“一号”缓缓地从他的座位上站了起来。他感到头有点儿晕，好像喝醉了酒。氧中毒，久居高原的人，会被平原过多的氧气灌醉的。这种特殊感受反倒使“一号”更增强了信心：他属于高原，属于昆仑山。他一生的业绩起步于那里，辉煌于那里，最后的巅峰必定也在那里！

“呢子军帽”被压制下去了，“一号”重新成为会议的热点。军区领导被昆仑防区司令员决绝而新奇的建议所吸引：在海拔五千米以上的高原永冻地带，进行冬季长途野营拉练，一切从难从严，比照最高统帅批示的经验，绝不偏差毫厘！

“一号”在防区内走动着。“我是被自己逼上了梁山。”他反反复复地这样想着。

“一号”抽出一支烟。过滤嘴中华。烟盒上，淡黄色的华表在暗红的底色中显得十分威武。真正的华表远比这高大。“一号”去北京等候毛泽东主席接见时仔细观察过。他觉得自己有点儿像没见过世面的老农，在华表前走了一圈又一圈，直到他确信不远处穿黑皮鞋的卫兵——他当兵时那卫兵肯定还没出世呢——已经在佯作不动声色地注视他了。他记得自己忽然气馁起来，觉得自己在昆仑山上至高无上的威严一下子丧失了。他感到了自己的渺小。只有当他站在昆仑山上的时候，他才是高大的。军人有两种，做京官的和戍边的。他和他的战士们，自然是属于后一种。黧黑的肤色，粗糙的面皮，翻翘的指甲，使得他们在衣冠楚楚的城里兵面前狼狈不堪。而实际上，正是他们用自己的胸膛抵御了边境的风沙。想到城镇驻军拉练时的窘态，“一号”竟感到了一种恶意的快乐。这次，看我们的吧。

他啪的一下按动了打火机。银白色的机身上有七颗闪闪的金星。这是当年边境自卫反击战时缴获的战利品，国际上有名的“七星打火机”。

打火机竟毫无反应。他按了一下，又按了一下……二十下、三十下过去了，气候太寒冷了，向来不惧缺氧的名牌打火机，此刻也不灵了。

近旁的警卫员把手窝成弧形，划燃了粗大的防风火柴，日光下看不清光焰，只闻到刺鼻的硫黄味。

“一号”毫不理会，依旧很有耐心地扳动着机头，一下比一下顽强。终于，随着第五十下清脆的声响，一股幽蓝色的火苗噗地飞腾起来。“一号”静静地看着火焰，然后先将烟扔在地上，随即把还在燃烧的打火机也丢弃在地上。他不能容忍这种不称手的工具存在。

“一号”紧了紧大衣，加快了脚步。严寒穿透了抗美援朝部队回国后移交给高原部队的皮大衣，使他不由得有些颤抖。他更感到了拉练的严峻性。趁此刻尚未出征，他要以一个昆仑老兵的身份，将战士们可能遇到的危险和困难缩减到最低限度。

一道又一道缜密的命令，随着他的脚步发出：自炊时用以代锅煮饭的罐头盒，开盖儿时必须用锉刀将焊锡锉开，以保证做饭时密闭严紧；每个单兵都要预备好马尾或牦牛尾，用开水消毒，以备脚掌打泡时穿刺引流；支帐篷用的雨布纽扣必须用双线重新加固缝牢，以防夜半风大把纽扣扯脱……用心之周到，使郑伟良等参谋自愧弗如。

还有什么要交代的？似乎没有了。他信步走到马厩。

一匹白色牡马咴咴叫起来。这是他的坐骑。马的外观并不非常出众，只是四蹄格外矫健颀长。这是一匹混血马。真正的军马——伊吾马、蒙古马，是无法在高原上生活的，它们会像人一样得上各种各样的高原病，又没有人那样的坚忍和意志，于是多半在忧郁中死去。防区不可能没马，马便一批批运上来，一批批死亡。这其中偶尔有强壮的骡马在野外遛马时，与野马相配，就产下一种异常骁勇剽悍的马驹。这种儿马是不可驯化的，它们像父辈一样善攀越，几乎能爬陡直的峭壁，却绝不肯负载一丁点儿重量，天性无羁无绊。以这种马再和运送上来的军马相配，几代之后，才会诞生出一种既秉承了最优秀军马的素质，又保有高原野马长处的混血马。“一号”的马正是这样一匹昆仑骄子。

“一号”拍拍白马的额头，诡谲地朝它眨眨眼睛，白马乖乖地从槽上抬起了头。

“一号”瞧瞧四周无人，从大衣口袋里掏出一个红皮鸡蛋，轻轻在槽沿上磕开，把蛋黄和蛋清窝在手心里，送到白马唇边。

白马没见过这东西。昆仑山上的鸡蛋要从数千里地以外运来，“一号”平日从不舍得吃，都让小灶转给伤病员了。今天破例拿来一个。

白马信任地看着“一号”，丝绒一般的嘴在“一号”手心蹭了蹭，一下子将蛋黄和蛋清吸了进去。

“一号”心满意足地看着白马用舌头舔嘴唇，对它说：“老伙计，好好干，拉练回来，我一次给你吃十个！”

六

出征了。

号称万山之父的昆仑山，默默地俯视着这支庞大而渺小的队伍，悲哀地闭上了眼睛。公平地说，在其后的一些日子里，它的气候如常。

天气晴朗，能见度很好。“一号”走在队伍的最前列。当然，在更远的地方，有执行搜索侦察任务的尖兵。不过人们看不见他们，看到的是“一号”迈着刚健的步伐，亲自引导部队匀速前进。

在目所能及的范围之内，可以说是一马平川。山，并不都是坎坷沟壑，那是小家子气的山。真正雄奇壮美的山，局部往往是很平坦的。唯有平坦，才能承其高大，才能在自己的背脊之上再肩负起另一座巨峰。昆仑山就是这样形成的，山压着山，峰叠着峰，层层叠叠，沉重艰辛。每一块石头，都有它的历史和功绩。

“一号”以超乎常人的目力，看到了昆仑山是有生命的，是大智若愚的。

二十年前，“一号”作为挺进昆仑山先遣部队的一员，第一次领教过昆仑山的神威。他的战友十分之九牺牲在这块荒漠的山野。缺氧和严寒像一把张开的剪刀，悬在人们的头顶，不定在哪个瞬间，就永远夺去一条生命。在吃光了骆驼背上拉的给养，又吃光了拉给养的骆驼之后，整支部队陷入绝境。“一号”之所以能奇迹般地活下来，唯一的原因也许是他的瘦小。在一个亲如手足的群体中，最先倒下的往往是最强壮的人。如今，他们在哪里？烈士陵园里有他们的合冢，但里面没有骨殖，连衣冠都没有。他们融进了昆仑山的沙砾之中，使威严的山脉因此而增高。二十年后的今天，昆仑山更加巍峨了。

走在这块冰冷而又滚烫的土地上的“一号”，觉得自己消失了，升华了。作为一个处于艰难困苦之中的幸存者，他本人的生命已无足轻重。作为一种精神的维系，他要使昆仑部队光辉的业绩发扬光大，永世流传。“一号”头一次感到拉练的宗旨是那样神圣，那样英明。

他侧移了一步，示意郑伟良带队前行，又转头叫新换的警卫员牵马离开。现在，他孤零零地站在队伍之外，看着绿色的长蛇从他面前逶迤而过。

这是他的部队。他的！见首不见尾，斜置在苍茫的大地上，像一条功勋的绶带。

功勋！每当想到这两个字，“一号”的全身就会翻卷起一股不可遏制的冲动。

从什么时候起，我们的将帅耻谈功名？只有士兵才能堂而皇之地谈立功。带兵的人早失去了这神圣的权利。官至连长，最多当到营长，再以上的军人们就对功名讳莫如深。自欺欺人哪！江河可以倒流，星辰能够逆行，世上却绝无淡泊功名的军人！在这一点上，我们比不上老祖宗坦率。三十功名尘与土，八千里路云和月。这是谁说的？哦，是“精忠报国”的岳飞。了却君王天下事，赢得生前身后名！这又是谁？是辛弃疾。还有……脑子怎么不好用了？腿又开始疼了……“我不是个文人，但老婆那本《宋词选》让我记住了许多好汉对功名事业如痴如狂的追求！哦，想起来了：自许封侯在万里，有谁知，鬓虽残，心未死！陆游老了。我也老了……全身都在疼，没有人发现这些，我成功地掩饰了这一切。但我不可能永远掩饰，我将一分钟比一分钟地衰老下去……老头儿，咬紧牙关坚持住，我要用我的部队，在这座无比险恶的舞台上收获荣誉和功勋！”

恰在这时，按照预定计划，急行军号响了。几十把军号同声吹响，声浪洪波迭起，澎湃汹涌。平稳行进中的长蛇开始疯狂地蹿向前去。

当世界上的军队普遍采用步话机联络时，我们还在靠“鼓角相闻”传达号令。不过切莫小看这种古老的方式，迄今没有任何一种通信手段，能在如此短暂的时间内将指挥员的意志贯穿军阵中的每一个细胞。它不仅传达命令，而且传达了火一般的勇气和力量。

高速行军对于缺乏军事训练的女兵来说，不啻一场灾难。不多时，甘蜜蜜便脸色煞白，嘴唇乌紫，鼻尖墨黑。前两样是因为缺氧，因为素质差，她比一般人偏重。后一条则是因为她跟在炊事员金喜蹦之后。每次突然停顿，她的头都得撞在金喜蹦背后的大铁锅上。鼻子是制高点，近墨者黑。

长途行进中，先头部队虽一直保持匀速，但只要有人落下一步，这种和谐的韵律就会被打破，后面的人就要依次停顿一下。停顿得多了，后续部队干脆出现原地踏步的局面。如果哪个傻瓜以为正可借此机会喘口气，休息休息，那就大错特错了。每一秒的停顿，都必须用惨痛的代价偿还。接踵而来的必是令人精疲力竭的迅疾奔跑，唯其如此才能弥补刚才被迫滞留所遗下的巨大空隙。跑跑停停，停停跑跑，像患寒热病打摆子，极大地消耗着人们的精力和体力。以至数次这样痛苦的经验之后，每一次停顿都伴随着不可抑制的恐惧感。同样的行程，队伍后半部的人员，要比尖兵付出更多的艰辛。

按照惯例，后勤人员均在队尾殿后。甘蜜蜜紧跟金大个儿，两眼直视脚下，依脚印前行。金喜蹦步幅几近一米，矮胖的甘蜜蜜哪里跟得上。然而人的双腿机械地重复无数次的摆动，不由自主地会亦步亦趋，循着先行者的足迹前进。况且地面多积雪坑洼，倘每一步都自寻落脚点，不知要平添多少风险。无奈中甘蜜蜜只有拉大步幅，扭腰送髋，勉力支撑。猛然间金喜蹦一个留步，甘蜜蜜当的一声，与大铁锅的尖底又撞个正着，鼻子几乎撞扁，额头登时肿起一包。

“往后传：‘跟上！’”金喜蹦头也不回地丢过一句口令。紧接着，又是一次长久的停顿。

半天身后毫无动静。金喜蹦以为是声小没听见，转过身去，瞅着甘蜜蜜，大吼了一声：“往后传：‘跟上！’”

甘蜜蜜狠狠地瞪了金喜蹦一眼："传什么传！就不传！传有什么用？这会儿挤成一窝蜂，一颗手榴弹能炸死一个连！待会儿跑得人能吐血！跟上，跟上，前面的人为什么不跟上？不传！就是不传！"她一边用手心揉着脑门，一边把一肚子气劈头盖脸地朝金喜蹦撒去。

这么厉害的妇女！还是个姑娘！敢冲男人发这么大的脾气！就是"一号"，也从没这样对待过他。金喜蹦一下子没了主张，愣愣地站着。

甘蜜蜜身后的肖玉莲，已经听清口令朝后传了过去。

这次的停顿来得格外长，平静中孕育着令人战栗的不安。

金喜蹦耷拉着大脑袋，开始想自己的心事。他的未婚妻叫妞妞，俊着哩。妞妞爸是村里的书记，立场最坚定，好事都紧着旁人，家里穷得叮当响，偏偏妞妞妈又总害病。前几天，妞妞来信说她妈又病了，急等着用钱。一名战士，一个月能有几块钱？金喜蹦是个孤儿，平日又极俭省，但攒的钱早都寄给妞妞妈治病了，这会儿，哪还有？想啊想啊，终于叫他想出了一招：卖东西！他可富着呢，当兵几年，逢年过节发的糖，他一块没动过，原本想留着当喜糖的，这会儿，顾不上了，卖！每月按人发的水果罐头，他一罐没吃过，原也想背回去，和妞妞成亲时让乡亲们开开眼，山沟里的人要不咋知道世上还有菠萝、荔枝这号吃食。这会儿，也卖！还真不错，卖出百十来块钱，抵得上一年的津贴了。"怎么样，我金喜蹦还是有主意，吃了的没见长肉，我这钱可能救急，救命哩。将来回去上门到妞妞家，爹、娘、老婆一下子全有了，日子美着呢。"他快活地想着，眼前像出现了一幅和和美美的画。突然画像泡在冰水里，一切都模糊晃动起来。他是有罪的！倘不能将功折罪，他有何脸面见家乡父老，有何脸面带累妞妞一家！都是因为一句话，一句话啊！金喜蹦悔恨地用蒜钵似的拳头捶打着自己的头。

"哎，我说你轻着点儿！万一打出个脑震荡来，还不是给我们添麻烦！"冷眼旁观了半天的甘蜜蜜忍不住说道。头上的青包已经散开，她忘了刚才的事。

金喜蹦从冥思中回过神来，半天才弄明白这个小胖子女兵是在跟自己说话。他扭过脖子，不予理睬。

嘿！还不理人。金喜蹦的强硬使甘蜜蜜越发来了兴趣："我问你，你在炊事班，净给自己做什么好吃的，才长出这么高的个子？"

金喜蹦不由得回过头来，他看到一双清澈的眼睛。她还不知道？她迟早会知道的。到那时，她还会这样看我吗？

一直侧着耳朵倾听动静的肖玉莲，扯了一下甘蜜蜜："别聊了。准备跑吧。"

果然，前面传来轻微的武器碰撞声。远方腾起雪雾黄尘，脚下的大地又开始了痉挛般的震颤。

跑……跑……半步也不能落下，被群体甩出的士兵就会变成孤雁，用不着弓箭，就会自行坠落在荒郊。你只有像水蛭一样，死死吸附着前进中的队伍，一同向前。

甘蜜蜜不停地给自己打气，拼命加快双臂的摆动。不争气的腿脚却无法随之协调，失去平衡的身体踉踉跄跄，每一步都像要扑跌在地，永远爬不起来。背包像泰山压顶似的倒扣过来，咽喉一阵阵发咸发紧，好像一秒后就会有鲜血狂喷而出。

"蜜……跟……上。"自幼在农村劳动的肖玉莲，体质上略胜一筹，但与男性同等速度的急行军，她自顾尚且不暇，无法帮忙。

甘蜜蜜觉得自己马上就要昏死过去了。突然间，背上猛地一松，一大股空气涌入胸腔，整个身体陡地飘浮起来。脚下还在用着同样大的力量，竟像踩了弹簧似的腾起老高，一步弹出多远。原来，金喜蹦侧身一旁，待甘蜜蜜经过时，双手一托，便将她的背包连同干粮袋一并褪下，放到了自己身上。

算上大铁锅，金喜蹦背的已经超过一百斤。甘蜜蜜于心不忍，但她除了喘息奔跑外，连一个"不"字都说不出来了。

七

宿营了。

李铁端着罐头盒，朝冒热气的地方走去。各单位分别起灶，饭不可能同时熟，号兵们不必统一吹吃饭号了。

背风的山坡上，金喜蹦用勺子敲着锅沿儿，“当当”的声音顺风刮得老远。

“大个子，多来点儿。”李铁将罐头盒伸到锅中央，“勺把儿掌稳着点儿，别哆嗦。”

金喜蹦不为他的饶舌所动，眼皮都不抬，先给一个满勺，又给一个半勺，然后勺子插进锅里，等着后边的人来打饭。

锅内翻滚着黄绿相间的糊糊，吃力地鼓着泡。这是今天晚上全部队的统一食谱——忆苦饭。

金喜蹦严格掌握着分量。忆苦饭是按人投的料，每人半斤，通融不得的。在昆仑山上做顿忆苦饭可不容易，没有原料。桃叶、柳叶、婆婆丁、苦苦菜，一样不长。昆仑山上历来大米白面管够，即使在自然灾害最严重的年头，边防一线也没吃过什么“瓜菜代”。然而精米白面无论怎样粗制滥造，都跟忆苦饭沾不上边。“一号”命令从军马所调拨马料，加上后勤仓库里已经报废的陈年脱水菜。

尽管如此，忆苦饭的质量还是超标，只有严格控制分量，才能达到忆苦的目的。

李铁个头儿虽小，饭量却大，眼见金喜蹦六亲不认，全不顾他俩的交情，只得离去。他边走边吸溜，嘴巴沿盒边吸了两圈，盒就见了底。他抓把雪将盒抹净，擦擦嘴，又出现在大铁锅旁。

一勺，半勺；一勺，半勺……金喜蹦原本顾不上一一审视来者，不想因为是头一天野餐，用来当碗的罐头盒都是亮闪闪的，突然伸过来一只黏黏糊糊的盒，金喜蹦抬头一看，气得大脸紫黑。

李铁平日里稀拉惯了，再说混点儿忆苦饭吃，谅也算不得什么罪过，脸上依旧笑嘻嘻的。

“你……好没出息……想想吧，旧社会，红军，世界上，还有三分之二……”金喜蹦气得直结巴。

“哪有什么三分之二，”李铁装糊涂，“也就剩几个还没吃。嗐！锅里还剩这么多，怎么样，咱帮你克服克服。”说着就要拿勺把儿。

金喜蹦紧攥着铁勺，毫无通融之意。

李铁一看软的不成，也换了一副恶面孔："我还告诉你，金喜蹦同志，饱吹饿唱，这谁不知道？要是把我饿坏了，提起号来吹不成调，把紧急集合吹得跟出殡似的，追究起来，'一号'可拿你是问！"

这一回李铁没算计准。金喜蹦给"一号"当过那么长时间的警卫员，拿这个唬不住他。

李铁百般无奈，只得死了这条心。刚想回去，忽然看到"一号"来了，他就又停在一边看。

战士们默默地看着"一号"。

"一号"从士兵的眼光中感到了潜藏着的轻微不满。是的，质量很差、分量不足的忆苦饭，是"一号"亲自规定的。用句通俗的话讲，这是"一号"特意制造的下马威，从第一天起，就让大家做好吃大苦的准备。他知道战士们会有想法，但他自信有能力驾驭这种波动。为此，他一直拖到最后才来打饭。

他走得很慢，几乎所有在场的人都看清了：司令员拿着一只同大家一模一样的空罐头盒。他走近大铁锅，金喜蹦突然迟疑起来，该给老首长打多少菜糊糊？多一点儿？还是少一点儿？

"一号"没有递过罐头盒，却把手伸了过来，示意金喜蹦把勺子递给他。金喜蹦赶紧照办了。

"一号"拿起勺子，平平地盛了一个满勺，又盛了一个半勺，不多不少不溢不洒地倒进自己的盒里，然后很香甜地吸溜了一大口，缓步朝回踱去。

李铁只好用筷子敲着盒子往回走。

"号长，等等，我的分给你一半。"

他回头一看，两个女兵朝他走来。前面那个极漂亮的，正在招呼他。

他认得这位搅得无数青年军官心猿意马的肖玉莲，知道即便在如此艰苦的行军中，她周围也少不了眼睛。自己眼下的境遇，不知能让多少人眼红呢。"只可惜，我李铁还不稀罕这个。"他装作没听见，格外神气地走自己的路。

"你聋了吗？要不要也得说个话呀！"甘蜜蜜气不过，竟抢上来，挡住了李铁的路。

倒也是，不管别人怎么看，肖玉莲是好心。李铁停住脚，稍有歉意地说："不要。我饱着呢。"

"没想到，号长除了会吹号，还会吹牛。不要，我可就倒了。"甘蜜蜜说着，就要扣罐头盒。

李铁斜着眼，并不去拦。甘蜜蜜呢，终于没舍得扣。斗气归斗气，半盒菜糊糊，此时此地实在宝贵。

"我要了。"李铁忽然变得干脆起来。表面已经结了薄冰的黄绿色液体蠕动着，霉味好像淡了些。

"谁叫你喊他的，瞧他那傲慢样儿，好像我们跟他要饭似的。"甘蜜蜜埋怨着。

"你没挨过饿，不知道那滋味。"肖玉莲怔怔地说，不由自主地想起了远方的双亲。

"他也够讨厌的，多给打点儿不就完了。忆苦饭又不是什么好东西！"甘蜜蜜又开始对金喜蹦愤愤然。

"他其实才可怜哪。有一回开会讨论副统帅的指示，他一慌，把'枪杆子，笔杆子，干革命就靠两杆子'给说错了。"

"说成什么了？"甘蜜蜜着急地问。

"说成，说成……"肖玉莲迟疑了一下，"他把'两'说成'二'了。他们家乡话里就没'两'这个音，平时把'两天'都说成'二天'。"

甘蜜蜜在心里把整句话连起来重复了一遍，不禁打了一个寒噤。

夜色深了。肖玉莲要把自己的糊糊分一半给甘蜜蜜，没想到早已冻实了，根本倒不出来。

"吃这个吧。"甘蜜蜜解开干粮袋，在里面摸索起来。

肖玉莲不解。此次拉练，因为要求"会吃饭"，除了各单位统一起火外，每个单兵还要背负三天生粮，在规定时间内自炊。罐头盒就是预备届时当锅用的。她们俩一人背米、一人背面，但这会儿总不能吃生的呀。

一阵窸窸窣窣地响，甘蜜蜜手里出现了一把奶油糖。花花绿绿的玻璃纸，虽说揉搓得有点儿破碎，可仍显得喜庆而富贵。

“妈妈寄来的。吃吧！”

糖纸飘落在地上，糖却许久没有塞进嘴里。

八

夜幕降临。

亘古荒原上突兀出现了一座帐篷城。漫山遍野的简易帐篷，像庞大的兽群蜷缩着，瑟瑟发抖。

露营时三人为一帐。两把行军锹挖坑自埋，支在地上做柱；两块军用雨布，扣襻互相系好，拼成一块大篷挑在军锹之上，一座人字形帐篷便宣告竣工。剩下的那块雨布，半铺半挂，可遮一面穿堂的凉风，可垫一块阴湿的雪地。下榻时，三人拥枪而卧，像个挤紧了的“川”字。两侧的人，几乎彻夜不得入睡。何时极度的困乏超过了寒冷，才可昏睡片刻。一旦神经稍事休息，恢复了最基本的感觉，人立时就又冻醒了。唯有中间那人最享福，像个婴儿似的缩成一团，蜷于两位男同胞胸腹之间，能安稳睡一程。所以一般夜里得换两次“岗”，使外侧半僵之人轮流做个真正的梦。

郑伟良和李铁的帐篷里，连这点儿福气都没有。“一号”的警卫员因首长身体不好，留在“一号”身边。少了一个人的体温，今晚上的觉大概睡不成了。

两人打通腿。李铁个儿矮，一双臭烘烘的脚，正抵在郑伟良胸口。郑伟良用胸口给他焐着，还挺暖和。反正睡不着，聊天吧。

“郑参谋，跟你借一样东西。”李铁说完，故意打住，等郑伟良来问。

郑伟良没搭茬儿。

李铁见卖关子无效，干脆动真格的。他坐起身，把手伸到郑伟良头边，一把把紫红色皮套的手枪揽了过去。

“借枪？！”郑伟良一惊。军官们对自己的手枪视若珍宝，有道是：老婆能借，枪不借。他悄无声息地一舒臂膀，食指拇指扼住李铁持枪的虎口，轻轻一拧，李铁就不由自主地松了手。

“你是老兵了。这枪，是能借的吗？”郑伟良正色道。

李铁哭丧着脸揉手：“我哪敢借枪，我借的是包装！”说着，麻利地打开了枪套。一只乌亮的五四式手枪裸露出来，泛着幽蓝的冷光。

李铁愣了：包枪的红绸子不见了。

郑伟良解释道：“出来拉练，什么意外的情况都可能发生，枪支应保持随时能够击发的状态，多余的饰物一概不能要。”

“既然你现在不用，那就更好说了。借给我吧。”李铁的口气里带着恳求。

郑伟良硬着心肠撒了个谎：“没带出来。”他的脸红了，幸好天黑。

“真的？那我可得搜搜。我怎么听你说这话的底气不足啊？”李铁不屈不挠地诈道。

郑伟良慌了，口气软了下来：“你要红绸子干吗？”

李铁答道：“我本想第一件求成了，再求第二件。实话说吧，红绸子是系在号上的。我知道你带着照相机，无论如何得给咱‘聂’一张吹号的相片，特别要把这红绸子‘聂’上。”

大概全中国的军人都把摄影读作“聂”影。哪个年轻士兵不想穿着军装多“聂”上几张！只是昆仑防区的战士连这点儿愿望也满足不了。军区高原服务队的摄影师们，刚过雪线就躺倒了，要不及时抢救，带的摄影机就有可能给他们自己“聂”了遗像。

郑伟良带着相机，是为收集拉练的资料，为某名战士单独“聂”影，又是件为难的事。他沉默着。

李铁觉察到这一点，忙说：“这张相片，你是照也得照，不照也得照。”

“此话怎讲？”

“很简单，我把它写进遗书了。”

“说清楚点儿，你把谁写进遗书了？”

“把相片呀。拉练前，不是每人发了纸和信封，叫把自己需要向家里交代的事写清楚吗？我是什么都没写，就留了一行字：请将郑伟良参谋处保存的相片寄给我家。怎么样？可以照一张了吧。”

郑伟良的思绪瞬间飞得很远，又沉重地陨落在地上。他也填写了同样的信纸信封，现在，它们都封存在保险柜里。拉练结束后，并不是每个人都能由自己去拆开它……

想到这里，他郑重地把手伸进怀里，摸出一个小包。李铁忙凑过去。

“那是什么？一团头发？”

郑伟良没有回答，细心地拨开发丝，一块红绸露了出来。

李铁喜不自禁地拿在手里，比量着，摆着假想中的姿势。

“你怎么知道我有一块红绸？”精细的作战参谋确实想不起来怎么露的“富”。

“你忘了？那天送罐头？”

哦！

拉练前一天晚上，李铁没敲门就挤进郑伟良宿舍，身上背着个用皮大衣挽成的大包袱，看起来极为沉重。他二话不说，把袖筒一解，扑通扑通，几十听水果罐头滚了一地。

“卖给你，价钱你看着办，最好高点儿。”

“这是谁的？东西我可以要，事情得搞清楚。”

“我的。”

“不可能，除非你去仓库偷。像你这种人，是存不住这些罐头的。”

“行，有你的！罐头是金喜蹦的，他急等着用钱，找他老乡卖自个儿攒的这点儿玩意儿，叫我碰上了。糖他老乡要了，罐头可找不着主儿。一是贵，两块钱一罐，谁买得起？再说，就是买下了，除了金大个儿，也没人能背上万儿八千里带回家，更甭提有一半儿已经没法儿吃了。”他用脚尖踢踢一罐，发出空空洞洞的声响。

郑伟良从抽屉里取出两个月工资，刚想放在桌上，想到像李铁这样的老兵最忌讳青年军官一掷千金的派头，忙装作认真地点了点数，递到李铁手上：“我买了，只是罐头还得请你帮助处理掉。”

李铁脸色一变：“钱，算我借你的。罐头不卖了！”说着要走。

郑伟良忙拦住："我这儿实在没地方放。再说，你们不帮忙，我也吃不完哪。"

李铁一瞅，四周都是书，真是没地方放，才转过脸来："那就还搁金喜蹦那儿，等咱们拉练回来，用它庆功。"走了几步，又扭头添了一句，"你算想不出金喜蹦把这堆宝贝放哪儿了。别看他傻大黑粗，藏的地方任谁也找不到，他藏在'一号'的屋子里！真正的游击队对付日本鬼子的办法，藏到敌人眼皮底下了。"

李铁弓着腰，背着包袱走远了，像个圣诞老人。郑伟良这样想着，又接着擦枪，把红绸子放在枕头边。

李铁睡着了，郑伟良还在辗转反侧。透过两块雨衣的接缝，他看见一道宝蓝色的天空。一颗流星划过，拖着金黄明亮的尾巴，像一发信号弹。牛郎星和它挑着的两颗小星，排成一路纵队，像行进中的单兵。

高原上一个难得的晴朗的冬夜。

越是晴朗的夜晚，越是寒冷。

九

冷。痛彻心肺的冷。

每日近百里的行军速度，加上冬季白昼苦短，为了留出天黑前安营扎寨的时间，部队天天很早就得出发。

在万古不化的寒冰上僵卧了一夜，内脏都几乎冻成冰坨了。幸而炊事班烧开一锅热汤，才算将脏腑融开。但行军一开始，这点儿热气会被零下四十摄氏度的严寒迅速夺走。人体的外露部分，经过极短暂的烧灼样疼痛后，旋即失去知觉。随后肌肉逐渐僵直。神经开始迟钝，只剩下冰冷的血液还在艰涩地流动。再往后，人便进入一种梦幻般的世界：四肢百骸均已消失，只剩下一个孤零零的大脑，浮游于冰血之中。它已经不会思考，苍白的脑屏幕上，留下了一个连自己也弄不懂含义的字体——"走"。

走！此时此刻，它不但是命令，而且是人类生存本能的呼唤。血液会在停下脚步的一瞬间凝结成块。

已经连续行军三小时没有休息了，队伍像一列摇摇晃晃的醉汉。“一号”传令“暂停”。暂停不是休息，战士们必须保持原地活动。

甘蜜蜜咚的一声栽倒在雪原上。“走”字被擦掉了，大脑里剩下一片空白。

肖玉莲跪在地上，抱起甘蜜蜜的头。她眉睫口鼻均被冰霜封严，像戴着一副冰雪的头盔。

“快！点火！给我热水！”肖玉莲拨开甘蜜蜜的眼睑，惊恐地喊道。那两颗唯一没有感觉寒冷的神经的眼球，也被严寒固定住了。

火，热水，多么令人温暖的字眼。围拢过来的人一动不动。

“金喜蹦呢？金喜蹦！快找金喜蹦！”一向腼腆的肖玉莲声嘶力竭地呼唤着。

金喜蹦从人群后面挤过来。

“你身上有汽油，快，泼在地上，把火点起来！”文静的姑娘命令着铁塔般的汉子。

“不行，汽油，引火成，做饭用的！取暖不成。”金喜蹦护着他腰上的小桶。

“你胡说！这不是取暖，是救命！救命！”纤弱的肖玉莲扑上去要抢，双眼圆睁，像一头暴烈的母狮子。

金喜蹦不由得后退了一步，下意识地解下了小油桶。

火，呼地燃烧起来。沿着汽油在地上泼洒的区域，燃成一条奇形怪状的火带。火舌快活地翻卷着，舔着人们的军衣下摆，像一只忠实的红毛狗。

肖玉莲扯下斜挂着的水壶，撕开毡制保温套，拿出冻实的水壶，掷进熊熊火焰之中。水壶发出轻微的爆裂声，墨绿色的漆皮一块块剥落着。肖玉莲用脚踢着水壶，追赶着火焰燃烧最猛烈的地方。毛皮鞋冒出一股股青烟，却并不烧起来，它的表面温度极低，片刻间，烈焰也不会拿它怎么样。

终于，油燃尽了。火苗悬空绽出几朵淡蓝色的小花，哆嗦着，熄灭了。

肖玉莲戴着皮手套，迫不及待地抓起水壶，用力晃了几下，窸窸窣窣的水声清晰地传了出来。

有热水了！

肖玉莲扶起甘蜜蜜的头，拧开壶盖，壶嘴处的坚冰，融开了一个细小的孔，一股极细的涓流流了出来，渗进甘蜜蜜紧咬的牙关。

严寒迅速地封闭着出水孔，肖玉莲脱下手套，不时用手指捅去刚刚凝住的薄冰。

一小桶汽油，把亿万年前某一丛绿色植物从太阳那里得到的热量奉献出来，挽救了一条年轻的生命。甘蜜蜜醒转过来。

“你……救了我？”她无神的眼睛直视着肖玉莲。

肖玉莲没有回答，看了一眼小油桶。没有热水，谁也救不了她。

甘蜜蜜把僵直的目光转向金喜蹦。小油桶已被他吊在腰间。

金喜蹦愧悔地低下了头。

甘蜜蜜又把目光移向众人。大家无声地散开了。

“谁让你们救我！我恨你们！你们让我死了吧！”甘蜜蜜突然歇斯底里地喊叫起来，声音凄厉而悲惨。

肖玉莲急忙用手指去掐她的人中穴，甘蜜蜜好不容易才安静下来。这胖姑娘呜咽着：“你们不该救我……不该……死一点儿都不难受……受这样的罪，不如死了……我是为拉练而死的，也算个烈士……跟我爸爸妈妈也能有个交代了……活着我没能给他们争光，这样死了，也对得起他们……呜呜……”

号音响了。

甘蜜蜜躺着不动。无论肖玉莲怎样劝，她只是哭泣。

金喜蹦走过来，把甘蜜蜜的背包、干粮袋、十字包、手枪，连同空罐头盒，都背到自己身上，默默地向前走去。看不见他的身影，只见一大堆物品在疾速移动。

甘蜜蜜噤住了声。她爬起来，木偶似的向前走去。

由于“一号”确实规定过，在任何情况下不得用汽油取暖，因此有的士兵跌倒之后，就再也没有爬起来。

十

进入山地了。

这是一座奇异的山。它又高又陡，山顶很小很平。这类山有一个形象的名字，叫作“桌山”，它是局部地壳水平上升的产物。山顶是一层完整的极坚硬的岩石板，其边缘则像墙壁一样陡峭。

队伍在山脚下进行短暂的休整，爬山的具体路线还未确定。地图上的箭头是直楔过这座“桌山”的。山体不算太大，如果从山腰绕过去，安全费时，如果从山顶直越，时间会缩短一半，但危险大得多。

白牡马身旁，“一号”在抉择。

郑伟良见状，从地上捡起一块石头，稍加敲打，无声地放在“一号”面前。这石头酷似“桌山”，顶平壁陡，甚至连颜色都一模一样，真是一块天然的沙盘模型。

“一号”难得地露出一闪而过的笑容。郑伟良受到鼓舞，指着石块中部说：“从这里斜插过去，比较安全。”

“一号”何尝不知道这是最稳妥的过山路线。但是，时间呢？时间要长得多。在战场上，时间就是胜利。拉练的宗旨是什么？不就是模拟实战、自找苦吃吗？！倘若单是为了安全，他尽可以在军区的会议上保持沉默，尽可以装装样子走走过场。然而他不是这号人。别人逼迫，哪怕是上级逼迫，你怎么都可以想出偷懒耍滑的对策，但自己逼自己，你就不可能有丝毫喘息的机会。“一号”既然是“自己把自己逼上梁山的”，他既然代表防区主动领来了拉练任务，既然在出发动员时对战士们讲了这就是打仗，就不能姑息原谅任何一种避重就轻的方案。拉练就是打仗，他必须使他的部队每时每刻都记住这个血的前提。

“山头上有什么？”他几乎不带任何表情地说。

有什么？几架望远镜同时对准“桌山”。那上面确实什么也没有，连岩缝都难得见一条。尽管没有任何参照物，但可以判断出光洁的山顶上一定经常受狂风袭击。

“那上面有敌人。”“一号”不理睬身边军官们的脸上都现出了些什么样的神色，自顾伸出右手，将食指用力按在石块顶部。

开始登山了。

生与死的分界，再没有比登山时更分明的了。向上是生，向下是死；头上是生，脚下是死。每一下举手投足，每一次吞吐呼吸，无不经历生死循环。这一分钟不知道下一分钟甚至下一秒的事。一切如此简单，又如此复杂。

这一刻，你生命的丝线，系在你的左手上。那儿有一道岩缝，可做攀援支点，只是里面有些细碎的沙石，务必把它们抠干净，直到触及粗糙的潮湿的阴冷的山的肌肤。你把左手五指揳进岩缝，尽量揳深一点儿，不要管指尖已经出血，指甲已经翻翘。在这一瞬间，你的肌肤要硬过山的肌肤，直到手指上的“簸箕”和“斗”同山石的每一道纹路紧密嵌合，像一套严丝合缝的螺钉螺母拧在一起，锈成一坨，任何力量都无法使之分开，你就胜利了！在这极短暂的时间内，你可以拥抱阳光，拥抱生命，拥抱世界上一切美好的事物，拥抱你已经享有和将要享有的一切幸福。因为，山承认了你，它是你的朋友，你们达成了血肉相依、生死与共的默契。然而，一秒钟后，又一轮回开始，你又重新与死亡较量。你的右脚上方有一块石头，椭圆形，褐色，像一张烙过了头的薄饼。如果它是坚实的，毫无疑问，将是天造地设的一处落脚点，踏上去，透过厚重的鞋底，你都能感觉到它的平滑和熨帖。如果它是……思考的浪花溅湿了你的额头，阴冷黏滞，像某种劣质的润滑油。关键取决于它的面积。质地是可以估计出来的，判断它夹在山体之中目所不及处的面积是十分困难的。它可能大得像一张桌面、一个足球场，果真那样，褐岩绝不会计较一个士兵和他的着装的分量。但也完全可能是另一种情况，褐岩只有那么大，肉眼看不到的地方不过将将能够维持自身的平衡。褐岩沉默着，等待你的抉择。上面的战友已经走远，下面的战友已经迫近，你必须当机立断。最紧急的是左手五指已经麻木，急需右足的支援。随着时间的推移，万一的可能性迅速增大。你果断地将脚探了过去。先用足尖点地，正确地讲，是用大足趾的一个极小区域轻触褐岩，左右试探，像在水面滑行。还好，纹丝不动。你谨慎地放下整个足趾，等了片刻，这片刻像一年那样长。终于一切如常。再精心地摆下第二个、第三个……还好，还好，平安无事。你喘了一口气，抑制住怦怦的心跳，有什么意外，现在还来得及。褐岩平静得没有丝毫异样的征兆。可以移动身体的重心了。你屏住气，一钱一钱、一两一两、一斤一斤地向褐岩靠去。一半体重、四分之三体重、十分之九体重……终于胜利了！你从心底欢呼起来，一个多么忠诚的朋友啊，褐岩……啊！褐岩！褐岩突然从岩缝中脱出，轻捷潇洒地飘然下落！右脚蹬空，身体悬在半空，仅靠两只手挂在峭壁之上，左腿胡乱地蹬擦着，企图找到一处延缓坠落的支点……耳朵听不见了，眼睛看不到了，突来的危险闭锁了与生命相关的一切器官：呼吸停止了，心脏也不跳了，所有的能量都积聚到你的十个指尖。这就是你生命所在的地方！颜面紧紧地贴在粗糙的岩石上，利用摩擦增加着下滑的阻力。十条血红的小溪，顺着石缝，蜿蜒而下……是你的血，不！是山的血，流了出来。最后，你打败了山，战胜了褐岩最无耻的阴谋，一个引体向上，左脚找到了新的支点，终于重新与山凝结在一起。

起风了。山助风势，风借山威，使攀登更为困难。甘蜜蜜已将十字包和手枪等从金喜蹦处要了回来。此时她精疲力竭，只觉得左右交叉的两根细皮带，像钢丝一样勒进皮肉，坠得她直往后仰。她又一次想到了死。装作失手跌下山崖，谁也不会发觉的。可是，是松开这只脚还是放开那只手呢？她几次尝试着去做，手和脚都不服从指挥，反而更牢靠地攀紧了岩石。她抬头望望，高不见天，金喜蹦和他巨大的背负物，像一座小山在移动。她看到了自己的背包，看到了横绑在背包上方的干粮袋，干粮袋的一端，有着许多方方正正的小凸块……那是妈妈寄来的糖。她鼻子一酸，打消了寻死的念头，循着金喜蹦的足迹，爬啊，爬啊……

突然，眼前一亮，一片澄青的藏蓝出现在头顶，肃穆而辽阔。整整一天，盘桓于人们视野的褐岩和冰雪，消失了！登顶成功了。

山顶风势很大，面积极小，空气更为稀薄。但它仍给人一种难以名状的狂喜。群山匍匐在你脚下，蓝天盘旋在你四周，生命属于你自己！大地托举着你，天空抚摸着你，你为自己所攀越的高度而震惊和自豪。你是屹立于天地之间的骄子。无论多么软弱的人，在这一刹那，都会感到人类自身所拥有的伟大力量。

金喜蹦迎风站在山顶，为甘蜜蜜遮挡着风沙。他愿为她多做一点儿事，以弥补自己的过错。

他们停留在山顶。上山容易下山难，前面又堵住了。

太阳将最后的金辉洒向山巅，给金喜蹦全身镀上一层亮色。大铁锅像是纯金打造的，亮闪闪的。生活是美好的，甘蜜蜜决心不再想死了。

她真挚地对金喜蹦说："你真好。我以后一定要找一个像你这样的大个子……"话未说完，一股飓风横扫过来，卷起甘蜜蜜，就朝旁边的深谷掼去。甘蜜蜜身子歪着，双手绝望地在虚空中挥舞，打着旋儿地向深渊滚动……金喜蹦见状，一切牵拉都来不及了。他抢先扑到崖边，用自己强壮的身体阻挡住甘蜜蜜，但他自己横着坠下了悬崖……

坠落！坠落！

最初的一瞬，疾速的坠落，使金喜蹦失去了庞大的体重，他感到巨大的恐惧。旋即，由于人体自身比例和他的负载，他变成头往下倒栽。人是以头的方向为上的，此刻，高速的坠落，使他感到自己是在笔直地飞腾。他轻得像一片羽毛，沉重的大铁锅，像黑色的羽翼，托举着他更快地飞翔。他感到从未有过的轻松和欢欣。什么都没有，什么都不存在，到处都是耀眼的银白色。咦？那是谁？那是妞妞！啊，他奋力飞腾，掀开了妞妞的红盖头，红的脸，红的花，鲜艳的红色弥漫了整个世界……金喜蹦看到了自己的头颅碰撞在谷底雪地上迸溅起的血光。

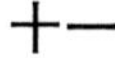

十一

郑伟良向"一号"报告了拉练部队的伤亡数字，同时注意观察着"一号"的脸色。

"一号"深邃而平和的面容，看不出一丝波澜。要奋斗就会有牺牲。演习没有不死人的。他自己就不怕死。作为一名军人，死在战场或练兵场上，比老死在自家炕上更为合情合理。

郑伟良失望了。

"一号"只是口授了夜间紧急集合的命令。郑伟良在传达给极少数必须知情的人以外，又将消息透露给了一些老弱病残聚集的单位。

凌晨二时，凄厉的军号声和炫目的信号弹，同时撕破漆墨的夜空。拉练部队像一头受伤的野兽，刚刚歇息，又受到猎人的追逐，倏地跃起，顾不得舔舔伤口，就重新潜入冰冷的夜色之中。

黑得出奇。阴霾遮蔽了星光，隔绝了昆仑山上唯一的光源。每人左臂缠绕的白毛巾，完全起不到作用，只有凭借声响，摸索前进。

黎明前的黑暗来临了。

一道烛光，可以照射到八十公里以外的地方。在我们这个人满为患的世界上，方圆八十公里以内，没有蜡烛，没有火柴，没有萤火虫，甚至连磷火都没有的地方，除了南北两极，只有昆仑山。在人们侈谈黑暗的地方，充其量不过是“暗”，而绝不是“黑”！黑是看不到，也制造不出来的。它不是色彩，而是一种状态，撕不破，扯不烂，揉不碎，砍不断。人工无法模拟这种深远浩瀚的混沌，它比我们这个星球还要古老。它用自己无边无际的翅膀，遮挡了人们企图认识它的视线。

拉练部队行进在黑暗中。走了几小时了，却好像一步也没有移动。感官在黑的面前被麻醉了，人们只能靠一种灵魂的信息联系着，黑用利齿吞噬着这种联系，在黎明即将到来的时候，黑暗胜利了。人们精神上的防线开始崩溃。前面是黑，后面是黑，向前与向后哪有什么区别！行走是黑，停顿是黑，到底是在走，还是在停？也许根本就没有走，走就是停，停就是走……眼睛是睁着还是闭着的？睁着闭上都是一样……有人闭上了眼睛，也停止了脚步。

这时，一阵惊心动魄的号声自队首传来。激荡高亢的号音，像一支强心剂，使人们的精神陡地 振，随即恢复了生机。“一号”，英明的“一号”！他命令李铁吹响了紧急行军号。对行将溃散的军队，不是让它休整，而是令它冲锋！号音召唤着人们，人们积聚起最后的力量，冲破黑暗，向前方狂奔。

突然，号音垂头丧气地渐渐消失了。

人们在倾听，期望那波涛澎湃的声浪排山倒海地再来。一分钟过去了，五分钟过去了，回答人们的，仍旧是死一样的寂静。

严寒冻木了号兵的脸颊，导热极快的铜号一沾嘴唇，就粘连在上面，嘴唇闭不拢，口腔像漏气的风箱，吐不出又匀又细又硬的高压气流，号便执拗地沉默着，偶尔发出难听的“扑扑”声，也全不成调。

号长孤零零的号音，也拖着长长的尾声消失了。它留给人们的不再是振奋，而是令人战栗的不安。无边的暗夜，隔绝了人与人的联系，也封闭着各自的软弱。每个人只知道自己是软弱的，但整体是坚强的。一个人可能倒下，队伍将永远前进。现在，美好的愿望被孤独的号声打得粉碎，人们突然意识到大自然的威力，如此不可抗拒。指挥中枢瘫痪了！队伍变得张皇失措，发出咒骂。骚乱像瘟疫一样蔓延，行进的长蛇被斩作数段，各自以其不同的频率扭曲着、痉挛着。

“一号”透过黑暗，感受到了这严峻的形势。黑暗夺去了他的千军万马，他能指挥的只有面前这一个号兵。“一号”沉思着，极端地冷静。作为号长，李铁已经出色地完成了任务，但号令并没有传出。

“李铁。”他招呼着，声音平缓。

李铁走近来。不只是命令的呼唤使他感到亲切，又有些莫名的紧张。

“现在，你的号音就是昆仑山上的‘一号’了。”司令员轻松地说。眼前涣散的军情，好像与他毫无干系。

受命于危难之际。李铁觉得泰山一样的分量坠于小小的军号之上。他的手，无力地垂下了。作为一个久经风雪的号兵，他知道自己将要做到的一切意味着什么。

“郑参谋，借一样东西。”他仍旧带着几分揄揶的口气。

郑伟良没有回答，走近了他。军情如此危急，借脑袋都得给。

“把白毛巾解下来，撒上尿，给我。一定要快！”

温热的液体排出后，郑伟良冻得牙齿打架。

李铁把热乎乎的毛巾捂在嘴上，使劲揉搓着，直到满嘴火辣辣的。他的口齿异常灵活，他很想说点儿什么，一时间却想不出来。“郑参谋……”他想说说相片的事，又噎住了。男子汉，这么一件小事，还不放心。话到嘴边变成：“你告诉他们，擦号光用牙膏不行，还得讲究水，冬用雪水夏用雨水，水太硬了，号会生锈……”

“一号”隐忍着。

好了，再没有什么可牵挂的了。李铁看了看四周，其实什么也看不到。他迎着队伍走去。

号音响了，激昂嘹亮，像要撕破黑暗，唤来朝阳。它没有间歇，不再停顿，挟带着火焰般的力量，像岩浆一样喷薄而出。

李铁逆行而动，不停地变换着位置，疾速地奔跑，不歇气地吹。这在高原上无异于自杀。

跌倒了，哪儿在流血，痒酥酥的，却一点儿不疼。他一摸，军号还在，腿站不起来，索性跪在地上吹。号谱烂熟于心，他的思维有了一点儿转动的时间：号音传播的是“日行八百，夜行一千”，不行！一千米，后续部队还没有听到，还得……跑！他挣扎着往起爬，腿却不存在了。它到哪去了？它化成烟气，从号嘴里飞走了！躯干还在吗？还在！那就好，我可以在地上滚……

他又开始了奔跑。这已经不能算作跑，而实在是跌撞、滚翻。

号音又响了。

号嘴周围发甜。铜是甜的吗？噢，是血。血还在流！李铁一阵狂喜：“我，还活着，我还能跑，我还能吹……”心在猛烈地跳动，像要从号嘴飞出。心可千万别飞，飞走了，就吹不成号了。

李铁又一次扑倒在地。

他已经感觉不到心的跳动了。一缕倦意袭来，他觉得自己轻松极了，轻松极了，就要从号嘴飘出去，化作一个最轻最轻的音符……他不知道，二十几年前父精母血所孕育，二十多年来五谷杂粮所维系的一缕真气，此时已经像一枚青果似的，含在他的嘴里了。他只觉得异常清醒，面临着一个抉择：闭上嘴呢，还是继续吹？简单极了，也严峻极了。有一遍号已接近尾声，后一遍号正应该开始。也许……也许最后一个战友已经听到了号声？他迟疑了一下，号音出现了一个小小的顿挫。忽然，一种极轻微的颤动拂过他的腮边。啊，红绸子！顿时，一个号兵，不，一个号长的全部尊严与骄傲，回到了濒死的李铁身上：“我现在是昆仑山上的‘一号’啊！”他拼尽全力翻过身来，天空透出一抹神奇的黑紫色。他好像听到天际里响起凯旋时吹奏的小鼓号，那是号兵们最心爱的曲子。他已经听不到自己的号音了，但他知道新的一遍紧急行军号正该吹起，他毫不犹豫地将最后一缕真气，幽幽地吐进号嘴……“一号”！郑参谋！亲爱的战友们！你们听到了吗？听到了吗？……

袅袅的号音，在冰峰中回旋。

重新集结起来的部队，沉默坚忍地前进着。

高远的天穹，缓缓地变换着紫色。先是乌紫，继而是绛紫，然后依次为马莲紫、苜蓿紫、铃兰紫、藤萝紫，最后，成为艳丽夺目的玫瑰紫。紫，是红与黑的女儿，比她的哥哥——染出碧海青天的湛蓝，更为纯净。这有色光谱中最小的骄子，只姗姗出现于极高的天际。除了昆仑山，只有宇航员可以一睹它的风采。由于高原上空气极为稀薄，所有因空气折射而形成的日出前征兆，一概不复存在，紫色的天幕猛地拉开，一轮巨大的红色球体横空出世了。

昆仑日出，是我们这个星球上最壮丽的景象之一。它不是一轮朝日，而是一轮午日！雪山巨大的阴影，企图遮挡它的光辉；狂暴的飓风，想把它埋葬在深渊；尖利的岩石，刺得它遍体鳞伤。浴血的太阳，经过漫长艰苦的攀登，现在，终于升起来了。它庄严地、冷静地俯瞰着广袤的大地，以自己无际的火焰将夜与昼刀剁斧劈般地分开，宣告高原上新的一天开始了。

如丝如缕的号音，好像还在飘荡。李铁静静地平卧于沙砾之上，嘴角处殷红的血迹凝成两条滞留的小溪，弯弯曲曲地直到颌下。

“一号”脱下军帽，垂下花白的头颅。“孩子，你不该来我这儿当兵，你不该把号吹得这样好。你本来可以拒绝我……”许久，他终于想到了解脱的办法，“给他立功。二等功……不，一等功！”说过之后，他的心情渐渐平静下来。

郑伟良打开照相机，迎着太阳，给李铁“聂”了一张相，然后走过去，将他僵直的手指掰开，取出军号，又把红绸子解下——这是肖玉莲送给他的信物——轻轻地覆盖在李铁的脸上。

晨风拂来，红绸飘飘，好像年轻的号长，又用青春的气息将它吹动。

急行军后的军事演习开始了。为模拟实战，“拉指”要求——当然是“一号”的意见——冲锋时一律轻装：摘下皮手套，用解放鞋换下毛皮鞋。

因而，许多士兵的手脚被严重冻伤。

十二

郑伟良又一次将伤亡数字统计表递过来。气候酷寒，钢笔水冻住了，圆珠笔也不下油，字是用铅笔写的。

郑伟良垂着眼睑站在旁边，其实是在很仔细地观察着“一号”的表情。凭着对“一号”的了解，他自信只要“一号”神色稍有异样，他就能摸到“一号”思绪的脉络。然而“一号”头也不抬地挥了挥手，示意他离开。“一号”需要一个人和这些数字待在一起。作为一个老兵，他太知道它们的分量了。而且，说到底这还不是打仗！牺牲的不算，还有那么多冻伤的肢体，严重的需要截肢……“一号”只觉得那些不祥的黑色数字像没头苍蝇似的围着他乱转。

他烦躁地踯躅在帐篷城内，想借寒冷清醒一下头脑。大出“一号”料想的是，他的部队四处都是低低的呻吟声。冻伤在最初的麻木缓解之后，便会刻骨铭心地疼痛。起初，军人们咬紧牙关隐忍着，不知谁先哼出了声，于是多数人的鼻腔便打开了。呻吟是富有传染性的。

“一号”大为恼火，刚才仅有的一点儿体恤之情，此刻也跑得精光。这像什么样子！轻伤不哭，重伤不下火线，这个光荣传统如今被丢到九霄云外去了。要是有个敌特潜伏在暗处听了去，整个昆仑防区的脸都将丢尽！他气哼哼地刚想传令任何人不得再哼出声来，忽然听到一处帐篷里传出严厉的训斥：“都给我闭上嘴！共产党员、共青团员们，你们要带头咬紧牙关！想想红军……”

好样的！“一号”暗自赞赏。以那声音为轴心的一大片区域，呻吟之声果真停止了。“一号”的心情稍微好转，不想呻吟之声复又响起。正确地说，这一次是一种深重的喘气和叹息之声。它们较之明明白白发出的呻吟，更有一种催人泪下的效果。“一号”真恨不得堵起耳朵，这声音比那些数字更令人不安。

必须制止它！这种声波是一种销蚀剂。如何制止呢？强行命令显然行不通。思忖片刻，“一号”有办法了。呻吟的士兵无非是丧失了自尊心，现在索性让他们把自尊心丧失殆尽吧。“一号”传令：凡是疼得受不了的，都可以哼哼，共产党员、共青团员也可以哼哼，各级指挥官，要到呻吟最重的帐篷里表示慰问。

命令收到了预期的效果。所有的声音都止住了。痛苦中的士兵记起了自己的尊严，整个营地进入了死一样的假寐之中。

“一号”从这种寂静中感受到了自己的力量。他终于下定决心，不理睬那些黑色的数字。事到如今，他只有义无反顾地将拉练进行下去，而绝无其他选择。牺牲对于胜利来讲，永远是一个指头和九个指头的关系。胜利，唯有胜利，唯有辉煌的胜利，才会像正午使人不敢正视的太阳一样，将牺牲压榨得匍匐在脚底，使人不会去注意它。而失败，是夕阳，是扫帚星，它会把牺牲的阴影拉得长长的，永远横亘在指挥者走过的道路上。死了的不能复生，冻残的不能复原，但胜利是可以争取的。昆仑部队已经付出了惨重的代价，就此收兵，牺牲的价值将化为乌有，前功将通通付之流水。即使在战争年代，死于胜仗的烈士们，也比在败仗中阵亡的人，享有更高的荣誉，尽管他们同样英勇。此刻，拉练的成败与否，不仅关乎“一号”，关乎昆仑部队的声誉，也关乎牺牲将士的荣辱。想到这里，“一号”觉得自己肩负的使命庄严而神圣。“为了活着的和死去的，我必须将拉练进行下去！”一种近乎悲壮的情感辖制了他。

在下了这样的决心之后，“一号”又审慎地开始部署下一步的行动。

首先，他向军区发报，如实汇报了伤亡的数字，然后表示了自己的决心。

“一号”永远问心无愧。没有隐瞒，没有欺骗，没有文过饰非，没有报喜不报忧。不过，在对军区的态度有百分之九十九的把握的同时，他还是为自己留下了那有百分之一可能的退路。如果军区明令他撤回，他将服从。“一号”是服从的楷模。

他的估计是正确的。军区发来了鼓励电，对所报数字未置一词。

此后，“一号”的心情像秋水般平静，一切都简单明了，以军区电报为界，所有的伤亡都被勾销了。要奋斗就会有牺牲，任何胜利都将付出代价。像所有的物品都可能损耗一样，那些铅笔所写的黑色数字，也是铅笔的一种损耗。

这一时期，军报上连篇累牍地登出拉练的新经验、新情况，未被填补的空白像夏日的冰雪一样消融着，到现在只剩下高海拔地区拉练这样一条窄窄的边缘地带了。军区的电报中透露出焦灼和期望，“一号”敏锐地觉察到，“呢子军帽”不行了。现在，他身上不但维系着昆仑部队的威望，也关乎军区的荣誉。

但是，高原并不是昆仑山所独有的，此时，焉知全军有多少部队在高海拔区跋涉着。

要超过他们！昆仑防区必须创造出独特的、英勇的、足以震慑全军的光辉业绩。

道路只有一条。其实“一号”早就想到了这一点，只是他没有勇气下这个决心。现在，他无路可走，无法可想，只有破釜沉舟，背水一战了。

这就是——穿越无人区！

无人区，的确是昆仑防区所独有的。那是一个极端狰狞而残忍的地方。没有植物，也没有动物，甚至没有死亡，因为那里从未存在过生命。从最低等的苔藓小球藻，到最富有牺牲精神的探险家，都不曾在那里留下丝毫痕迹。它沉睡了亿万万年，至今保留着我们这个星球凝结为固体时的风貌。人世间的世道轮回，自然界的沧桑变化，都远远避开了这块神秘的荒原。人们对它几乎一无所知，只有一点确定无疑：无人区内无水。正确地讲，是无冰。这个季节的昆仑山，是不会存在一滴液态水的。没有水，自然就没有了一切生命。

“一号”看着军用地图。无人区内是一片空白，边缘处仅有的几处符号还与其他标记不同。这表明数据系航测所得，仅供参考。

谁知道无人区里潜伏着什么样的厄运！“一号”用一只拳头狠狠地砸着另一只手掌，两只手都感到疼。

“‘一号’，军区的电报。”机要员又来送电报了。

这份长达数百字，不惜冒失密风险的电报，送来的是“大革命”中的又一次特大喜讯。“一号”匆匆扫过一眼，电波挟着人所不知的密码，穿越辽阔的疆域，将军区的压力，将最高统帅部的压力，将一个大时代的压力，将还有他说不清是恐惧还是狂热、是憎恶还是渴求的自我意识，通通压在他的头上。

“一号”决绝地拿起红铅笔，在无人区上画了一条弧线，很细，几乎看不清，但这毕竟是无人区上第一次以人工留下的痕迹。像一个家无长物的破落子弟，他曾珍藏着家传的一件宝物，如今万般无奈中，只得把它抛了出来。一旦抛出来，“一号”的思想就在飞快地起着变化：这是全部的希望所在，孤注一掷才能得到巨大成功。

他用红笔用力描了描，一条鲜艳粗重的红线将无人区剖开了。

“一号”在做出最大胆决定的时候，也是慎重的。他开始在部队进行更深入更广泛的动员，并将一部分重伤员就近折向公路，要留守部队速来接应并及时治疗。剔除了老弱病残之后的精悍部分，拟用两天时间掠过无人区。

无人区内有无生物，对于匆匆路过的军人们来说，并不具备太大的意义。重要的是，他们在超饱和负载之后，还要背上足够用的冰。另外，还得背负融冰化雪的燃料。明确无误的目的是达到“会吃饭”的标准。

准备工作开始了，战士们在冰河内砸冰。部队里人才济济，石匠们派上了用场。岸上垒着一道冰墙。淡蓝色的冰砖中间，夹杂着冻结时未及逸出的气泡，晶莹剔透。

更多的人在准备燃料。昆仑山上可供燃烧的东西，委实太少。最高级的燃料要数牦牛粪，质轻易着，但稀少至极。稍多一些的是一种叫“毛刺”的植物。它趴在荒漠上，像一团长刺的毛，或者是长毛的刺。没人知道它属于哪科哪属，甚至连它的名字也是一种剽窃。真正的毛刺是一种低海拔沙生植物，要高大得多。欺世盗名的伪毛刺被连根掘了出来，堆成小丘，又按人头均分下去，成为穿越无人区时的能量来源。

女兵们几乎无事可干。她们享有干燥的牦牛粪和最晶莹的冰砖。战士们用近似怜悯的态度，照顾着和他们一道忍受非人苦难的姑娘们。

“你‘倒霉’完了吗？”甘蜜蜜小声问肖玉莲。

肖玉莲没作声。

每月一次的生理现象，带给肖玉莲的岂止是“倒霉”，简直是灾难。绵延不止地出血，使她十分虚弱。

“我看你算了吧！特殊情况特殊对待，我去找领导说。”

肖玉莲迟疑着。前面就是无人区，一片迷蒙的黄色。她打怵了。也许，应该点一下头？那么，不用肩冰负薪，有马匹殿后，有炊事班烧的热汤……因为出血过多，她太想喝一口热汤了。点一下头吧！她哀求着自己。只要点一下头。不点头也行，保持沉默就成。甘蜜蜜已经站起身来，五分钟后，一切都轻松了，她将同老弱病残一起直抵公路……老弱病残！这称呼像锥子一样刺穿了她的心，却没有血液流出来，她身体里的血液太少了。血……血书……血红封面的入党申请书……她猛地清醒过来，一把拽住甘蜜蜜：“我能走！”

“你这种情况，不能走。”

“谁说不能走？我问你，红军中有没有女兵？她们有没有这种情况？她们不是照样走完了长征吗？她们能，我就能！”

甘蜜蜜愣住了。爸爸讲过许多长征的故事，但从没讲过女兵们的这种事。也许他的队伍里没有女兵？也许女兵们“倒霉”了，谁也不知道？也许那时营养极端缺乏，女兵们都不再“倒霉”？也许……甘蜜蜜脑海里走马灯似的闪着种种念头，企图说服肖玉莲。抬头一看，肖玉莲倚着背包，好像已经睡着了。

太阳像一面刚被冰雪擦拭过的镜子，明亮却并不温暖地照在肖玉莲苍白果决的面孔上。

十三

“一号”终于病倒了。医生小心翼翼地谈了自己的看法：他应当随伤病人员直抵公路。

“我应当在我应该在的位置上。”“一号”冷漠地说道。他难以容忍任何一个部下干涉他的意志，即使是他的医生。“你应该做的只有一件事，”看到医生窘迫的神情，他竭力将口气放和缓些，“采取一切办法，保证我能走过无人区！”

医生诺诺而退，随即派注射技术最高的肖玉莲带来最有效的药物。

输液瓶里的液体，匀速地滴落着。

“一号”好像睡着了。大战前能够安然入睡，是军人修炼的极致。可惜“一号”还未臻圆满，他只是好像睡着了。他知道坐在一旁观察输液情况的肖玉莲十分拘谨。也许说几句话，聊聊家常，会使这名女战士自在起来。但“一号”做不到这一点，他极少和部属们开玩笑，他把平易近人看成是一种不必要的装潢。还是佯睡吧，这样，这个小女兵就会自动放松的。

人在似睡非睡的状态中，思绪飘得最远。感官被封闭，思维却异常活跃。眼前一片红色，像遍地血泊……“一号”近来只要闭上眼睛，就会出现这幅景象，这是为什么？是因为关合了眼睑，灯火透过皮下的血脉，所以才变得如此鲜红……鲜红的丝绒大幕升起来了……这是在哪里？“一号”竭力思索着。想起来了，这是军区会议期间观看的一场演出。节目很精彩。台上，少男少女们婆娑起舞，婀娜多姿；台下，前排就座的“一号”如芒刺在背，如坐针毡。现代化的交通工具缩短了赴会的时间，却加大了两地的强烈反差。一想到他的战士们，他恨不能一个箭步返回昆仑。突然，台上灯光变换，出现了与他的防区对峙的异国装束。一时间，他愣住了。紧跟着，他的血液向头颅冲去。剧情跳跃地发展着，异国美丽的公主丢失了缀满钻石的项链，盛装的宫女们秉烛弄影，在菩提树下仔细地寻觅着。观众席上发出由衷赞美的叹息……够了！“一号”暴怒地站起身来，粗率的动作碰落了邻座托在手心的呢子军帽。他毫无察觉，踩着别人锃亮的皮鞋尖，一点儿也不知。“一号”像个在有辱国格的情形下愤然退席的外交官，笔挺着腰杆向场外走去。

“跳舞的小子、小丫头们！我的战士比你们还要年轻。看来他们在昆仑山上用自己的胸膛和快要冻成冰坨的血给你们换来的温暖太多了，才使你们昏头昏脑地表演我们警惕地注视的异邦的舞蹈！”

出了剧场，冰冷的夜风抽打着滚烫的前额，“一号”迅速地冷静下来。为什么要如此大动肝火？演员是无辜的。

即使在下意识中，“一号”也不会承认自己大发雷霆的真正原因。其实，只要入场券上的座号变动一个数字，这一切就可能不会发生。单号和双号隔着老远呢！

真正的导火索，是“一号”身边的“呢子军帽”。

他俩并排坐着。在高大、整洁、仪表堂堂的同僚面前，“一号”感到了自己的寒碜。

这是两颗恒星的相会。在军区的星空中，他俩同样璀璨，各自率领着庞大的星群运行。多年来，他们难分伯仲。最近，风传军区将从他俩当中提升一名任要职，彼此间的关系就更为复杂了。

他们历来是客气而光明正大的。上午的会议上，“一号”以崭新的高原拉练方案使得对方黯然失色。没想到在晚会上，“呢子军帽”竟能以这样的方式报复“一号”：他对“一号”所面对的异国舞蹈报以会心的微笑和响亮的赞叹！“一号”愤然离去，他感到自己受了侮辱，至今仍耿耿于怀……

郑伟良在“一号”的帐篷外久久徘徊着。若他不是“拉指”成员，流动哨早就过来盘问他了。他犹豫着：进去，不容易；出来，就更不容易。他有点儿胆怯。要与“一号”谈论的问题是如此重大，他时时感觉到自己力量不够。他又一次摸摸胸前，透过厚厚的棉衣，他感到里面涌动着火炭般的热力。“要不，先向‘一号’提起自己的父亲？在一种充满人情味的气氛下，交谈也许效果会……”这个念头刚冒出，就被他否定了。他相信真理在自己手里。

郑伟良撩开帐篷帘，不由得呆住了。地铺上睡着一位憔悴的老人，斑白的头颅无力地后仰着，青筋隆起的手臂上扎着粗大的针头。一旁是面容惨白的肖玉莲。

他立刻明白“一号”病了，真想立即退出。让这病弱的老人休息一会儿吧。可理智告诉他，离天亮只有几小时了，前面就是无人区，再不谈，就没有时间了！

“有事？说吧。”“一号”淡淡地说，眼睛依旧微合着。

“我想……我想以一名共产党员的身份同您谈谈。”郑伟良很困难地说出口。

“一号”睁开眼，注意地看了他的参谋一眼。“是党员吗？”他问肖玉莲。

肖玉莲窘得满脸通红：“填了表，还没通过。”

“一号”明白过来，部队里压了相当一批数量的入党申请表，要根据个人在拉练中的表现来决定批否。他说道：“能够经历如此艰苦的考验而不当逃兵，我看可以算是好样的共产党员了。”他转向郑伟良：“怎么样？这里没有外人了，我看你这个共产党员就开始说吧。”

郑伟良似乎还没有鼓足勇气，一时沉默着。

肖玉莲的手微微发抖。她想摆动胶管，驱赶药液加速输入，但想到“一号”的心脏恐怕难以承受，又无措地缩回手指。

郑伟良知道他心爱的姑娘此时出于各种因素正急于逃跑，他充满歉意。真希望肖玉莲能抬起头看他一眼。那样，尽管在“一号”眼皮底下，他也要给她一个微笑、一个示意。

肖玉莲的头垂得更低了。

“一号”也不催促。他把自己的姿势调整了一下，以便躺得更为舒适。

为了不使即将开始的话题把心上人吓坏，他顽强地等待着。

肖玉莲离去的脚步声消失了。

“‘一号’，您是否取消穿越无人区的决定，迅速率队向公路靠拢，在最短的时间内撤回驻地？”郑伟良把萦绕心头许久的想法和盘托出。他立刻觉得轻松了不少，已经没有了退路，剩下的只是说服对方而已。

果真是这个来意！一个如此机警的小伙子，怎么这样不知高低！“一号”直起身，略带嘲弄地说：“还有什么想法，都一块儿说出来吧。”他鹰隼似的目光射在郑伟良脸上。

在强大的威慑力下，郑伟良习惯性地低下了头，但这仅仅是一瞬间。他闪电般地意识到自己的怯懦，勇敢地抬起头来，回敬着“一号”的目光：“我绝非心血来潮，也不是异想天开，而是考虑了许久才下决心找您开诚布公地谈谈。您可以骂我是胆小鬼、可怜虫，但请您听我把话讲完。”

“一号”觉得事情有点儿出乎意料。他心里想的恰被这个年轻人言中，他有些窃喜地高看了一点儿对手。谁人不知，“一号”喜欢坦率，喜欢料事如神？他迅速收敛了目光中的一些威严。

这微小的变化，被郑伟良捕捉到了。他增强了信心，侃侃而谈：“这次拉练的模式，是我军自创建以来所有最严酷训练的总和。不错，我们曾凭借这些战斗打败过凶恶的敌人。它们在战史上大放光辉。但是，它们在今天是否还值得我们连一个细节都不更改地去重复？作为一种精神，它们不会过时，但具体实施必须随着时间、地点、条件而变化。世界上没有僵死不变的事物，战争更是错综复杂、瞬息万变的组合。硬要将战争纳入一种早已过时的模式中去，这本身就违背了战争的规律……”

开口闭口“战争”，你到底打过几仗？“一号”忍不住打断郑伟良的话：“解放那年，你几岁？”

郑伟良语塞了，但他并不示弱，迅速调整了自己思辨的锋芒，他要用铁的事实论证自己的观点：“红军爬雪山的时候，光着脚穿草鞋；朝鲜战场，志愿军穿着单鞋追击敌人；一九六二年自卫反击战，冲锋时也穿的是解放鞋，但是否就应从中得出结论：打仗时鞋穿得越少越好，穿毛皮鞋，就得打败仗？！为了追求形似过去，在拉练中，有的战士牺牲了，有的战士残废了。拼命驱赶战士们投入人为的苦难之中，绝非治军的上策。军人不惧怕牺牲，但不能据此漠视军人的生命！‘一号’，部队里伤员众多，疲惫不堪，在强大的政治鼓动之下，没有一个人愿意加入老弱病残的行列。潜伏巨大危机的部队一旦进入无人区，势必出现更为危难的局面。‘一号’，我请求你收回成命！”郑伟良悲愤异常。他很想把意思表达得委婉一些，但牺牲者的影子在他的眼前晃动，他无法控制自己的感情。

平心静气地说，这个参谋的讲法不无可取之处，但作为拉练部队最高指挥员，绝不能容忍这种蛊惑人心的语言。箭在弦上，不得不发，拉练必须按计划干到底。不要去思索为什么这样做，只要去考虑怎样才能做得更好。

“一号”思索着。新输进去的药物发挥作用了，他觉得头脑清醒而灵活：“穿越无人区，难道也是模式吗？如果是，还叫什么无人区，人来人往，叫大马路好了！”他为自己的幽默感到得意，“正因为驾驭战争没有规律可循，我们才需要练兵啊，在各种情况、各种地形练兵。你怎么知道，将来战争不会在无人区里爆发？记住！我们不是敌人的参谋长！”

郑伟良冷笑了一声。这也许很不该，但他忍不住。“不是敌人的参谋长！”多时髦的一句话！为什么要当敌人的参谋长？同样，敌人也不是我们的参谋长！总有一天，我会成为一个参谋长，用自己的智慧与胆略击败敌人……郑伟良的思绪在一时间滑得很远，他赶紧收束住，尽量平和地说：“未来的战争可能在地球上的任何角落爆发，我们没有必要同时也不可能在所有的地方进行事先演练。”

“一号”的脸色阴沉起来。穿越无人区是他的创举，郑伟良竟将矛头直指这里。如果说部队有伤亡，还可以引起他的踌躇；指责他决策上的失误，则是不能容忍的。

郑伟良已经收不住了，思路如江河直下：“况且，像这种肩冰衔草式的原始行军方式，自身的供给尚无法保障，又能有多少战斗力呢？它只能模糊人们对现代化战争的认识，以为有了精神就能打胜仗。其实，战争的物质性是异常直接的。吃苦不是目的，只是一种达到胜利的手段。我敢说，如果红军有毛皮鞋，他们绝不会穿草鞋去翻越夹金山。抛却了这个实质，反而津津乐道于复制苦难本身，不正违背了先辈们的意愿吗？红军正是为了让子孙后代不再受苦，自身才去忍受非人的磨砺的。从这个意义上讲，单纯追求苦难而忽略军人生命的价值，正是对传统的背叛。”

“你住嘴！”“一号”终于怒喝出声了，“照你这么说，一将功成万骨枯，我是用战士的血在染红自己的顶子了？郑伟良同志，我可以告诉你，别看我是‘一号’，需要的时候，我照样脱下毛皮鞋，换上解放鞋，解放鞋总要比毛皮鞋轻快，战场上时间就是胜利！我们的战士正是这样想、这样做的，你说的，只是你个人的心理失态。整个部队，到处在嗷嗷叫！”

郑伟良曾想到“一号”可能命令他退出帐篷，却没有想到“一号”会这样据实驳斥他。他一时有些无言以对。部队确实被一种近似狂热的献身感笼罩着。但正因如此，事情才愈加可悲。郑伟良的目光重新闪出勃勃英气：“您说得很对，‘一号’。我们的战士太可爱了。他们忠诚地去执行每一道命令，从未怀疑过命令本身。军人的忠诚无可指责，作为有权发布命令的指挥员，面对这种无与伦比的信任，难道不该三思而后行吗？至于您个人的品质，那是另外一个问题，我相信，并已经看到您完全能够身先士卒。可我还是恳求您，一个士兵手里只有他一条生命，而您手里执掌着千百条生命，为了已经牺牲和将要牺牲的战士们，再考虑一下吧！”

“一号”并不为之所动，语调中饱含着压抑不住的恼怒：“决定不是我个人做出的，集体讨论，上级批准，任何人不得更改！不错，你知道得不少，会夸夸其谈，引经据典，一套又一套的。你以为你是个合格的军人了？告诉你，我早看透了，你骨子里怕苦！怕死！说这么一大篇冠冕堂皇的话，无非是叫我撤兵，好掩饰你心里的恐惧。其实，想逃避这些容易得很，你不必当共产党的兵，尽可以去喝外国人的洋奶！”

火山终于爆发了。“一号”到底不适应一个共产党员和一个共产党员说话的方式。司令就是司令，参谋就是参谋。他痛快淋漓地吼叫，不惜使用些恶毒的言辞。

一九六二年边境自卫反击战，在缴获的军需物品中，有一种罐头，包装相当考究，战士们一看，“呸呸”吐着口水，把整箱整箱的罐头抛入了界河。罐头上印有一个浓妆艳抹的女人，裸着乳房正在飞吻。这便是极富刺激性的犒军物品——人奶罐头。多少年过去了，沉入界河的罐头早已被冲刷得不知去向，昆仑山上却留下了一句最恶毒的咒骂。

郑伟良不记得自己是如何退出“一号”的帐篷的。大滴大滴男子汉的泪水，落在石头上。

昆仑山默默地承受着。

传说每个人在天上都有一颗星。在高原上每个人也一定都有自己的一座峰。伟大的人高耸入云，平庸的人低矮匍匐。哪一座山属于父亲？郑伟良的目光停留在一片隆起的大地上。这也许就是父亲的化身，平坦到几乎没有起伏。但就在它的上面，承担着昆仑主峰的一部分。哪一座山属于他自己？也许在雪山深处，有一座小小的火山。它喷发了，冒出滚烫的熔岩，可顷刻间就被冰雪封死了。为了这次喷发，又积蓄了多少力量和时间！现在，这一切都过去了。群山静默，它们甚至不知道曾有过这样一次猛烈的喷发。

不，一切并没有过去。郑伟良快步走回自己的帐篷，拧亮袖珍手电筒，呵呵手，写下一行行字。

十四

进入无人区了。一眼看去，它并不像想象中那样恐怖，只是极为荒凉。什么都没有，连高原上无处不在的石头都没有。也许几亿年前曾经有过，风用巨掌揉碎了它们。无人区简直就是由土黄色沙砾组成的一片死海。

甩掉了老弱病残的队伍，还是极快地衰竭下去。马匹抽去运送伤员，所剩无几，剩下的因为过度负载，比人还疲乏。只有“一号”的马，还算强健。“一号”蹒跚着，喝令警卫员离开自己，去救护更困难的人。

白牡马垂头站在路边，如果把人的脚印称作路的话。

“拉住。”警卫员把马尾巴递给了肖玉莲。

肖玉莲甚至不知道递过来的是什么东西，就拉住了它。马的力量使她向前。节省下来的体力使她的神志刚刚略微清明了一点儿，她立刻像抓着蛇一样，把马尾巴松开了。

“咋？怕踢？这会儿它连自个儿的命都顾不上，哪有力气尥蹶子。”

“不……我能……走。”

警卫员又牵着马立在路边。他一次次向人们走去，一次次退回原地。路过的人连看都不看他一眼，仿佛他是个不祥之物。

冰砖潮润了。时值正午，传令做饭。不过，须统一检查合格后才许下肚。

甘蜜蜜先在地上扒了个浅槽，安顿肖玉莲半卧着休息，然后开始做两个人的饭。

先得支灶。甘蜜蜜好不容易掘出两个浅坑，四周垫一圈粗沙，灶坑勉强塞得进一片干牛粪。

该破冰了。要恰到好处地凿下一块也不容易。甘蜜蜜索性将两块冰砖对砸。乒乓一阵后，冰裂成数块，填满两罐头盒后，开始点火。

牦牛粪燃起雪白笔直的烟雾。古烽火台上报警的狼烟大概就是这个样子。其他的人就没有这样的好运了。粗大的防风火柴扔了满地，阴沉的伪毛刺，滚着浓黑辛辣的烟，就是不肯燎起火苗，把自己含辛茹苦积聚的热量奉献出来。

亘古荒原上第一次升起了炊烟。无数道烟尘，使人想起钻木取火或减灶增兵之类的故事。

歇了一会儿，肖玉莲有了点儿力气，她要爬起来帮忙，被甘蜜蜜死死按住。她焦渴异常，真想把罐里刚开始融化的冰水一口气喝光。想起不经检查不能吃饭的禁令，她只好舔舔手指，把散在沙地上的冰晶蘸起来吃。裹在沙砾里的小冰块噙在嘴里，像冰糖一样。

水，发出极轻微的嗞嗞声。甘蜜蜜把干粮袋里的米倒进去，顿时没了声响。她只好趴在地上吹起火来。

旁边有位医生，正端着盒子往肚里吸溜面糊糊，见状走过来，帮着吹火。“下面糊糊要快得多。”他说。

甘蜜蜜没答话。盛面的干粮袋已随金喜蹦坠下了山崖。

“你不等着检查了？”她问那个医生。

“若等检查的来，我的糨糊早冻成冰坨倒不出来了。谁愿意查，”他指了指胃的部位，“到这儿来查吧。”

人们都半生不熟地吃上了。甘蜜蜜一人顾两摊，哪摊也没熟。她一急，抓起一大块干粪就往灶坑里塞。小小的灶坑先是落沙，紧跟着四周一松，哐当一声，一盒稀饭倒扣过来，白生生的大米粒正好捂在粪火上。火，熄灭了。

甘蜜蜜一屁股坐在地上，捂着嘴巴肆无忌惮地哭起来。哭声惊动了四周的人。部队快要出发了，补做肯定来不及，一个又一个罐头盒凑过来，里面盛着或多或少的面糊糊和米汤。

“别哭别哭，你要是早点儿扣就好了，大家剩得还多些……”医生开着玩笑。

甘蜜蜜不理会，眼泪顺颊涌流。

“蜜蜜，眼泪也是水啊，”肖玉莲说，“我不吃了。你快把那盒面糊糊喝了吧！”

甘蜜蜜不听她的，将另一盒夹生的稀饭分作两份，把多一点儿的捧给肖玉莲。

肖玉莲不再推辞，一口气将上面的稀汤喝完，把盒放在沙地上，淡淡地说道：“我实在是吃不了。你倒了算了。”然后，合拢了眼皮睡觉，任凭甘蜜蜜说什么，她都不再开腔。直到集合号响起，甘蜜蜜才将剩余部分喝了。

无人区在短暂的惊愕之后，开始了疯狂的报复。飓风挟着漫天黄沙滚滚而来。沙石填平了人的耳郭、眼窝、头发的每一处缝隙、皮肤上的每一条纹路。肺腑里都塞满了沙尘。行进中的军人像一排排沙柱。倒下的人像一座座沙丘。风沙极大地迟滞了部队的速度，原定两天走出无人区的计划彻底破灭。

已经是第四天了，最快也得到傍晚才能走出这片死亡地带。

这是一支逐渐干枯的队伍。全军涓滴皆无。带冰时虽已留足余地，但冰砖分割时多有遗失。狂风又加速了水分的蒸发，一部分冰直接由固态气化了。当然最主要的是，行军时间拖延了一倍。

已经远远地望见雪山了。银白色的冰雪，闪烁着诱人的光彩，非但不能解渴，反倒更使人感到难以忍耐。曾经诞生了无数条江河的昆仑山，此刻冷酷地看着这支部队走向死亡。

“杀马。”“一号”向他的白牡马走去。

白马驮着几个背包，它那曾笔直而富有弹性的四蹄，如今无力地屈着，曾像白缎子一样闪亮的皮毛被干结的汗水和泥污黏结成缕，肮脏地垂在那里。它充满信任地盯着“一号”，相信主人总有一天会把它领到一片丰美的草原上，恢复它往日的神威。

“一号”取下它的负载，伏在它的耳边说了句什么，白马顺从地卧下了。冰凉的沙地使它打了一个寒战。

“一号”拿过一条背包带，将它的后腿绑在一起，又用一条背包带，将它的前腿绑在一起。白马似乎意识到了某种危险，惊恐地看着“一号”，但它仍一动未动。

“一号”又用一根粗壮的绳子绕在马颈上，把两头递给几名高大的战士，交代道：“如果它不动，就不要……勒。”最后一个字说得十分困难。

“一号”伸出手，像往日赞赏白马时一样，拍拍它那有着一块菱形黑色图案的脑门，然后，用手指轻轻合上白马美丽的有着长长睫毛的眼睛。

白马无声地躺在那里。除了它的腹部像风箱似的紧张起伏外，安静的像失去了知觉。

郑伟良拿起匕首要上，“一号”拦住了他。他自己用手触摸到动脉搏动最明显的地方，猛地将匕首刺了进去。白马剧烈地痉挛了一下，痛苦地抽搐着，但硬是没有动。大家都看呆了。

酱色的黏稠得像膏脂一样的马血喷涌出来，顺着污秽的皮毛流进早已准备好的桶内。

“快！趁血还没凝，赶快分给最困难的战士。”“一号”眼望别处，下着命令。

警卫员递过一罐头盒滚烫的马血。“拿开！快给我拿开！”“一号”几乎咆哮起来。

马血已经放不出来了。白马的躯体还在不规则地抖动着。必须趁热将血淋淋的马肉分下去，其中残存的湿气也可以救命。“一号”拔出手枪，对准白马的额心，扣响了扳机。

白马不动了。“一号”走过去，轻轻抚摸着它那柔软的逐渐凉下去的耳朵。白马突然睁开眼睛，澄清的眼珠善良地毫无幽怨地望着他，但不久便开始涣散，暗淡下去，最后像两只瓷球似的固定住了。

一颗巨大的混浊的泪，从“一号”土黄苍灰的颊上滚落下来……

“传令下去，凡是杀马，都要用这种杀法，才能放出更多的血。不到万不得已，不许用枪。”话刚说完，“一号”猛然一晕，险些栽到地上。

警卫员忙扶住他，赶快递过一块马肉。“一号”用力推开了：“去！去接一碗别的马的血来。”

他得活下去，活着走出无人区。

他不畏惧死，但他不能死，生命不属于他自己，他必须走在队伍的最前列，带领部队走出无人区。

时至今日，一切争论都没有意义了。向前，唯有向前，才是生路。

傍晚到了。这是原定走出无人区的时间，雪山仍像最初看到时那样遥远。幸好风停了。湛蓝的天，苍黄的地，像两页色彩瑰丽的贝壳；而嵌着的夕阳如同一颗血球般的珍珠。

肖玉莲像片枯叶，突然仆倒在地，就再也爬不起来了。事情似乎发生得毫无征兆，在这之前，她一直紧跟队伍，寸步不落。

“我就要坚持下来了！”她欣喜地自语着。当她分辨出自己是躺在甘蜜蜜的怀里时，反倒弄不明白是怎么回事。“走啊！这是干什么？”她不解地问。甘蜜蜜试探着松了手，她立刻倒在地上，又昏厥了过去。

再次醒来后，肖玉莲变得宁静了。

“帮我擦擦脸吧。”她轻声请求。

甘蜜蜜用衣袖将她脸上的浮尘拭去。

“你……”她露出乞求的神色。

甘蜜蜜急忙俯下身。肖玉莲艰难地说道：“你告诉他，别生我的气……”甘蜜蜜使劲点着头，表示自己知道这个“他”是谁，“还有……帮我把抽屉里的信……烧了……别看……他们也不是恶意……”她努力想做出一个笑容，已经来不及了。

“把我留在这里吧……”最后几个字，她越说越轻，甘蜜蜜也不知自己是否听清了，“早知道……这样……我……”

什么都没有意义了。肖玉莲死了。

甘蜜蜜站起身，干涩的眼睛向四处看了看。她对女友的死没有做出更多的表示。

即使肖玉莲不留下遗言，她的尸体也无法运走。这里虽已临近无人区的边缘，但每个活着的人也都临近了死亡的边缘。甘蜜蜜只是从身旁医生的手里接过行军锹，立在肖玉莲头前，留下一个标志。

从此，这里不能再称作无人区了。一个美丽绝伦的女兵长眠在这里了。

十五

当人们再次看到公路时，整支队伍爆发出一种非人的呼啸。

拉走了伤员，补充了给养，部队似乎又恢复了生机。“一号”决定率领部下按原计划攀越雪山，然后班师回营。

机关派来的越野吉普，带来了留守领导拟成的新闻稿，送交“一号”审阅，并请示能否提前发出。全军拉练已进入高潮，报纸上东西南北的典型都有了，唯独还没见高原部队的。再不发稿，就很可能来不及了。“一号”连夜亲自动笔修改，一大早，派郑伟良携带所摄底片和定稿立即返回机关。攀越雪山一事，虽尚未实施，他也写在其中了。只要那座雪山没有从地球上消失，他相信无论有多少艰难险阻，他的队伍都一定会成功。

坐上小车，松软的坐垫把郑伟良吓了一大跳，半天才适应过来。

目视前方的司机抛过来两支烟。

郑伟良点燃一支，猛吸两口，抽得脸通红，然后便盯着喷出的烟雾久久未动。

“带干粮了吗？”开了很长一段路，司机好像是漫不经心地问道。他将胸口伏在方向盘上，以控制车的剧烈晃动。路况险象环生，车弹跳得很厉害。

“怎么了？”郑伟良从沉思中被颠醒过来，不再回顾已经消失的拉练部队，他以一个作战参谋的敏感判断出司机并非饿了，而是另有所指。

“车况不好。带点儿干粮不就有备无患了嘛。”司机佯作轻松地说，“我说检修一下再上路，‘一号’不准。但愿路上不要……”司机没有把话说完。任何行当都有自己的忌讳。

郑伟良下意识地紧了紧胸前。

吉普车越颠越凶。

拉练部队返回驻地后的第二天，郑伟良和司机的尸体才被找到、运回——由于刹车失灵，越野吉普从险峻的山路上急冲而下。最后几十米完全没有辙印，车是飞下山路的。

司机伤在面部，血肉模糊，惨不忍睹。

郑伟良伤在后脑，血和脑浆均从破裂处流光，除面色极为惨白外，形象一如生前：眉宇间蕴含着生气，紧抿的嘴角流露出坚毅和果敢。他很像在沉思中睡着了。

十六

有关拉练的新闻终未见报。一处海拔较低的部队，抢在他们前面填补了这项空白。再则，报社编辑委婉地指出：昆仑部队的拉练经验中缺少做群众工作一项。

“扯什么淡！”“一号”大骂起来，“做京官的，耍的哪门子威风！让他到这里来看看，老子给野牦牛、毛刺堆做群众工作啊？这里是昆仑山！”

带消息来的参谋吓得呆立一旁。他颀长英俊，很像郑伟良。“一号”爱用性格、品貌与前任相似的人员。

意识到自己的失态，“一号”很快镇静下来，问道：“还有什么事？”

“正在处理拉练牺牲烈士们的后事。有这样几件事须向您请示。”

自当年先遣部队进疆开始，昆仑山传下一条不成文的规矩：凡因公牺牲的人，均被追认为烈士，葬入烈士陵园。生未必是人杰，死一定为鬼雄，这也算是一种崇高的政治待遇吧。参谋递过一沓拆开的白信封，道："这些遗言中所提的要求，与惯例不符。是尊重本人意愿，还是按惯例处理？请首长指示。"

"一号"拿起最上面的一封。"肖玉莲"三个字跳入眼帘。他眼前闪过那个面庞惨白、手指微抖的女卫生员。白纸上写着："听说牺牲的士兵入殓时要穿新衣服。如果真是那样，可否把我的那一份寄给我的父母亲？他们年纪大了，很怕冷，皮大衣、毛皮鞋，可以代我尽一份孝心。"

"一号"困难地点了一下头。

打开第二封。写得密密麻麻，还挺长。"一号"开始找老花镜。"我来念吧。"参谋接过去，"亲爱的妞妞……"这是一封家信，写得情意缠绵。"一号"听得心跳，急忙去看信封，果然，是金喜蹦的遗书。

"这封信没有地址，无法转交。再说这很可能是一个小名，在农村找一个名叫妞妞的姑娘，是太容易也太不容易了。"参谋顿了一下，奇怪"一号"为什么露出有些恍惚的神情，接着说道，"唯一的线索是，金喜蹦文化水平不高，写不出这样通顺连贯还带点儿'小资味儿'的信。现在，只要找到帮他代拟信稿的人，事情或许有点儿眉目。"

"一号"吃力地摆了摆手，截住了参谋的话。信中的大部分内容是他写给妻子而被金喜蹦抄了去的。

"军区关于金喜蹦的处理意见已经转回。敌我矛盾按人民内部矛盾处理，开除军籍，押送回乡。他的信就不必转了。""一号"用极快的速度说了这几句话，同时心想：金喜蹦幸而死了，不然，这条意见也会置他于死地的。

"郑伟良有什么遗言？"他忽然记起这个很重要的问题。

"没有。他的信封内是一张白纸，一个字都没写。据周围同志讲，他曾说过，他母亲心思重，当年他父亲牺牲后，曾对着遗物昼夜啼哭，因此，他不愿留下片言只字再惹母亲伤心。如果可能，请组织上将他的遗物全部烧毁。"

“哦。那么，他的遗物内有什么特殊物品？”“一号”盯住参谋问。

“有。”参谋一惊，“正要向您汇报。”他赶紧递过一个小包，“这是从郑伟良前胸贴身处找到的。”

“一号”拿起上面的纸卷。“敬爱的军区党委……”果然不出所料，还是那些观点，不过更系统一些，字迹相当潦草。

“这个……是否也同其他遗物一并烧掉？”参谋试探地问。

“这不是遗物。”“一号”冷淡地扫了参谋一眼。小伙子，你不如郑伟良！他接着口授道：“找人誊清后，发往军区。”“一号”丝毫不怀疑自己的判断，没有必要销毁反面意见。

他又揭开布包下层。一束银白色的丝露了出来，根根坚硬似铁，因为在指掌间摩擦生电，猛然间直立起来。

白牦牛尾巴！他就是自己苦苦寻找的烈士的儿子！

“一号”险些站立不住。吃惊、悔恨，夹杂着愤怒。“他就在我的眼皮底下，却让我苦苦寻找。”他什么都知道，而自己却蒙在鼓里！然而这一切都流逝了。他无法想象一个年老的母亲如何第二次接过父子两代人的遗物，他颤抖着手，上下摸索着。身旁的参谋立刻递上了打火机。

火苗燎起来，伴着一股刺鼻的烟味。“一号”突然又用手指去掐灭它，仿佛全然不觉得烫。

参谋不知所措地站着。“还有……”他察看着“一号”的脸色。“一号”点点头，示意他说下去。“还有号长李铁的遗言中，说有一张相片保存在郑伟良处，要求给他家寄去。查遍了郑的遗物，也没找到这张相片。只是在郑伟良带回的胶卷中，有一张是李铁的。郑伟良把胶卷放在胸前，保存完好，相片已经洗出。只是……”参谋迟疑着。

“只是什么？”

“只是那是一张遗像。”

“废话！这个也要来问我！要你们这些人有什么用？！给一个战士的亲人寄去一张遗像，亏你们想得出！”“一号”暴怒起来。

不知何时，参谋退了出去。“一号”呆坐着，感觉非常疲劳。

“‘一号’，有人要见您。”高大的警卫员无声地走了进来，用蚊子样的小声说，“是——”

“不管是谁，不见！”“一号”粗暴地打断了他的话。

“是。”

一会儿，门又开了。

“一号”并不回头，静等着警卫员再次开口时，将他痛骂一顿。

“您就要离开这里了，为什么不肯见见您的士兵？”一个女孩子的声音。

“谁说我要离开这里？”“一号”已接到升任军区要职的命令，但他一直扣着未作传达，昆仑部队内无人知晓。这小姑娘手眼通天。他判断出，她就是甘蜜蜜。

“我妈妈呀！”甘蜜蜜并不回避。她自幼在军营长大，比“一号”更大的首长也不知见过多少，她毫不打怵地说，“昆仑部队拉练伤亡不少，我妈生怕我也死了，赶紧给我打了个电话，顺便告知我这个军事秘密。”

“一号”不由得笑了。他突然渴望和她谈点儿什么。他太寂寞了。在昆仑防区，他永远只扮演一种角色，发号施令；他只有一个很小的谈话圈子，这个圈子里还都是他的部下。此刻，牺牲将士的亡灵纠缠着他，使他心神不宁。他很想谈点儿轻松的事。

“你妈妈和你说了些什么，能不能告诉我呀？”他慈祥地问道。

“哎，这正是我今天要找您谈的三件事中的第一件！”

“噢，有三件？”三件事，不知他能否帮她办到？离任之前，“一号”愿意为更多的人做一点儿好事。他笑笑，鼓励甘蜜蜜说下去。

“第一件，我妈妈正在活动将我调出昆仑防区。我希望您能阻止这件事。我不想离开昆仑山。”甘蜜蜜的表情郑重严肃。

“一号”收敛起笑容。他不再把眼前这姑娘当作小孩子了。这是一名真正的战士，血管里和他一样涌动着军人的血液，他庄重地点了点头。

“第二件事，请求您将郑伟良和肖玉莲的陵墓靠在一起。他们相爱已经很久了。”

“一号”“噢”了一声。停了一会儿，他小心地问道：“那肖玉莲是干部吗？”

“不是。”甘蜜蜜敏锐地感觉到这问话的含义，急急辩解着，“她是因为入不了党，才提不成干的。现在，追认她为党员了，可干部没有追认的呀！”

“第三件呢？”“一号”不愿当面伤这小姑娘的心，另起了一个话题。

甘蜜蜜还想说什么，可这第三件事更加牵动她的心神：“您可一定要答应我！”她的眼圈红了，“请把金喜蹦安葬在烈士陵园吧！只是一座象征性的衣冠冢，他的尸体至今还没有找回来，我刚才又到灵堂里去了一趟……‘一号’，他是为了救我才牺牲的……”甘蜜蜜掉泪了。

“一号”缓缓地说：“军区关于金喜蹦的处理意见已经到了——”

“我知道！我知道！”甘蜜蜜急急忙忙打断了“一号”的话，她不能听人再复述一遍那些令人悲愤的言辞，“但金喜蹦牺牲在前，意见是刚刚才到的！”

“错！”“一号”沉重地说，“我核对过时间了。军区签发的日期在前，只是由于路途遥远，刚转到这里。这样，金喜蹦坠崖的时候，就已经被开除军籍了。像这种情况，是不能进烈士陵园的。你说的最后两件事情，我都没有办法。”

“不！您有办法！有办法！”甘蜜蜜绝望地呼喊起来，“是您让我们去拉练，他们才死的！想不到，他们连临死前的最后一点儿心愿都不能得到满足。您是胆小鬼！您害怕了，怕军区、怕丢官，连死人您都害怕！怕他们会在陵园里谈恋爱，怕他们进了棺材还当反革命！他们的血已经流尽了，尸体都找不到了，难道还不足以洗刷他们蒙受的冤屈吗？！‘一号’，您敢到灵堂去吗？面对一具又一具那样年轻的尸体，您不觉得有愧吗？！”

这简直是一尊复仇女神的化身。“一号”想喝令她出去，像他在这块土地上曾无数次行使权力时一样。调令虽已来了，但他仍是昆仑防区至高无上的主宰，什么人都不能如此放肆！可他终于什么也没说，缓缓地站起身来，走出了自己的房间。

远处，有一座灯火通明的独立大屋，那就是灵堂。两名持枪的哨兵，钢打铁铸般地守卫在门口，仿佛已和脚下的土地凝为一体。

他确实还没有去过，没去那大屋。

“一号”在昆仑防区下的最后一道命令，是将肖玉莲和郑伟良的陵墓分置于陵园两角，拉到能够拉开的最大距离。条例规定：战士不准谈恋爱。死去的战士也是战士。

他把自己的调令一直压着。直到军区再三催促，他才在一个晚上离开了昆仑防区。

越野吉普无声地滑行在下山的路上。天气渐暖，已经有零星车队往山上送给养了。白天逆着车流下山，会车时十分麻烦，司机很感谢“一号”选择在夜里行车。

他稳稳地坐在司机旁的座位上，并不回头，任凭昆仑防区在他的身后越来越远。按照他的安排，调令第二天早晨将向防区宣布，那时，他的车已经驶出了这块土地。

随着车轮的滚动，“一号”的心逐渐空荡起来，像一团丝，被车轮越抽越细，越抽越长……

“停车！”他突然叫道。司机一脚踩死刹车。他披着大衣走了下来。警卫员不知何事，也赶紧跳下车。

“你在车上待着吧，我想自己走走。”黑暗遮没了“一号”的面容，单听声音，像一个慈爱的父亲在劝说随行的儿女。

警卫员退了回去。他已经看清，这里是烈士陵园。

“一号”缓缓地走着。暗夜中的陵园显得分外宁静肃穆。一排排半凸于地表的水泥长方体，排列得极为齐整，像一支匍匐于地下的军队，正随时准备出击。位于正中的高大墓碑直指星天，好似一把折断了锋刃的宝剑。当年进军昆仑先遣部队的英魂们就安息在这里。“一号”记得很清楚，合冢时，他把一块无法分辨的骨片也掩埋了进去。那是他在曾行过军的路上捡的。他宁可让一匹野马或野羊的骨殖在此享受后人的瞻仰，也不愿一块烈士的遗骨曝露在旷野上。面对这些老兵，他是问心无愧的。作为一个幸存者，他自信已把他们的业绩和传统交了下去，墓碑周围按烈士牺牲年月呈放射状排列的墓穴，是一部凝固的历史，功过都由历史去评说了。当“一号”的目光扫到墓群的最外侧时，他倏地僵立在那里。

一圈新挖的墓穴还没有落棺，巨大、深邃、周正的墓坑像一只只睁着的眼睛，从四面八方注视着他。严冬季节，短时间内在永冻土层挖掘出这些墓坑，单凭人力是很困难的，这是出动了挖掘机的结果。在拉练的全过程中，这也是唯一的一次使用机械。

墓坑，就是——那些数字！它们从指挥员的统计表上走下来，在这暗淡的黑夜变得如此狰狞可怖，张着巨大的口吞噬了那些年轻的生命。

“一号”孤零零地站在墓地里，感到难以自制的悲哀。不要登报，不要升迁，不要和“呢子军帽”比高低，只求这高耸的土堆填回去，填回坑去，让地面重新冻结得像钢铁一样坚硬……

一刹那，“一号”想驱车驶回防区，打电报请求上级将调令收回。“我哪儿也不走，我至死留在昆仑山上。”

他把一大块冻土踢进墓穴，发出空洞的回响。这声音震动着他的耳膜，使他清醒过来。“一号”蹒跚着向陵园外走去。

烈士陵园的门前，留下了深深的辙印。

十七

清明到了。

烈士陵园一夜间开满了人世间所有的鲜花。细钢丝拧成的花蒂，在钢筋焊成的花圈架子上难以绑紧，每一朵花都沉重地垂着头。在烈士陵园两角，安放着两个纯白色的小花圈，玉洁冰清，纤尘不染。其上各有一只雪白的蝴蝶，被柔软的钢丝托举着，凌空欲飞。

默哀完毕，漫山遍野的花圈被同时点燃了。最初的一瞬间，花朵笼罩在火海之中，神奇地保持着各自的姿态，只是颜色一律变为金红。火苗放浪地舒卷着，像遍地滚动着赤云。炽烈的热流升腾起来了，烟波浩渺地浮动着，花朵仿佛置身于波光粼粼的水中。火舌欢快地舔着蓝天，花瓣皱缩又怒放开来，褪去金红的色彩，变成一种钢灰色，驾着拔地而起的热风，轻捷地飞上了长天。不久，它们缠绵地旋转着，旋转着，纷纷扬扬地飘落下来。那对小小的白蝴蝶，化成银灰色，从烈火中比翼飞出，眷恋地依傍着，在云中翱翔……

火光熄灭了。在一片焦黑的土地上，站着一列年轻的士兵。纸灰无声地洒落在他们崭新的军装上，像一块块自天而降的黑纱。他们是拉练中牺牲将士的子弟，其中有李铁的弟弟—— 一个身材健壮的小伙子，肖玉莲的堂妹—— 一个并不漂亮的姑娘。

队尾有一名满面稚气的小战士，登记表上注明是郑伟良的弟弟。这名士兵贴身的口袋里，揣着一束烧去半截的白色牦牛尾巴。只有很少几个人知道，他，其实是“一号”唯一的儿子。

圣父、圣母、圣灵般的昆仑山上出现了一行新鲜的脚印。

山不高，还叫什么山！

昆仑山，是地球上最高的山峰之一。

一条蛛丝般纤细的公路，蜿蜒千余里，通往山顶的昆仑骑兵支队。

像古代结绳记事时绾的疙瘩，每隔数百公里，公路旁就有一簇房屋。那是兵站，供过往的军人住宿。

一辆草绿色的军用高原轿车，从半山腰的兵站开出，隐没在风雪之中。

兵站立刻将车上所载乘客的数目及车子出发的时间，通知给下一座兵站。

这是昆仑山的惯例。这不仅可以让下一座兵站提前安排好食宿，更重要的是，一旦超过预定时间，车辆仍未抵达，他们就应出去寻找。山高路险，什么意外都可能发生。

藏红花

未定国界在图纸上，是空心的断续的点，和已定国界坚定明晰的黑线不同，含着模糊的历史和隐蔽的硝烟。战士田久麦和班长高羔子，走在高原上这条虚拟的线中，积雪被军大衣的下摆扫出竹枝样的印痕。

那边是那个国家，这边是这个国家。田久麦入伍一年，刚从机关卫生科下到哨所，这是第一次巡逻。他问高羔子：“你见……过吗？”缺氧好像一块白毛巾，把他的话堵得断断续续。

“谁？野牦牛？獭兔？人？”高羔子问，明显带着对田久麦的嘲笑。高羔子身板瘦小，眼睛、鼻子和耳朵等附件，也都是小小的，很节省皮肤。

田久麦不好意思地说：“他们。”他本想把头扭向山峦的那一边，以姿势辅助说话，但厚厚的衣领和笨重的羊剪绒帽子使他的脖颈转动困难，只能让眼光从雪镜的一侧射出去。

高羔子不屑地说：“几次吧。他们人也不多。这么长的线，他走，咱也走，就像林子里的两条蛇，不容易撞到。”

高羔子是南方人，所以说蛇。田久麦从来没有见过蛇，家乡的土壤燥得像香灰。田久麦以为当上兵，就可以看到蛇这样的新鲜东西，到了这里，却连蚯蚓都看不到了。冰天雪地里谈蛇，让人有一种滑腻的温热感。田久麦原以为，一条蛇是很容易碰到另一条蛇的。班长为什么这么说？可能每一条蛇都有自己的领地，从不乱窜。

田久麦说："见到了，会怎样？"

高羔子说："就像没见到一样。"

田久麦有些憧憬，说："会挥手吗？"田久麦记得小时候看过一部电影，边防军人在国境上遇到了，会有这种举动。

高羔子让田久麦在前边开道，田久麦蹚起的雪雾呛进了他的喉咙。他吐着雪末子说："挥手？从来没有过。要挥，也是左手。右手一直扣在枪机上。"

田久麦感觉到了高羔子对自己的不客气。但是，高羔子的军龄长，这是军中辈分，爷爷对孙子说话，怎么都有理。再说田久麦是从机关下来的，这更矮了一头。军队是最讲究资历的。现在最高指示都说知识青年要接受贫下中农的再教育，新来的机关兵田久麦当然应该吃点儿苦头了。高羔子这样想着，就把自己的干粮袋取下来，对田久麦说："给你。"

田久麦以为班长怕自己的干粮不够吃，感激地说："我……有。你留着。"

高羔子说："美得你！背着。"

田久麦明白了，这是班长要考验自己，就乖乖地把高羔子的干粮袋背到了自己身上。干粮袋一上肩，田久麦就想到了老娘说过的一句话——布不加丝，面不加枣。那时他小，扒着炕沿问老娘，干吗面不加枣呢？加了枣多好吃啊。

老娘说，面一加了枣，就发大了，锅里就蒸不下了。一幅布，加上一根丝，看着没多少，布可就宽多了。

这和田久麦此刻有什么关系呢？田久麦不知道。田久麦知道的是，干粮袋把肩膀压下去了两指深。隔着绒衣、棉衣和皮大衣，田久麦清楚地感受到了每一粒米的棱角。

田久麦很生自己的气。“班长让自己背着他的干粮袋，这是班长信任自己。要是不信任自己，你想背还不让你背呢。要知道，干粮是军人的生命线啊。”田久麦这样对自己说完，头脑就通了，但是他的肩膀不通。田久麦便不再理会自己的肩膀，故意看周围的风景。

巡逻路线沿着山谷行进。山谷里堆满了雪，山顶上的雪忍受不了那里的孤寂，自愿地钻进风的行囊，迁徙到了谷底。太阳在半天空，迸射出的每一道光线都蓬松粗壮，绞结成巨大的白色链条，由于雪原的渗入和折射，凝成了炫目的光墙，遮天蔽日地矗立在天地之间。如果你胆敢直视高原正午的阳光，它就会毫不留情地把你的双目变成紫蓝色的洞穴。拐过山口，积雪已经没腰，两名行走的边防哨兵，像两头笨拙的牦牛，在倾斜的雪原犁出深壕。田久麦走前，高羔子轻松地跟在他身后，如同在一条小胡同里散步。

高羔子很愉快，愉快的结果就是他觉得热了。在高原上感觉到热，是一种很罕有的幸福。为了充分享受这种幸福，高羔子对田久麦说：“停下。”

田久麦没有听见，还在往前走。因为吃力，他把所有的血液和氧气都逼到自己的双腿和肩膀上了，这样他的耳朵就因为没有氧气的支持而变聋了。当高羔子第三次不耐烦地大叫时，田久麦才停了下来。他不是听见了高羔子的命令，而是感觉到了。高羔子的喊叫震动了高原稀薄的空气，空气把震动传给了田久麦，田久麦才困难地回过头来。

高羔子把自己的大衣脱下来，卷成一个婴儿的模样，对田久麦说：“背起。”

田久麦这一次很快明白了班长的不怀好意，他默默地接过高羔子的大衣。现在，他有两件大衣，这在严寒的午夜当然是绝好的事情了，可现在是高原的正午。一种短暂而强烈的炎热炙烤着雪原，让人有不可思议的灼烧之感。田久麦默不作声地把身上的武器、干粮袋、红十字箱等物堆积在地上，然后也把自己的大衣脱下来。他也变得和高羔子一样轻捷利落了。高羔子有些惊奇，这个新兵，难道敢不服安排吗？

田久麦把高羔子的大衣内外倒转，将挂着一缕缕污浊羊毛串的里子翻在外面。大衣比田久麦的身躯要小很多，但毕竟是大衣，翻转过来之后就有余地，田久麦成功地把自己塞了进去，可惜袖子很短，只到达田久麦胳膊肘下方。田久麦接着把自己的装备一件件披挂起来。想象一下，一个人穿着两件皮大衣是很狼狈的事情，但田久麦把它们搭配得很好，羊毛相间，并没有占据更多的体积。

臃肿的田久麦步履蹒跚，好像一块有犄角的军绿色岩石。高羔子在田久麦身后跳跃前行，如同灵敏的猴子。高羔子大声问："听说机关来了野战医院的医疗队？"

"嗯啊。"田久麦短促地回答。

"听说有女的？"高羔子更大声地问。

"嗯。"田久麦更短促地回答。

高羔子不满足了，这样重要的问题，怎么能如此草率地就回答完了？可他不能批评田久麦，他找不到理由。如果田久麦一不高兴，拒绝回答他以后的问题，他就亏大了。从机关下来的人，在一段时间内会很受欢迎，新鲜的消息是他们的财产。

"几个？"高羔子问。

田久麦知道高羔子问的是什么，可他故意说："十个。"

高羔子惊得一下冲开了雪障，从田久麦身后跳到了田久麦身前，兴奋地说："那么多？"

田久麦说："是啊。队长、副队长、主任、副主任……"

高羔子狐疑地说："都是女的？"

田久麦一脸无辜地说："不是啊，只有护士是女的。"

高羔子咬牙切齿地说："好。你耍我。"

田久麦知道自己惹了祸，赶快说："我没。三个，女的。"

高羔子憋住气，他要把这个新兵知道的东西都榨出来之后，再慢慢地收拾他。高羔子假装不在意地说："你小子，总跟她们说话吧？"

田久麦很谨慎地回答："没。轮不上我。"

高羔子仿佛随口问道："怎么样？"

这一次，田久麦是真的吃不准班长问的是什么了。他小心翼翼地问："什么呢？"

高羔子说："长得？"

田久麦很快回答道："差不多。"

高羔子不满足地说："怎么能差不多？这山和那山都不一样，更何况人？"

田久麦调整了一下背上的干粮袋和红十字箱的位置，绕过一道雪棱，说："她们都长得差不多。"

高羔子叹了口气。看来这个娃子真是不通人事，再问也问不出什么来了。太阳光在两道雪峰之间急速移动着，高原上的正午非常短暂，有一些薄冰融化了，挂在山腰，形成轻云。也许是由于缺氧，田久麦的大脑一下子短路，微蓝色的雪雾……田久麦想到了小柔。

小柔住在落梳庄。传说王母娘娘正梳头呢，梳子的齿突然断了，王母娘娘生气了，把梳子丢到了大地上。梳子是黄杨木做的，落地之后，杨也没了，木也没了，只剩下黄。黄的土墚，一道道的，朝天龇着，那是断了齿的梳子。断梳子的缝隙里，埋藏着低矮的窑洞，这里就是小柔的家。

小柔是个乖女子，身条也像梳齿似的，细弱而笔直。小柔和田久麦同在远处的大村上学，要在梳脊上走很远的山路。小柔和田久麦就这样走着，从小孩子走成了小伙子大姑娘。田久麦虽然肚里有点儿墨水，可没有姑娘愿意嫁给他。田久麦的爹早就死了，姐姐是傻子，还有一个疯老娘。谁嫁了田久麦，谁就落到沸水锅里了。虽说两人有感情，小柔也嫁不了他。小柔家死活不同意，指望独生女嫁给一个城里人，他们的老年才有依靠。小柔拗不过她家。恰在这时，征兵的来了。高原部队专门选了这里，看中的是这里的苦寒，说从这儿征的兵到了高原适应快，不会叫苦叫累。乡下人不知道高原是怎么回事，认定天下最苦的地方就是落梳庄了。只要能从落梳庄走出去，走到哪里都比落梳庄好。

小伙子踊跃报名，体检过后，脸就都垮了下来。山里人营养不良，骨头是弯的，脚板是平的，口里吹的气太弱，腔子里的心跳得太快……反正啊，差不多每个人都有毛病。只有田久麦，这个从小连糖球都没吃过的苦孩子，居然各项检查都合格。这一下子惊动了全村，有适龄女子的人家，都到田久麦家走动。田久麦的疯老娘此刻也不疯了，喜滋滋地吃着各家送来的吃食。

田久麦本不想这么快就把亲事定下来。田久麦的心大着呢，他想等以后见了世面，再谈这件事也不迟。可是，事情有变。接兵的人偷着告诉田久麦，到底让不让他走，公社里起了争执。田久麦是他家唯一的壮劳力，若是当了兵，他家就成了重点优抚对象，地方上压力太大。别的不说，吃水就是大事。人住在梳齿上，水流在沟底下，担水要先下到沟底，再沿着"之"字形的小路上山。天天雇人给田家挑水，天长日久的，这是多大的负担？接兵的人把内情透给田久麦，按说是犯纪律的事。但接兵的人很喜欢田久麦，像田久麦这样有文化又身体合格的小伙子不多。苦寒之地接兵就存在这个问题，人能吃苦，但缺少识文断字的。若是连着几年接此地的兵，机要员、卫生员的来源都困难了。

田久麦知道只有一个法子能救自己，就是定亲。定了亲，女方就有义务到他家来挑水拾掇，一应的事就都有了帮手。事不宜迟。慢了，兵满了，人走了，就是那女子能把东海挑到他家，也来不及。田久麦想定，就把风声透露了出去。谁愿意和他定亲，他就和谁定亲。

来的姑娘真不少。都知道乡下孩子当上了兵，就等于把泥巴碗换成了木头碗，摔到地上碎不了。纵使提不了干部，日后回来找个工作的可能性也大多了。田久麦如今选对象的唯一条件，是看她的身板壮不壮。要知道，这一走，最少三年，风雨无阻的一千多天，没个好身板，她可担得起？

田久麦找了个膀大腰圆的姑娘，说好了第二天就行订婚礼。当天晚上，小柔来了。田久麦和小柔走到落梳庄的齿尖上，在松软的黄土中坐下，小柔说："我要嫁你。"

田久麦苦笑着说："小柔，晚了。"

小柔说："不晚。我爹吃晚饭的时候同意的，我这就来找你。哪晚？"

田久麦说："小柔，我巴不得。可你吃不了那个苦。我也不准能在外面混出个模样来，你眼下跟我订了婚，三年之后，我要是灰溜溜地回来了，你爹也不能同意你嫁我。三年的苦，你算白吃了。小柔，我心疼你，听我一句话，回家去吧。"田久麦说这些话时，内心酸楚无比。朝思暮想的小柔就在手边，可他要把她推开。

小柔拉着他的手说："还记得咱俩一块儿上学吧？你说过要娶我。"

田久麦说："那时小。"

小柔说："那时小，现在不小了，该办了。"

小柔说到这里，就扑到田久麦的怀里。这情形，田久麦想了无数次，没想到真的就出现了。田久麦的表现，一点儿也不像他想象中的那样热切，他很克制地把小柔推开了，说："小柔，别。"

小柔抱住他说："还没穿上那层皮呢，就看不起人了！"

田久麦急急分辩，躲闪着说："我怕忍不住。"

小柔抓住他的手说："忍不住就不忍吧。你要了我！"

田久麦说："我不敢！坏了你的名声，日后你嫁谁？"

小柔说："日后，我只嫁你！"看着田久麦还没有动作，小柔的眼泪就砸了下来。那是些巨大的透明葡萄，只有长了小柔这么大的毛茸茸的眼睛，才能含这么多的水分。泪水落在落梳庄干燥的土地上，就像落进了油锅，细腻的黄土溅起来，在田久麦和小柔之间荡起尘埃。泪水把脆弱的堤防冲塌了。田久麦就和小柔做成了好事。事成之后，田久麦突然想起一件事，说："小柔，你不要怀了孩子！我走了，你就惨了。再说，我还指着你帮扶我们家。那样的话，谁帮谁啊。"

小柔说："我怀不了孩子。"

田久麦狐疑，说："你怎么知道？"

小柔说："这事我还真得告诉你。我至今还没来过月信呢！"

田久麦是读过一些医书的，惊讶道："那你还算不算个女人？"

小柔不高兴了，说："我是不是个女人，这世上只有你知道！"

田久麦看小柔生气了，想起自己刚才的销魂夺魄，不禁歉意，关爱地说："小柔，这是病，你得治。"

小柔说："我这是胎里带来的病。大夫说的，血瘀住了。要想生孩子，得把血破了。需要一剂猛药，叫作藏红花。藏红花泡在老酒里，连喝七七四十九天，瘀血就冲开了。什么毛病都没有了。我爹妈到处托人找藏红花，至今还没有找到。如今，你是我最亲的人了，你得帮我找。"

田久麦把头点得下巴直撞胸口。

第二天，小柔找到接兵的人，说她是田久麦的未婚妻。田久麦家的所有活计，她都能包下来。她坚决支持田久麦当兵。公社的人看她一副瘦小枯干的模样，有点儿信不过。小柔说：“杀人放火我不行，搬山填河我都能。”公社就让接兵的人把田久麦带走了。

田久麦困乏或委屈的时候，就会想起小柔。一想起小柔，他的嘴角就向耳根方向咧去，一个春风荡漾的笑容就出现在被高原的紫外线灼成酱色的脸庞上。

在一旁行走的高羔子看到了田久麦暧昧的笑容，莫名其妙。他还不知道小柔。如果田久麦在哨所待的时间更久之后，这种情况就不会出现了。哨所是没有秘密的，连同那些最隐私的事情，都会被晾晒在高原的太阳下，与人分享。极端的孤独和恐惧，会让人们把以往生活中所有美好的东西反复咀嚼，直到成为没有一丝水分的渣滓。

不知道小柔的高羔子，就把田久麦的笑容和野战医院的三个女护士联系到了一起。这种联想让高羔子生气恼怒。同在高原，这小子不但看到了女人，还和她们说过话！而他高羔子，连从头顶飞过的秃鹫都是公的！油然而生的恼火使他发出了下一道命令。

“田久麦，你站住。”

田久麦就站住了。由于回忆，他的脸上有一种光芒。这种光芒更是惹翻了高羔子。高羔子说：“你背上我。”

田久麦有点儿怀疑自己听错了。高羔子身体健康，四肢完好，为什么要他背他呢？看到田久麦愣怔在那里，高羔子更不高兴了，说：“田久麦，你耳朵塞了牦牛毛？叫你背我，你为什么不背？”

一向温顺的田久麦反驳道：“做啥要我背你？你也没病没伤的。”

这是一条很硬的理由。高羔子怒道：“我是你的首长，我要你背，你就得背。”他的愤怒通过大口大口的哈气得到有力的表达，出自肺腑的热气遇冷之后瞬间凝结成浓重的白雾，田久麦觉得班长变成了火车头。但是，田久麦毕竟是见过一些世面的，他说：“首长又怎么样？我还见过师长呢！师长也没让人背。”

高羔子有些气馁。他一当兵就被分到了哨所，哨所是连级单位。在哨所待了三年的高羔子，见到的最大的首长就是连长。高羔子知道从连长到师长，中间有很多台阶。但是，高羔子在气馁之后，是更大的义愤。这小子，非但看过了女兵，还见过了师长。“不过，师长并不能保护你。在这里班长说了算！”高羔子这样想着，就说：“田久麦，这是命令。你是一个卫生员，卫生员是要抢救伤病员的。你不背他们，他们就会冻死在山上。你要练习！让你背我，是你的福气。我才多少斤？要是司务长伤了，才有你好看！”

司务长是一个大胖子。按说高原上是没有胖子的，但司务长是一个例外。司务长就在仓库里睡觉，哨兵说，司务长半夜里梦游都吃压缩饼干。

田久麦听班长提到司务长，就蹲了下来。是的，他是一个卫生员，卫生员上战场是要背伤员的。如果平时不练习，到了真刀真枪的时候，他就没法儿背得动。高羔子很高兴，他终于找到了报复这个新兵的机会，让他再那样春风得意地笑！

高羔子趴到了田久麦的背上。如果有人看到他们，肯定会感到滑稽，好像是一只绿色的熊身上攀了一只猴子。田久麦走得很慢很慢，除了背负的重量太多，要命的是高羔子的双手环在他的脖子上，如同铁箍，使他无法顺畅通气。他说：“松松。”

高羔子很舒服地说：“不松。松了，我就掉下去了。”他真的很惬意，如同小时候趴在老爹的背上。过了一会儿，高羔子主动地说：“停停。”

田久麦停了。他以为班长良心发现，不再折磨他了。没想到高羔子说：“太阳偏了，冷了。我要钻到大衣里。”

田久麦把一应装备脱下，再把自己的皮大衣脱下，正要再接再厉地脱高羔子那件皮大衣，高羔子说：“我就趴在两件大衣之间，这样，你还好背些。”

田久麦一言不发。田久麦没有力气说多余的话了。高羔子温暖地蜷在两重羊毛之间，好像三岁小娃。

归途还很远。田久麦的眼角有了泪水，不单是委屈，还有雪海的反光。透过泪水看高原，就有了玲珑剔透的幻觉。由于负重，氧气的消耗极大，大量的气流冲击着心肺，带来很多新鲜的气味。雪像青蒿，搔着你的鼻毛，让你总想打喷嚏。花岗岩有一种火碱的味道，那是无所不在的石英颗粒，在飓风善意的抚摸和恶意的鞭打下，摩擦而生，透着不屈的暴躁。沙砾的味道轻浮油滑，飘忽不定。它很没有立场，靠近什么物体就沾染上什么味道，谄媚得像一个小人。最好闻的是空气中氧气的味道，有一点儿淡淡的鱼腥味，类似溪水被蜻蜓点破所散发的气息。碳酸气有腐败的味道，好像霉雨中发酵的蓑衣。总而言之，高原缺氧的空气是不结实的，它虚空脆弱，好像是气体中的杂粮，体积够大，但提供的能量不足。

路越来越难走了。田久麦虽说身材高大，但负重过多，又背着高羔子这样一个活物，走路越来越艰难。他呼吸急促，喉头发咸，血液中的盐析了出来，糊在嗓子眼儿。背上传来了高羔子轻微的鼾声，这个家伙，居然睡着了！田久麦又恨又气，很想把背上这个猴子样的家伙扔下悬崖。当然了，这只是想象而已，但这种想象让他高兴。无论怎样高兴，他的脚步还是越来越沉。他接着想，不能把高羔子摔死，但是可以装作自己一不留神跌倒了，这样高羔子就会来个嘴啃泥，要是脸上挂了彩，那就更好了。田久麦开始寻找沟坎，找那种可以把高羔子摔得鼻青脸肿又不致断骨的地形。功夫不负有心人，还真找到了几处，但他没有实施计划。不是回心转意心疼高羔子，而是怕在这样的事故中，自己的损伤比高羔子更严重。要知道，高羔子是两层军大衣的柔软夹心，而田久麦披挂甚多，搞得不好，枪都要走火。

太阳移过两山之间的夹道，沉到雪壁之后。天的颜色立即暗去一半。谷地变成冰窖，风也磨快了嘴角，撕扯着擅自闯进它领地的生灵。从远处看，山石肌肤相连，是不可进入的。哨兵的脚步揳入微小的缝隙，它们才不情愿地放出一条小径。在极端的寂静之中，田久麦突然听到近在咫尺的闷哑声响，随后他感到自己的身子一沉，腰就热了起来。整个身体向后倒去。

田久麦不知道发生了什么，想到不能把高羔子压在背后，就向侧面翻去。这时，他听到了第二声响。尽管他是个新兵，也分辨出了——这是枪声。一旦明白了这是枪声，田久麦的动作立即迅猛矫捷，他即刻把枪掏了出来。但是，周围一片死寂，没有丝毫动静，好像刚才完全是田久麦的幻觉。

有一个明显的证据，证明这一切不是幻觉。高羔子从两层皮毛中滚出来，腹部一片殷红，肚子上张开了一张哈哈笑的嘴，并有一种奇怪的白色管子从“嘴”中流淌出来。高羔子醒了，从睡梦中惊醒，也惊讶地看着自己陌生的腹部。好在高羔子是老兵，立刻明白了眼前的一切，说：“有人在背后开黑枪。”

田久麦点点头，说：“敌人。”

高羔子还没有感到疼，他端起枪，用发红的眼睛扫视大地。回答他渐渐暗淡的目光的是亘古以来的宁静。如果没有身下汩汩的血浆，你真的可以认为这里有永恒的宁静。

“跑了。”高羔子判断道。

田久麦点头。他被吓住了，除了点头，不知道还能做什么。“敌人在哪里？我要为你报仇。”他摸着自己的枪。

“他们的战术就是打一枪就跑。有点儿像咱们的游击战。你追不着他们。”高羔子说。

“他们是谁？”田久麦失声问。想到自己的躯体曾在某个枪口长时间稳定的瞄准之下，田久麦抖个不停。

“说不准。枪击中国巡逻兵，如果是他们，”高羔子困难地把下巴扭扭，田久麦赶紧表示知道这意思，高羔子闭了一下眼，雪光漂白了他的眼神，接着说，“就是国际争端了。也可能是叛匪，这边跑过去的……”

“他们还会开枪吗？”田久麦问。

“通常不会。你没觉得一点儿声息都没有了吗？狗日的，他们是胆小鬼，从不敢面对面地干。”高羔子说。

“我去追他们！”田久麦的勇气升腾起来，一个边防军人，在自家国土上看到战友的血，怯懦就一寸寸地变成灰烬。

“你追不到他们。最重要的事是回哨所报告，通知总部。耽误了时间才是哨兵的耻辱。”每当一股鲜血涌出，高羔子的语调就暗淡下去一点儿，在出血的间歇，高羔子的调子就尽量明亮。“那你怎么办呢？”田久麦说。

“把我留在这里。你赶快走。”高羔子不由分说。现在，他躺在地上，血已经把铺在他身下的羊皮染成艳丽的红色。那些被血浆粘住的羊毛，一簇簇很有生命力地竖起，好像一种惊世的花蕊。子弹从背后将高羔子的肚子击穿，炸出了一个大窟窿，好像一个压面机的出口，宽宽的白面条，势不可当而出。

田久麦是学过生理知识的，从理论上讲，他是知道那些白色条索是什么东西的，可是他不敢相信。他愚蠢地问高羔子：“是什么？”

高羔子看了一眼淡淡地说：“这里头，还能有什么？是我装饭的家伙。”

田久麦记起野战外科教材上说遇到这种情况该采取什么措施，他打开十字包，取出三角巾，把一个茶缸覆盖在白色涌出物上。那白色物体很滑腻，充满活力，好像一根线轴源源不断地脱落，茶缸很快就覆盖不住了，不断向高处浮起。田久麦哆哆嗦嗦，手足无措。高羔子看他这样，嘲笑说：“真是个新兵蛋子。我一时半会儿死不了。”

“可是你最终会死的。”田久麦不服地大叫。这样对一个受重伤的人说话是很不仁慈的，但田久麦被恐惧攫住，他无法控制自己的情绪。

高羔子说：“嘿！兄弟，这事不用你告诉我。要是我刚才有什么对不住你的事，别在意。逗你玩呢。老兵总爱逗新兵玩。等你成了老兵，八成也这样。好了，你走吧。”

田久麦大声反驳：“我不走。我要把你背回去。我背得动你。”

高羔子说：“你背不动我。刚才你背得动，那会儿我是活的。现在，我要死了。死人和活人的分量是不一样的。快走吧。”

田久麦不听高羔子的话，这是他第一次不服从命令。他努力搬动高羔子的身体，但是任何微小的动作都会使高羔子身上的出血更肆无忌惮。高羔子看他这样辛苦，就狡黠地说：“你现在这样背我走，半路上我就死定了。不如你快快回哨所，一来报告了消息，二来也好找担架来救我。”

田久麦想想，这也是个办法。他说：“班长，那我就听你的话，先走了。你可要在这里好好地坚持啊。”说着他换好三角巾，先把高羔子的大衣铺好，让高羔子比较舒适地躺在上面，再把自己的大衣给高羔子盖上。高羔子火了，说："把你的大衣拿走。没有大衣，一会儿太阳下山了，你会冻坏的。"

田久麦倔强地说："我冻不坏。你出了这么多血，你才会冻坏呢！"

高羔子微笑着说："我心里有数。我肯定不会是冻死的。"他强撑着说完这话，牙齿已经咯咯对敲起来。田久麦说："你怎么啦？"

高羔子说："没什么。有点儿渴。"

田久麦说："你是失血太多，喝一点儿水吧。"说着，他就拿出自己的水壶。水壶沉甸甸的，可一滴水也倒不出来。严寒把水壶冻成了一坨冰。

"给我一点儿雪吃吧。"高羔子吃力地说。血液带走了他大量的热度和水分。吃了雪，当然会更冷，可是残存的血液已经不足以支持高羔子的心脏搏动了，为了能让田久麦快快离开，高羔子必须坚持说话。

田久麦抓起一把紧实的雪。由于和鲜血对视太久，如同会把红纸上的黑墨看成绿色，在暮岚的浸染下，莹莹白雪已化为冰蓝。他把蓝雪吞到嘴里，腮帮子立刻烧灼般痛起来。他拼命搅动口腔，让积雪尽快地从齿龈和喉咙中夺走热量，融为小股的温泉。他把嘴巴对准高羔子惨白的嘴唇，把蓝色的液体注了进去。

"真甜啊。"高羔子说，"你要是个女人就更好了。"高羔子得了水的滋润，神志清醒了一些。

这句话提醒了田久麦。他一边继续用嘴化水哺育高羔子，一边把手伸进自己的棉衣。僵硬的手指穿透了绒衣和衬衣，在贴胸的口袋里，田久麦摸出一只小瓶子。瓶子色白透明，里面填满了鲜红色的针状物。田久麦把小瓶子在高羔子眼前晃啊晃，欣喜若狂地说："班长，你有救了！"

"这是什么？"高羔子深知自己绝无获救的可能，还是兴趣盎然地问。

"这是藏红花啊！"田久麦说。

"哦，藏红花，大名鼎鼎啊。"高羔子聚起渐渐弥散的眼神，打量着珍贵的藏红花。它神秘华贵得如同太阳的粉末，一股奇异的芬芳透过玻璃沁了出来。

“这是治妇女病的。你一个大男人，怀揣着这个干什么？”高羔子不解。

“我老婆有妇女病，不能生孩子，就指着这个药治呢。我时刻带在身边，怕它冻坏了。暖在胸上，保险。”田久麦忙不迭地解释着。他多么希望有足够的时间给班长讲讲小柔啊。可惜现在不是说话的时候，等以后吧。如果刚才不是班长趴在他背后，此刻血流不止、白花花的肠子流了一肚皮的人，就是他自己了。生死之变，让他在心中把和班长的关系迅速升级了。

“这么稀罕的东西，哪儿来的？”高羔子元神将散，还是忍不住要纠察部下的纪律。他知道，在某些寺庙的佛像肚子里，存有这种奇异的药材。

“我哪能坏纪律呢。我在卫生科的时候，服侍过一位重病的老阿妈。她临去世的时候，把藏红花送给了我。”田久麦解释道。

高羔子多疑地说：“别是你老婆有这个病，你跟人家要的吧？”

田久麦愤愤地说：“班长，你受了伤，按说我不该跟你争，可你不能诬赖人，我真的没和她说过。是她非要给我的，说我是好人。”

高羔子说：“好吧。我信你。赶紧揣好了，回家给你媳妇大补吧。”

田久麦说：“班长，你吃。”

高羔子愤愤地说：“我就是伤了，也还是个男人。怎么能吃女人的药？”

田久麦说：“老阿妈临死前告诉我，这藏红花少用活血，多用破血……”

高羔子说：“好你个田久麦，记仇，往死里整我！我这样，再活血破血，你不用走出半里地，我就像辣椒酱一样渗到土里了。”

田久麦着急地说：“班长，你听我把话说完。老阿妈说，这是一种特异藏红花，用到极大量，出血立止。”田久麦说着，用力把瓶塞打开，异香弥散在黄昏的雪原之上，对抗着浓烈的血腥味。

田久麦欲把藏红花填进高羔子的嘴里，但高羔子牙关已经冷硬了，加之他用力咬紧，红色的针状药草难以进入。

“为什么不吃？班长！”田久麦哀求。

“不吃。”高羔子说。

“我不会害你。”田久麦说。

高羔子极度疲倦了，微眯着眼睛说：“我知道。”

田久麦火了，说：“班长，你信不过我。”

高羔子奋力睁开眼皮，说：“信不过你，我还信得过谁？我的兄弟！”

田久麦摇晃着他说：“既是兄弟，那你为什么不吃藏红花？”

高羔子说：“我反正不行了，给你媳妇留着吧。将来她生了孩子，也有我一份。”高羔子说完，马上觉得这话有些不妥，什么叫人家生的孩子也有你一份啊？但他没有力气解释了。

田久麦可没想那么多，他用力掰开了高羔子的嘴，把一撮儿藏红花填进高羔子的嘴里。藏红花在高羔子的口中融化，鲜红的浆液流入他失血的胸膛。不知是藏红花的神力，还是回光返照，总之，出血立止，高羔子的精神也好了起来。

“兄弟，走吧。不要为我再耽搁了。我求你了。”高羔子柔情地说。

田久麦把小瓶子放在高羔子的手心，说：“班长，我走了。你多保重！藏红花隔一会儿就嚼一撮儿，很灵的，它能止住你的血。等着我，报了信马上就回来接你！你可一定要挺住啊！”

高羔子紧紧地捂住小瓶子，说：“兄弟，走好！把你的大衣带上！”

田久麦说：“我不！你冷！”

高羔子厉声道：“你会冷的。我马上就不冷了。叫你带上你就带上，这是命令！”

田久麦就穿上自己的大衣，然后用高羔子的大衣把高羔子裹得像个粽子。他依依不舍地倒退着走了几步，然后猛地一转身，飞快地跑了。

落日的余晖，在极高远的天顶涂抹了疏朗的几丝亮光，从橘红依次褪成橘黄、橘青，直至变成橘灰，融入苍茫，渐渐远去。寒风凄厉地扫过冰冷的山谷，像少女的抽泣。高羔子把手中的小瓶举到眼前细细端详。真是好东西啊！每一根花蕊都如同蝴蝶的长须，细致紧密，蕴含着无数樱红色的颗粒，倒入江河，也许能染红半壁山川。

高羔子本来想把藏红花小瓶一直捏在手心里，后来一想，不妥。他就要死了，虽然他是一个老兵，可是他也不知道自己死后究竟会有怎样的动作。若是手一下松开了，小瓶就不知会滚到哪里。他又想把小瓶压在身底下，那样保险。可他已经没有力气了。高羔子用最后的智慧，为小瓶子找了一个好去处。他挣扎着把藏红花塞进了肚皮上的茶杯里。他知道哨所一定会检查他的身体，要查出罪恶的子弹究竟是何种武器发射的。那样，就会看到藏红花了。

肠管已经冰冷，鲜血不再流淌，水杯的边沿儿已经冻住。高羔子耗尽气力才做妥这一切。他舒舒服服地看着森凛的天穹，云霞幻化成一个胖胖的婴儿，在那里微笑，嘴唇由于藏红花的浸染，艳丽如火。

补天石

一

大雪就要封山，已经好多天没有车辆上山了，真令人不可思议。

路极险。平原还只是初秋，上山的路却已冰雕玉琢。

封山是个可怕的字眼。它意味着昆仑山要同人世间分离相当长的一段时间，成为一座飘浮在半空中的独立雪国。尽管那人世并不怎么美好，正为派性打得一塌糊涂。

开轿车的小个子司机，蜷着身子，裹在毛色污浊的皮大衣里，像一只久经风霜的蛹，干瘪而结实。他目不转睛地盯着路面，好像不是开着拖有防滑链的车轮碾过去，而是把积满冰凌的路咽进肚子。

路面银亮银亮，庞大的轿车驶过，竟不留一丝痕迹。车轮像穿上了溜冰鞋，轻盈地朝四下欢快地滑动着。

司机双臂僵直，顽强地操纵着方向盘。

突然，急转弯处冰雪覆盖下的路基，像饼干一样破碎了，右后轮一个打滑，然后不可遏制地滑落下去。

轿车的重心，飞快地向右后方倾斜。司机本能地将方向盘拧麻花似的向左打去，企图力挽狂澜。然而，根本来不及了！墨绿色的车体像一条活泼的大鱼，被一股巨大的力量揪得昂起头来，摆出一种常态下绝对做不到的姿势，仄侧着半个身子，朝无边的深渊坠去……

那辆车翻了。

翻车的一瞬，女兵班班长朱端阳回忆起来，实在是妙不可言。没有恐惧。恐惧都是旁观的人或当事人事后想象出来的。翻车之前，轿车已爬行到海拔高处，缺氧像一床厚重的湿棉被，捂得人透不过气来，哪里还顾得上害怕。翻车时的第一个感觉，是什么人用巨掌将她向车厢外侧扇去。她想："这样脑袋不是要撞上玻璃了？那该是很疼的吧！"幸好，车窗也向外侧倒下去，永远同她保持着最初的距离。

其后的事情，朱端阳便记不清了：车厢里凡是没有固定的水壶、背包、汽油桶，都在空中飞舞起来，随着车体迅速旋转。窗玻璃外忽是蓝得虚伪的天，忽是银亮的冰峰扑面而来，尖锐得要刺瞎你的双眼，那无穷无尽的白色，仿佛车不是在空中翻腾，而是在无底的雪国里航行……哗啦一声，玻璃撞在凸起的岩石上，粉碎成一把碎屑，弹片一样强有力地散开，深深地楔进棉军衣、皮大衣、人的皮肤或任何一样它碰上的物体。殷殷的血珠喷溅开来，留下奇形怪状的血迹。

坠落中的车厢，是一个空洞的音箱。粗大的防滑链与岩石相撞，发出钢铁般铿然的响声。凹凸不平的车顶与雪地相触，像巨大的鼓面訇然作响。呼啸的山风擦着窗玻璃尖锐的裂口，发出哨子一样的啸叫，随着翻滚变换着韵调，像一支呜咽的笛。

朱端阳的脑子一片空白，直到这时，她才意识到巨大的灾难降临了。来不及思考，也无法采取任何自救或他救的措施，唯一能做到的是把身体蜷得紧紧的，两手死死握住能抓到的任何一样东西，把脑袋缩进肩膀……

没有人知道司机采取过什么措施。司机已经死了，死在方向盘和他的座椅之中，紧抵的方向盘戳穿了他的胸。但他的脚，紧紧地踩在油门上。也许，他曾为挽救汽车做过殊死的努力。也许，这完全是天意。在无数次翻车事故中，能落个全尸，便是极大的造化了。假如尸身坠入人力所无法企及的深渊，就只有永远地留在那里，慢慢地风化，成为山的一部分了。

这次翻车，应该感谢山势的极其陡险。唯有昆仑山，才有这种壁立千仞的悬崖。高原轿车从空中翻下，不知翻了几个跟头，竟然鬼使神差地落到了下面的公路上。濒死的司机，不知是无意识的悸动，还是最后的责任感驱使，踩动了油门。这辆已如同坟墓的轿车，犹如一只被从空中扔下的兔子，四脚着地后，疯狂地跛着脚向前……直到被坚硬的岩石挡住去路。

死一般的寂静。好像全车的人都死了。

山风撕裂了人们的耳鼓，各处的伤口，在短暂的麻木之后，火烧般的疼痛，像蜂刺一样蜇醒了活着的人。

朱端阳困难地从破损的车窗里爬出来。门被摔得变了形，打不开了。手又被玻璃碴儿割破了，但只流了一点儿血就停住了。严寒，是最好的止血剂。

冰冷的空气迅速地使她清醒了。身上到处血迹斑斑，弄不清是自己的血，还是别人的血。朱端阳拼命活动自己的四肢，揉搓自己的耳朵、鼻子，以证明它们是否还在。还好，都在，而且渐渐感到疼痛，这说明功能正常。

她这才有机会打量一下四周：冰峰雪岭一如既往，无动于衷地注视着幸存者们。唯有漂亮的高原轿车变得令人认不出来了。大片油漆被揢去，露出内层的铁锈红钢板，车像一只经过伪装的红绿相间的怪物。车前大灯可怕地凹陷进去，却还闪闪发光，像死不瞑目的眼睛。前风挡玻璃被撞得粉碎，这是一种特制的玻璃，虽破碎却并不掉碴儿，像密集的冰凌聚在一起。中心偏左处，有几摊艳红的血污，那是司机被方向盘挤压呕出的。

朱端阳感到了刻骨铭心的恐惧。她刚从生与死的交界线上走回来。假如翻车时她被甩了出去，假如她被车厢内的重物撞得醒不过来，假如飞溅的玻璃迸进她的眼珠，假如她的胳膊和腿在某一特定角度上像麻秆一样被折断……

那么，这个世界上就再没有此时此刻的朱端阳了！

在广袤的冰雪世界里，这个面目清秀、身材瘦小的女孩子，显得那么单薄渺小。

朱端阳想起了妈妈，想起了遥远而温暖的家。

旷野中响起一种奇怪的声音。它清脆得像玻璃折断，刺得人一阵阵心痛。这是朱端阳在哭，大声地毫无顾忌地痛哭，也很有韵致，恍惚听来，竟很像放浪的笑。

幸存的女孩子们，抱成一团哭起来。她们全然忘记了自己是女兵。周围山谷发出轰轰的回响。

十几岁女孩子的眼泪，是一种奇怪的东西。所有的怯懦畏缩以至恐惧，都能溶解在那咸而苦的液体中，随着痛彻肺腑的哭泣，汇进昆仑山永恒的冰雪之中。

车上的男人们，默默地注视着同他们一起经历了死亡地狱的女孩子，不知道该说什么好。他们是搭车的，多是因故探亲超假或刚出院的战士。

女兵们断续地停止了哭泣，聚光灯一样，把目光指向她们的班长。

“噢！我还是班长呢！”朱端阳悚然一惊，这才意识到自己肩上非同小可的责任。

她们是昆仑山上的第一批女兵！

朱端阳揉揉因哭泣而酸痛的眼睛，脸上被泪水洗过，紧绷绷得难受。她要对她的战友们说点儿什么。突然的变故，她必须行使自己的指挥权——她是这辆车上的建制班班长！

只是，该说点儿什么呢？

有人伤亡，到处都是血。女孩子们学的是卫生员，战场救护，四大技术，平日背得呱呱叫，此时却完全呆若木鸡，不知该干什么好。倒是几个老兵见过世面，依次触摸着几个不见动换姿势的人的口鼻。凡有口气的，拖出来，进行一点儿简单的救护。那始终僵卧不动的，只得让他们继续趴在那儿。活人都顾不上了，就只好委屈那些死难者了。

这是朱端阳第一次看到死人。她却并不怎样害怕，或者说，最害怕的时刻已经过去了。她觉得死真是一件不可思议的事，刚才还好好的同志，怎么能一下子就死了？她不相信，拼命地摇着一位女伴的头。女伴大概是受了致命的内伤，脸上很干净，甚至体温还在，只是摸上去稍冷一点儿。

她们一个班的女兵，本来是个完整的集体。现在，未到山顶，就永远地失去了一个……

应该说，威严的昆仑山，这一次是格外地慈悲了。高原轿车在坠落过程中，没有摔得粉身碎骨，没有汽油外漏引起大火，真是极大的幸运。车上的乘客，除了在翻滚的过程中碰伤磕伤，少数几个人死亡外，大多数只是皮肉受伤，实在是不幸之中的大幸了！

幸存的人们，该终生感谢昆仑山。

最初的忙乱过去了，人们逐渐安静下来：下一个兵站的同志久候不到，会出来找他们的。残破的车厢尚可御寒，车内的干粮还在，至于水，更好办，漫山都是冰雪……

朱端阳木然地站起身。有人死了，但她还活着。她们还上不上山呢？

看看长眠的战友，假如她们这些幸存者终于成不了“第一批”，那么，这牺牲不是毫无意义了吗？

最主要的是，军区领导下达的是让她们尽快赶到山上的命令，而绝不曾叫她们私自撤回！

世上有什么比战士的天职更重要的东西?!

最初的迟疑和恐惧退潮了，一种近乎悲壮的情绪，笼罩着这个小小的女兵班班长。女孩子们沉默着，等待着。远处的山是昆仑山的主峰，那是骑兵支队司令部所在地。暮色苍茫之中，那山俯视着她们，像威严的长者。她们才到半山腰，离那儿还远着呢！然而，也唯有在半山腰，她们才知道昆仑山是多么高远，才知道她们已经走过了多么漫长的道路。

只能向前，不能退后！

女孩子们信任地望着她们的小班长，准备服从她的指挥。危难之中，有时不在于谁说什么，只要有人站出来，大家就会听他的。

“咱们坐兵站的车，继续上山。”朱端阳的声音并不大，但每一个活着的女孩子都听清了。

二

土黄色的操场，散乱的女兵。

“面向我，成一路横队集合！”新兵连连长喊道。这是一道奇怪的命令。

奇怪归奇怪，命令还是要服从。一百二十名女兵，按照个子高低，排成长长的一队。也许是因为太长，队伍便略有些弯曲。

要是平日，连长会命令解散、重来。就是一千名军人，也该排成笔直的一线。但是今天，他隐忍了，只是向后退了退，调整自己同队伍两翼的距离，直到成为一个端正的空心三角形。他站在三角形顶点的位置上，潇洒而干练。一套草绿色的夏布军服，因为洗涤过度和当时的染料尚不过关，布料还只八成新，颜色却已褪得十分浅淡，更衬出崭新的领章鲜艳灼目。新军装新领章，显出的是新兵的拘谨，旧军装新领章，显出的就是资历与权威了。凡是挑选出来训练新兵的指挥员，都是军姿出色的军人。训练女兵的新兵连连长，此刻简直严肃得像是力量与纪律的化身。

“现在——听我的口令——报数！”连长的喉结上下滚动着。因为距队列比较远，他的声音便格外威武有力。

一百二十名女孩子，叽叽喳喳地开始报数。她们还不够沉着，生怕将自己漏掉，抢报便时时发生。

连长皱起眉头。要是往日，他会要她们重报的。但是今天，算了吧！和即将宣布的决定相比，这不过是细枝末节。

“报双数的同志，出列！”

随着这第二道命令，六十名女战士同时向左前方迈出了一步。

现在，土黄色的操场上，出现了另一支新的队伍。她们同留在原地的女孩子们，形成了一个巨大的等号。

但是，等待她们的命运绝不相同。新兵连连长旋即下了第三道口令："报数！"

严格说起来，这口令的内涵是不甚清楚的：是两列队伍都报呢，还是……但没有人产生误解。连长英俊的眉毛高挑着，犀利的目光只注视着前排女兵，好像他只是她们的连长，全然忘记了后面那排士兵的存在。

又是一次双数出列。现在，一百二十名女兵被分成三排，最初那个巨大的空心三角形，已经快被生命的绿色填满了。

连长的面容毫无表情。随着一道又一道筛选，连长知道最后的选择就要揭开了。朝夕相处几个月了，像一个子女众多的家长，他内心深处也会有格外喜欢或格外不喜欢的几个兵。他不希望这些好恶干扰自己的意志。又是一次报数……又是一次出列……女孩子们似乎预感到了什么，报数时格外仔细，速度变得缓慢了，再没有出差错。

现在，十五名女战士，站到了连长跟前。

连长下意识地扶了扶腰间的武装带。他知道，这十五名女战士将记住这一天，也将记住他。他希望能留给她们一个英武的印象。片刻之前的恻隐之心已荡然无存。女人也是军人，现在的问题是：从他亲手训练过的连队里走出的士兵，应该个个是好样的！

他迈着缓缓的步伐，从十五名距离他很近的女兵面前走过，目光从她们身上扫过，像钢尺一样冷漠而苛刻地衡量着。

哦……还好。不！简直可以说很好！女孩子们尽管眼里透露出遮挡不住的疑惑，却个个挺胸收腹，透出勃勃的英气。

连长疾步回到了队伍的中央，朗声说道："现在，我宣布：刚才出列的这十五名同志——"

"报告！"

突然，后排右侧队尾的某个部分，响起一声尖细的叫喊，并不怎么嘹亮，却具有很强的震撼力。整支队伍，此时实在是太寂静了。

"什么事？"连长几乎是好奇地问了一声。治军多年，敢在这样的场合打断指挥员讲话的战士，他还是第一次遇到。莫说是新兵，就是老兵，也断乎不敢。连长的惊讶之情更大于恼火。

"嗯……是这样的，这个位置应该是我的……我比她高嘛！……不信……比比吗……”

她刚开头鼓的勇气挺足，以后却渐渐缩小，声音像雪似的融化着。没有人听得懂这前言不搭后语的话，有的人扭头张望，队伍起了小小的骚动。

但是连长听懂了她的话。这是那个叫朱端阳的姑娘，从她所站立的位置可以判定，她的身量在女性中属中等偏下，眉目生得很清秀，看不出像有这么大胆量的样子。她发育得很单薄，同队伍左首那些身高体胖的姑娘相比，像是墒情不好的三类秧苗，给人弱不禁风的感觉。她是从一座大城市入伍的，因为文娱体育都没什么出众的地方，连长除了能记起她的名字外，再没有更深刻的印象。

“你有什么话，以后再说。现在，我宣布——”连长不耐烦地挥了一下手，像挥去一只偶然飞近的苍蝇。

“我就是比她高嘛！不信，比比看好了！”没想到这小女兵并不像第一眼看上去那么楚楚可怜，连长的呵斥反倒激怒了她，竟一个箭步从她所站立的队列中跨出，急匆匆走到第一排，站在另一名女战士背后，梗着脖子同人家比起高低来。

这一回，所有的人都看明白了。

一百二十名女兵最初排成的一字长蛇阵，说是按个头儿高低为序，匆忙之中，并不那么准确。现在，众目睽睽之下，这小女兵显得比前排那名女战士要高一些。也许相差的只是一毫米的几分之几，也许只不过得益于她的单薄给人以某种细高的错觉，也许是因为她故意把腰挺得更直、帽檐挑得朝天……但是，不管怎么样，她要显得高一些。也就是说，现在第一排某个士兵占据的位置，应该是她朱端阳的。

连长迟疑了。对于将谁派往昆仑山，他选择了如此宿命的挑选方式。当这一切就要结束，他即将卸去良心上的一份重负时，竟半路杀出这样一个调皮捣蛋的兵，还是个女兵！如今，怎么办呢？批准她去吧，等待她的不知是怎样的命运。尚未远去的柔肠百结又在连长心中蠢动起来。不让她去吧，今天的一切将像蚀刻一样，印在这一百二十名女兵的脑海中。眼下她们当然什么都还不知道，但是她们马上就会知道。到了晚上，她们会躺在床上，将前后连成一幅完整的画面。然后，直到多少年后，她们还会回想起这一幕，会从中嗅到他曾教给过她们的软弱与退缩。不！这不行！无论前途多么险阻莫测，他作为新兵最先接触的一名指挥官，只能教给她们不可阻挡的气概！想到这里，强悍的新兵连连长嘉许地点点头，容忍了朱端阳的冒犯，示意她调换进第一排队列。

现在，再没有什么可以妨碍连长宣布那项激动人心的决定："军区将向昆仑山派出第一批女兵！"

队伍沸腾起来。昆仑山！女兵！国境线！第一批！这些充满传奇色彩的字眼，迅速在女孩子面前编织起一个美丽的梦。

面对着海潮一样躁动的激情，连长欣喜之余，又感到淡淡的惆怅：为什么非让女人们上去呢？难道男人们还不够多、不够勇敢吗？他甚至萌生出同她们之中某一个交换的念头。

当然，这不可能。他所担当的角色，也由不得这么信马由缰地乱想。新兵连连长赶忙收束住自己的思绪，沉稳坚定地说："你们十五名同志，肩负着非常崇高艰巨的使命。那里的自然条件极其恶劣，生活环境非常艰苦，你们是光荣的……"

他很想再说点儿什么，却终于什么也没说。他没有去过昆仑山，这使他在整装待发的女战士面前感到气馁，像一个不曾到过前线的军人，不配向即将参战的士兵鼓吹勇敢。

他最后一次巡视他的队伍。当看到朱端阳时，他记起自己不该有的一个疏忽。

"我最后宣布：任命朱端阳同志为这个班的班长。当然，这只是临时性的。正式任命将由昆仑骑兵支队做出。"

朱端阳兴奋得满脸通红，像一颗光洁诱人的红杏。弹指间，她的命运竟发生了这么多变化，而且还都是自己争取来的！她原以为出列是去参加一项什么活动或出一趟公差勤务呢！巨大的光荣和责任，像降落伞一样罩在她头上，她飘飘忽忽的，好像要飞起来。

我们的女兵班长并没有陶醉在个人幸福之中。她想到的第一件事，是快快跑回宿舍，趴在床上写封信，把这个消息告诉妈妈！

三

昆仑支队的领导，对历尽劫难的女兵表现出极度的冷淡。她们有吃的，有喝的，住在卫生科，就是不安排她们工作。女孩子们浑然不觉，以为这是对她们的关怀照顾，每天兴致勃勃地打量这个新鲜环境。

卫生科科长袁镇愁眉不展。作为昆仑山广大防区的最高卫生长官，他已经够忙够乱的了！再加上这些女人！他曾在男女混编的医院里工作过多年，知道军队里的女人意味着什么。当然这个问题是不宜说透的。支队首长也委婉地表示了他们对军区此举的异议，从彼此忧心忡忡的神色中，可以说心照不宣。袁镇更是感到切肤之痛。如果说留下女兵，对别人还是一个潜在的危险，作为这支娘子军的党代表，他可有脱不了的干系。在征得上级默认之后，他起草了一份措辞恳切、态度强硬的电文，发往军区卫生部。内容无非是昆仑部队历来无女兵编制，请求首长收回成命，将女兵们调下山。至于卫生员缺编，有男的派上来最好，没有就算了，卫生科可以坚持战斗，但绝不要女兵。

机要参谋尤天雷将袁镇的电文扔在一边，揶揄地说："这么长的电报！如果按民用报收费，只怕你袁科长一个月的工资都不够！"

袁镇有点儿尴尬。卫生科科长看病医伤是把好手，起草来往报文并不在行。况且军人以服从为天职，既要忤逆上级的意思，又要尽量做出谦恭的表示，左右逢源，着实不易，只好车轱辘话来回说，十分烦琐。

"那你就给看着改改吧。"袁镇好声好气地相求。说实话，卫生科科长对颇得领导器重、年轻有为的机要参谋并没多少好感，总觉得他有一股凌人的盛气。但此时像磨扇一样压在心头的，是这批长头发兵的去留，顾不上别的了。

"那好吧！删去了的，可不要心疼。这也不是要拿去发表挣稿费的。"尤天雷漫不经心地拿起笔，刷刷勾画下去，一路顺风。

袁镇拿起改好的报文，不禁傻了眼。他洋洋洒洒起草的底稿，被全部涂掉，通篇不剩一字。

"这……"袁镇不禁火起。他急得进退两难，机要参谋袖手旁观不说，简直是幸灾乐祸！对了，这小子自恃有一张小白脸，春风得意，只怕已经动了邪念也说不定。他觉得自己受了戏弄，冷冷地说："机要参谋，按职责，你可是有在不改变原意的前提下修改电文的义务。既是如此，请你原文照发，一个字也不能少！"

机要参谋莞尔一笑，说道："当医生的，该比一般人更沉得住气才对。"说罢提起笔来，在电报纸上留下了十个字："军中有妇人，士气恐不扬。"

好妙的电文！"军中有妇人，士气恐不扬。"袁镇虽说看不惯尤天雷挥挥洒洒旁若无人的派头，也忍不住称奇叫好。做下级的，对上级不合时宜的决定，敢怒不敢言，千般委屈万种无奈的为难相，被这十个字抒写得淋漓尽致。那委婉的商榷、无声的祈求，尽在不言中，真是天造地设的一句话。再说，现在办事须谨慎，万一上面怪罪下来，总不能把一千年前的老杜从坟里揪出来，再踏上一只脚吧！

北京时间八点整。内地已是车水马龙，人流熙攘，昆仑山上还是死一般沉静。由于地处极西，日出很晚，加之驻地又在层层叠叠的山影之中，到处还是墨黑一片，只相当于平日的凌晨四时。

"袁科长，军区急电！"

机要参谋很有风度地敲着卫生科科长的门。因是夜间送报，虽在营区内，尤天雷也佩戴着武器，着装煞是整齐。两长一短的敲门声，清晰而有规律。

袁镇一骨碌爬了起来。回电来了！军区老爷们这回够紧张的，昨日请示，今早回电就到了。大概是一上班就往昆仑山发报，全不体恤戍边的兄弟们正在做好梦呢！

"怎么说的？"他迫不及待地问。

机要参谋无动于衷："绝密电报的报文，是不能念的，这是纪律。除非您是个文盲，我可以趴在您耳朵边，用自己的话将中心意思给您复述一遍。"

卖什么关子！袁镇扫兴地接过文件夹。他并不需要尤天雷照本宣科，只须点点头使个眼色，意思就全明白了。这可好，尤天雷脸上似笑非笑，实在令人猜不透。

报是尤天雷译的，字很漂亮，也很工整。卫生科科长翻过来调过去地看了半天，最后才无力地合上报夹。

报文也只有一句话，十个字：“时代不同了，男女都一样。”

这一句较之杜工部的那一句，不知要强硬几多倍。袁镇只觉得耳鼓嗡嗡作响。

再没有什么好商量的。袁镇迅速调整自己的思维，思绪反倒变得单一而明确。事已至此，女兵们不可能退回山下，便只有一种选择：以最严格的军规去锻造她们、约束她们，直到她们成为同男性一样英勇无畏的战士！这其中所有的干系、所有的责任，袁镇作为她们的直属长官，便得一肩承当了。说实话，这是个倒霉的差事，袁镇深长地叹了一口气。

起床号响了。

女兵们在营房外洗漱。高原上秋天的黎明，倘无交加的风雪，还是颇有魅力的。蔚蓝色的星空，镶嵌在由曲折的冰峰轮廓构成的框架中，高远而神秘。昆仑山，是一座雄伟古老的高山，它和它无尽的子孙组成了我们这座星球上最高耸的峰峦。在汗牛充栋的中国古文化典籍中，它有着无可比拟的光荣。昆仑山，是黄帝居住的地方。他巍峨磅礴的宫殿，建筑在昆仑之巅，诸神在那里聚议，黄帝的威仪统辖着四方。宫殿的周围，是雪白的玉石栏杆。每一面，都有九口井、九扇门。看管这美妙绝伦的宫殿的，是一个名叫“陆吾”的天神。他有一张年轻而英俊的面孔，背后却是老虎的身子和脚爪，拖着九条钢鞭似的尾巴。火红的凤凰在结着美玉的宝石树下起舞。昆仑山中央栽着一棵硕大无朋的天稻，每一粒稻谷都是鸡蛋大的珍珠……

这就是神话中的昆仑山。真不知老祖宗们发挥了怎样浪漫的想象，才有了如此荒诞神奇的传说。什么宫殿！什么陆吾！什么天稻！没有，都没有。朱端阳看到的，除了冰雪，还是冰雪。也许在这不知多么深广的冰雪下，存在着一个神话的世界？朱端阳不知道。下山的道路马上就封死，在此后六个多月的冬季里，这将成为与世隔绝的独立雪国。唯一能够联结昆仑山与外部世界的，只有空中虚无缥缈的电波。说不出是好奇还是害怕，朱端阳只是预感到一种新的生活——不管她愿意不愿意、欢迎不欢迎——已经开始了。

她对着朦朦胧胧的曙光在梳头。整天窝在军帽中的秀发，因为绝少风尘的袭扰，格外秀长，一旦解开约束，像蓬蓬松松的金鱼尾，飘然浮动。她轻轻地梳着，轻轻地走动着。脚下的毛皮鞋因为带子没有系紧，每走一步，都随着脚腕甩动一下，像一只灵巧的小鹿，甩着它过于沉重的蹄子。

尤天雷不知不觉站下了。他觉得眼前像一幅美丽的画。往日那些粗大阴沉的山影，变得妩媚起来。作为普通的青年军官，他们可没有运筹帷幄的长官们那么忧心忡忡。当他从密码中译出那斩钉截铁的电文时，竟有几分兴奋。此刻，在清朗的晨光中，他看到久违了的女性的头发，身上涌过一阵莫名的激动。那轻而蓝的发丝，像一块丝帕裹住了他的心，他想起了自己的妈妈、妹妹，以及一切引起过他好感的女人……

循着尤天雷的视线，袁镇毫不费力地追踪到了正在梳头的朱端阳。压抑了许久的窝囊火，呼地引燃了。不给她们一个下马威还了得！多么厉害的相思病啊，连潜伏期都没有，这么快就发作了！英俊的机要参谋不归他管，鞭长不及马腹，这没办法，女卫生员们可是他的直属部下。

“你叫什么名字？”他走过去，硬邦邦地问。

朱端阳吓了一跳，猛地撩开头发，惊奇地望着他。

袁镇反倒松了一口气：还好。简直是个小姑娘呢，除了眼睛很黑很亮之外，模样算不上出众。不过，防患于未然方为上策。他依旧板着面孔。

没想到，小姑娘竟像个皮球一样跳了起来：“我的名字，你好好想想吧！我都告诉你好几遍了！”

袁镇一下子哭笑不得。是的，出于礼貌，第一次见面时，他就一一问过她们的名字。这几天偶尔对面碰上时，作为她们名义上的领导，袁镇找不出什么话好说，只是敷敷衍衍问问名字以示关怀。但他可没打算记住她们，想的只是快快将她们打发走了事。现在遭了这小丫头的抢白，反倒无话可说。然而，且慢！卫生科科长不是草包，他有着良好的记忆力，虽因高原缺氧略有减损，稍一沉吟，也就回想起来了。

“朱端阳，把你的鞋带系紧，风纪扣扣上，把头发全都给我塞进帽子里去！记住，当兵的，就得像个兵样！”

朱端阳委委屈屈地站在那儿，吓得不敢再回嘴。别的不说，几个月前，她看到这种面色黧黑、络腮胡子的老解放军，还是要叫叔叔的。她赶快按指示收拾好自己的仪容。

天已经大亮了。但你在十步之外，将分辨不出女兵们的性别。

袁镇露出一丝可以察觉的微笑。杀鸡给猴看，一石二鸟。英俊的机要参谋和类似的小白脸们，干好你们的本职工作，休要异想天开！

尤天雷若无其事地转身远去。“卫生科科长，你想错了。从现在开始，无论距离多远，我都认得出这个叫朱端阳的姑娘。”

四

朱端阳的临时班长职务无形中被撤销了。袁镇肢解了这个班，把她们分散到不易与外界接触的小单位。比如手术室，任你是再风流潇洒的小伙儿，白布手术单一罩，也只剩下一堆肌肉和骨骼，做完手术推走后，连来者是什么模样都记不起来。在这种半封闭的保护圈里，姑娘们得以不受干扰地学习与工作。

袁镇的用心可谓良苦，只是安全的部门有限。

“徐一鸣，给你分配个助手。”袁镇领着朱端阳走进卫生科化验室。

“行啊！最好挑个丑点儿的，少给我找麻烦。”化验员徐一鸣懒懒散散地从显微镜上抬起头，心不在焉地扫了朱端阳一眼。

朱端阳气愤得脸都涨红了。这就是她未来的师傅，一副阴阳怪气的样子。宿舍兼化验室的工作间很脏，到处蒙着一层厚厚的尘土，只有化验台上人俯身工作的那一块，留下一团人上半身形状的干净区域。

“你就住在这样的屋子里？”朱端阳不无讽刺地说。

“对。另盖一间宿舍，你知道要花多少钱？一块砖从山下运到这儿，比大理石还贵！”

“那……吃饭呢？”朱端阳下意识地抽了一下鼻子。屋里气味很不好，工作台一侧，放着盛大小便标本的瓶子。

“当然了。站在外面吃，还不把肠子冻成冰棍？当一个好化验员，首先得让自己的鼻子失灵。要不然的话，一整天眼前过的都是粪尿脓血寄生虫，你还吃不吃饭了？”

朱端阳吃惊地瞪大了眼睛。徐一鸣的年纪并不很大，却长着一头少白头发。这使他讲的话具有更高的权威性，给人历尽沧桑的感觉。

“以前化验室就我一个人，工作忙，来不及收拾。你来了以后，要把内务打扫干净。不要让大家说你是个懒姑娘，既影响你进步，对你以后的事也不好。”说罢，他出门走了。

真是个怪人。朱端阳说不清自己喜不喜欢这个瘦高的老师，只觉得他威严得令人可怕。

不管怎么说，先打扫卫生吧。

朱端阳并不是个勤快姑娘。参军前，凡大件的衣物都是妈妈给洗的。现在可得自己解放自己了。她把屋内所有蒙盖器皿药品的旧纱帘取下来，把玻璃擦拭干净。整整半天，直到各处明可鉴人。属于公物的部分都纤尘不染，属于徐一鸣私用的床具桌椅更显得污秽不堪。

该不该给他洗呢？初来乍到，朱端阳希望能给人留下个手脚勤快的印象，再说，行百里者半于九十，何苦剩下这么一个肮脏的犄角呢！权当侍候一个瘫痪的病人，做一次好事吧！

雪水极凉。当朱端阳手指通红地把洗净的物品晾在院子里，为了防止被风刮走，用针线将它们在绳子上缝牢时，徐一鸣黑着脸回来了。

“到屋里来，我有话跟你说。”

朱端阳喜滋滋地跟着往回走。想着徐一鸣要谢她，她就装出不在乎的样子。

“谁让你洗我的东西了？！”徐一鸣厉声呵斥道。

朱端阳委屈极了。徐一鸣的被褥油腻得极够水平。单是枕头上的毛巾，就有七八条。大的上面盖小的，花的上面压白的，层层叠叠，浸满头油。大约是脏了一块儿，就铺上块儿新的，直到最后所有的储备用完，最上面又垫了块儿大手绢。朱端阳洗的时候颇费了些劲儿，不由得想起小时候听过的一则笑话：有人要用活人脑子做药引，最后用十顶旧毡帽熬油替代了。徐一鸣的这摞枕巾，也可以做药引子了。费尽气力不说图谢，倒招来这一番责问，莫非他枕头底下藏着巨款，或什么不可告人的秘密？想到这里，朱端阳惴然了：“我……我什么都没动……”

瞧这可怜兮兮的小样！整个一个懵懵懂懂、情窦未开的小姑娘！还是让她糊涂下去算了。徐一鸣感到歉然，想说一两句缓和的话。又一想，不行。昆仑骑兵支队，数千热血男儿，就这么几个寥若晨星的姑娘，还不是众人瞩目的对象呀！分配朱端阳到化验室来，是对自己的信任，万不要从这里惹出什么流言蜚语。真要那样，也对不起这小姑娘。罢！索性扮一个黑脸，对大家都有好处。

“我刚才忘了告诉你，今后化验室就咱俩在这儿工作，要格外注意影响！除了上班时间，不许进这间屋。凡属我个人的东西，一概不许你动……”

又是一条条清规戒律。朱端阳真不知道这昆仑山上的领导和同志们为什么都这么冷若冰霜。也许，因为这里一年四季几乎都是冬天？泪在她的眼眶里打转。

徐一鸣装作没看见，说道：“现在，我们开始学习化验的基础知识。这是台德国显微镜，很珍贵。当初启运的时候共四台，一路颠簸，运到最后，只有这一台能用了。你千万不可私自拆卸，免得弄坏了……好了，我先测验一下你的基础。你在纸上写出十五个化学元素符号。”

当朱端阳绞尽脑汁把所有知道的元素符号都写完了，徐一鸣数了数，说道：“连写错的都算上，才十四个。你还得写一个。”

“我实在写不出了。”朱端阳像个被提问的小学生。

“想。我要求你写十五个，你就应该想方设法完成！”

“实在想不出来。”知识是科学的东西，也不是想想就能创造出来的。朱端阳觉得没道理。

“抬头看，房顶上是什么？”徐一鸣启示她。

“是灯泡。”朱端阳回答。

“灯泡上有什么？”

“灯泡上有……”这真是个奇怪的问题。慑于师傅的威力，朱端阳不得不回答：“有灯丝和玻璃。”

“真笨！灯泡上有一个化学元素符号——钨，这你都想不起来吗？记住，要想成为一个优秀的化验员，除了刻苦学习，你必须学会动脑筋！”

朱端阳的学习生涯就这样开始了。“文化大革命”中断了她们的学业，因为急着上山，新兵连的卫生员训练也没来得及完成，卫生知识基础很差。徐一鸣像古代木匠师傅带徒弟一样，一招一式地教朱端阳技术，很是认真。平心而论，他是个好老师，但朱端阳总有一种战战兢兢的感觉，除了工作上的事，徐一鸣从不与她多说一句话。每天清晨，当她跨入化验室开始上班，她的桌子上已经摊开一本书，翻开处就是当天要讲述的内容。徐一鸣讲课的方式很古怪，他不是面向朱端阳，而是背对着她，坐在窗下自己的铁质办公桌前。那种桌子很凉很滑，不好用，但昆仑山部队因铁质桌可折叠、易运输，都使用这种营具。朱端阳面对着徐一鸣的后脑勺听课。如果有病人走进来要求化验，会看到化验员和他年轻的女助手一顺儿地坐在各自的桌前，距离相当远，像教室里第一排同最后一排的学生。至于化验项目，简单的，由朱端阳操作；复杂的，由徐一鸣教她操作。当然，这个比例在不断变换着，朱端阳不断有所长进。

对着人的后脑勺，特别是一个花白的后脑勺交谈，是件枯燥的事情。看不见表情，也看不见眼神，只能从语调中去揣摸对方的喜怒哀乐。偏巧徐一鸣又是一种很沉稳的男低音，讲述的又是极呆板的医学知识，极少抑扬顿挫的变化。

有时听得乏味，又不敢走神，朱端阳便做些鬼脸自娱，甚至开始研究师傅的后脑勺。徐一鸣的脑袋上长着三个旋儿。“一旋儿拧，二旋儿愣，三旋儿打架不要命。”朱端阳没见过徐一鸣打架，不知道他是否很骁勇，只是怀疑这三个旋儿之中有一个是眼睛。因为每逢此时，徐一鸣便宣布休息，给她一个放松的机会。

五

朱端阳趁机溜到炊事班，去察看中午吃什么饭。

所有的女兵都馋。也许是她们的胃比男人小，需要更精致的营养；也许是她们借此显示出某种优越与妩媚。反正，女兵馋。

炊事班是军队里最有人情味儿、家庭味儿的地方。蒸馒头的热气，爆葱花时的油烟，都令人不由自主地想起家，想起妈妈。

炊事班班长安门栓正在修理汽油炉子。昆仑山上燃料奇缺，除了取暖用焦炭外，做饭烧水一律用汽油。这玩意儿摆弄起来，有时是很危险的。

“你离远些，我要点火蒸馍了。”安门栓抬起他因为小时候缺钙而四棱见角的大脑袋，看也不看朱端阳，好像自己同自己说话。

周围没有第三个人。朱端阳顺从地退后一步。

轰的一声，汽油炉子像爆炸似的燃烧起来，庞大的立式高压锅被辉映得通红。锅盖上一道道旋紧的螺栓，像一只只警觉竖起的耳朵。压力表上的红色指针，缓慢地开始移动。

朱端阳真没想到，每天吃下去的馒头，竟是这么惊险地制造出来的，复杂得似乎比学化验还难！她不由得佩服起操纵这一切的炊事班班长。

“你真了不起！”她由衷地赞叹道。不想一回头，安门栓竟浑身是火。原来他刚才修炉子时身上脸上溅了些汽油，此刻竟一起着了。朱端阳急得不知如何是好，安门栓不慌不忙地抓起白布围裙，往头上脸上抹了几把，那无源的火就都熄灭了。

“我给你抹点儿药吧？”朱端阳关切地说。安门栓的皮肉虽无大伤，但表皮被烧得通红，一定是很疼的。

“不用。常事。”安门栓不在意地说。

昆仑山上的火头军，较之其他兵种的炊事班，要辛苦得多。用汽油桶做成简易的水车，每天要像驾辕的牛一样，拉着到冰河中汲水。在结满冰碴儿的水中洗脱水菜，更是餐餐必行的功课。高原缺氧，人们的每一举手投足，都要付出较平原艰辛得多的努力，肠胃却又变得格外挑剔。哪一顿饭做不好，都会引起怨声载道。使用高压锅做饭，更是一绝。你知道怎么用高压锅做面条吗？须在冷水下面时，就浇上一勺菜油，面条才能不酥不烂。你知道怎么样才能把木板一样粗糙的野驴肉炖烂吗？得到男厕所后山墙外，刮下些粉白的硝来渍肉……只是这个办法，安门栓没公开过。部队里人多，来自五湖四海，城里兵也许受不了这行之有效、立竿见影的法子。其实，这“人中白”也是一味中药呢！

因为炊事班是苦中之苦，反倒成了一块风水宝地。年轻有为的参谋、干事、助理员，竟有相当数目是从这里走出去的，所以，看起来傻大黑粗的炊事班班长颇有几个有头脸的战友。对他们的调动、升迁，安门栓总是淡然处之，绝无攀比跳槽之意。他很安心，任劳任怨，于是入党，受嘉奖，当军区级的学“毛著”标兵。他很有自知之明，知道自己一个字不识，当不了官。虽然这年头也有文盲当司务长的，但要光凭脑子记住那么多往来账目，他不行。再说，在炊事班，他自有人所不知的乐趣。在库房里，当他从面粉袋垛成的甬道里走过时，当他把整麻包的大米压在自己脊梁上的时候，都能感到一种沉重的充实感，好像心房的每一个犄角旮旯都被粮食胀满了，自己是那样的富有。他的爷爷，他的老爷爷，太老爷爷……哪一个见过这许多粮食？还都是精米白面哪！

除此之外，他对什么都不感兴趣。比如这帮新上山的女兵吧！安门栓知道这是支队近来最热门的话题。小伙子们议论她们时神采飞扬，以至于不理睬炊事班班长炖好的大块羊肉。虽然女兵们每天从安门栓的勺把儿前过三次，安门栓也从不拿正眼瞅她们。她们像是电影里年画上的人物，来自他完全陌生的另一个世界。他家乡的女子们，哪能这样同男人们平起平坐，也穿二尺半呢！别人想不通他，他更想不通别人。像这个朱端阳吧，安门栓知道年轻的军官们怎么评论她：身材多么细巧，眼睛多么招人，嘴巴多么俏皮……要知道，在饭桌上你可以知道军队最机密的情报。安门栓颇不以为然：一拃半细的腰，养得出孩子来吗？纵使养出了，青石板一样平整的胸脯子，养得活月娃子吗？说到嘴俏皮，便更要不得了。女人家，要紧的是干活儿，嘴哑是福分呢！

安门栓在转这些很肉欲的念头时，并没有多看朱端阳一眼。他手脚不停地忙活着，直到将案板拾掇得干干净净，绝没有亵渎谁的意思。

朱端阳自然浑然不觉，凑近去问：“今天晚上吃什么呀？”

中饭还没吃，她已经惦记上晚饭了。大概因为伶俐的小姑娘早已用余光侦察出了午饭的内容——馒头、脱水菜，引不起什么食欲，只好把希望寄托于下一顿了。

安门栓顿时来了情绪。炊事班班长宣布食谱时，自我感觉几乎同统帅宣布他的进军令一样："今晚上改善伙食——红烧羊肉！"

没有预想中的欢呼。朱端阳吐了一口唾沫："我不吃羊肉。"

"你不吃——羊肉？"安门栓颇感惊异。真是天下之大，无奇不有，竟有人不吃羊肉！羊肉可是多么滋补的吃食！乡下人过年，能吃上羊肉泡馍，便是大造化了。这女子，该不是在诳人吧？"真不吃？"他很严肃地追问。

"真不吃。"朱端阳一副愁眉苦脸的样子，不像是装的。连她自己也想不通，看起来挺美丽的羊羔，是用什么办法把挺好闻的青草味变成那么一股惹人呕吐的腥膻。她是真不能吃。小时候吃了一家什么顺的涮羊肉，还没走出饭庄大门，浑身就起满了蚧皮一样的风团，痛痒难熬。从此，父母便连羊肉味也不敢让她闻了。

炊事班班长犯难了。不管吃饭的人品质好坏，也不管挑食的理由多么离奇古怪，真要有人哪顿吃不上饭，安门栓于心不安。

"朱端阳，好像今天不是你帮厨吧？"徐一鸣身穿白色工作服走过来，双手抱着肩，冷冷地说。

不好！出来溜达的时间太长，师傅找来了。朱端阳悻悻地往回走，徐一鸣拉开距离尾随其后，像在押解一名犯人。

继续讲课。为弥补刚才的过失，朱端阳再不敢分心。

炊事班班长安门栓用胳膊肘拱开门，两手端着一大碗肉走进来。

"你不吃羊肉，这是单给你炒下的。趁热吃吧！"

是猪肉。寸把厚的肉上有猪毛，一块肉皮上还留有杀猪检验时盖下的紫蓝色印章。

想不到，安门栓竟是这样一个热心人。只是这个吃肉法，真像是打家劫舍的绿林好汉。朱端阳感激地笑笑，不知从何下口，想邀师傅一道尝尝，见徐一鸣阴沉、木般的脸，又把话吞了回去。肉闻着很香，她拣了一小块瘦肉，填进嘴里细细地嚼着。

安门栓紧张地注视着她。

朱端阳皱起了细细的眉头，嚼得越来越慢，终于噗的一声，将肉末吐了出来。

“你炒这肉的时候，锅刷干净了吗？”她有点儿不好意思自己的挑剔，但肉没咽下去，总得把事情说清楚。

“用碱水刷了。”安门栓回答得很肯定。

“那这口锅昨天……或前天，是不是做过羊肉？”

“没有。”

“可我……吃出了羊肉味……”朱端阳很难为情地说。

天下竟有如此精细的舌头！碱水刷锅，几天未做过羊肉，这都是真的。但炊事班班长在整碗的猪肉片里，掺进了指甲盖儿大的一块羊肉，没想到竟被试出来了。看来这女子是真个不吃。没想到，安门栓并不为自己的欺骗行为自责，反倒愤愤然起来：也忒娇气了！放着这样好的东西不吃，还想挑拣个啥呢？突然，他以乡下人的狡黠悟道：“这不吃，那不吃，只怕相中了我库里的东西，想谋更好吃的东西呢！”

晚饭时，炊事班班长很憨厚地对朱端阳说：“不吃羊肉，就只有咸菜下饭了。”

咸菜就咸菜吧！朱端阳随安门栓进了库房。

昆仑山上的咸菜还是相当丰富的，有酱菜、八宝咸菜、菜罐头等。炊事班班长一概视而不见，径直走到一坛摔裂了口的榨菜坛子前。

“就这。你吃吗？”

长途运输，一路风干，这榨菜早已失了辣红嫩绿的颜色，像揉皱的牛皮纸一样皱巴。放在别的炊事班，这榨菜早报废了，但安门栓舍不得，时时用肉炒了让大家吃。有人实在咽不下，便背着人连肉一块儿倒掉了。

朱端阳看看安门栓。炊事班班长神色泰然，一点儿没有捉弄人的意思。她把咸菜接过来，用水冲了冲，放进嘴里。

徐一鸣端着一大碗冒尖的羊肉走过来，拿起一块腿棒，像狼一样吃得尽兴。他抹抹嘴边的油，问朱端阳：“你不吃羊肉是真的喽？要是把羊肉吃下去，能怎么样？难道会死吗？！”

这叫什么话！只要是吃了不死的东西，就都该吞进肚里吗？如果说对安门栓的刁难，朱端阳还能强忍着不予理睬，徐一鸣简直就是成心捉弄人！虽说他是自己的老师，朱端阳委屈愤怒之中也顾不得了：“病人送来的化验标本也不是毒药，吃了也不会死，你干吗不吃？”

四周的人一片哄笑。

朱端阳不知这是在笑谁。有什么可笑的？南甜北咸，东辣西酸，爱吃什么，是每个人的自由。她气哼哼地又补了一句：“我不吃羊肉，还给国家节约了呢！”

“如果我们这帮人都回了自己的家，才真叫给国家节约了呢！可这能行吗？我们得活得好好的守在这里。冬天才刚刚开始，整整半年见不到一点儿青菜。不吃肉，你靠什么在昆仑山上待下去？”徐一鸣还想说，像你这样连个子都没长成的小姑娘，更得多吃肉了。又一想，这话有些过于关切，还是不说为好吧！

朱端阳知道徐一鸣是好意，但当着这么多人受窘，那颗高傲的心觉得受了伤害。她一甩筷子：“饿死也不用你管！”一转身出了食堂。

昆仑山上日落早，外面已是影影绰绰了。晚风一吹，额头凉凉的。朱端阳又有点儿后悔，当着那么多人，太让徐一鸣下不来台了。

前面不远处，走着一个颀长的身影，步履很是矫健。突然，一筒晶亮的东西从他身上滑出，咕噜噜掉在地上。

“喂，你丢东西了！”朱端阳招呼他，俯身捡起，是听罐头。借着路边屋内射出的光晕，勉强可认出“午餐肉”的商标。

“那是我扔掉不要的。”青年军人回转身，很有风度地站着，矜持地说。

午餐肉！不要了？朱端阳疑惑地晃晃罐头，没发现有什么异常。那么，就是这个人哪儿出了毛病，把好好的肉罐头丢掉了。她审视着对方。

小伙子潇潇洒洒地站着，露出一副颇为自信的劲头儿。尽管夜色苍茫，还是看得见他黑黑的双眸和雪白的牙齿。统一发放的军装，穿在他身上却极为合体。因为穿的是马裤，裤腿处收束得很紧，令人想起威武的骑士。

朱端阳有点儿不好意思。她从未这样赤裸裸地打量过一个青年男子，尽管开始时完全是一种医务人员的职业目光：她怀疑这小伙子是不是精神上有点儿毛病。后来，她就有点儿走神了。

为了掩饰自己的失态，她赶忙问道：“这么好的罐头，为什么不吃了？”

“不爱吃。有的人能不吃羊肉，当然就有人不吃午餐肉了。”

“咦，你怎么知道我不吃羊肉？”朱端阳很惊奇。

“我并不知道你不吃羊肉。”小伙子一本正经地纠正她。

远处有人走近。

“你要是觉得午餐肉还可以吃的话，这听罐头就归你了。要是你也不吃，就扔在地上好了。”说罢，小伙子扬长而去。

“刚才那人是尤天雷吧？”徐一鸣问道。

“我不知道他叫什么名字。”朱端阳说着，巧妙地将罐头藏在身后。凭着姑娘的敏感，她觉出徐一鸣隐隐的不快。

化验员的眼睛是轻易瞒哄得过的？徐一鸣不忍说破，递过一碗羊肉汤：“从喝汤开始锻炼，慢慢就可以吃肉了！”

朱端阳顺从地接过来。

她自然是吃的午餐肉，把羊肉汤泼了。

六

几次测试之后，安门栓发现朱端阳确实不吃羊肉。他那颗乡下人的心又开始琢磨起来了：都发一样多的伙食费，让人家一天吃咸菜，这公道吗？该给她贴补点儿别的吃食，和大伙儿拉平。只是这贴补的东西又不可太好。太好了，旁人以为这是个美事，都说自己不吃羊肉，咋个办呢？

炊事班班长考虑得又周全又长远。

他领着朱端阳在库房里转。库存很殷实，散着生米生面清油的气味，像是乡下豪富的仓廪。

朱端阳看中的吃食，比如午餐肉罐头，安门栓舍不得给。“换个别样的吧！这个吃了腻人。”心里想的却是：一罐午餐肉，合上运费，要四块多钱，一只活羊才八块钱！

朱端阳也不强求。借此机会，换点儿别的好久没吃过的东西尝尝，也挺不错。

最后，朱端阳挑了一包压缩饼干和一把红枣。安门栓挺满意：这些值不了多少钱。

“这是什么？”临走时，朱端阳指着个麻袋问。

“蒜瓣。”

“就是能生蒜苗的蒜瓣吗？”朱端阳兴奋起来。上山以后，她再未见过绿色。

“那我抓一把去生点儿蒜苗了！”不待安门栓回答，她搂了一把就跑，生怕炊事班班长拦住她。

饮后没多长时间，朱端阳捂着肚子跑回来：“安班长……救救我……哎哟……”

“你吃下啥了？”

说话间，朱端阳已痛得直不起腰，呻吟着说：“枣……还有压缩饼干……”

枣不碍事，定是压缩饼干吃多了。朱端阳拿的那种军用饼干，是一种新研制出的产品，膨胀力极强。因为味道不好，平日没多少人爱吃，只是上下山的司机怕车在路上抛锚，拿些去当干粮。刚才朱端阳装了蒜就跑，安门栓没工夫给她交代。

“你拢共吃下去多少？”安门栓蹲下去问。

“只吃了……一盒……”

一盒还觉得少？那是三人一个战斗组的定量，泡开来，是满满一桶！安门栓真想揍这馋嘴的女人一顿。其实那一盒饼干，在不明底细的人看来，实在算不得很多。

“喝水了吗？”安门栓还抱着一线希望。

“喝了……好几杯……”朱端阳已是两眼翻白。

完了！这种像云母岩一样，可以分离出无数夹层的压缩饼干，是切不可以干吃的。进入体内一旦吸入水分，就会以惊人的速度膨胀开来，直到将人的肠胃胀裂。朱端阳此刻的痛苦，还只是刚刚发作，更危险的情形还在后面呢！

“这可咋办呢？对！我背你快去找科长，他医术最高……”安门栓去搀朱端阳。

朱端阳这才意识到自己犯了一个方向路线性的错误：如何吃进去是炊事班的事，如何吐出来可是医生的事了。然而她醒悟得太晚了，胃像气球一样迅速胀满，一直壅塞到口鼻处，黄绿色的汁液还带着点点紫红色的枣皮，顺着嘴角外溢。

迟钝的安门栓突然灵机一动。他俯下身去将朱端阳像褡裢口袋一样，横置在自己广阔的背上，弓着腰，扛起神志不清的朱端阳，在地上踱开了方步，左右摇晃，上下颠动，像是热带雨林中运送木头的大象。

朱端阳剧烈地呕吐起来。黏稠的浆液喷溅而出，那种令人爆裂般的苦楚，随之神奇地减轻，最后像它突然发作一样，突然消失了。

这一切变化得令人不可思议。刚才痛不欲生，这样一个土办法，竟"法"到病除了。朱端阳从安门栓的背上跳下来，觉得真像一出恶作剧，又感激又忸怩。

"你可不要跟别人说，丢死人了。"

"不说。"安门栓把被吐脏了的衣服泡进盆里，身上只剩下棉袄棉裤，没了军衣上红领章的照应，更像个老实巴交的乡下汉子。

"我来洗吧！"朱端阳不过意地抢过去。

"俺自己来吧……特号的军装，难洗……"安门栓推辞。

"损坏东西要赔，借东西要还嘛！我弄脏的，我来洗！"朱端阳执意要洗。安门栓便去烧热水。炊事班的人洗衣服，这点儿便利还是有的。

"哎呀我亏了！我吐脏的这些一洗就掉，你军衣上原来的油污太多了……"朱端阳费力地搓着。

"也就是到了队伍上，俺的衣服上才见了油花。在家时，只有泥土。有油显得富贵。"安门栓很难得地说了这么长的一句话。

"水太脏了。你给换一盆。"朱端阳擎着满是肥皂沫的水盆，指挥着炊事班班长。

安门栓用舀子给她盛了浅浅一盆。

"太少了！再添点儿。连衣服都没不过来！"

"够用了，俭省些吧。"安门栓固执地不肯再添。

"你要是心疼热水，我用凉水好了！"炊事班班长的脾性，朱端阳已多少摸到一点儿。

“冷水也不能太耗费了。”安门栓还是不添。

“哎呀，这也不是沙漠，水也不是金子！你到屋外看看，漫天遍野到处都是冰雪。想不到你这么大的个子，还怕费力气多拉点儿水！好，我不用你炊事班的水了，自己去挑！”朱端阳气得端着盆就要走。

安门栓慌了，赶紧舀了一大勺水：“是俺不对。咱这儿不缺水，俺们那儿缺水，缺怕了。沟崖下的水流，旱天只有一线线，走上几十里，挑不回一担水。”

天下竟还有这么糟糕的地方！

“那你们吃什么水呀？”

“吃涝坝攒下的雨水。”

“那水好吃吗？”

“好吃。雨水刚下时是甜的。在坝里攒的时间长了，浸进了地里的盐，就不那么甜了。可熬搅团时，比涧水香，还省碱了。”

“搅团是什么东西呀？”

“搅团是稠玉米糊糊，是俺们那儿的好饭。吃的时候，碰上个小疙瘩，还以为是块馍渣呢，满心高兴，咬开一看，嘻……”

“那是什么呀？”衣服已经洗完，朱端阳还不想走。

“滑溜溜，黑秋秋，原来是个涝坝里的蝌蚪。原想吐出来，一想，蝌蚪也是肉，一吸溜，进去了，到肚里变青蛙去了……”

朱端阳听得入了迷，虽说把蝌蚪喝进去那一段，有点儿不那么舒服，总的来说还是挺稀奇的。

安门栓从没有这样亲近地跟一个女人面对面坐着说过话。对家乡的回忆，像一盆温暾水，将他粗糙的心泡得柔软起来。

“我给你些独头蒜瓣，生的蒜苗粗壮。”炊事班班长拿出自己攒的“私房”——这是他在几麻袋蒜头中精选出来的。对于一向悭吝的炊事班班长来说，这是很盛大的情意了。

独头蒜剥去紫皮，个个硕大莹白，像是小号的水仙头。朱端阳找来乳白色的方形治疗盘，将它们密密麻麻地排列在里面，淋上温水。白天，将它们捧到窗边晒太阳，夜里，双层玻璃也挡不住昆仑山的寒潮，就得搬到炭炉前，不远不近地焐着。独头蒜最先长出白蚯蚓般的根须，纠缠成一层网垫，牢牢铺满瓷盘底，拼命地吸取水分。终于在一天早上，齐刷刷绽出了一丛又一丛宝剑似的绿叶。

绿色！久违了的这生命的颜色！

昆仑山上的冬天，酷寒而漫长。上山的道路一旦被封死，这里就成了远离尘寰的独立雪国。国境两边的军人们，都拼全力为各自的生存而奋斗，所以，极少有战事。恶劣的自然条件，使人们退回到原始部落时期，活着就是胜利，就是发展。御寒充饥，成为全部的生活内容。人类原是热带森林中猿类的后裔，就其生理构造来讲，当是食绿叶水果为生的。雪原是不适合人类生存的。无论穿多少层羊皮大衣，铺多少层狗皮褥子，生命还是无可抑制地萎缩干瘪下去，人们都无精打采的。朱端阳因为不吃羊肉，各种维生素缺乏的症状便格外明显：指甲翻翘，头发断裂，嘴唇像兔子一样，永远裂着长不拢的口子。她发疯似的想吃绿叶蔬菜，想嚼能将牙齿和舌头都染成绿色的草芽，让绿色的浆汁顺着嘴角流下来……绿色，在银白色的雪原上，只是一个梦。以至于朱端阳看见自己和别人的绿军装，都想用牙齿咬一咬。军装，为什么要是绿的？在昆仑山上，这是一个恶毒的嘲弄。什么颜色的军装都可以，只要不是绿的。可以是白的，和千年不化的冰雪一个样；可以是褐色的，被山风吹掉积雪后裸露的山岩，就是这个颜色；可以是蓝的，昆仑山不发怒的时候，天可以蓝得像海一样深沉。唯独不要绿，这是昆仑山亘古未曾有过的颜色，它除了留给人们一个不能实现的梦想外，再就是对故土深深的怀念。

现在，终于有一缕绿色的生机了。朱端阳爱若至宝。战士宿舍里十分拥挤，她便把蒜苗搬到化验室。

“工作间摆这个东西，恐怕影响不好。来来往往人多，不要让人说这是小资产阶级情调。”徐一鸣不赞成。

“这又不是花，是菜！”朱端阳不服气。

徐一鸣没有再坚持。绿色，实在是太招人喜爱了，化验室内平添了勃勃的生气。

蒜苗长得高了，蒜头内的养料不敷应用，便像发育过快的孩子一样，倒伏了。

“这可怎么办呢？”朱端阳愁容满面。

“该剪了吃了。这原本就是菜。”徐一鸣说。

“谁也不许吃！吃了，到哪儿再看绿呢？”朱端阳的态度很坚决，俨然蒜苗的保护者。

徐一鸣深吸了一口气，空气中有些蒜的辛辣清香。想不到这姑娘这么心重。“那就上点儿肥吧。”

“上什么肥呢？”朱端阳看了看莹白粉嫩的蒜瓣，不无紧张地问。她自然想到了常用的人粪尿，只是那样一来，纵使不倒伏了，可也不能观赏了。

“化验室内难道还缺肥料吗？”徐一鸣果然这样说。正好一个病人送来了大便标本。

朱端阳独自给病人化验，赌气不理她师傅。这不是明明想害她的蒜苗嘛！

“给。这是尿素，高级肥料，不过千万不可放多了。”徐一鸣从试剂架上取出一只药瓶，又补了一句，“可惜我这是‘分析纯’等级的试药。”

朱端阳开心了：师傅并不像外表上那么冷漠无情。

七

春节快到了。

可诅咒的节日啊！自从封山断路之后，昆仑骑兵支队的所有将士便再也接不到家人的片言只字。游子们像断线的风筝，思念之情像昆仑山的冰雪一样日益加厚。过年的气氛像炉火一样炙烤着人们，冰冷的思念融化了，流进每一颗年轻的心。

年三十可怎么过呢？太难熬了。无论多么铁石心肠的军人，都会在这一刻想起家乡，想起童年，想起母亲。

安门栓深刻地洞悉这一切。他是老炊事班班长了，知道唯有吃的乐趣才能冲淡痛苦。刚过腊月二十三，他就开始筹措除夕夜的饺子了。

面粉虽是统一标号，但似乎多少总有区别。

炊事班班长不厌其烦地拆开面粉袋缝线，用蒲扇大的巴掌捧出些面粉，在太阳光底下晃着。

“你说说，是这搭的白些，还是那搭的白些？”安门栓问朱端阳。

“我说，是这搭的白些。”朱端阳调皮地随手一指，学着安门栓的腔调。

鬼女子！

安门栓虽说自觉着还是那搭的白些，仍将朱端阳挑中的那袋面做上个记号，浮搁在一旁，预备年三十用。

“脱水菜。你说绵软些好呢，还是嫩生些的好？”安门栓又回过头征询。

“脱水菜脱水菜！一年四季吃脱水菜！我讨厌脱水菜！软的硬的都不吃！再吃下去，人都要变成脱水菜了！”刚才还好好的，一提起吃菜，朱端阳突然爆发了。

有什么办法呢？什么菜都没有，脱水菜还要算好东西呢！脱水菜是个谜。好端端的青菜，根茎叶都在，单单失去了水，就变成了另外的东西。你还给它水，甚至比它失去的还要多，脱水菜却再也不会复活为青菜了。好像有什么精灵——鲜菜的灵魂——随着水漂走了，剩下的茎叶，只是一具没有生命的尸骸。

“那你说吃什么馅儿的呢？”炊事班班长百般无奈地问。

朱端阳干张了张嘴，回答不出。

“我给你的蒜瓣长好高了吧？”炊事班班长突然想起来。

“徐一鸣给的肥料可灵了，现在都长到一尺半高了。”朱端阳立刻眉飞色舞起来。

“你养在哪儿？”

“原来在化验室，后来我们宿舍的同伴也要看绿色，就又搬回去了。”朱端阳一点儿也没想到安门栓的问话有何用意。

年三十在恐惧与等待中来到了。邻近部队有急诊，徐一鸣随医疗组出去了，朱端阳一个人化验，忙到很晚。

军队里吃饺子，是件大工程。安门栓把和好的面一块块切开，按照各个小单位的人头份儿，大致公平地分下去。分饺子馅儿的时候，就更复杂。人们拿着碗盆，嘻嘻哈哈地围着炊事班班长，总想给自己多分一点儿。当兵吃粮，平日里都管饱，大过年的，难道还能让大家饿肚子吗？可安门栓真的不知从哪儿搞来一杆秤，斤斤计较地一份份给大家称。大家也真的为了秤头秤尾的高低争执不休，临走时还要偷着从馅儿盆子里再捞走一把。一时间，炊事班里竟是从未有过的热闹。

人们都在拼命找话说，不让别人安静，也不让自己安静。大家都在逃避瘟疫似的逃避一个人独处的机会。

当朱端阳疲惫地推开宿舍门，这机会猝不及防地降临了。清洁整齐的女兵宿舍内没有一个人，显得空旷而荒凉。这是女兵们离开父母后过的第一个春节，袁镇把她们请到科部包饺子去了。昏黄的灯光下，只有朱端阳和她小小的影子。紧接着，她又发现一件意想不到的祸事：白瓷治疗盘内碧青的蒜苗，被人齐根剪掉，残端沁出一粒粒辛辣微带绿色的水珠……

朱端阳立刻想到了这是谁干的。她冲出房门，急匆匆地朝炊事班赶去。

夜，真黑呀！没有风，没有雪，没有星星和月亮。昆仑山庞大黝黑的身影，像一床硕大无朋的黑被，将天地遮挡得严严实实。星星点点的灯火，在这大山深处的寒夜中瑟瑟抖动着，使人怀疑它们原本就不曾存在，只不过是人在极端孤独中的错觉。

朱端阳不由得站住了。她想一个人在冰冷的黑夜待一会儿。她知道，在遥远遥远的内地，有一所灯火辉煌的温暖的房子，那里就是她的家……两行小溪顺着她周正的鼻梁流到嘴里。

“你待在这儿干什么呢？我还以为是国境那边派来的特务呢！”有人打断了她的思绪。

是尤天雷。他最近常到卫生科看病，且次次都开化验单，同朱端阳已经比较熟了。

“大过年的，还有那么多电报要送？”朱端阳搭讪着，迅速用手抹了一把脸。其实这有什么用呢？机警的机要参谋早看得一清二楚了。

“越是逢年过节，电报才越多。”尤天雷轻轻晃了一下鼓鼓囊囊的公文包。这算不得泄密，任何一个稍具军事常识的人，只要打开普通的半导体收音机，就能听到纷乱袭扰的电波信号，密密麻麻乱得像一锅粥。只有到了机要参谋那里，才显出它们庄严肃穆的本来面目。昆仑骑兵支队与军区无电话联络，关山重重，电话线架不过来。机要电报便成了唯一的通信手段。从这个意义上说，机要参谋掌握着全部队最核心的机密，甚至比司令员知道得还要早，还要周全。各级指挥员在决定任何重大事件的时候，都会或多或少地征询他们的意见。机要参谋，是昆仑骑兵支队的骄子，尤天雷更是其中的佼佼者。

“电报里都写的是什么？”朱端阳好奇地问。整个冬天，他们看不到一张报纸，接不到一封信件。每天是一样的山、一样的天。出来进去是那几个人，一日三餐都是一样的脱水菜，刻板，单调，使人在麻木中衰老。无线电波是将这独立雪国与外界联系起来的唯一通道。朱端阳觉得尤天雷那个公文包里装着一个新鲜的外部世界，有许多她不知道的信息……

这真是一个古怪而大胆的要求，触犯了兵家大忌。不该知道的，就不要知道。这是军人的准则之一，朱端阳何尝不懂！但她忍不住，她想问一问。而且，在她那颗聪明的心里，朦朦胧胧感觉到——这个英俊的机要参谋，即便不告诉她，也绝不会训斥她，也许还会讲出一段风趣幽默的话。她实在害怕暗夜与孤独。

尤天雷为难了。“上不告父母，下不传妻儿”，这个信条从他当机要员的第一天起就融化进他的血液中了。保守机密，慎之又慎。他不可违背原则。

“电报里问咱们大年初一会餐吃什么菜。”尤天雷编了一个不高明的谎话。

“你骗人……”朱端阳的眼泪唰唰地流淌下来。这么一句玩笑话，原本是不至于动此干戈的。但姑娘们的泪多半不是就事论事，而是蓄积起来，随便可以在一件小事上爆发的。

尤天雷慌了。他喜欢这姑娘，纵不能讨她高兴，也绝不能惹得她哭天抹泪。不就是想知道一下电报内容吗？她绝没有别的动机，也不会去报告印度当局。况且，只要不是直述电文，也未必就是泄密。

“我告诉你。”尤天雷压低了声音。朱端阳止住了哭泣。

“各级指挥机关的来电都有。军区、大区总部……”

“他们都说什么了？”

“让我们边防一线部队加强巡逻，提高警惕。一旦出现意外，要勇敢顽强地消灭敌人，守卫国土……”

这些话，从朱端阳踏上昆仑山的那一天起，就不知听到过多少遍了，此刻听起来，仍有一种不可遏制的激动传遍全身。

“报上说没说感谢我们在这里保卫祖国？”朱端阳有点儿不好意思，但她还是提出了这个问题。她想知道，和平中的人们是否还惦记着他们。

黑暗中也能看见尤天雷露出了满口的白牙。感谢？密电码中也许有这两个字的编号，但尤天雷从未在报文中使用过它们。如果说前面的问题还情有可原，这一次可实实在在是幼稚了。调侃的天性又回到他身上：“现在快十二点了。我问你，去年的此时此刻，你在哪儿？在做什么？”

“在家……在放鞭炮……”

“这就对了。请问，那时候，你可想到要感谢我？”

“感谢你？”朱端阳一撇嘴，“那时候，谁认识你是谁呀！”

“去年的此时此刻，我也像现在一样，提着文件夹，走在这漆黑的路上，明年，也许还这样……”

尤天雷走远了。因为是夜间送报，按规定必须佩戴武器，他的背影比白日里显得更威武。

保卫者与被保卫者之间，是一道鸿沟。一旦跨过，你就必须义无反顾地承担起责任，无论它是多么沉重。

走进炊事班的时候，朱端阳几乎忘记自己的初衷是什么了。安门栓正在用暖壶盖儿从轧面机轧出的面页子上往下挤切圆形的扁片，然后用它们包出些大而蠢的饺子。

“擀面杖呢？”朱端阳好奇怪。

“都叫大伙儿拿去了。”炊事班班长沉闷地说。

“这么厚的皮还不成发面饼了？我去找个大注射器内芯，咱们俩一块儿包。”

安门栓感动地抬头看看朱端阳：“不用了，这些就够。想起家里人吃不上饺子，我一个人也咽不下几个。”

这么大的人了也想家！朱端阳想起自己刚才的狼狈相，忙给安门栓宽心："哪能过年吃不上饺子呀！别忘了现在是新社会！其实，就是旧社会，连杨白劳家过年，还有王大春给送的二斤白面呢！"

"你不知道，俺们那儿收成不好……"安门栓停了手里的活计，怔怔地望着窗外。好像他有什么特异功能，能透过无数堵墙壁和山峦瞅到他家乡的场院似的。

"别瞎操心了。半年前就封了山，没见家信，你怎么能知道收成不好？收音机里不是说，你们家乡那儿大丰收吗？"每逢说到收成之类的事，从农村入伍的兵，神色便格外庄重沉郁，朱端阳自知没有插嘴的份儿。但这一次，她觉得自己的话很有说服力。

"你咋能光听喇叭里的！"安门栓奇怪，别的事上挺机灵的巧女子，怎么在这事上却弄不明白。

"那你是从哪儿知道的？"朱端阳不服气地反问。

"俺是从喇叭里听说的。"

真稀奇了。炊事班班长八成是想家想糊涂了，怎么说话都颠三倒四的？朱端阳劈手夺下安门栓手里的暖壶盖儿："我看你别吃饺子了，让医生给你开点儿药吃吧！"

"你听我细细说。喇叭里是不是说，黄河下游今年没闹大水？"

"说了又怎么样？你们家在黄河上游，碍着下游什么事了？告诉你，喇叭里这会儿还在说太平洋上刮台风呢！"

"刮不刮台风，对俺们那儿倒是没啥影响。"安门栓听不出朱端阳的揶揄之意，很认真地反驳着，随即又陷入深深的愁苦之中，"俺们那儿缺水，只有靠老天爷下雨。哪年黄河发大水，俺们家乡才能有收成。越是百年不遇的洪水，越是丰收……"

朱端阳说不出劝慰的话来。在她过去短暂的生涯中，不知道中国还有如此贫瘠的地方。她以为昆仑山就是苦中之最，哪想到在有些人眼里，这也是天堂！

过年的钟声响了。

式样繁多的饺子（如河南的扁饺、山东的挤饺）出笼了。高原上的水不足八十摄氏度就开，无法煮熟这种古老的全封闭结构食品。炊事班班长是在笼屉上抹了层油，将饺子蒸熟了。

各小集团的饺子，上笼时是标记好分开码放的。不想出锅拣拾时，全乱了营。人们混乱地抢拾着，活像一群乌合之众。当然，手下也还留情，给后来的人多少留着一些。轮到女兵们去拿饺子时，才发现她们包的饺子已全都被别人拿走了。女孩子们的饺子包得很规矩，小巧玲珑的，很容易识别。也许，饺子馅儿虽是一样，女人包出的饺子更有一番风味。女兵们吵闹起来，饺子不够吃。于是，男兵们又各自将自己碗里的饺子拨出来，结果汇到一起，三个班的女兵也吃不完。

安门栓扯扯朱端阳，暗地里递给她一碗饺子，包得很精致，像是小羊羔的耳朵，真不知他那簸箕大的巴掌怎能做出这等细活儿来。

馅儿虽说也是脱水菜的，但掺进去的蒜苗明显比大锅饭的多。

朱端阳这才记起兴师问罪的事，却终于什么也没有说。

她给蒜苗的残基又施了肥。可能是求生心切，浓度过高，效果大得令人惊骇。蒜苗先是滋生出瘤状的叶子，然后便狰狞地疯长，颜色也成为一种无法解释的青紫色，不但没了观赏价值，连吃也不敢了，只得扔掉。

八

“安门栓是我接的兵。”尤天雷坐在化验室的白色转椅上，等待他的化验结果。

朱端阳相信。尤天雷虽然年轻，但军队里的辈分是以军龄来衡量的。所以机要参谋可以用这种居高临下的口气说话。

“接兵的时候，我们住在他们公社招待所。吃完饭，我把碗往桌上随手一搁。站在一旁的服务员把碗拿过去，伸出舌头往碗里左右一舔，碗就算刷干净了。摞在一起收好，下顿盛上饭再给你用……”

“真会瞎编。”朱端阳放下手中的操作，好气又好笑。

“谁骗你？这是真的。所以，以后逢到吃饭，我事先把解放帽檐偏到一边去。一是提醒自己别忘了饭后舔碗，让人老百姓顿顿给咱舔，怪不好意思的。二来是舔的时候方便些，要不弄个满脸花，多不美观！”尤天雷坐着自转椅上转过去，又转回来。

朱端阳不由得有些心酸，不愿被人看出来，便慢慢地晃着试管。

“要不是安门栓家弟兄好几个，我根本不收他当兵。他们家乡缺水，家里没有壮劳力，小伙子走了，没人下涧里挑水，生活就难维持了。”尤天雷这句话可是肺腑之言。早知有今天，看起来傻大黑粗的炊事班班长竟成了不可小觑的对手，他说什么也不会收安门栓当兵的。

朱端阳自然想不到尤天雷的这许多心思。她只是想多知道点儿炊事班班长的情况，便催尤天雷再讲。

“安门栓坐上汽车。一到中途休息，他就第一个跳下车，直着嗓子对着车上吆喝：‘还不快下来，让汽车歇息歇息……’安门栓的舌头，伸出来够得着鼻子尖，这都是从小练舔碗练出来的……”尤天雷讲得兴起。说实话，看到朱端阳对安门栓的身世这么感兴趣，尤天雷心里颇不受用。但他觉得与其让朱端阳四处去打听，倒不如自己这样详细地介绍一番。他相信自己具有足够的优势。

果然，朱端阳被炊事班班长的逸事逗得咯咯地笑了起来。她想得出安门栓滑稽憨厚的样子。

一直背对他们凝视窗外的徐一鸣突然回转身，用很犀利的目光扫了尤天雷一眼，说道：“你出去一下。”

尤天雷站起身。不管怎么说，这里是化验员的领地。刚才的说笑略微有点儿过分，骗骗小姑娘可以，他忽略了旁边还有一双老练的眼睛。

“不是说你，尤参谋。朱端阳，请你把病房的化验单处理一下，这份标本我来做。”徐一鸣的口气很平和，却不容置疑。

朱端阳出去了。屋内留下两个男子汉。空气骤然间紧张起来。

“尤参谋准备调到后勤部供职了吗？”徐一鸣的问话暗藏着某种潜台词。

尤天雷一时还估不准头发少白的化验员是何动机。徐一鸣是朱端阳朝夕相处的师傅，尤天雷不想同他搞僵，多一个不时说自己坏话的人，总是不利因素。他镇静地一笑：“起码目前还没这种打算。”

“那为什么对一个炊事班班长这么关心呢？”徐一鸣的话虽一般，

分量却不轻。尤天雷必须解答他对安门栓虽说都是事实却并不那么友好的描述。

机要参谋迅速判定了形势。从对方略带嘲弄的语气中，他知道外表不露声色的化验员实则对他的心思洞若观火。他感到有点儿狼狈，旋即又镇定下来。这没有什么好遮掩的，索性挑明了。真正的军人，喜欢直率。

“我看出，炊事班班长看上这姑娘了。我给他们泼点儿凉水。”

“等到火灭之后，你再点起一堆新的来，我说得对吗？”徐一鸣紧逼住问。

“我……没有那个意思。战士服役期间不许谈恋爱。这帮女兵上山后，领导曾三令五申这一条，这你也是知道的。”尤天雷说的并非违心之谈。他并不敢想象现在就同朱端阳谈恋爱，只是希望她对自己留下一个深刻的印象，而不要被旁人捷足先登了。

“我自然记得这条军规。只是尤参谋近来常常光顾我这个小小的化验室，几次抽的血加起来，只怕比挂次轻彩都多了吧！”徐一鸣冷冷地戏谑着。

“这是因为我一直生病。”对这个问题，他早就备有现成的答案。

“有没有病，不是你说了算，而是我说了算。你说对吗？”徐一鸣轻松地从试管架上抽出两管半凝固状态的血浆，“尤参谋，请看好。这是你的血液标本。”他拿着试管对着阳光晃了晃，血色纯正而鲜红。然后，他不慌不忙地走到污物桶前，踩动脚开关，将试管丢了进去。

“你……你怎么能这样对待工作？”年轻的机要参谋倒不是吝惜他的血，而是觉得人格受到了蔑视，愤慨地质问道。

“我正是为了能够安安静静地工作。”徐一鸣冷漠地望着他。

尤天雷快速思忖着：“化验员为何对我发这样大的火？难道真是为了替炊事班班长抱不平吗？噢！对了，这是为了达到自己的目的！”他暗暗抱怨自己的粗心大意，他长期以来忽视了这个最深潜的敌手。化验员凭借天时、地利、人和，具有优越的竞争条件。随着时间的推移，这种危险势必不断加大。自己每次进化验室，见到的都是楚河汉界，相隔甚远，谁又能知道这不是化验员的表面姿态呢！他急忙调整了思维方向，转守为攻道："我就是一天往化验室跑的次数再多，也不如你们这样安安静静工作待的时间长！"

徐一鸣恼怒了。自受袁镇科长所托，他一直以朱端阳的保护人自居，现在，这火竟烧到他头上来了。他极想剖白自己，绝不曾存非分之想，但都是未婚男人，这表白又能有多少力量！

他迟疑着。尤天雷咄咄逼人地望着他。朱端阳的身影已从远处走近。

"尤参谋，你我都是男子汉。你记住我的话，我徐一鸣，绝不会娶朱端阳做老婆的！"

"此话当真？"尤天雷反问。

徐一鸣没有重复。真正说话算话的人，是不喜欢重复的。

尤天雷不得不佩服这勇气。他不敢说，也不能说。人，不应该放弃自己的努力和追求。爱情是一件很严肃郑重的事，无论在什么情况下，他都不会轻易放弃这种权利。但是，他可以等到女兵们服役期满，只是在这期间不要出什么意外才好。感情这东西，可是最易变化的。况且就是徐一鸣，横生变故的可能性也绝非一点儿没有。情场也同战场，是来不得半点儿粗心大意的。

机智的机要参谋立刻想到另一个主意："徐化验员，我佩服你的为人。我给你介绍个对象，怎么样？"说罢，他从内衣口袋的皮夹里抽出一张相片。

姑娘很漂亮。徐一鸣看也没看，冷淡地说："这么漂亮的姑娘还是留给你自己吧！"

"你他妈的浑蛋！这是我妹妹！"面孔白皙的机要参谋粗鲁地骂起来。

徐一鸣发现自己唐突了。机要参谋是聪明人，今天的交锋足以使他有所收敛。他把相片还到尤天雷手中，从以前化验的记录本上查出尤天雷上次检查的结果，抄在这次的化验单上。

"拿去给医生看吧。别发这么大火，咱们不是还打算做亲戚吗？"

朱端阳走进来，恰好听到这最后半句话，不由得抿起嘴一乐，看来自己还担心他们会有口角完全是多余的。她希望大家都快活亲热。

徐一鸣的心，紧缩得疼痛起来。

他怕见这微笑。直到这时，他才深切地感到自己失去了一样多么宝贵的东西。他一直在心中替自己辩解，说自己对她的关心爱护完全出自一种同志式的友谊。当真的决定永远同她做同志时，他才发现自己一直在自欺欺人。现在反悔，也许还来得及，况且这种允诺本身并没有约束力。没有什么能约束一个成年男子对他所爱的姑娘的追求，除非他自己。但徐一鸣不会反悔。他知道有多少双眼睛在看着他。昆仑山是一座雄性的山，昆仑骑兵支队是一支男性武装集团。阴差阳错，来了一个班的女兵，对于这样一片广阔的土地，实在是杯水车薪。袁镇科长的决策是正确的。把女孩子们保护起来，让她们像天上的月亮一样，每个人都可以仰头看见，每个人都不能据为己有。边防线不是内地的公园学校，哪里都可以乱，昆仑山乱不得。倘若自己同尤天雷争执起来，千里边防将传为笑谈！这是军人的耻辱！他答应过袁镇，他不会食言。今天，他又答应了尤天雷，同样不会食言。女人，对军人来讲，应该是一个被遗忘的字眼。昆仑山上来了女人，这是命运开的玩笑。不要纠缠在这个恶意的玩笑中。快去走历代军人走过的路吧。在家乡寻一个老实本分的婆娘，上侍父母，下育子孙，自己才可安心戍边。军人已经做出了众多的牺牲，无非是再多一点儿。虱子多了不痒，账多了不愁。徐一鸣说话是算话的！

徐一鸣觉得自己很高尚。但是他忘了，在做出这种决定的时候，朱端阳会怎样想。

九

春天到了，假如一定要在昆仑山上划分四季的话。

春天的唯一标志是道路开封。军区并没有忘记当初派女战士们上山的目的，明令她们到一线哨卡去巡回医疗，同对方的女兵一比高低。

内地的人，以为西部是边疆。西部的人，以为昆仑山是边疆。真正到了山上，你才知道距离国界还远着呢！

但这一次是到一线的前卡去，近到用肉眼看得到敌人，当然敌人也看得到我们。军区的目的也正在于此。

前面就是国境线。

朱端阳焦急地等待着，等待一种并非寻常的感觉。没有，什么也没有。一模一样的山，一模一样的冰河，甚至连对面山上敌人的岗楼也建造得同我们的大致相同，只不过略低一点儿。地图上那条鲜红的未定国界线，无声无息地消失在绵延的山岭中。

女兵们在等待一个好天气。连日大雾，十几米外便一片混沌，自然是不宜展示的。边防站粗野的士兵变得腼腆文雅起来，以至他们彼此相处时都觉得对方好像变了一个人，不过骂起领队前来的尤天雷，还是同仇敌忾，觉得他实在艳福不浅。

尤天雷正在同一个偶然闯进营区的老者交谈着。他们说着一种奇怪的语言，连站上的翻译都听不懂。这是尤天雷的过人之处，他对昆仑山上众多的边地语言很有研究。

看不出老人究竟有多大年龄。灰白的头发与灰白的胡须毛碜碜地纠结在一起，黑眼珠洞穴般地在其深处闪着幽暗的光，斜披一件用黑牦牛线连缀起的皮衣，脚下是整张羊皮卷成的筒靴。不知道他是从哪里来的，看得出他要到哪里去。他双手合掌，念念有词，目光缥缈地注视着极远的苍穹。在那里，有一座边民们传说的圣山。

老人指指自己，指指军人们，最后指向他赶的羊群。

羊群毛色污浊，看得出跋涉过很远的路。羊犄角上挂着沉甸甸的羊毛小袋子，压得羊直不起头，使这种常见的动物显得陌生。

老人见大家围向他，索性做了一个用手掌砍脖子的动作。这更令人莫名其妙：不知是他要杀人，还是人要杀他，或者他要自杀。

尤天雷把他的话翻译过来。

请解放大军买一些他的羊杀了吃。好多天见不到牧人，没办法用羊角上的盐巴换青稞。他不吃肉。如果再换不到粮食，他跌倒后爬不起来，就到不了圣山了。

原来是这样。

哨卡领导拿来粮食预备送给老人。他来自一块遥远而有争议的土地。对这种国籍未定的边民，人民军队有救援他们的义务。

老人执意不收。

请解放大军不要坏了他一路苦行修下的善果。

没办法，虽然哨所并不缺羊肉，为了使老人安心，还是买下了他的羊。

当场宰杀。

朱端阳从未见过如此惨烈的场面。羊被老人分成两群，把待杀者角上的盐袋解下，绑在幸存的伙伴身上。两群羊都发出极其凄切的叫声，像在进行最后的诀别。

牙咬着匕首的屠夫们逼近了。

拽住羊角就地一滚，羊便被掀倒在地上。寒光一闪，羊腹便被挑开了。一只鹰爪似的手凶狠地从羊腹探入，完全凭感觉，扪住活羊那颗怦怦乱跳的心，扣住心根处一扭，羊心便滚落下来，随着冒热气的人手脱出，汹涌澎湃的热血汩汩而出，将死羊身下坚硬的冻土冲击成一个漩涡。

只有这样宰杀的羊，肉才洁白鲜嫩。

更令人惨不忍睹的景象还在后面。

目睹同类的死亡，羊群战栗起来。突然，一些晶莹的水袋从还活着的羊胯间纷纷坠下。袋膜柔软而透明，像是薄薄的塑料袋，颤动着，并不破碎。于是，朱端阳和所有在场的人都看清了——水囊中有一个粉红色的精灵在挣扎，那是一只成形的羊羔。

这太残酷了。

“你问他，为什么要杀死这些母羊？”朱端阳愤怒了。她是女性，对幼小的生命有天然的痛惜。

尤天雷迟疑了片刻。老人是羊的主人，想杀哪只就杀哪只呗！看朱端阳怒冲冲地盯着，他还是委婉地翻译了。

老人缓缓答道：“朝圣的路，是圣洁的路。它们原不该在路上做下这等罪孽，还是早早了结了好。”

事关宗教信仰，谁还能再说什么！

第二天，极澄清的天气。

女兵们迫不及待地朝山上瞭望哨爬去，那里是哨所的制高点。从平原黄土地上的操场开始，生离死别，万水千山，她们走过了漫长的道路。现在，昆仑之行的最高价值就要实现——让所有的人都看一看吧，谁是世界上站得最高的女兵。

到了。

依山构筑的土碉堡，蛇行坑道。手摇步话机，简易发电机，武器和弹药。

一刹那，朱端阳感到深深的失望。这就是我们的边防！它是那样残旧，那样简陋，简直令人觉得不堪一击。千千万万日夜忙着搞“文化大革命”的人，以为我们有一个多么强大的国防。若是知道真正的前线破烂得像个土围子，他们还能安然地打派仗吗？

朱端阳不寒而栗。只有这时，她才体会到什么叫血肉城墙。不管共和国内怎样混乱，这里必须像磐石一样坚固。没有任何现代化的装备，祖国只能用她赤子的身躯来抗击任何可能发生的侵略。一种近乎悲壮的情绪统辖了她。

唯一可以称得上先进的，是一台望远镜。

警卫战士将观察位置让给朱端阳。

望远镜倍率很大。朱端阳凑过去一看，吓了一跳。太近了！简直像透过窗户在看自家的院子。

只是她看到的，是一个装束与我们完全不同的外籍军人黑洞洞的枪口！

这一瞬间，朱端阳忽地明白了——什么叫国土！国土不是土，而是一条线。一条看不见、摸不着而又无时无刻不在的线！两个种族，两种社会，两个截然不同的国度，被它从天到地刀剁斧劈般地割裂开了。在这条线的两侧，扼守着各自的军人。山是一样的山，水是一样的水，天是一样的蓝，风从这边刮到那边。唯有人不一样。他们成为各自国家的标志，屹立在这荒芜的土地上。朱端阳年轻的心，激烈地跳动起来，热血像海浪般澎湃着。她觉得自己消失了，或者说升腾了。无论你个人多么渺小、多么卑微，有着多少自身无法超越的缺憾，在这一瞬间，你变得伟大而崇高，因为你代表着你的国家。个人消失了，被抽象成一种符号，被赋予一种常人无法得到的神圣使命。有幸能成为一次国家的象征，是难以比拟的幸福。就像我们辽阔的国土上，有多少亿亩稻麦菽粟，但只有一株谷穗被镶在庄严的国徽上。它永远沉甸甸地低着头，谁又能计算它的价值！在人的一生中，假如有一次你代表过你的祖国，这金子一样的记忆将照亮你的一生。你会清楚地感到，从那个时刻起，你长大了，变成一个新的人。对祖国的责任，像昆仑山一样，压在你的双肩，让你永生永世无法安宁。

朱端阳在心里呼唤着自己所有亲人的名字："你们看到我了吗？我是世界上站得最高的女兵！我在保卫着你们！"

女战士们跑出土碉堡。金色的朝阳透过稀薄的云纱，将聚光灯似的光束打在她们身上。料峭春寒，山顶的陡岩上，凶猛的山风鼓胀起她们草绿的大衣，像展翅欲飞的雁阵。

唯一遗憾的是：没有任何特征可以显示她们是女性。

姑娘们把军帽除下了。

齐耳的短发，逗号一样的小抓鬏儿，平头的小刷子辫儿……头发，比正常稍长一点儿的头发，将无尽的阴柔之美氤氲在世界屋脊之巅。

朱端阳急了。她有着女孩子中最妖娆的美发。妈妈说过，这是从胎发留起的。她一把扯开橡皮筋，黑发像瀑布一样散在腰间，当它们被山顶的巨风掀起时，该多么像一面美丽的旗帜！

朱端阳正准备出去，望远镜里的景象突然变化，出现了一个异国的女兵。她穿着一套橄榄绿色军装，掐腰很细的上衣缀着亮闪闪的扣子，仿佛是银质的。脸上施着脂粉，但并不过分，显出很妩媚的样子。无论朱端阳对她怀有多么深的敌意，平心而论，这异国女兵是很俏丽的。

她优雅地舒展了一下腰肢，慵懒地将胸前挂着的袖珍望远镜向我方注视着。也许，这是她每天早上唯一的消遣吧。朱端阳不打算走了，她预计到自己要看到颇为难得的镜头。

战友们的欢笑声在土碉堡外响着……

那女人突然松开手，望远镜跌落在颈间，涂满蔻丹的指甲掩住了樱红的唇。

那该是一声惊叫吧？朱端阳快活而耐心地等待着，欣赏着对方的愕然。

那女人重又将望远镜擎起，头颅缓缓地移动，略苍白的嘴唇翕动，好像在清点我方的人数……许久许久，竟再无接下去的动作，仿佛化成了一尊石像。望远镜遮住了她的眼睛和半个脸庞，朱端阳判断不出她是惊呆了还是吓呆了，不觉有点儿扫兴。蓦地，从她半仰着脸的某一特定角度，朱端阳看到有一道水痕的反射光。

这是怎么回事？

朱端阳想再看清楚，那水痕却不再出现。不管她吧！也许是眼花了。趁那女人还没放下望远镜，让她看看中国方面还有一个女兵！朱端阳撇开望远镜，就往外跑。

“站住！”

声音冷漠而生疏。朱端阳立时钉在地上，还不知是谁发出的喝令。

是尤天雷刚从山下赶到。一天不见，他竟苍老了许多，脸色铁青，眼球上满是暴突的红丝：“不准你上去！”

为什么？朱端阳非常吃惊，尤天雷怎么变得如此凶狠。

“她们都在上面，为什么偏偏不让我去？”她小声嘟囔着，还想往外走。她知道，尤天雷是不会真对她发脾气的。

然而，这一次朱端阳大错特错了。一向温文尔雅的机要参谋不但挡住了她的去路，而且用铁钳一样的手把她拽了个趔趄。

“我告诉你，他们那边的女人，是——军妓！”尤天雷的嘴角痛苦地抽搐着。

长久的寂静。听得见山顶的风声。

“你——胡——说！”朱端阳发出裂帛一样的尖叫。

这非人的呼唤，将女孩子们通通叫了进来。

尤天雷看也不看她们，对着光秃秃的屋顶说：“这是朝圣老人刚告诉我的。他才从对面过来，他们还抢走了他的头羊……”

女孩子们的黑发垂下来，垂下来，像是无边的黑纱遮住了她们的脸。

十

卫生科科长袁镇把小水桶般粗的大号茶缸，坐在炉子上煮茶。按节令已是初夏，昆仑山上仍须点焦炭取暖。开水温度低，沏不开茶，只有像熬中药似的熬，才能品出滋味。

朱端阳规规矩矩地坐在对面，像准备挨老师训话的女学生。

科长叫她来，要说些什么呢？

袁镇也在琢磨："这第一句话，该怎么开始？"

姑娘们长大了。你不能阻止自然规律发生作用。但在这个特殊的环境里，自然规律只能服从于铁的纪律。把活泼的生命禁锢在军规之下，这需要权威，更需要自觉。人非草木，孰能无情。围绕一个朱端阳，已经站出这么一帮小伙子，谁知今后还会出几个安门栓、尤天雷！该教育教育他们？可惜，一个卫生科科长手里的职权有限。纵使请来了尚方宝剑，千里边防线，难道要他像救火队员似的，一个个去谈话？再说，这是传之有据、查之无凭的事情，小伙子来个不认账，岂不弄得自己下不来台？如果两厢情愿，配合默契，就更无的放矢了。卫生科科长知道问题的症结在于他管辖下的姑娘们。只要她们把持住自己，目不斜视，循规蹈矩，事情就绝不会出差错。这未免有点儿残忍，但有什么比边防线的安宁更为重要？战士不是骑士，若为了风流逸事争风吃醋，打架斗殴，他们手里还有枪！到那时候，酿成昆仑的耻辱便悔之莫及了。

"我给你讲个故事吧！"袁镇终于想好了开头。所有的教育都苍白无力，还是讲那个昆仑山人都知道的故事吧。

"讲故事？太好了！"朱端阳很高兴，忐忑不安的心情放松了许多。

从前，有个神通广大的女神，叫作女娲。我们地球上的人类都是她的子孙。有一天，不知出了什么变故，天塌了一角，露出漆黑的窟窿，地面裂开无数峡谷和深坑。山林燃起了熊熊大火，洪水从地底喷涌而出。山岳变为岛屿，大地成为海洋。飓风从天窟窿席卷而来，到处是地狱般的寒冷与黑暗。女娲决定把天补上。天是那样高，她得先找到补天的梯子。她找啊找，找到了地面上最高的一座山。女娲就踩到那座山的顶上。补天得有材料，女娲就砍下山上的石头，把它们熔炼成青色的石浆，填进天的漏洞。天补好了。女娲选的石头同天的颜色一样，湛蓝碧青，所以一点儿也看不出是另外镶上去的。女娲很高兴。大地上恢复了欣欣向荣的景象。想不到，没过多长时间，补上去的石浆没有黏性，被风一吹，就像泥巴一样，一块块掉下来了，女娲的子孙重又陷入苦难之中。怎么办呢？女娲想到了自己的血。血是最有黏性的东西了。她拣了一块锋利的石头，割开自己的血管，把鲜红的血掺进青色的石浆，石浆变成了淡淡的粉红色。女娲捧起它们，糊到东方的天际，天终于补好了。从此，每当太阳从东方升起的时候，阳光照在女娲的血痕上，天空就出现了美丽的朝霞。

后来，天又漏了。天为什么老漏？因为天下还不太平。这一次，是颛顼和共工的战争，将天损毁了。天柱塌折，西北隆起，成了一片高原。东南凹陷，那里就变成海洋。这时，女娲已经老了，体内已经没有多少血液了。为了拯救人类，她又一次炼起补天的石浆，艰难地登上天梯，修补残破的天空。女娲最后的血液又稠又紫，为了修补得更结实，她托举着血红的石浆，补了一层又一层。所以，晚霞比朝霞更为壮丽。

袁镇推开窗户，满天红霞，映得人影都红彤彤的。

“你知道那架天梯在哪里吗？”袁镇轻声问。

“知道，昆仑山就是天梯。”朱端阳还沉浸在这凄凉壮丽的故事里。

“你知道我给你讲这故事的意思吗？”

“教育我们要像女娲一样勇于牺牲自己的一切……”朱端阳轻声说。

“你能懂得这一点，很好。牺牲一切，也包括自己的感情。比如，你会碰到别人向你求爱，你也许会爱上某一个人……”

“不……科长，这是没有的事……”

“也许现在没有，但以后会有。你不要太紧张，我只是想提醒你。为了我们神圣的职责，你必须约束自己的感情，除了工作、学习以外，再不要想其他任何东西。如果碰到你个人解决不了的纠缠，告诉我，领导会帮你处理的。”

朱端阳深一脚浅一脚地走出科长的办公室。夕阳依旧火红，像胭脂般的色彩镀在女兵苍白的脸庞上。科长的话，她依稀明白，又有几分不解。有一条她明白了：她已经长大成人，祖国需要她做出牺牲，她不是小孩子了！

朱端阳拒绝安门栓为她开的小灶，锻炼吃羊肉。她并不从喝汤开始，而是直接将血淋淋的肉块穿在毛衣针上，放入火中炙烤。吃下去后，也许是高原上的羊品种不同，也许是时间起了作用，她并没有过敏。

对于朱端阳的冷淡，安门栓百思不得其解。他于是迁罪于尤天雷和徐一鸣。炊事班班长的报复手段很高明，也很露骨，无非是打菜时勺把儿微微那么一转，看着同别人一样是满满一碗，吃的时候才会发现：吃鱼时是鱼尾，吃肉时是骨头，吃脱水菜时则全是根块渣滓。徐一鸣佯作不知，照样吃下去；尤天雷莞尔一笑，倒掉了事。

公正地说，袁镇科长的忧虑绝不是多余的。炊事班班长那颗外人看来简单的心，其实并不迟钝。对于朱端阳，他时时留意，甚至希望她再遇一次风险，趴在自己的脊梁上。他骂过自己是癞蛤蟆，觉得这是没影的事。像家乡的山，两个人离得近近的，看得清眉眼，听得见歌声，但真要手拉上手，当中隔着看不见底的沟崖呢！他试着回避过朱端阳，发现自己根本做不到。他转而希望发生什么奇迹，比如牛郎织女，比如天仙配。安门栓是学“毛著”的积极分子，他知道世上是没有神仙的，于是又开始幻想别的变故，像家里出个早年外出的亲戚，如今做了大官找回来的事。可惜很长时间过去了，并没有发生这种事。他心里有一幅同朱端阳和和美美过日子的图画，朱端阳怎样到自家涝坝里去提水……怎么才能实现，他不知道。只要朱端阳天天跟他说笑，事情就有希望。谁知朱端阳除了一日三餐打饭非来不可之外，再不像以前那样无拘无束地同他聊天了。那时候不觉得是件美事，现在却留出一大片空白。

吃羊肉的时候，安门栓给她挑了几块最好的羊腿肉。朱端阳直往后缩碗：“要不了这么多，有一块就够了……”

她还是不爱吃羊肉！那又何必这样糟蹋自己呢！心疼之余，安门栓感到了一丝希望。

“我在库里找着一种吃食，保你从未见过。你尝尝咋个样？”不待朱端阳答话，安门栓便从腰间摘下小钥匙，赶着开库门去了。

朱端阳犹豫了一下，馋、好奇，以及羊肉那实在令人难以忍受的气味，使她跟着安门栓走了。

这是个专存细软的小库房。安门栓逢到入库就高兴，逢到出库就心疼，于是便越存越多，中间仅剩一人可行的通道。高高的小窗户还钉着铁条，冷飕飕的。

安门栓从角落里抖出个小麻袋。这还是上届炊事班班长移交给他的。后来，也许是物资紧缺，再没见配发过。凡只剩不多的物件，安门栓就再不往外发了。哪个殷实的库底，不得各色杂粮都存得齐全呢！况且，他也不知道这东西怎么个吃法。

“看，就是这个。”安门栓不吝惜地掏出一大把，“像是啥虫虫晒成的干，可挺好吃的哩！我蒸熟试过。”

朱端阳定睛一看，笑得前仰后合：“啥虫虫干呀？这是上等的大海米！”

安门栓也跟着呵呵笑。他到底也想不通这海里的米怎么不像米，而更像个活物。可朱端阳高兴，这比什么都重要，他也跟着高兴。

朱端阳往兜里塞了一大把，一边嚼着一边说：“就这一次了。以后，我再不吃小锅饭了。”

安门栓的心往下一沉。这么说，这个快活的小女兵，以后再不会单独来找他，他再也没有机会同她说话了！混杂着失望、焦躁和渴望的某种冲动，胀满了他的每一根筋脉。

恰在这时，朱端阳用小巧的指尖拈起一枚硕大茜红的虾仁，塞进他已经满是热汗的手中：“你尝尝看！这是大宾馆、大饭店里才有的好东西呢！使劲嚼，有一股甜味……”

炊事班班长只觉得略带咸腥的血液在咽喉部涌动。他用强有力的臂膀将朱端阳拉了过来……

朱端阳先是听到隆隆擂鼓一样的声响。这是安门栓的心脏透过厚厚的棉军装发出的声音，紊乱而激荡；然后是一张方形的热烈企慕着的脸，那双平日略显迟钝的眼睛此时神采焕发；唯独往日很粗犷的喉咙变得蝉鸣一般微细：“你答应做我……婆姨……”

十一

“这个安门栓，太不像话了！”袁镇一进化验室，气就不打一处来。

朱端阳悚然一惊。小库房里的事，她还没想好说还是不说，科长就知道了？

“干脆把安门栓送到军事法庭，判他几年！”徐一鸣火上浇油，“当炊事班班长的，比周扒皮还抠！”

原来说的是罐头。清仓查库，上面才发现安门栓管的食品罐头积压过久，许多都已过了保存期。要在别的地方，就地处理就是了。可昆仑山上的一粒米、一块炭都来得太不容易。袁镇在狠狠训斥了炊事班班长之后，将过期罐头抽样编号，请徐一鸣化验能否继续食用。

“安门栓渎职，倒要我来给他擦屁股。”徐一鸣愤然地踢踢堆在地上的罐头。

数量还真不少，像一堆垃圾。凹陷的、膨胀的，剥脱锡箔的，长满红绿锈的，光怪陆离。

朱端阳默默地拿出总后配发的战时食品检验箱。她并不恨炊事班班长。袁镇的话给她打了预防针。当这种事真的出现了，她吃惊、羞涩，之后便是自责。如果她不嘴馋，不去那间钉着铁条的小屋，也许一切便不会发生。她愿意帮炊事班班长减轻一点儿责任。

“那只箱子没用。”徐一鸣不屑地说，“这里头没有耗子药。炊事班班长总没坏到把每听罐头都钻个眼儿，往里头下毒。”他捡起一听罐头，抛到半空，又准确地将它接住。罐头发出人闹肚子时的气过水声：“要查的是有没有腐败毒素。可惜，总后不知道咱们有这么会过日子的炊事班班长。”

“那怎么办呢？”朱端阳着急。这么多罐头全报废，不是个小数目。

“试试看吧。尽量凑合着吃。不过，要是咱们做出结论能吃，最后吃死了人，上军事法庭的，就该是我了。”徐一鸣将罐头扔回原处。

责任重大，生命攸关。“怎么试呢？”

“只有做动物试验。”徐一鸣严肃起来。

动物试验？昆仑山上没有猴子，没有兔子，没有白鼠，连蚯蚓、蜘蛛、蟑螂、蚂蚁都没有，用什么做试验？

“人，也是动物。”徐一鸣平静地说。

是的，人也是动物，只不过稍微高级一点儿。朱端阳刚才忘了。现在，她师傅教给她了。

只是徐一鸣不让她当动物。“你给我做个记录就成了。要不然我吃了之后有反应，也不知是哪个批号造的孽，可真成了比鸿毛还轻了。”徐一鸣自从心里绝了同朱端阳好的希望，反倒坦荡起来，不再时时做严肃之态。

徐一鸣不会真吃死了吧？

虽说徐一鸣不再处处以师傅自居，朱端阳还是从心里怵他。一想到他现在承担的风险，她着实为他担心。她能做的，就是每天不断地观察他的眼神气色，有时连她自己也觉得像是在观察一只动物。徐一鸣不满地连连瞪她，她也不管，依然坚持细细地打量他。万一出现什么异常，她才能救他。

他并不老。少白头看惯了，倒觉得是一种特殊风度的美。花白的头发下，是一张年轻而充满个性的脸，你反倒认为这样的男人更有胆识和经验，更值得信赖和依靠。

地上的罐头堆，缓慢然而均衡地缩小。原本就单薄的徐一鸣，消瘦得像衣架。高原缺氧，人的肠胃原来脆弱。连续进食这些濒临报废边缘的罐头，给予人体的伤害是很大的。朱端阳每逢看到罐头，都想把它们偷着扔出去几听。简直像些定时炸弹，谁知其中的哪一颗会在哪一瞬间突然要了徐一鸣的命。

“让我也试试吧！”她近乎哀求。

“不成。”徐一鸣断然拒绝。

朱端阳只有暗中为他祈祷。

“肉毒杆菌主要滋生于罐头食品之中，毒性极强。百万分之一克毒素，即可致人死亡……”

朱端阳看到书上这段话，立刻感到徐一鸣面临巨大的危险，扔下书就往化验室跑。

那是一听非常丑陋的罐头，外表糊满红锈，从中段折成近乎断裂的直角，却并没有断裂，像一只畸形的断臂，非常不舒服地弯曲着。徐一鸣吃的时候，眉头皱得格外紧。也许那里正生长着这种比原子弹还要厉害的毒素！

化验室亮着灯，门却推不开。朱端阳拼命敲，没有人给她开门。

徐一鸣正躺在床上，痛苦得辗转反侧，呻吟不止。没有一个人发现，没有一个人救他，他就要昏过去了……

慌乱中，朱端阳记起自己也有一把钥匙。因为白天上班时徐一鸣都在，晚上他从不准朱端阳来，所以她一时竟想不起。

门打开了。屋内空寂而冷清，徐一鸣不在。刚才的景象，只不过是朱端阳极度恐惧中的幻觉。她无力地倚靠在墙壁上，不放心地打量着。被褥很凌乱，徐一鸣大概支撑不住，躺下休息过。地面倒很洁净，没有呕吐过的痕迹。

她该退出去了，趁着徐一鸣还没发现她来过。可她不想走。宁可挨一顿严厉的训斥，她也要亲眼见见徐一鸣本人，证明他确实好好活着。不然，她夜里会不安宁。

徐一鸣回来了，惊异地扬起眉毛："出了什么事？"

"我是怕你出了什么事……"朱端阳嗫嚅。

"我会出什么事？真是乱弹琴！"徐一鸣真的要光火。朱端阳突然抬起头，勇敢地说："你再也别吃这种要命的罐头了！"

徐一鸣的怒火弱下去，他感到被人关切的温暖，叹了一口气："难道真让它们报废？像我今天吃的那罐，也许是汽车失事后又从雪地里捡出罐头箱，继续运上来的。说不定人已经死了，我们还在吃他的罐头……不试一试，于心不安。"

这真是一个残酷而又极真实的推理。朱端阳沉默了，她亲历过车祸。现在，再没有什么可待下去的理由，她却不想走。同样的一间屋子，白天是工作间，严整方正，容不得人想别的；灯光下，变得陌生，像它的主人一样，有一种特殊的魅力。

"有件事，我想跟你说……"真是鬼使神差。朱端阳在这之前，并没有想到要把安门栓的事告诉徐一鸣。现在她竟觉得非告诉他不可，希望他给自己出个主意。

“好你个安门栓！真看不出还有这许多花花肠子！胆子也太大了。”徐一鸣第一个反应，几乎是愤怒至极。紧接着，便是难以言传的复杂情感：妒意、震惊，隐隐还有一点儿佩服炊事班班长的勇气。待听到朱端阳拒绝了安门栓，跑出库房，他又生出失而复得的快意并重新燃起某种希望。不过，这一切都像疾风一样迅速逝去了。他记起了自己的诺言。小姑娘既然是正儿八经地向自己讨主意，他就该像兄长一样设身处地为她想办法。

“这件事你跟谁说过？”略一思忖，他问。

“谁也没说。我打算告诉袁科长。”

“不要告诉他。这是你自己的事。不要恨炊事班班长。一个人要压抑自己的感情，是很困难的。他为说出那句话，一定想过很久，这是需要勇气的。还有，不论多少年后，直到你有了自己的家，甚至连自己的爱人也不要告诉。没有到过昆仑山的人，不了解这个环境，也许会以为那是你的过错。记住我的话，忘记这件事，就像它从未发生过一样。”

朱端阳满怀信赖地点点头。

十二

军马疫病。

马，对于骑兵部队，简直是装甲兵的坦克、水兵的军舰。随着时代的发展，它们的地位有所下降，但在这偏远的高山雪原仍有不可比拟的战斗力。支队建有庞大的军马兽医科。同是看病，军马科属司令部，卫生科属后勤部，于是兽医颇看不上人医。这次不行了，他们的军马化验员因故不在，疫情诊断不明，只有向人医求援。

军马所派来接人的栗色军马，像一堵高墙似的停在化验室外。徐一鸣因服变质罐头腹泻不止，身体十分虚弱，头发几乎全白了。他困难地收拾着所需物品，一步三晃地往外走。

“我们是人医，不是兽医！看你成什么样子了。”朱端阳心疼地说。

“人和马并没有什么原则上的区别，除了马病了不会说话，这就更需要详细全面的检查。”徐一鸣没有丝毫犹豫。

“如果一定要去，我去。”朱端阳抢过出诊箱。

徐一鸣迟疑了一下，也就交给了她。真正的军人，需要锻炼。

这是一匹极为出色的军马。它激奋地昂着头，瞪着极黑极大的眼球，用一种藐视的神情睥睨着它的女骑手。

朱端阳虽会骑马，但骑术并不高明。女兵们平日大多只骑步履平稳、专供首长坐乘的走马兜风。像这种高头烈马，令人打怵。

军马不耐烦起来。栗子皮一样油滑的皮毛下，一条条肌腱不安分地扭动着。细韧的蹄腕甩动海碗大的前蹄，将地面击出点点火星。

朱端阳提了口气，准备破釜沉舟。她刚上前半步，军马一侧脑袋，鼻口喷出两道白烟。她吓得退后了一步。

“这不行。光比画不练，你看不出这马性子急？人一踩镫，它就会猛跑。小心脱镫！”徐一鸣焦躁起来。

脱镫？！朱端阳吓得一闭眼。真脱了镫，因为军马通人性，镫上又有机关，倒不至于像电影《农奴》中那样被活活拖死，但摔个鼻青脸肿算是最轻的了。若是脊椎骨被摔断了，闹个一等甲级残废，可就几乎算革命到底了。

她央告徐一鸣：“能让马跪下吗？要不，我去搬个凳踩着。”

徐一鸣的脸色变得严峻而冷酷起来。搬个凳？你以为军马是骆驼吗？他看都不看朱端阳，低声喝道：“闪开！”将皮大衣的前襟往腰两侧专为骑兵定制的挂钩上一别，翻身就要上马。一名军人，即便是女兵，也绝不应该在关键时刻怯懦。

朱端阳从蔑视中受到刺激，勇气像暴风一样骤然而至。她抢先跨出一步，粗鲁地推开徐一鸣。因病而衰弱不堪的徐一鸣几乎扑倒。顾不上心疼，朱端阳挽缰一踩镫，飞身上马。栗色马像听到起跑的枪响，朱端阳尚未落鞍，战马的嘶鸣还在耳际回荡，栗色的闪电已消失在人们的视野之外。

老马识途，军马更识途，不消几时，便到了军马所。

病马很可怜。它们温驯地，用姑娘一样长着长长睫毛的大眼睛，无限依恋地看着每一个走近它们的军人。

需要抽血化验。朱端阳犯难了。给人取血是在耳朵上，给马呢？总不能先用理发推子推掉鬃毛，然后再用刺血针放血吧？其实这是她过虑了。兽医们将马赶入特制的围笼，用长长的铁制注射器直接从马脖子血管抽血，看着瘆人。

“够用的了！别抽了！”朱端阳急得大叫。马血不是水。年轻的兽医们倒不在乎，好像唯有如此，才能显出对女化验员的敬重。

剩下的操作步骤，马和人是完全一样的。结果一出来，朱端阳不禁黯然神伤：马的红血球里都出现了奇怪的核。幸亏是马，还能坚持到现在，若是人，早已无挽救的希望了。

不想兽医们脸上倒出现了笑容，当然不是那种无忧无虑的笑，而是困境中看见一条生路的宽慰之笑。这是怎么回事？他们难道忽略了这样危险的征兆？女化验员不得不严肃地提醒他们。

“哈哈……”兽医们这次是友好而戏谑地一齐笑了，“人和马到底不一样，马的红血球天生就有核！”

朱端阳也快乐地笑了。军马还有救！她终于用自己的手在昆仑骑兵支队的历史上留下了独立的一笔。

回程的路，安逸缓慢多了。

昆仑山，也有它美得令人心醉的一面。

天，像被靛草汁浆染过，蓝得不可思议。白亮耀眼的云朵，水平地分布在距地面很近的一条等高线上，像被一个无形牧人驱赶的羊群。穿行在湛蓝的空气中，你会感到空气的波纹在你眼前分开，无声地在你身后会合。你像一把锋利的小剪子，悄悄地将一块柔软的巨绸划开，待你走过，它们又天衣无缝地连缀在一起，平滑得不留一丝痕迹。行得久了，意识便恍惚起来。天真低呀，轻轻地落在你的脚下，云像白蘑菇一样绊住你的脚，使你走动时感到一丝羁绊。就像夏日早晨，草丛中有若有若无的蛛丝，挂满了露珠拦住你。看得久了，云朵泛出冰蓝色，好像被天幕所染，变得不那么雪白了。天也仿佛不那么均匀了，深一块浅一块的，有的地方厚，有的地方薄。昆仑山无边的积雪，虽不曾消融，尖利的冰峰被轻纱般的岚气包裹着，也显得柔美多了。

朱端阳流连忘返。这美，独自无声无息地存在了多少年！随便一座峰，随便一块石头，搬到北京、杭州，不知要修出多少名园，写下多少诗章。

她沉浸在遐想中，竟没有发现尤天雷是何时和她并辔而行的。

“遛遛马。没想到碰上你。”尤天雷骑的是一匹骁勇的红砂马。两匹马亲热地碰碰头。朱端阳一紧缰绳，将马拉开距离。

“又是谎话。”她已经能看出机要参谋耍的小花招儿了，淡淡地说。

“对，是谎话。我是特意在这儿等你的。有话对你说。”尤天雷索性挑明来意。

朱端阳有点儿慌乱，忙向四周巡视了一番，静谧安宁，没有一个人影。这不会有什么不良影响吧？心稍微安了些。

“这么多山。如果每人能随便挑一座山，你要哪一座？”尤天雷并不急着说自己的心里话，反而赞美起景色来。

朱端阳奇怪起来，这正是她片刻前看山时的想法。刚才的戒备之心顿时忘却，她快活地说：“那我要这座。”

一座秀美袅娜的山，山尖却很高峭，陡峻地插向云天。

“我要这一座。”尤天雷随手一指。

朱端阳脸红了。尤天雷指的却不是什么山，而是象征她的那座山之下广阔的土地。

“重来。这座山我不要了。我要那一座。”朱端阳这一次指向天尽头。

那里的确有一座美丽的山。不知是含有什么矿物或金属，它竟是粉红色的，在赭青色的群山环抱之中，像一位盛装的公主。

“这么多山，为什么偏要这一座？”不知为什么，尤天雷脸上布起了阴云。

“这么多山，为什么偏不能要这一座？”朱端阳又耍起小脾气。

久违了，这娇嗔的神态！尤天雷不禁飘飘然起来。然而，他还是要说：“换一座吧，好吗？”

“不好。”朱端阳没有商量的余地。对尤天雷，她更随性而放任。

“那不是我们的山。”尤天雷不得不告诉她。

顷刻，一名战士的职责与使命，回到了漫步中的青年男女身上。朱端阳为自己刚才的轻妄感到惭愧。她用马靴狠狠击打了一下马腹，栗色马激奋地甩掉尤天雷雍容华贵的红砂马，风驰电掣般地远去了。

机要参谋一个示意，红砂马像一道火光，追了上去。

“就要到营地了，叫别人看见，影响不好。”朱端阳冷冷地说。她怕尤天雷再纠缠，脸上也挂出冷漠的神色。没想到，尤天雷在距离她相当远的地方停下马：“我今天是来向你告别的。”

“你要到哪里去？”真的要分别，她又留恋起来，朱端阳驱马靠近些。

尤天雷说了一个环境险恶的一线哨卡。他要到那里去任站长。

“你天天抄抄写写，要去也该是当指导员。你会打仗吗？”朱端阳为年轻的机要参谋担心起来。

“真正的军人，就应该去打仗。当参谋，太不过瘾了！”

尤天雷说的是实话。他是主动要求到前线哨卡去的，那里的边情很紧张。热血男儿，没有不渴望打胜仗的。内心深处，他愿意获得更大的光荣。只有英雄才能赢得更多的幸福。

“祝你一路平安！”朱端阳伸出手。

尤天雷从衣袋里掏出几个银亮的小夹子，递过来：“我从军马所搞来的。这是给军马测体温时夹体温计用的，送你夹帽子用。”

朱端阳犹豫了片刻。按规矩，她不该接受男子汉们的礼物，但她实在喜欢这些银闪闪的小夹子。要是有人问起来，她就说是今天到军马所帮忙，人家给的酬谢吧！

她捏起小夹子，灵巧地避开了尤天雷那只想握住她的手。

“我要告诉你的话是：当战士的不许谈恋爱，你可一定得记住！”尤天雷曾一千次一万次地诅咒过这条军规。如今，它是强有力的保险索，尤天雷感到珍贵和亲切，郑重嘱托。

朱端阳没有回答。

远处有个披着大衣的人影出现了。那是徐一鸣。徒弟久去不归，他放心不下，出来接她。

十三

安门栓想找人借套干部军装——四个兜的穿起来威风，回去探亲。跟谁借呢？这多少是个犯纪律的事。他想到了徐一鸣。他不恨他了，自己是癞蛤蟆想吃天鹅肉。为了罐头的事，他以为徐一鸣会狠狠地报复他，不想徐一鸣极力为他开脱，袁镇只批评了他一顿，就过去了。

军装借到，他又借了些钱，说是回去结婚。大家便问他未婚妻的情况，他吞吞吐吐说不出来。人们以为他是老实人害羞。其实，安门栓真不知道自己将和谁结婚。不过，他挺有信心。凭那套干部服（他穿着实在小点儿），还有兜里的几百块钱，娶个婆姨该是不成问题的。

朱端阳很高兴。她觉着自己欠炊事班班长一段情，现在安门栓先成家立业，她也了却了一桩心事。

青年军人的人生道路，往往是以探亲为分水岭的。探一次亲，也许就结了婚；再探一次亲，也许就成了父亲。也有探亲回去，父母亲哪一方已经亡故了，从此留下终生的遗憾。昆仑将士的探亲，就更是盛典。单调乏味呆板的日常生活，使他们久久地憧憬这个日子，一次次回忆起这个日子，直到把每一个细节都嚼得再品不出新滋味。

没想到，徐一鸣也要探亲了。从听到消息的那一瞬，朱端阳就惴惴然起来。徐一鸣前不久才由母亲在家乡给他找了个对象，这朱端阳知道，但关系绝说不上密切。她注意过，每逢军邮车上来，徐一鸣的信件不见增多，不像其他热恋中的情人，会收到一沓沓信件。

现在，徐一鸣要走了。朱端阳对自己的失魂落魄很有点儿想不通。也许是因为老师不在，要独立支撑工作有些怯场吧！她竭力使自己相信是这个原因。然而，不成。随着徐一鸣行期的迫近，一种将要失去某种可贵的东西的恐惧感日益加重。一想到几天之后，眼前的视野中再没了这颗背对着她的少白头，她的心就像被射穿了一个洞，空空荡荡的，贯通冷风。她懊悔以前那么大意，为什么不珍惜同徐一鸣相处的每一分钟呢？

徐一鸣神色如常。他利用仅剩的这点儿时间加紧向女弟子灌输知识。

“你拆过这台显微镜吗？”他回过头问。

“没有……真没有……”朱端阳急忙为自己辩解。

“为什么不拆开看看？”

“你不是说过，不让我动吗？”朱端阳纳闷地问。

“我怎么能告诉你，可以私自把它拆开呢？但是你可以背着我干呀！你要是不了解显微镜的所有构造，就不能成为一名优秀的化验员。记住，只有靠自己努力，你才能学到更多的知识！”说罢，他起身出去了。

留下的这段时间，大概就是让朱端阳拆显微镜。

徐一鸣明天就要走了。朱端阳被一种无以名状的焦灼所搅扰。在她短短的十八年经历中，这是唯一的一次。像一个讳疾忌医的病人，直到这病入膏肓的一刻，她才承认自己是爱上徐一鸣了。

她有些害怕。原以为爱情是一件很遥远的事情，或者说，由于一次次的风波，她以为自己已经很知道其中的奥妙了。其实，一次次地呼喊“狼来了”，到真正的狼来时，她不过是个骗人的孩子。

怎么办呢？

好办极了。只要煎熬过这最后的十几个小时，徐一鸣一走，事情就永远地结束了。徐一鸣将回去结婚，他已从组织上开好了结婚证明。没有任何人知道她的心事，包括鼻子像警犬一样灵敏的科长。

朱端阳那颗年轻的心却不驯服地抗争着。她觉得种种清规戒律像紧身衣一样，束缚得她喘不过气来。什么战士不准谈恋爱！“我不会永远是战士，我却会永远爱一个人！我会成为老百姓，或者军官，但我不知道那时候还能否找到值得我爱的人。现在，这样的人就在身边，却不能去爱，军规竟是那样残酷。难道一个战士，除了爱祖国之外，便不能爱某一个人吗？成为战士是一种悲哀，你怎么知道那个值得你爱的人是在你十八岁还是八十岁的时候遇到！”

钟表不客气地前行着。

朱端阳决定不理睬那军规。惊讶、自责以至悔恨，以后都有时间补做，唯有同徐一鸣当面谈一谈才是最重要的。

一想到那颗白发苍苍的头，朱端阳又胆怯起来。他不会把她当成是小孩子训斥一顿吧？要不，还是不要当面谈，写一封信，夹在他每晚入睡前必看的书里？初想之下，这主意似极好，真正实施起来，第一个字便写不下去。称呼什么好呢……

“我这次回内地，你需要带点儿什么东西吗？”徐一鸣问。山上物资匮乏，每个下山的人照例留下这种起码的关照。如果没有其他意外，朱端阳知道，这也许是徐一鸣对她说的最后一句话了。

事情就这么完结了。

朱端阳几乎绝望了。她张不开嘴。徐一鸣素日形成的威严，像重石压着她。“不行！我得说话，我得让他知道我的心！一定要说！马上就说！张嘴，说——”

这是她的声音，过了一会儿，才传入她自己耳中，很轻，有一点儿颤抖，但极清晰，甚至有一种她没想到的冷静。

“你是回去结婚的吗？”

朱端阳觉得自己胜利了。万事开头难，她已经跨过了这道门槛。

轮到徐一鸣惊窘。几天来，他感到一种近乎痛苦的解脱。他成功地控制住了自己的感情，现在，苦役就要告一段落。想不到，朱端阳竟会这样问他。他不应该迟疑，否则，前功尽弃，徒增烦恼。他微微点点头，装作很自然地从提包里抽出一张纸，平放在桌子上。

朱端阳拿起来。这是部队政治机关出具的结婚证明，上面很清楚地写着即将成为新郎新娘的两个名字。那女人的名字很俗气，朱端阳只觉得眼前发花，记也记不住。薄薄的纸片，像是四面有刃的钢刀。

“能让我看看她的相片吗？”朱端阳困难地说。她希望那名字俗气的女人出奇地漂亮。这样，她在痛苦之中也许能多一点儿自我安慰。

徐一鸣把相片递了过来。他还从未把未婚妻的相片给人看过。

可惜，连这点儿愿望，命运都不肯满足朱端阳。那姑娘庸俗平常，毫无动人之处。朱端阳萌生出希望。

“你……爱她吗？”这“爱”字吐得真艰难。但这是至关重要的问题，朱端阳一定要问明白。

徐一鸣不想回答，但他不忍欺骗朱端阳。什么都不存在了，还应该留下真诚。“无所谓爱，也无所谓不爱。我们连面都没见过。家里同意，我也没意见，就这么回事。”

朱端阳惊异了。时时处处都那么有主张、有见解的师傅，怎么在终身大事上这么糊涂！事情出现了转机。她要修造他们的幸福。想到这里，她重新拈起那张证明，很仔细地将它对折几下，像要珍重地收藏起来，却突然猛地撕得粉碎，抛撒在地上。这是唯一能阻止这件事的办法。

徐一鸣并不惊异，镇静地注视着女徒弟，好像那碎屑与自己无关。

朱端阳热切地期待着。徐一鸣该有所反应。她的思绪飞快地飘忽着：服役期满后，她就可以在太阳底下公布自己的爱情……

徐一鸣缓缓地从贴身的衬衣袋里又摸出一张纸。那是一张与先前那张一模一样的政治机关出具的结婚证明。关山隘路，路遥途远，为防路上丢失，准备结婚的军人们多有备份。

朱端阳哆哆嗦嗦地又将备用证明抢在手里。

"如果你撕了，我还可以去开。"徐一鸣冷淡的话语，打碎了她最后的希望。

"事情还来得及……"她几乎抑制不住心中的悲愤怨艾。

"不……来不及……"徐一鸣痛苦地咬住嘴唇。他那道理智的闸门就要崩溃了。

"为什么，你这样无情？"朱端阳愤懑起来，"有什么能阻碍我们相爱？是那道冷酷的军规吗？"

不！不单单是军规。军规是人制定的，人也可以摧毁它。徐一鸣面临的挣不脱的枷锁，是他自己设下的。朱端阳还年轻，理智的缰绳必须由徐一鸣把持，否则就害了朱端阳。想到这里，他决绝地制止住朱端阳："我的事，用不着你来操心。你管好你自己吧！"

房门，重重地关上了。"朱端阳，原谅我。军纪不可违。婚约不可违。纵然我不怕现代陈世美这种恶名，你能否承受得了舆论的压力、组织的制裁？昆仑山上将留下你我的劣迹，你身上会染上洗不去的污痕。找一个乡下姑娘，我无怨无憾。我只祝愿你幸福。天下如此之大，你会有一个远大的前途，你会碰上比我好一千倍一万倍的男人。你像是天上的月亮，你不知道自己的价值。你皎洁的光，温暖过多少昆仑将士的心。如果你只属于我一个人，昆仑山会发怒的。为了我，你不值得！为了这些，忘掉我吧！朱端阳，你今年才十八岁，你不会理解我。你觉得我欺骗了你，从你的眼睛里，我知道你恨我。到了你二十岁的时候，我想你会多少理解我了。到了你三十岁，也许更大一点儿的时候，你就不会再痛苦，可能会当成一个故事，同你未来的丈夫讲起我。”

徐一鸣走了。

化验室变得空洞而凄凉。朱端阳徒劳地翻着每一本书，想找到徐一鸣给她留下的字条，哪怕是片言只句。没有。屋内的每一件物品都使她睹物思情，好像这是一间死人住过的房屋。她发狠心打乱格局，将所有的器具重新摆放，以至于走进来的病人，以为这里已不是化验室。

徐一鸣已越走越远地奔驰在他回乡结婚的路上。在经历了初恋的失败之后，朱端阳觉得自己长大了。她细细回忆了那天的情景，又担心起谈话不会被外人听到吧？倘有人向袁科长汇报，她将如何为自己辩解？她已经不可挽回地失去了徐一鸣，还要再失去自己吗？

她惊恐地等待着。

日子平安地过去了。那一夜，窗外只有月光。

十四

尤天雷不时托极诡秘的心腹之人给朱端阳带下信来。信自然都很严肃正经。朱端阳看过便烧毁了。若让别人看到，精干的边防站站长，只怕要当一辈子站长而得不到提拔。她也不回信。她想不出有什么要说的话。

现在，朱端阳看到尤天雷了。

他侧卧着，一身戎装，沾着泥土，像低姿匍匐前进。

不知道全军哪一个师级单位的卫生科，还修得如此考究的太平间，外观整齐洁净得像一幢别墅。

今天，这别墅里住着一名英俊的军人。

死人的事是经常发生的，不值得大惊小怪。但死的是你所熟悉的人，你心里便别有一番滋味。

境外叛匪回窜，抢掠边民。叛匪不是外国人，外交部照会提抗议都没有用，只有干净彻底消灭之。但叛匪依仗对地形熟，很难对付。为了救回老乡的羊只，尤天雷率领队伍英勇追击，不想进了叛匪的伏击圈，牺牲了。

简直不可思议。应该是敌人吃败仗，应该是敌人进我们的包围圈……不管朱端阳怎么想不通，尤天雷死了。这是千真万确的事，有他的尸身为证。

和平的人们，更多的是从宣传报道中、从捷报上了解战争的。真实的战争，要黯然失色得多。

牺牲了的，须卫生科清洗尸体。活着受伤的，须卫生科救治伤员。战场上的战斗结束了，这里的战斗才刚刚开始。

"袁科长，让我给尤天雷……"朱端阳含泪请求。她的心情很矛盾：她怕见死人，尤其是自己亲近的人。但不亲眼见一见，她不能相信尤天雷真的死了，内心深处还有一个属于儿童的幻想：也许尤天雷会突然醒来……

死者被翻转过来，仰面朝向天花板。尤天雷的脸，一览无余地呈现在她面前。他的面孔依然干净白皙，只是机敏睿智的双眼紧闭，仿佛在睡梦中思索着什么。唯一变化的，是下颏有一层细密的短胡须。这使朱端阳感到生疏，恍然觉得僵卧着的是另一个人。

政治部派来人员，摊开厚厚的簿子，写下尤天雷的名字，开始清点并记录烈士遗物。

几块军用水果糖。草绿色的糖纸已同糖块板结成一团，看来揣了多日。昆仑山惯例，凡外出，带几块糖，万一有什么不测，多少提供点儿热量。两贴伤湿止痛膏，准确地说，是一贴半。那半张已贴在尤天雷的左腕关节上。

就这么多。机要参谋或者说边防站站长尤天雷烈士身上的遗物，全部在此。没有一分钱。那地处雪线以上位置的哨卡，周围没有任何消耗货币的地方。

政治干事格外认真地翻检了棉衣里的暗袋，依照经验，这里通常保存着死难者最心爱的秘密，例如，恋人的相片或写好的情书之类。

朱端阳突然感到紧张，她害怕而又满怀期望地等待着什么。

没有。尤天雷的口袋里，空空的，什么也没有。

朱端阳默默地目送政治干事走出太平间。这样一个口袋一个口袋地寻查翻看，她简直不能容忍，像是趁一个人睡着之际偷盗他的东西。也许，这就是军人的死，那么猝不及防，那么无遮无拦。牺牲像一把锋利的匕首，将军人最后的断面剖给人间。如果她死了，也要这样吗？

她的心凝固着，觉得眼前不是尤天雷，遗物中也没有任何东西引起她的联想。她开始给死者更衣。

伤口暴露出来了。子弹从腰骶部射进，自小腹前射出。叛匪用的是国际上禁用的达姆弹，出口处创口爆炸成小盆大小。血浆、断肠、焦黑的棉裤绞结在一起，像一块紫黑色石膏板箍在腰间。

子弹是从背后射进去的。这曾使众多的人怀疑过边防站站长的勇敢，直到负伤的战士醒来讲清经过。叛匪利用山势构成口袋阵。他们知己知彼，知道解放军为了救回边民的羊，一定会追击他们。尤天雷何尝不知道这一点！但为了救羊——边防军如果不能戍边卫民，还算得什么子弟兵——仍旧率领部队英勇地追击。他身先士卒，一马当先。叛匪们以逸待劳，射人先射马，一枪击中了他的马头。剧痛的战马倏然腾起，在空中转了半个圈。叛匪第二枪已到，自后向前贯穿了尤天雷的下腹。就这样，身负重伤的边防站站长，仍然指挥战士们夺回了老乡的羊。

一条年轻有为的生命，换来一群羊。战场上，军人有各种各样的死法。但这种牺牲，朱端阳没想到。

尤天雷结成血板的棉裤，实在铰不动。朱端阳找来骨科锯，像锯三合板一样把血痂锯开。内层的血浆还很潮湿，像尚未干涸的红漆。

尤天雷青春的肌体，完全展露在冰冷的水泥停尸台上。强健的胸肌，颀长的四肢，像标准的运动员塑像。唯有腹部破烂不堪，遗下一个血腥洞穴。朱端阳撕扯大团脱脂棉，像絮褥子一样，絮进尤天雷的肚子。用一贴新的伤湿止痛膏换下手腕处那已灰脏的一块，最后，给他穿上缀有鲜红领章、帽徽的军装。

好一名英俊潇洒的青年军官！

朱端阳呆呆地看着这个经自己手复活的军人。现在，他有点儿像尤天雷了，但还有什么地方不像，同记忆中活泼的影子不相吻合。她困难地思索着。哦！是了。朱端阳从未见过闭着眼睛的尤天雷。机要参谋总是用他那聪敏而略带狡黠的目光看着这世界。

朱端阳轻轻扶起烈士的头。这也许很不应该，但她终于这样做了。不如此，她便总存有最后的疑惑、最后的侥幸。她用手轻轻抚开死难者的眼睛。

啊！

他是尤天雷！他的眼珠依然清亮而有神，瞳孔被死亡放得极大，朱端阳从中清楚地看到了自己的影子。眼睛一旦睁开，闭着眼时给人的那种安详神态便一扫而光。机要参谋的双目炯炯，嘴角却因为死前的剧痛而抿得很紧。神圣与痛苦，奇妙地搭配在这张年轻的脸上，显出一种超凡入圣的庄严。

大滴大滴的泪水，滴在尤天雷犹如白蜡一样光洁的额头上。朱端阳俯下身去，吻在尤天雷的眼睛上。

眼睛，慢慢地闭上了。

十五

安门栓探亲结婚，很快回来了。超期服役的老战士探家只有个把月，不像干部，来来去去大半年。

人们起哄：“安班长，你瘦多了！脸上的肉，都叫老婆给吃了吧？”

安门栓阴郁地看着开玩笑的人，一声不吭。

朱端阳已经很少同人说话，每天闷在化验室里看书。徐一鸣的出走，尤天雷的死，使她成熟起来。书很深奥，这才好，使人绞尽脑汁。精神上筋疲力尽了，才少胡思乱想。

每到傍晚，当夕阳把女娲补成的天燃烧得一片火红之时，便有一个身材苗条、面容秀丽的女兵在营区附近宽阔的河岸上徜徉。青年军人们远远注视着这身影，好像在看一尊女神。

这条河真是一个奇迹。多么雄伟的山体，却被它辟出宽广的河道，令人难以置信。柔弱的水，怎能将山石切割得如此妥帖，好像山峰原本就有这个缝隙。最初的源头，清柔得像一条银色小溪，只因有了不尽的雪山，它才发酵般地膨胀起来，用冰冷如刀的力量走出险峻的山谷。到了这相对平缓的高原上，小河发育成大江，气势恢宏地奔向海洋。

“把这些水都屯起来，哪天黑夜起来哗地一放，淹死那些外国少爷兵！”安门栓在河边说过这样的话。

“你能打几个水漂？我最多能打十个。”

“吹牛。”朱端阳好像听到自己的声音。

“不信，你数！”尤天雷抓起一块蛋圆形扁石，逆着水波斜扔过去。扁石精灵般点水即起，蜻蜓似的飞往对岸。他到底打出了几个水漂？可惜，记不得了。

“可以建个水电站，节约汽油、焦炭，能为国家省不少钱呢！”这是徐一鸣说的话。那时候，正是昆仑山最暖和的日子。大量消融的雪水野马般汇入河床，河水咆哮，像山洪暴发。

远去了！他们的身影！他们的声音！朱端阳孤独地注视着滚滚西去的大江。

是西去。同长江、黄河不同，它发源于世界屋脊的另一侧，以同样磅礴的气势冲入浩瀚的印度洋。

陌生而遥远的印度洋，那是怎样一个地方？朱端阳真有点儿羡慕这河水，无拘无束，无遮无拦。

安门栓家来了电报，他媳妇给他生了个儿子。有好事者算出，炊事班班长探亲结婚加上来回路程和归队后的日子，一共还不足半年。

袁镇要求吊儿郎当的军医们务必保管好自己的枪支弹药。若安门栓窃走武器，回家惹出事端，谁丢了枪，谁负责。这种事，以前有过。

深谋远虑的卫生科科长，这一次失误了。安门栓很镇定，做饭炒菜，身不动，膀不摇，掌勺的手丝毫不颤。

朱端阳不知该对安门栓说什么才好，只得回避。不巧还是碰上了。她有事去炊事班。

屋里杯盘狼藉，弥漫着苦辣的烟雾。

安门栓两眼通红。他那从小看惯了黄土、老牛、破窑而移动很慢的眼球，显出异样的灵活。

身为炊事班班长，安门栓平日极检点，从不单独开灶，况且军营内严禁饮酒，今天这是怎么了？

朱端阳扭身要走。

“你也看不起我……因为我儿子……”

朱端阳站住了。她不能走。

“嘻嘻……不该庆祝吗……儿子……白白胖胖的大儿子……”安门栓涎笑着。

朱端阳悚然。人，怎么这么快就变成这样？她痛惜地看着炊事班班长。

“我知道……早知道……可是，便宜呀！省出钱来，给我兄弟也娶个婆姨……我有福气，连婆姨带儿子，全有了……哈哈……”

绝望而又沉重的笑声，震得屋宇轰响。

朱端阳感到深深的哀痛。难道我们付出鲜血生命去保卫的生活，竟是这样贫困而悲惨吗？她想劝说炊事班班长，但此时，任何语言都显得那样无力。

“你要是还看得起我，就把这碗酒干了。”安门栓舌头很硬，神志却很清醒，挑衅地望着朱端阳。

桌上，有一瓶开启的医用酒精。安门栓直着胳膊，咕咚咕咚地斟满一碗。纯酒精比重低，轻快地喷溅而起。若此时划着一根火柴，桌面、衣袖都会燃烧起幽蓝色的火苗。

朱端阳双手端起了碗。拼得一醉，拼得一死，这酒她得喝下去。就在她仰脖往嘴里倒的时候，安门栓伸手拦住了她，将整碗的酒精祭洒在地上。屋内霎时弥漫起冲天的酒气。

碗底还剩下点儿根儿。安门栓兑进些冷开水，重又递给朱端阳。

酒和水混合在一起，虽都无色透明，却可分出明显的两层。略一摇晃，丝丝缕缕的头绪交会缠绕着，像是不同的血液，彼此不相融合。

“干！”

“干！”

朱端阳像《红灯记》中的李玉和一样，一饮而尽。尽管兑了大量的水，仍是又辣又苦，好像一条着火的蛇，蹿入肺腑。

十六

“小朱，交给你个很特殊的任务。它太艰巨了，超过了你现在的承受能力……可你要是不试一试，病人就完全没有希望……”

袁镇听出了自己的语无伦次，很想把话说得坚定果敢些。要知道，下级的勇气往往来自上级的魄力。可是，不成。你不能逼着只能挑八十斤的人去挑八百斤。朱端阳只是个初出茅庐的新手，任务如此艰巨。要是徐一鸣在就好了，尽管连他也没干过，但毕竟有经验。可惜这小子正在万里之外鸳鸯帐暖呢！只有死马当活马医了。

朱端阳安静地听着。在经历了那么多变故之后，她已经不会轻易吃惊了。

朝圣老人病了。摸到了圣山上的圣石，他已经功德圆满，却没有得到神的保佑。由于极度劳顿加营养缺乏，他染了重病，自身完全不能造血，生命危在旦夕。要挽救他，只有靠输血。

输血，谈何容易！高原输血，昆仑支队从无先例。每人那一腔子血，对自己是宝贝，对他人则可能是剧毒。能不能输，全在化验员的一双眼睛。血型一致，病人就从健康人那里借得了生命的活力；输错了，当场毕命，连抢救都来不及！

朝圣老人的命，就这样交到朱端阳手里。

真想拒绝这件事啊！但愿每个人活一辈子，都不要遇到这种棘手的选择。不具备这种能力，却要承担如此重大的责任。朱端阳的腿脚一阵发软。从未做过的试验，你可以一试，但这是人命哪！万一出差池，你的手上将沾染病人的鲜血！不伸手去接吧，明摆着病人死路一条。也许没有人当面指责你，但良心上的谴责终生难以逃脱！

到处都是死亡的荆棘，唯有一条曲曲折折的小径通往若明若暗的前方。这就是，在无数次操作中，不出一丝一毫的差错，老人的生命或可延续。

你有这个把握吗？你从未操作过一次！

朱端阳无法回答。“让我想一想。”她对袁镇说。信步走到河边，她已经有些昆仑山人的脾气了：要么不答应，答应了，便只能成功。

河的变化之大使她猛吃一惊：又一个冬天在不知不觉中降临了。

大河在一夜间凝固了。唯有昆仑山才会出现这种奇观，腾起的波浪尚来不及落下，便在半空中冻结，却依然保持着前赴后继的身姿。远看，它一如平日汹涌澎湃，甚至更为壮观。因为水接近冰点时的冷膨胀，河水居然漾出了宽阔的河床，显得比夏日还要狂放不羁。每一朵浪花，宛如雪莲般昂首怒放着，唯有洪荒一般的死寂才证明大河业已死去。

不！大河没有死！高山上的雪水，还会给它活力。冬天过去，就是春天。

朱端阳折身赶回病房。老人在死亡线上挣扎，她没有权力浪费不属于自己的时间。

朝圣老人的颜面极为苍白，朱端阳几乎不认识他了。唯有那双洞穴一般的眼睛，冒着嗖嗖阴冷的死亡气息。

老人的神志已不清醒。

你能救我吗？

不能……不不……我……能。

你为什么如此迟疑？是不愿意救我吗？

不！我愿意。我甚至愿意用我的生命去延长你的生命。

傻孩子！那是不可能的。也许我们能找到一条生命的路。

不用到别处找，路就在我脚下。

那你还迟疑什么？是它太苦吗？

我不怕苦，是它艰难而陌生。一步走错，全盘皆输。

不会可以学，每个人的路都是这样走出来的。

我没有老师。

老师？你的老师哪里去了？

你不是结婚去了吗？还来问我！

不要提结婚的事。它和我们现在要商量的问题毫无关系。你必须救活他。你应该学会。

我跟谁学？谁来教我？除了你，军马所还有化验员。可你见过把一匹马的血抽出来，输给另外一匹马吗？

向书上学。书是我们永远的老师。

书太难了，我不知道自己……行不行……

你不行！小小的黄毛丫头！你想同我较量？神山圣水救不了他，你能有什么办法？我无边的法力统治着永恒的世界。黑夜是我的翅膀，我想什么时间到来，谁也无法阻止！让你和你的病人见鬼去吧！不，我说错了！不是见鬼，而是见我！我就是鬼，我就是死亡……

“一天之内，请不要打扰我。”朱端阳面无表情地对科长说。袁镇想再鼓励她两句，看见她的神色，终于什么也没有说。大勇若怯，已经足够了。

朱端阳将自己反锁在化验室内，身边放着压缩饼干。

雪白纱布做成的窗帘，挽幛似的垂着。太阳金色的羽毛透过纱孔，散落成点点光斑，像一堆金树叶，撒落地面，又被黑夜的扫帚缓缓收走。朱端阳白衣白帽，端坐在桌前。房间缟素静谧，像一个远离人世的蛋壳。

艰难的孵化。除了验血型，还要搞交叉配型。

头重而硬，像个铅球。铅字化成铅色的云，被她吸进去，又吐出来，留下一团灰色的迷惘。她在云中摸索，每当依稀摸到坚固的山石时，云烟又裹起她飘忽前行。前面更加扑朔迷离。象征生命的彩虹，永远在她可望而不可即的地方闪烁……

一天后，清晨。等待献血的一个连士兵，列成整齐的方队，集结在化验室门前。朱端阳木然地看着他们。她看见他们都是透明的，在军衣和皮肤之下，是携带各种因子的血球的血浆在涌动。而他们本人，不过是盛满鲜血待检的试管。

一切已了然于胸，或者说莫名其妙。朱端阳已无退路，人命关天的工作就要开始，她的思维反倒停止了转动。

“现在，请化验员给大家讲讲注意事项。”连长宣布道。

朱端阳没想到还有这一出。她身不由己地走到队列前头，说了一声：“同志们……”底下便不知再说点儿什么。

“嚓——”面前的绿色方阵陡然升高了。士兵们双腿并拢立正，以标准的姿势向这场特殊战斗的指挥官——一位女兵，行注目礼。

朱端阳惊醒了。眼前的景象似曾相识。曾几何时，她也曾站立在这样的队列当中，等候首长的指示。从黄土地的操场开始，她走过了漫长的道路。无论怎样阴差阳错，无论怎样鬼使神差，她义无反顾地成为祖国的保卫者。现在，重大的责任落在她的双肩，已别无选择。作为一名士兵，她曾千百次站在队列之中，履行过这种礼仪，她知道这不过是惯例。此刻，她以自己的工作和责任，以一名女兵的身份，在这昆仑之巅接受一个方阵男性军人的致意时，她感到自身的价值和尊严。他们信任地将自己的鲜血交给她，由她去挽救另一条素不相识的生命，这是何等宝贵的托付。

也许是过于激动，朱端阳忘记随后应发出“请稍息”的口令。于是，整个方阵在越来越清朗的曙色当中始终保持着立正姿势，像一只奓起羽翼的苍隼，随时准备飞赴蓝天。

袁镇一次次进化验室观看，心里着实捏了一把汗。可惜谁也帮不了朱端阳。她缄口不言，目空一切。除了血，她什么也看不见，什么也不需要。周围是一个鲜红的世界。

“袁科长，朱端阳已经一天没吃饭了！”安门栓跑去告诉袁镇。

“吃饭！”袁镇佯装发怒。

“放那儿吧。”朱端阳头也不抬，简慢地说。

“我看着你吃！如果你累病了，两条命就一块儿玩完！”袁镇不客气地说。只有对最亲近的部下，他才如此随便。

“我吃。不过请您离开。有人盯着我，我吃不下。”朱端阳搪塞地说。

“女孩子就是事多！哪怕有一个团端着枪瞄着我，我也照吃不误。”袁镇走出去。

当他再次走进时，饭已冻成冰坨。为防止焦炭扬起的灰屑挡住显微镜视野，朱端阳把炉子熄灭了。

“你想吃点儿什么？告诉我。”这一次，袁镇没有发火，心疼地说。

“想吃糖，奶油糖。”这是真话。一连多个小时地连续工作，她感到头晕目眩。不能停下来吃饭。极精细的操作，中断了再续上去，易出差错。

这一次，袁镇回来得很慢。昆仑骑兵支队不是幼儿园，没有奶油糖。

“吃吃这个怎么样？跟奶油糖差不多。”袁镇递过一听打开盖儿的甜炼乳，带着哄孩子的讨好神情。

“不吃。哪有工夫往嘴里填这玩意儿！”朱端阳一摇头。

当袁镇终于从首长处找到招待内地慰问团剩下的奶油糖时，朱端阳忍不住为自己的任性和馋嘴懊悔了。她想说点儿什么，终于什么也没说。懊悔也需要时间。时间对于她实在是太可贵了。

总算完成了。检查了一遍又一遍，直到确信万无一失，朱端阳才像被抽了筋一样，疲软地跌倒在椅子上。

已是深夜。万籁俱寂，一盏孤灯，满地糖纸。“这都是我吃的吗？”朱端阳一时有点儿想不起来。她蹲下身，将糖纸一张张捡起、抚平。

糖纸很漂亮。大红底色上印着金黄的双喜字。许许多多双喜字重叠在一起，喜庆得令人触目惊心。莫非今天是徐一鸣结婚的正日子，上天在向她报警？

她惊讶地停下手。糖纸一片片飘落，孤独悲切之情油然而生。

现在是什么时候，容得想这些事情？她把剩下的糖纸揉成一个巨大的彩球，抛进没有火的炉子里。

她意识到自己的责任。在世间一切感情中，唯有责任最能给人以力量。

老人得救了。他安稳地躺在床上，虽然还很虚弱，脸色却红润多了。

“谢谢你！女解放大军！你一定是菩萨派来的兵，前世修下无边的善果。看在神的面上，原谅我的冒犯。我以为共产党的女兵也同他们那边一样，愚蠢地想教育你们……”

“老人家，不要说这些见外的话了！您身上既然流着中国军人的血，我们就是一家人了。”朱端阳沉着地应答着，俨然是个老兵了。

十七

袁镇又一次约朱端阳谈话。

今非昔比了。朱端阳镇静地等待着。她相信自己无可指摘。就是有什么意外的变故，她也完全有能力应付。

“上级给了我们上军医大学的名额……”分明是一件好事，袁镇却很困窘。于是朱端阳迅速判断出，名额不属于她。最初的失望之后，她很快控制住情绪。军人无权安排自己的命运。

果然，袁镇接着说：“很多人倾向让你去，但也有人坚决不同意。”

“谁？这个人是谁？”朱端阳几乎脱口问出，终于还是忍住了。领导自有领导的意图，不该你知道的，就不要知道。

“那个不同意你去的人，就是——我。”袁镇不动声色地说。

朱端阳差点儿叫出声来。答案出人意料，科长的坦率更出人意料。

“作为昆仑骑兵支队的最高医务长官，我要为整个边防线军人的健康负责。你是个出色的军人。但作为一个女性，我不能保证你多少年后仍能在这里工作。为此，我反对把名额分给你。作为个人，你可以怨恨我。”

朱端阳将脸扭向窗外。科长的话无懈可击，昆仑山冷酷地沉默着。它只有儿子，没有女儿。很久之后，直到朱端阳确信自己把所有的眼泪都逼进鼻子，眼球又像平日一样干燥时，她才转过头来。

“科长，我不怨恨你。如果处在你的位置，我也会这样做的。”

袁镇有些吃惊。朱端阳比他设想的还要成熟。

“鉴于各种条件，我推荐了徐一鸣。”

“这很好，科长。徐一鸣是个优秀的军人，他会成为一个好学生。”朱端阳站起身。她不会闹情绪，也不会从此放松努力。至于徐一鸣，她衷心地祝他成功与幸福。

“但是徐一鸣拒绝了这个机会。这是他发来的电报。他建议让你去。考虑再三，我决定修改我最初的意见。你准备下山去报到吧！”

事情竟这样急转直下，实在是朱端阳始料未及的。她拿起电报，好像触到徐一鸣坚实的手掌，心中百感交集。片刻后，她将电报放下了：“能有这样一个机会，我非常高兴……”她竭力适应这急遽的变化，仔细挑选着字眼，“但是，我不去。”决定一旦做出，她的语句就流畅起来，“我不需要别人的谦让。昆仑山更需要男医生，还是让徐一鸣去吧。”

袁镇沉默了许久。这一番话，的的确确出乎他的意料。按理说，只有男人才有这样的气魄与胸怀。

“小朱，如果你一定要我把事情说明白，我正式向你道歉。作为一名有经验的老医生，我早就看出你是个好苗子，应该让你去学习。但是……徐一鸣帮助我纠正了这个错误。现在，我正式通知你，这个机会，不是徐一鸣让给你，也不是我个人送给你，而是你自己争取到的。”

一个士兵的行装，尽管是女兵，也是很容易收拾停当的。

朱端阳把化验室的陈设又恢复了原样。所有她查阅过的书籍，都换包了新皮。徐一鸣的被褥，她抱到院里晒后，又照原样捆上了。久未打开过，被子散发出阴湿的霉气，虽说晒了，仍不清爽。朱端阳很想给他拆洗一下，想到徐一鸣森严的戒令，还是不要在这最后的时间违背他吧。那几枚电镀的小夹子，朱端阳犹豫半天，最后珍藏起一个，这毕竟是尤天雷留下的唯一纪念。剩下的，放在徐一鸣的枕巾上。但愿他今后记得常洗枕巾。

袁镇送她：“徐一鸣为接替你的工作，提前结束休假上山。也许你们能在路上碰到。”

再见了！科长！

再见了！我的战友们。我们曾朝夕相处，但对姑娘们最敏感的那些事又讳莫如深。唯有默默不语的昆仑山知道这一切，可为我们的青春做证。

再见了！炊事班班长。为什么要躲在别人背后为我送行？让我们大大方方对视一次，算作永远的怀念。

再见了！那长眠在地下的英武的边防站站长……每年清明，不论我在何处，都会为你献上一束鲜花。

下山了。昆仑山的险峻，唯其下山，才格外清晰。随着海拔降低，氧气充裕，人的头脑像镜面一样清净灵敏。对平原对城市对绿色对温暖的企慕，比任何时候都更剧烈地煎熬人。此刻朱端阳又多了一层渴望：她想见到徐一鸣。也许还是不见的好。见了面，说些什么呢？

两车相会，她比司机还要紧张。幸好山路极狭窄，都是下山的车在稍宽的路口等候，使朱端阳得以从从容容地打量每一个上山的乘客。

没有。还是没有。随着失望的增加，希望也在增加。朱端阳专注得眼睛眨都不眨。

终于，看到了。双方司机把车停下。他们彼此对望着，像两座永远不会相遇的山峰。

徐一鸣穿一身很新、很干净的军装，领章没下过水，平整而鲜红，比平日所佩戴的好像要大一些。也许是平原和家庭的润泽，也许是戴着军帽遮住了白发，他显得年轻而潇洒。

朱端阳已经是一个亭亭玉立的大姑娘了。阳光、奇寒和永不停歇的山风，在她身上留下了不可磨灭的印记。她的眼睛很明亮、很深沉，她的两腮染着高原特有的酡红色，显得妩媚而健康。换发过的军装很合体。她已经是一个十分标准的女骠骑兵了。

徐一鸣略有点儿吃惊。穿军装的女人，是世上最美的女人。她集男人与女人的魅力于一身。男人见其婀娜，女人见其英武。她们是军队的骄傲。

朱端阳一直在盼着这一刻，真的来到了，又紧张失措起来。她盯着徐一鸣插在衣兜里的手，不知怎样说这第一句话。

“没有糖。”徐一鸣抽出手，随随便便地开了头。一句话，缩短了分别的距离感，仿佛他们昨天还在一起相处。

朱端阳轻轻地舒了一口气。说真的，她怕徐一鸣塞给她一把糖。那样，她也许会掉下泪来。她的心，还不曾磨砺到那般坚忍。其实，徐一鸣哪能不带糖呢？沿途碰到每一个熟识的战友，他都要塞上一把。结婚，是军人们共同的节日。

“谢谢你，也谢谢你的妻子，她放你这样早就赶回昆仑山。”朱端阳真挚地说。

“谢谢这座山吧！没有它，我们不会相识。”

汽车司机用喇叭催促他们上路。

“到了大学，我给你写信。”朱端阳说。

“有这个必要吗？”徐一鸣不动声色地反问。这一瞬，朱端阳又看到了那个孤傲冷漠的化验员。是的，她走了，徐一鸣还在山上。昆仑山是不会变的。

“我一定会回来的。”朱端阳几乎是对群山宣布。

“不要把话说得那么满。军人是无法预测自己的命运的。”徐一鸣给他的徒弟最后一次告诫。

“我永远忘不了这里。”朱端阳强作镇定，话尾已带出呜咽。徐一鸣重又看到那个不吃羊肉的小姑娘。不要这样分手！他指指周围：“你知道这叫什么石头吗？”

石头？朱端阳这才注意到，他们站在一些硕大的石块中间。同昆仑山四处可见的赭青色岩石不同，它们是一种羊肝样的砂红，参差排列，满山皆是。

“石头的名字？这里的山，除了主峰，其他的都没有名字。”分别在即，彼此却说着不着边际的话。

徐一鸣随手捡起一块：“拿着做个纪念吧。只有昆仑山上有这种石头，它叫补天石。”

朱端阳骤然想起那个悲壮的神话。

“这是女娲补天剩下的？”朱端阳抚摸着石头。石面粗糙不平，石中夹着葡萄酒般猩红的颗粒。

“你以为女娲是个没有算计的乡下婆娘，会剩这么多吗？这是女娲专门留给后人补天用的。”徐一鸣说完，率先离开，钻入了上山的车。

车开出很远，朱端阳还频频回头。天湛蓝，徐一鸣的车，正蜿蜒向上……

伴随你建立功勋

\
\
\

“你过来，帅北征。你愿意他两个中哪个当你爹，自己拿个主意。若都相不上，咱再找旁人。”长着一脸络腮胡子的军人说。

帅北征沉默地走过来。他个子很高，却很单薄，像田野里疯长而不秀穗的庄稼。他抬起忧郁的眼睛，开始为自己挑选父亲。

两个判断不出年龄的老农民，靠在墙根晒太阳。中原小县武装部的土墙，在冬天的阳光照射下，反射出暖洋洋、臊烘烘的气味。他们微合双眼，丝毫意识不到正在进行的事情同自己有什么关系。只有从鼻孔中荡漾出的烟雾，证明他们还没有睡着。

烟雾……中华烟的烟雾，像钢蓝色的硝烟，弥漫而过。父亲的脸裹在烟雾之中，冷漠而尊严：“你们有什么权力绑架我？！”

红袖章挥舞得如同一片血泊：“老东西，还挺狂！把他嘴里的中华烟夺下来！”

几个穿军装的造反派簇拥上来，像拔草一样去揪父亲嘴里的香烟。那烟像生了根一样，始终粘在父亲轻蔑的唇边，像一根雪白的粉笔。

烟，终于被抠出来了。那已经不能被称为烟，只是一坨混合着血迹和牙齿的灰绿团块。

父亲被带走了。他的背影像一座高耸入云的山峰。可他的儿子要在这两个石块一样沉默的老农当中，挑一个做自己的爹！

父母被关押，帅北征一夜中坠入黑洞，生活来源中断，没有任何一家亲戚朋友肯收留狗崽子。他也没有老家可回。当年父亲投了红军，遗下的亲属满门抄斩。他生在北京，长在北京，孑然一身，北京没有他的立锥之地。

正在这时，尧敬尧到北京来了。很多年前，他是父亲帅紫成的警卫员。父亲有过许多警卫员，父亲都快记不得他们了，可他们都记得父亲。尧部长从中原小县的武装部来看望父亲，他只见到了帅北征和到处贴满封条的房子。

“日他姐！我找他们讲理去！打壶梯山那会儿，帅师长一撸袖子，端着机枪往上冲，周围的炮弹皮落得像扬场。那时候我是新兵，空着手跑还跟不上趟，这样的人能是叛徒特务？”

尧部长无所顾忌地大声喧嚣，震得贴了封条的书柜玻璃门像遭了空袭似的哗哗作响：“跟我走吧！虽说我这官儿比不上你爹的一个零头，但山高皇帝远，我可说了算！”

尧敬尧部长以绿林好汉的勇气，神不知鬼不觉将帅紫成的儿子帅北征带回了他的辖地。尧部长要为帅北征找一个爹，然后一手遮天送他去当兵。又“找”回来的儿子秦帅北，加入了公元1966年冬季征兵的行列。

新兵第一顿饭吃大白馒头。

“解散开饭”的口令还没从新兵连连长龙凤虎的嘴唇掉下来，刚换上绿军装的小伙子们就像定向爆破的绿墙，唰地倒向大白馒头。

这当然是不符合军队纪律的，但龙凤虎并不忙于纠正，反而浮现出欣赏的笑容。吃吧！吃吧！部队上管够，能吃才能做。他接过几茬兵了，知道新兵们抢食得越凶，越是说明当地贫瘠困苦，这样的兵没见过世面，能吃苦，好带。

他发现了一个奇怪的新兵。他面色苍白，眉毛很黑，整个脸庞对比着草绿色的军装，显得过于纤巧。他愣愣地提着充当饭碗的茶色瓷缸。从瓷缸倾斜的角度，可以断定里面没有一滴菜汁。

“你为什么不吃饭？”龙凤虎踱过去。

“不是我不吃饭，而是根本就没有饭了。”新兵的回答并不像他的体质那样柔弱。

龙凤虎不用看，就知道这是事实。

“那你为什么不去抢？”他目光炯炯地说。

“抢？！”秦帅北的嘴唇无声地蠕动了一下。他所受过的全部温文尔雅的教育，都使他无法服从这道命令。

“对，抢！从今以后，你就不是一个老百姓，也不是一个学生。军人除了服从，就是争抢。”龙凤虎说，“不然的话，连饭都吃不上的兵还能打仗吗？”

“是！”秦帅北挺胸收腹答道。这入伍第一课，够他受用终生。

龙凤虎一回头，瞄到一个大个子兵，双手像叉子似的，每个指头上都扎满了馒头。小指因为略短，馒头插得不牢，摇摇欲坠像海豚顶球。

“你过来。”龙凤虎威严地叫道。

大个子新兵一边走一边加紧吞咽，他倒不是感觉到了食物的危险，只是想快快把牙缝打扫干净。娘说过，同长辈说话，嘴巴要利索。

“我说，你吃得了吗？”龙凤虎问。

“报告，吃得了。”小伙子憨憨地回答。他是那种从小到老都不会有大改变的脸形，方头方脑，两只眼睛似乎也是方的，彼此隔得很远。

这倒叫龙凤虎连长一时没了下文。“你就是吃得了，也得分给别人两个。”他严肃地说。

憨小伙这才看到站在一旁两手空空如也的秦帅北，一伸巴掌：“给你——”

肚子咕咕叫的秦帅北，此刻却犹豫了。他清楚地看到憨大个儿洞穿馒头的指甲里藏污纳垢。

龙凤虎以为他是腼腆，像摘棉花团似的从憨大个儿手上捋下馒头：“给你就拿着！”

秦帅北想到连长“抢”的指示，再说肚子比眼睛更重要，也开始狼吞虎咽起来。

“你叫什么名字？”龙凤虎问大个子。

“桂兰。”大个子兵瓮声瓮气地回答。

“我问的是大名。”

“报告，这就是大名。”桂兰急得差点儿噎着。

秦帅北好奇地注视着这个有着如此女性化名字的战友。他发现桂兰像红枣一样饱满的耳垂上，居然还扎了耳朵眼儿。

“我上头几个哥哥都没站住，我妈怕我不好养活，就给起了个丫头名，说这样阎王小鬼不稀罕。”桂兰忙着解释。

龙凤虎点点头，又摇摇头。

饭后安排洗澡。

新兵们来到围着绿栅栏的铁路澡堂。这里是个慢车只停一分钟的小站。但铁路终归是铁路，麻雀虽小，五脏俱全，拥有在偏僻的小城尚属奢侈的浴池。

新兵们脱下里外三新的绿色军装，用绿帆布腰带拦腰一捆，堆在更衣室地上，像是一堆堆刚砍下来的青菜。

龙凤虎坐在更衣室外面的走廊里。他可不愿跟进去。乡下小伙子一身汗酸气，让他们在池子里多泡会儿，脱胎换骨地洗涤一番，把虱子、虮子连同庄稼人的尘土，一股脑儿留在他们的家乡，然后红扑扑、白生生地奔赴边关。可他又不能走远，毕竟是一群乌合之众，得时刻关照。

新兵们赤条条地跑进浴室。

嗬！恁大一池热水！

浴室里云遮雾罩，暖气袭人。新兵们惊叹：烧这老些热汤，要费多少柴火！扑通扑通像青蛙似的跳下去，有几个还打开了水仗。

一个小个子兵脚下踩到很柔韧的东西。他用大脚趾很灵活地一挑，那玩意儿跳高似的弹了起来，一股很有劲道的潜流打着旋儿地绕着他的腿肚子转。小个子兵感觉到某种危险，把大脚趾上的东西甩掉，蹚到距离这儿最远的角落里待着。

小个子兵叫池可信。

水，不动声色地越来越少。新兵们说：“这水咋球了？”

小个子兵也跟着嚷：“这是啥球水？”

当大家终于明白是怎么回事，并且找到那个倒霉的橡皮塞子时，水已经无可挽回地减少到刚没膝盖骨。

新兵们抱着肩，缩着颈，沾过水的肌肤暴起一层粟粒。

秦帅北不冷。他至今还没下水呢！

他从未见过这种汤锅式的洗澡方式。家里有间贴满天蓝色马赛克的浴室，有一只白如牛奶的浴缸。帅北征从小就在这个浴缸里洗澡，刚开始只能放小半盆水，否则会把他淹没。水波荡起蓝色的浪花，使人感到轻微的头晕，对胸腹和后背有一种类似抚摸的压迫，使人想起妈妈柔软的手。

后来，他上学了。这是一所干部子女集中寄宿的学校。他好不容易适应了学校的淋浴喷头，觉得自己已经非常大众化了。今天，他第一次见到这种原始共产主义式的大池子，看到桂兰脖子后头有像漆皮剥脱一般的垢痂，看到小个子兵身上有几处环癣。

不过，他自己身上也很脏，像套在一个尘封的壳子里。从北京出来，他再没洗过澡。

秦帅北预备这次换好水后，抢先跳下去。

水龙头"哗—嘭—嘭"地夹杂着热气，倾泻而下，把一团团硕大而洁白的水汽，不客气地朝大家头脸掷来。

大家一阵欢呼，紧跟着发现了严重的问题，只有热水，没有凉水。

"这怎么办呢？"秦帅北很焦急。空气闷热而污浊，大家面面相觑。

"这才赚哩！都是热水不比都是冷水强？再添一把柴，这水就能沏茶！"一个叫刘堆子的新兵还挺高兴。

桂兰把硕大的手掌像吊锤似的探进水里，强忍了一会儿，也只得缩回来："能煺猪毛了。"

池可信疏淡的眉毛一皱："咱都蹲在池边搅和水，一会儿就能凉，就像在家喝热粥那样。"

秦帅北想，这没有什么难办的。他开始穿衣服。浑身湿漉漉，衣服涩得像贴一层皮。他开门裹着热气冲到走廊上，忍不住响亮地打了一个喷嚏。

"这么快就洗完了？"龙凤虎问。

"没……洗完，是……还没洗。"秦帅北不知怎么，见了这黑脸膛的连长就气虚。

"那还不快洗，出来干什么？怎么又是你拖拖拉拉！"龙凤虎毫不掩饰自己的不满，"告诉你，咱们要去的地方，水贵如油，几年之内，你甭想再洗这么痛快的澡！"

"水太烫了，没法洗。"秦帅北小声争辩。新兵连连长算个多大的官呢？平日往来于父亲身旁的叔叔伯伯们，哪一个对帅北征不是客客气气！

"谁叫你们把原来那池水放了？没有凉水，那池水是早就放好凉凉给你们用的。没办法，再烫也得洗。每个人都得洗，这是有规定的！"

龙凤虎说得不错。每个新兵入伍，都有一份专门的洗澡费。这个澡，标志着新兵同过去的生活一刀两断，因而便有了某种严肃的象征意味。

"弄条皮管子，从哪里接点儿凉水来，并不困难。"秦帅北不屈不挠地建议。

"你叫什么名字？"龙凤虎从凳子上站起来。

"秦帅北。"秦帅北不知何意，清晰地回答。

"我说秦帅北，你是少爷坯子还是谁家的公子小姐，我这么多年，第一次碰到你这么难缠的兵！不愿意当兵，你把衣服搁这儿，回你妈的热炕头去！要跟着我当兵，马上进去洗澡！半小时后，我吹哨集合！"龙凤虎声色俱厉，唾沫星子直喷到秦帅北脸上。

秦帅北的泪在眼眶内乱转，这算什么连长，简直是军阀！可他没有热炕头可回，只有回到热气腾腾的水池边。水雾氤氲，没有人注意到他。新兵们用刚发的白毛巾搅水，然后缓缓提起来，让水在流失的过程中散发热量。

这很愚蠢，秦帅北想。可此情此景，他那受过现代文明熏陶的高级脑瓜也想不出更好的办法来。

"嘿！你的家伙起来了！"像墨鱼一样黑的刘堆子对着桂兰大喊。

"刘堆子，悄些声！"桂兰不好意思了，嘟囔着，"喊什么喊，你的不也起来了！"

大家蹲着，正好胯部用劲，此刻，各人的家伙，竟像小钢炮似的，瞄准了前方。

秦帅北脸红了。其实根本没人看他。大家快活地叫着，闹着，全无丝毫顾忌。秦帅北觉得自己到了一伙野人中间。

“比比看，谁的球长！”刘堆子把雪白的毛巾挥舞得像个滚动的车轮。

被冬天里的热水激动起来的小伙子们，揭竿而起地欢呼着：“好哇！好哇！”

喊声惊动了龙凤虎，他推开门，扑面而来的热气差点儿呛他一个跟头。他什么也没有看清，只看见秦帅北像孤雁一样躲在门旁。

“快洗！”他叫了一声，就缩回头去。

新兵们哇哇叫着。这生命之根，在他们看来，是最光彩、最磊落的物件了。

“来！用毛巾量量，看咱这一伙，谁的球最长！”刘堆子再一次提议，并慷慨地贡献出自己的毛巾，拧干，抻直。

大家又是一阵哄笑。

池可信忙用双手往下压：“悄声！看叫领导听见。”

夏天凫水时，乡下小伙子们常打这号擂台。

秦帅北置身于这伙年轻健壮的庄户汉子之间，第一次深切地感到，他所熟悉的一切，已经随着帅北征的消失烟消云散了。帅北征已经死了，如今活在世上的，是秦三老汉的儿子秦帅北。不管他乐意不乐意、习惯不习惯，他必须成为他们当中的一员。否则，他将无法生存。

他鼓起勇气，跳下浮沉着年轻背脊的浴池。

“你咋跟我们大伙儿不一样，像个驸马！”池可信对他说。秦帅北惊讶自己怎么一转身的工夫就得了这么一个外号，心想，驸马就驸马吧，我不会输给你们的。

他不知道这里演过一出《女驸马》。

凡有沙漠的地方，很久之前，必有高山。

高山是沙漠的父亲，狂风是沙漠的母亲。高山在狂风的温柔下，亿万斯年，肢解为无数屑石。风继续永无休止地摩擦它们，屑石便在不知不觉中粉碎，直至成为最单纯、最简单的石头的分子——沙砾。无数沙砾又集结起来，汇合成地球上最严酷、最浩瀚的景观——沙漠。

两个巨大的国家，隔着沙漠对峙。沙漠像悠远而平静的海洋，分离开两种不同的信仰和主义。国境线从沙漠中间笔直穿过。凡是地图上有笔直国境线的地方，都是政治和条约的产物。大自然永远是曲线玲珑。只有在沙漠里才能有这种真正的笔直。这一处的沙同那一处的沙，没有什么区别。不像是山，有一座山和没有一座山，在战略上的意义绝对不同。而且山底下可以埋着宝，可以是金是银，是造原子弹的铀和钍。钓鱼岛是一座岛，有多少双眼睛盯着它，绝不只是为了钓鱼。

古往今来，所有的战争，归根结底，都是领土之争。两个泱泱大国，终于在地图上画了一道线。这是我们为数不多的几条已定国界线中的一段。

在地图上漫长的中国边界线上，几乎到处是不肯定的虚线和圆点。你可以在图例上找到说明，这是未定国界。但也有某些部分是斩钉截铁的直线和同样不容置疑的黑点，这是已定国界。

已定国界充满庄严。它是共和国完整的肌肤，分毫逾越，都是明目张胆的侵略。如果说在未定国界地区发生纠纷，还多少染有争议和冲突的色彩，已定国界则无可辩驳地代表着整个国家的尊严。

边境的形势复杂而微妙。我们同他们并没有生死攸关的冲突，但分属于不同的阵营。比如，行星除了自转，还要围绕着太阳或银河系的中心旋转，关系便越发纷乱。这条横亘在荒无人烟的沙漠中的国境线，像珠链，镶满了双方的边防站。

机要参谋秦帅北被派往新建立的喀喇泉边防站。

“我可以坐送水的大车走。越野吉普就不用单送我了。”

秦帅北高高大大，一身合体洁净的军装，罩在他那胸肌强健的躯体上，充盈的活力便洋溢而出。他对前来送行的军分区机要科长如是说。五年戎马生涯，在任何一件事上，只要有苦和相对不那么苦两种选择，秦帅北会毫不迟疑地选择艰苦，就像虎豹会本能地选择新鲜猎物而抛弃腐肉。

“这小车不是为了送你，而是为了送它。”机要科长不动声色地回答。

秦帅北从机要科长那里感受到了职业军人渗透到骨髓里的保密观念，便有些不安："我疏忽了。它的安全远比我的安全重要。"

它正安安静静地躺在秦帅北不离身的公文包里，薄如一本小学生字典。

"不，都重要。到达喀喇泉边防站后，发回报平安的电报。"机要科长伸出手，以示告别。

秦帅北就要走了。他借着敬礼的机会向四周看了看。他以年轻恋人的心，感觉到郦丽霞就在近旁，可他没有找到她。

运水的车先开动了，大腹便便，步履蹒跚。

秦帅北在跨上北京越野吉普的那一刹那，看到机要译电室厚重的黑窗帘掀开了一角，露出一双像围棋子一般黑亮的眼睛，眼睛拼命地眨动着，想要把过多的水雾风干，睫毛反倒像刷子一样胶结起来了。

郦丽霞今日值班。

北京吉普卷起一路黄烟，像睡醒后的兔子，很快追上了锲而不舍地前行的送水车。

没有什么人为沙漠里的部队生产专用送水车，沙漠以外忙着造反还来不及呢！部队自力更生把油罐车改装了一下。打油的瓶子也能打醋，是极顺理成章的事。只是水比油重，水加到喉咙口的油罐车严重超载，裹着黄尘颠簸运行，像一个蠢笨的土豆。

秦帅北透过迷蒙的风挡玻璃朝前望去，司机已把雨刷开动，不是为了刮水，而是为了驱沙。从后面看油罐车，总觉得不顺眼，好像是军人没系风纪扣，虽说毛病不大，却从整体上使一个军人走板。油罐车究竟是哪里出了毛病？秦帅北苦苦思索，终于想出来了。北京的油罐车屁股上都拖着一根金属链条，而这辆车虽说臃肿不堪，尾巴却很利落。道理不言而喻，运油时怕静电火花引起爆炸，需铁链将其导入地下，运水自然不用操这份闲心了。一旦想出结果，他又觉得很无聊。

北京吉普是初次到喀喇泉边防站，不认路，只好委屈地跟在水罐车后面。水罐车在几处低矮的石屋旁停下了。

"秦参谋，下来看看吧！"押水员是个满脸雀斑的小伙子，饶舌而快活地招呼。

前面就是真正的沙漠了。天空朗朗，漠海苍苍，沙面平滑光洁得如同一匹黄缎，逶迤的曲线像潮水般柔和。在饱受搓板路的折磨之后，秦帅北很想早些深入金黄如谷、细腻如粉的沙海之中。躺在沙砾上，大约很惬意。

“赶快走吧，到前面再好好看。”秦帅北很有兴致地说。

“我不是让您看沙，而是让您看看人，看看穿花衣服的人。”雀斑兵不由分说地来拉秦帅北。

果然过来了几个穿花裙衫的女人，每人拿着一个碗。押水员打开水罐车开关，给她们每人灌了一碗。女人们并不离开，一仰脖，把水都喝了下去。她们吞咽得很急，喉头便像男人那样滚动起来，好像吞下去的不是液体，而是一颗颗珠子。

咽完了，又拿碗来讨。押水员又给每人灌了一碗。女人们这次不喝了，捧着碗小心翼翼地像捧着婴儿，回各自的石房。她们嘴里不断重复一个词，秦帅北估计是“谢谢”。他想，她们还会来接水的，这样一碗碗接下去，何时是个完？不如换个大盆来。但她们再也没出来，那石屋也寂静得毫无声息。

这些女人都不美丽，也不年轻，她们的花裙子灰脏如土，一年四季罩在外面。

雀斑兵却并不走，仿佛在等什么人。

一连串的恶毒咒骂像沙砾般飞掷而来，当然也是当地语言，秦帅北听不很懂。

在咒骂的簇拥下，走来一位须发皆白的老人。在这种漫漫黄沙中能有这种蚕丝一般洁白的胡须，真令人惊异。

雀斑兵忙迎了上去。

“在这儿呢！”老人突然一声惊呼，白眉毛下一双像老猫一样碧绿的眼珠，在毫无遮拦的骄阳下眯成一道竖线，直逼秦帅北脚下。

秦帅北往脚下一看，一只红如火焰的小狗正在舔地上的水渍。那是刚才开水罐时不小心喷溅出的。干涸的沙砾和小狗粉红色的舌头，快速争夺着残余的水迹。

雀斑兵又要给老人送水。

老人顾不上接，拎起驾驶员发动车的摇把儿，劈头打了下去。

小狗的生命危在瞬间。

真是鬼使神差，小狗突然满意地抬起头，耸耸如绒布般细腻的小鼻子，几粒湿漉漉的沙粒窸窸窣窣地掉下来。小狗欢畅地伸了一个懒腰，好像它不是舔了很普通的水，而是饱餐了一顿美味的肉屑。

单单是这些，绝不能打动秦帅北。虽说他天性喜欢小动物，但军营打磨掉了所有闲情，唯一能养的动物就是猪，吃的时候只有豪情而绝无温情。

秦帅北惊悸的是小红狗的眼睛，它们太像闪亮的围棋子，而且浮动星光。说一只动物的眼睛像人的眼睛，似乎是一种亵渎，但秦帅北此时就是这么想的，并立即用手挡住了铁棒。

“大军同志，这狗留不得！爪子前五后四，这是妨主之兆。性子也歪歪得厉害，从来不叫，咬起人来死不松口。”

老人气急败坏，咻咻的喘息将白胡子吹得四处飘荡。

“老人家，这狗就送给我吧。我命硬，不怕它妨主。”秦帅北说，为了那双美丽的眼睛。

雀斑兵给老人满满一罐子水，老人咕咚咕咚喝了个干净。

秦帅北把红毛小狗送进北京吉普，见押水员又给了老人一罐水，就问：“当地的水不能喝吗？”

“能喝，只是不好喝。”老人用手捋去胡须上沾的水珠，把手指像婴孩似的含在嘴里，“再往前去就不行了，喀喇泉的水，喝下去肠子会变青的。”

“那泉水岂不成了敌敌畏？！”秦帅北骇然。

“知道‘喀喇’是什么意思吗？”老人碧绿的眼珠透着幽幽的神秘。

喀喇是什么意思？巴颜喀喇山、喀喇昆仑山……这些雄伟的高山横亘在地球上，“喀喇”则像符咒，镇守在这些高山之上。人们除了震惊和崇敬之外，已经丧失了探索“喀喇”含义的胆识。现在，在这黄如稻海的沙漠之中，“喀喇”同一眼孱弱的泉水联系在一起，你才敢追究它自身的意义。

老人的眼睛发出磷火一样的光泽，白胡子像金属丝在阳光下抖动："喀喇就是黑色，像沙漠上没有星星的夜晚。"

黑泉！

秦帅北和长雀斑的押水员，告别了花裙子和白胡子——沙漠边缘最后的居民，像破冰船驶向极地一样，向着茫茫沙海中的黑泉边防站奔驰而去。

走进沙漠，才发现它绝不如远眺时那般坦荡，它有无数的起伏和波澜，有简洁如几何图案的沙山，有繁复若星外生命留下的印痕。忽而沙迹蜿蜒，笔走龙蛇；忽而鸣沙震荡，长歌当哭。沙丘卧在姜黄色的瀚海中，像一列缓缓移动的舰队，沙砾反射着太阳的光芒和热量，沙漠就锦缎似的抖动起来，将灼目的金针毫不留情地刺入你的双眼。你恐惧地闭上眼睛，再睁开时，沙漠便一片暗淡。沙漠在镀金的面具下苍凉古朴，沙漠散发着远古以来保存下的犷厉之美。

谁控制了沙漠，谁就控制了世界。秦帅北以一个战略家的眼光这样想。

喀喇泉边防站的全体官兵，听到马达的轰鸣，就像听到紧急集合号似的跑了出来。站长见是辆吉普，忙整了整原已十分端正的军帽。

"机要参谋秦帅北配属喀喇泉边防检查站，前来报到。"秦帅北怕站上领导误认为小车载来首长，忙不迭地跳下车。

站长原欲行礼的右手突然在半空中收缩成一个拳头，擂门板一样砸到秦帅北发达的胸肌上。

"是你呀！欢迎欢迎！"

站长是龙凤虎。

他老多了。他指挥修建了这个边防站，便把自己最后的青春也砌了进去。漠风像威力无比的整容师，强烈地干预了他的容貌。他面色苍黄，伏在沙漠里，便浑然一体。两颊像有一颗子弹贯穿过，深深凹陷。只有下颌依然保持着果敢的风度。因为是逆光，秦帅北看不清他眼睛的细部，只感觉到他击在肩部的手臂很有力量。

"是我。"秦帅北很高兴。机要人员须与站上领导密切合作，遇上熟人很好。

龙凤虎仍以一个新兵连连长的目光打量着这个他亲手接来的兵。秦帅北长高了，这不稀奇，小伙子正当年，二十三蹿一蹿，二十五还鼓一鼓呢！体格也魁梧了，不再是当年豆芽菜似的柔弱，这也在意料之中。最主要的是气质，秦帅北身上已经散发出成熟的军人的味道。

男子汉的相互观察，也是光明磊落的。

战士们见没有什么更稀奇的事，便渐渐散去了。

“水罐车总算来了，这下可好了。”一个高高大大的身躯从人圈外挤过来。

“炊事班班长，看看是谁来了？”龙站长叫道。

炊事班班长看见是小车而不是水罐车（水罐车还在后面磨蹭呢），懊丧地说：“谁来了也没有用！今晚上要喝马蛇子汤了！”

一张五官粗疏的脸，黝黑的皮肤，关键是耳垂上的眼儿……这不是桂兰吗？

又是一个没想到！秦帅北同桂兰自新兵连分配到不同部队后，就再没来往，不料在这沙漠腹地重逢。

“你进步快，都四个兜兜了。”桂兰憨憨地笑着，转而又略带显摆地说，“刘堆子也在这儿，你还没见吧？我好歹还是个班长，他还是个大头兵哩！”

世界真小！

“该弄两个好菜给你接风，可惜就是没好水，一股马蛇子味。”桂兰那双分隔很远的方眼睛充满歉意。

“马蛇子是什么玩意儿？”秦帅北屡屡听到这个词，好奇心蠢蠢欲动。

“喏，你看。”

顺着桂兰粗大的手指，秦帅北看到平展的沙荒地上趴着一只褐色的有着细小花纹的巨型蜥蜴。记得上学时学过，只有非洲极度干旱的沙漠里才有这种爬虫类。

“这很珍贵呢！应该会变色的。”秦帅北蹲下身去，想细细观察一下它的鳞片构造，它精巧得如同工艺品。不想一团红光一闪，那只饥饿的红毛小狗竟像火苗似的滚了过去，毫不犹豫地用它的爪子——秦帅北清楚地看到是前五后四—— 一拨拉，那只尺把长的巨型蜥蜴竟如帐篷似的飞扬起来，在半空中犹如打碎的瓷盘，迸得四分五裂，碎纸屑似的飘洒下来。

原来那是一张水浸后又风干的蜥蜴皮。

小红狗被张牙舞爪的蜥蜴骇得僵了片刻，但它始终不叫。秦帅北确信，这是一只哑巴狗。

桂兰不由自主地用手乱胡噜自己的头发。

只有龙凤虎站长十分镇定。

桂兰说："它是死的，倒把我唬忘了。咱们那儿习俗，见着马蛇子要赶紧把自己的头发搞乱，不然马蛇子把你的头发根数清了，你就要死了。对吧，秦参谋？"

秦帅北愣了一下，他正在看蜥蜴遗落的一只眼睛，小而绿，像一粒形状不规则的石英颗粒。他不知道桂兰说的这个习俗，含糊地应了一声："噢——"

这几天大家总反映炊事班熬的糊糊有异味，本想把储水的水泥池子放干了清一清，又怕水罐车不能按时赶到，边防站就成了上甘岭。桂兰就用捞饺子的大笊篱去捞，还真让他给捞着了。胆战心惊的炊事班班长不愿得罪这怪虫，就把它甩在当院里了。有几个新兵见了，吃了饭就叫恶心，想吐。有人说赶紧把这玩意儿埋了吧，眼不见为净。龙站长说，甭埋，就撂那儿当标本。当兵的还怕这个！眼见心也净，权当泡的药酒喝了。大家噤了声，心里盼水罐车快到。

水罐车摇摇晃晃地进来了，战士们欢呼雀跃，纷纷用缸子接水喝。新鲜的水如同新蒸出来的馍，有不可比拟的清香。

水罐车到来的日子，是边防站的节日。它不但带来水，还带来书信和报纸。

秦帅北拎着片刻不离身的公文包，跟随龙站长去机要室。红毛小狗像一团肮脏的毛线，缠绕在他脚前脚后。为着它那永恒的沉默，秦帅北给它起名"默默"。

喀喇泉边防站是一处"口"字形的建筑群。房屋全部是石块垒成

（石块是从很远的地方拉来的），平顶，粗糙的白茬木房檩上覆以油毡、苇席等物，其上又堆积了很厚的泥层。房子虽说丑陋不堪，但很实用，不惧沙漠风，多少还具备冬暖夏凉的优点。

有一处房屋格外规整，门框的四周居然是砖砌的，显得像一间正式的屋子，而别的房屋则更像山洞。

秦帅北以为这是站部。龙凤虎说站部在那儿，秦帅北顺着他的视线看到了最不成嘴脸的房屋。“这是会晤室。”

走过会晤室，龙凤虎停下了：“喏，这是你的窝。”

这间屋子外观同会晤室近似，属于站上的豪华型建筑了。走进门去一看，是个里外套间，摆着简单的桌椅，里屋有床和保险柜。

“怎么样？”龙凤虎疲惫的脸上不掩饰自己的得意。

秦帅北点点头。龙站长做得很地道，符合机要室的规定。

“这后窗户上还要钉几根铁条。”秦帅北拍拍里屋的窗口，“另外还要一幅用红黑两层绒布做成的窗帘，要足够大。”

龙凤虎很慎重地点点头，表示完全理解这些机要上的特殊要求。

秦帅北把须臾不曾离身的牛皮公文包放进保险柜，把钥匙装进军上衣口袋，把扣子系好，兜盖儿抻平。

他们一同走出里屋。秦帅北抽出一块折叠整齐的白布，抖开，挂在了里外间的门框上。白单子洁净得如同一方豆腐，上面凸现出鲜血一样艳丽的红字“机要重地”，其下印有制作此标志的总部机关名称。

一方白帘，竟使气氛变得异样的肃穆。

龙凤虎说：“我再给你置办个厚门帘吧！这屋一面靠着一排，好歹是热的，那边是会晤室，平日无火，冷。”思忖一下，又说，“忘了量后窗的尺寸。”伸手挑门帘。

秦帅北刚想表示感谢，见状啪地将龙站长的手臂击落：“您不能进去了！”

“我刚从里面出来呀！”龙凤虎瞠目结舌。

“现在同刚才不一样了。密码文件已经安放在内，保密标志业已悬挂，除机要人员外，任何人不得擅入。今后，您要是拟报或阅报，只能在外屋。这是保密规定。”年轻英俊的机要参谋毫不通融地说。

喀喇泉边防站最高军事长官，在自己的辖地，第一次被人这么不客气地抢白，这个人还是他亲手接的兵！一股黑色的怒火沿着他的喉管向上爬动。故弄什么玄虚！有什么了不起的！他悻悻然，苍黑的脸上并没有显露出来。他毕竟是有军事素养的领导，犯不上同骄傲的小公鸡争执。他把手缓慢地放下了。

默默扑动门帘，蹿进屋里。紧接着听到爪子搔爬铁皮保险柜的声音。默默凭着敏锐的嗅觉，侦察到了牛皮公文包的所在。一路上，它与公文包相依为命。

龙凤虎揶揄地对秦帅北讲："秦参谋，你这门上还应该贴一张条：华人与狗不得入内。"

轮到秦帅北张嘴结舌了。

"而且这狗准得死。"龙凤虎预言道，然后扬长而去。

真糟糕！进站头一天就与长官发生摩擦，秦帅北很沮丧。也许他应该把话说得委婉些，一般人很难想象机要工作近乎残酷的保密制度，尤其在最初做机要员的时候。

"保守机密，慎之又慎。要十分保密，七分不行，八分也不行，九分九也不行，非十分不可。"

瘦削的教官站在机要学校的讲台上，他戴着银丝眼镜，温文尔雅的样子，语调却十分凌厉。

年轻的机要学员们端坐得如绿色石像。无论天下大乱到何种程度，设在宁静山区的机要学校仍旧壁垒森严。也许因为这是国家最后的神经脉络，遴选人员与施行教育分外严格。

"……密码失密，主要有两种情形。一种是被敌方所破译。"教官用被纸烟熏得焦黄的手指在空中抓了一把，"你们说，我手里有什么？"

有什么？有空气呗！但是没人回答。过于简单的问题里往往潜伏着陷阱。

教官等了一会儿，不是在等回答，而是在提醒所有的人，对他下面的话给予更充分的注意。

"我手心里攥着电波。这间教室里也充满电波。你张开嘴，你的牙齿上粘着电波；你闭上嘴，你的肺里也呼吸着电波……”

年轻的机要学员们被无所不在的电波所威慑。

“不要一提到电波，就以为是国家广播电台。那在太空纷杂的无线电讯号里，只是极少的一部分。空中绝大多数电波是由形形色色的机要电台发出的，有敌人的，有朋友的，也有我们自己的。每个国家都凭借着它的机要联络网控制着整个政权。对于军队来说，尤其是这样！”

教官炯炯有神的目光扫视着大家，每个人都感到肩上的千钧分量。

“截获对方电波讯号，破译对方密码，需要庞大的侦听系统和专门机构，我们今天就不详细讲了。还有一条失密途径，就是——”教官顿了一下，学员们洗耳静听。

“——丢了密码本！”

“你们要永远记住，密码重于你们个人生命的一百倍！一千倍！！一万倍！！！”

“如果你携带密码本同司令部在一起，情况非常紧急，必须立即撤退，你怎么办？”教官的目光严峻了。

“立即将文件销毁。”秦帅北回答。

“机要密码的所有纸张都浸泡过一种特殊的药液。必要时，一根火柴就可以使它在一秒钟内化为灰烬，并且任何方法都不可能使纸灰上的字迹复现。但是，现在的情况是还需要保存密码，以便联络。你怎么办？”教官逼视着秦帅北。

“我要求配备精锐部队掩护我撤退。”秦帅北思忖片刻后答道。

教官雷达一样的目光一寸寸地巡视教室。

“就是元帅，我觉得也该保护我……当然，不是我……是因为我带着密码……”室内响起像冰雪一样纯净的女声，怯生生，但很清晰。

“哗众取宠！”秦帅北不屑地想，“你见过真正的元帅吗？白发苍苍，功勋累累，他们是军队的灵魂！你的父亲兄弟也许会豁出命来保护你，但这是战场，不是你的家！”

教官已经开始失望的眼睛突然睁大：“郦丽霞，你站起来，把刚才的话重复一遍。”

秦帅北坐在后排，看不到前排的脸。只见她像凝脂一样的脖颈由上而下红了起来。因为上课时一律不戴军帽，她漆黑的短发被激动的热气吹拂着，像受了静电的吸引，雾似的向四周飘散。

郦丽霞说："当司令员是一位元帅时，我认为应该首要保护文件。"

"请坐下。"教官激动地用双手撑着讲台，"当你们同密码在一起的时候，你们自身的生命业已消失。保卫密码，就是保卫胜利。在最危急的情况下，只有先消灭了文件，你们才有权利消灭自身的生命。要记住，密码是全军通用一个版本，一旦遗失，将使无数将士血流成河！"

……

秦帅北草拟了到达喀喇泉边防站后的第一份电报。原本比较简洁，想到今夜是郦丽霞在分区值班，报稿将经由她纤巧的手一一译出，又写得详细了些。

然后他打开保险柜，取出密码本。湖蓝色的封面，像是一汪宁静的水泊。他把报文译成密码。现在，留在纸上的是一串串阿拉伯数字，像是大数学家演算过的稿纸。对于其他所有的眼睛来说，它是一页天书。

秦帅北走出机要室，屋外已是一片苍茫。

电台很好找，高耸的天线就是无法掩藏的标志。

秦帅北一走进去，几个闲扯天的人就都站起来，为首的又矮又瘦，伸出手："我正在跟他们说，你是我师傅呢！"

是什么师傅秦帅北一时没听明白，下意识地先去握手。对方骨骼粗大，尤其是手指肚像棒槌一样壮实。秦帅北先判断出他是一位训练有素的电台长，其后才认出他是池可信。

"咱们那个新兵连还有谁在站上？"秦帅北这次真惊讶了。

"刘堆子、桂兰和我。也许哪天还能派个熟人来，比如你吧。"池可信向周围的电台摇机员、报务员介绍了秦帅北，然后说，"你来了就有我们忙的了。上下两道工序，咱们唇齿相依。没有急事，夜里少发报，别惹了我们的瞌睡。"

秦帅北说："要是夜里上头来了急报，你们敢昧下不用我译，那我才真服了你们。"

玩笑归玩笑，池可信接过报文，电台开始联络。看他们嘀嘀嗒嗒忙个不停，秦帅北自己无声地退出了。大家也不客套，反正以后天天要打交道。喀喇泉边防站与外界的联系，就依靠机要和电台两个部门的通力协作。确切地讲，电台是为秦帅北工作的，枯燥的数码并不告诉他们任何意义，只有秦帅北才洞若观火。这种特殊的位置，使机要人员有一种溶化在血液中的优越感。

晚饭是肉炒土豆丝。桂兰掌勺的大手，稳准狠地颠了两下，菜表面上并不见很多，回到屋里才发现，土豆丝下埋着不少肉。默默馋得乱蹭他的裤腿，秦帅北便把肉都挑给小狗吃了。

到底是颠簸了几百里，秦帅北早早上床。随着一阵柴油发电机轰鸣，他眼前突然绽放金花。站上没有长明电，每夜定时送电。秦帅北想睡觉，就去找灯线。寻觅完内外屋，他也没找到开关。细一想，电在沙漠中那样宝贵，作息时间又是统一规定，各屋里根本没有独立的开关。

入境随俗吧。但灯泡像个金瓜悬在头顶，披头散发的金线射入眼帘。秦帅北生活上的这些娇气毛病，原本差不多让粗犷的连队生活治好了，没想到机要学校舒适的环境又把它诱发了。干脆把灯泡拧下来。

眼睛一时不适应，感到四周极黑。过了一会儿，他发现左侧墙壁透出稀薄的光亮。

他凑到墙边，才发现墙是用板子分隔而成的。透过木板上的虫眼，看到墙那面是很大的战士宿舍，一溜儿的通铺。这大约就是一排了。有这样的重兵把守，文件倒是挺安全，秦帅北想。

他的铺位正好头对墙，那边的谈话声不听也入耳。

“刘堆子，你说明天吃什么？”一个挺稚气的声音。

秦帅北透过一个虫眼，看到的刘堆子像镶在圆形镜框里，他还真没多大变化。他旁边是个圆圆脸的小兵。

“大老米，这顿吃的还没走过肚脐眼，就惦记下顿了？告诉你，早上吃羊，中午有鱼，晚上自然是蛋了。”刘堆子摆出老兵的见多识广。

秦帅北想，到底是照顾一线，水虽少点儿，伙食还是不错。

右侧一片漆黑。会晤室晚上没人，自然黑暗。但从未挂窗帘的后窗望出去，右侧的野地被泻出的灯光照亮。

这是怎么回事？秦帅北的好奇心又萌动了。用手去摸，同左侧的薄木板是一样的材料，甚至摸到了虫眼，但并没有光粒子穿透过来。他用手指弹弹墙壁，听到像敲变质充气罐头盒子的声响。

这是堵夹壁墙！应该有出口！

他判断这个出口不会在会晤室内，而是在他的屋里。这使他很兴奋，倦意全消，顺着墙壁仔细摸索。

机要重地内严丝合缝，像拉链一样无懈可击。也许应该把灯泡旋上，那样搜索起来快捷得多。不可！上下哨的战士若觑见新来的机要参谋这样鬼鬼祟祟，终是不雅。虽然严格讲起来，机要人员须把工作地点周围的环境调查清楚，也是十分重要的。

秦帅北终于在外间阅报室找到了活动墙壁。机关开启，一股木板储存的清香飘逸而出。

秦帅北好奇地走进去。

暗室是与秦帅北工作间等长的一条细长通道，虽然无灯，但相当明亮，邻近会晤室的侧壁上有人工凿制的孔。暗室内有一长凳，像农村简易小学里孩子们集体坐的那种。秦帅北坐上去，凳子虽窄，但接榫处黏结牢固，毫无声响。秦帅北再往会晤室一看，不由得喟叹暗室设计师的高超。在与就座者双眼高度平行的板障上，有形同眼镜片的亮孔，可以非常方便地窥视到边界会晤室内的全貌，特别是对面那排留给客人坐的沙发。

沙发！在沙漠腹地看到这种大椅子，秦帅北感到又熟悉又陌生。当然，这沙发算不得舒适和华丽，但它在这里显示出一种大国气派。

毫无疑问，这些都是龙凤虎站长的杰作。

我们没有录音机，也没有微型摄影机。万一发生重大的边界争端，你要身负重任的边防检查站站长以何为凭？这里起码可以多伏下几双眼睛！

用心良苦！

秦帅北很小心地退出来，将一切复原。

“秦参谋，你的灯怎么黑了？”

秦帅北愕然。屋外是龙凤虎的声音：“是不是灯泡坏了？我给你拿来一盏油灯。”

秦帅北很感激，离开墙：“是我自己摘了泡子。”

龙凤虎擦亮火柴，把灯递给他：“咱们这儿不同别处，什么事都有可能发生。夜里译报给你点个亮。注意省油。”

秦帅北再次入睡，再次被唤醒。这次是子夜时分突然降临的漠风。

漠风像是被一道黑色符咒召唤来的猛兽，有巨大而柔软的爪子，在最初的时候悄然无声，只在遥远的沙丛中发出悠长的叹息。你凝神去听，它阒然消失，像它的出现一样渺无踪迹。但这是一个险恶的骗局。片刻后，漠风壁立而起，砸落在整片大漠之上。它苍黄而苦涩的舌头，舔过边防站薄薄的屋顶，屋顶像纸片一样簌簌发抖。不知是谁扔在房上的旧鞋和罐头盒，漠风不屑地将它们掠去，随手抛向高远的天空，看着它们像鹞子一样飞翔。风在天地间无尽喧嚣，把一切凸起的物体都当作美妙的洞箫。于是，常态下绝对听不到的种种声响，混合成令人恐惧的合唱，显示着漠风无与伦比的艺术。无数沙砾被风搅动而起，击打在窗上、门上，仿佛落着密密麻麻的冰雹，空气中充斥着火药爆炸后的硫黄气味，那是风使石头与石头摩擦而出的气味。漠风君临整个天地，除了风，一切已不复存在。

秦帅北恐惧地望着天花板。其实那里一片墨色，什么也望不到，望只是一种习惯性的动作。他把耳朵靠近一排宿舍，希冀听到人的声音。但人的柔弱气息早被风吞没了，你会绝望地想到，这世界上，除自己之外，已无一个活人。

猛然间，秦帅北像被人在背部楔了一刀，一弹而起。他听到了激越的紧急集合号。

这是否是错觉？风声已极大地摧残了人的自信。思忖绝不影响秦帅北的行动，当他终于千真万确地听到了号音的召唤，衣服已穿毕。

秦帅北携带密码，全身披挂跑出房门。

黑暗中有一团更为浓重的暗影，当一切都随着漠风的肆虐而摇摆时，它岿然不动。这就是喀喇泉边防检查站全体官兵的队列。秦帅北加入其中。

“三分钟以前，哨兵发现国境线方向升起一颗红色信号弹。”龙凤虎站长的声音比漠风更强韧。

像是为站长的话做注脚，墨黑的天空腾地又升起一颗红色信号弹，像一滴淋漓的鲜血，终于保持不住圆滚滚的形状，蜿蜒而落。

战争就这样爆发了？！秦帅北青春的热血向肌肤涌动，每一块肌腱都因为充血过多而渴望搏杀。

“他们在我们的边防线上陈兵百万，这不是装样子，是准备让我们血流成河的……”龙凤虎做着战前动员。

秦帅北想，赶快占领工事和有利地形啊！这么密集的队列，敌人一发炮弹打来，还不全军覆灭?!

龙凤虎结束了讲话，布置了具体的任务，战士们无言地消失在混沌之中。

机要人员在战时必须随时跟随最高军事长官。秦帅北问：“是否立即拟报向上级报告？”他想到了苏德战争时，希特勒的不宣而战。

“情况不明，你怎么报告？是潜藏的敌特发射信号弹以扰乱军心，还是对方大规模进攻的前奏？”龙站长冷静地说。

秦帅北感觉自己欠火候。

沙砾像铁屑似的打在身上，像有无数剑戟横刺过来。龙站长说：“秦参谋，你先回去待命。”

秦帅北回到机要室，心紧张得怦怦直跳。队伍渐渐远去，周围只剩下如涛的风声。龙凤虎指挥若定的形象，使他深感钦佩。老边防到底见多识广，镇定从容。让自己待命，就安心待命吧！他想，自己一定睡不着。没想到，剑拔弩张之时，他竟沉沉地睡去了。

天亮了，秦帅北推开门。

天湛蓝无比，像一块澄清的蓝水晶，神秘宁静地悬挂在金灿灿的沙漠之上，洁净得你甚至不敢用手去指一指，怕因此会在那上面留下指纹。漠风像一把巨大的竹帚，将天地中所有的细尘都扫到深远的天涯去了，在那里黄尘将缓缓飘下，聚积成姜色的黄土高原。漠风像魔力无穷的法师，一夜间塑起庞大的驼队似的沙丘，环绕着喀喇泉边防站。凹陷处留下风冲刷出的涡状印痕，像一只只永恒的眼睛。

秦帅北俯下身子，掬起一捧沙。沙像鱼卵一样规则，在朝阳下反射出谷穗的光芒。

这就是沙漠！明丽而美妙。

今天是星期天。夜里出外巡逻的战士都已返回，没有发现敌情。估计对方是用一种定时信号弹骚扰我方。

秦帅北的耳朵眼儿里都是尘沙，他到炊事班打水，桂兰给了他一舀子。

“我想好好打扫个人卫生，这点儿哪够啊！”秦帅北愁眉苦脸，“老班长，高抬贵手。”

桂兰说：“你有多少颗牙？”

秦帅北不解：“三十颗。按理还要再长两颗，叫智齿。二十八岁才长齐呢！”

桂兰说：“这水有四十颗牙也尽够刷的！”

秦帅北这才知道只给刷牙水，说：“洗脸怎么办呢？我也不是只猫，会用爪子干抓挠。”

桂兰说：“到喀喇泉啊！”

秦帅北想，一眼名为黑泉的水还不得把人洗成包公！洗衣服还不成了伪军那种颜色！偷眼看桂兰，脸虽黑，衣服倒还洁净，好像比他当新兵时还洗得见本色。他心想，这一定是近水楼台先得月了。

秦帅北去找喀喇泉，顺便从从容容地把整个边防站观察了一番。

站中心有个方形水泥台子，四周为很优雅的缓坡。水泥因为狂风躁烈，表层已经龟裂，嵌满了金灿灿的沙粒。台子中心是一座高耸的方形水泥立柱，立柱中心是一根笔直的铁制长杆。

这是国旗杆。此刻未挂国旗，它便像一根巨针，尖峭地刺向广袤的蓝天。

他看到了哨楼。哨楼是一座粗大的空中碉堡，秦帅北很想马上跑上去，看看与我们对峙的他们。但在这时他恰好看到了喀喇泉。他决定把自己洗涤一新再上哨楼。因为你在看到他们的时候，他们也将看到你。

秦帅北为他对喀喇泉的所有想象而道歉。

喀喇泉像一只深蓝的眸子，凝望着天穹。乌瘴的风沙，竟然不曾留给它一丝尘翳。或者说它像一个深邃古老的黑洞，将黄沙毫无痕迹地吞噬了。泉不大，水塘只有一间屋子大小。他掬起一捧，才发现水并不是黑的，而是极清冽，透出迷蒙的幽蓝。这样美妙的泉水，难道会置人于死地？不可思议！秦帅北不敢造次，只用它洗脸，并无不适的感觉。终于他忍不住咽了一小口，甘甜爽口，并无异味。

秦帅北开始洗衣服。军衣泡进盆，未及揉搓，灰尘便雾样散落，水混浊了。秦帅北泼掉再取一盆，水又自动混浊。他不知何因，三盆之后，衣服已自动洁净，全然不用肥皂洗衣粉。秦帅北这才明白，这蓝如墨水的泉中，不知溶有何种化学成分，不由得为自己喝下去的水担心。

脚面觉得毛茸茸，他低头一看，是默默。他用泉水给默默洗了个澡，又在怀里焐干。小红狗干净而蓬松，像一团上好的毛线。

“这是你的狗娃？”池可信端着盆走来。

“是我的。”秦帅北想，这么些年，池可信的个子一点儿没见长，真可惜了部队的粮食。

“养不活。”池可信说。

已经是两个人说这话了。多可爱的小红狗，怎么会死？“为什么？”

“因为喀喇泉的水有毒。”池可信把清凉的泉水甩在脸上，洗得很惬意。

“哎呀！我刚才还喝了一口。”秦帅北后怕。

“喝一口没事，不过是拉稀跑肚三次。五口之内，你照这个比例推算就是了。五口之上，就没救了。”池可信说得很平淡。

“你怎么知道？”秦帅北大为惊诧，世上还有这种药泉。

“我试过。所有站上的人，都忍不住喝过喀喇泉的水。现在，有时也还喝一口半口的。”

“那是为什么？”秦帅北已感到肚子隐痛。

池可信看了他一眼，很久才移开：“因为闲。待着无聊，跑跑肚，也算个调剂。”

秦帅北来不及吃惊，赶紧跑去厕所。回来端衣服时，他见池可信正一脚把默默踢得翻飞，尾巴竖在空中，像一把散开的茅草。

“你这是干什么？”秦帅北很气恼。

“我是在救它。这狗娃一不懂数学，二不懂量变质变的道理，一阵狂饮，回去就得挺尸。”

“这怎么办呢？”秦帅北为默默发起愁来。

池可信说：“我有个办法，试试吧。你不要心疼。”

秦帅北想，为救默默一命，心疼也忍着。

秦帅北几乎不敢看默默那双像围棋子一样的眼睛。

皮肉之痛终于熬不过干渴，默默这次小心翼翼地向前挪动脚步，你只看出它的红毛在随风飘荡，简直觉察不出它在移动。突然，它像箭一样蹿到泉边，显示出令人咂舌的攻击速度。它又忽然静止，用黑眼睛扫视着两个年轻的军人。池可信眼望别处，无动于衷。默默用灵巧如丝绒的鼻子嗅着水汽，吹出的气息把如镜的水面漾出涟漪……

池可信又是稳准狠地一脚。

如是者三。默默已是遍体鳞伤，蜷在秦帅北脚下。

“好啦，黑脸我唱，红脸该你扮了。领到桂兰那儿给它喝净水。它要是只聪明的狗，就死不了了。”

秦帅北把默默抱给桂兰，桂兰说：“谁这么狠？”

秦帅北说：“我。你以后记着给它喝水。”

桂兰说：“忘不了。我再给它找点儿骨头。”

秦帅北说：“得找肉。”

桂兰拍拍空案子：“哪有肉！最后一点儿肉，昨个都欢迎你了。”

秦帅北说：“老班长，您甭想蒙我，今天食谱有鱼，有羊，有蛋！”

桂兰大睁着眼，他那原本就分隔得很开的方眼睛，似乎是准备分散到脑袋后面集合：“哪个耍笑你哩！羊……鱼……蛋……对头喽！就是洋芋蛋！学名叫马铃薯，也叫土豆、山药蛋……你咋个就信了呢？”

哨楼的梯子又高又陡，每一步膝盖都几乎抵到大腿根。哨所像起重机的操作室，悬挂在半空。望远镜支架在地中央，像一挺英勇的重机枪。值勤哨兵的脸贴在望远镜上，只露出一个毛茸茸的三角下巴。

“秦参谋，你来了。你的小狗不错。”哨兵懒洋洋地说。他是刘堆子。

“你在哪儿看见我的小狗了？”秦帅北想，莫非刘堆子从一排宿舍向机要室张望过？这可影响保密。

“在这儿。”刘堆子拍拍纤尘不染的大望远镜，然后侧开身子，“你看吧。”他深谙所有初上哨楼人的心理，就像好客的主人一样，给客人夹了一筷子好菜。

秦帅北伏在望远镜上。喀喇泉像一块厚重的啤酒瓶底，唰地被拖到眼前，蓝得令人犯晕。品字形的战壕包绕着哨所，一旦发生战事，我们将凭借它殊死抵抗，只可惜已被昨夜的风沙基本填平，龙站长正在巡视，预备加深堑壕。再远处，便是浩瀚无际的沙海。

他眼睛酸了，看望远镜是费目力的事，尤其是在金光闪烁的沙漠里。躲开镜片，秦帅北突然看到远方有一串移动的黑点。他以为是错觉，太阳已把沙漠烤热，像瀑布一样的热气流已在冉冉浮动，一切都不真实起来。

“这是外出巡逻的弟兄们回来了。”刘堆子像电影中的画外音一样解说。

秦帅北把望远镜对准他们：枪、大衣、干粮袋子……脸上的皮像无数张被烘烤过的江米纸，剥脱皴裂。距离如此近，秦帅北甚至看到他们唇角凝结的血滴。

“巡逻一趟，要多长时间？”秦帅北问。

“没准儿，少则一周，多则半月。人家有汽车，咱们是两条腿。一趟下来，几百里。要看天气。就像锄地，你说锄十亩要多长时间？要看草深草浅，锄头利不利，还要看你自己身子骨强不强。”刘堆子说。

部队上的兵，五湖四海的都有。战士们入伍时都和老乡扎堆儿，讲家乡话。时间长了，天南海北语言混杂，兵们创造出一种类似普通话的语言，连刘堆子也掌握得很熟练了。

“看看界碑吧！这是喀喇泉的一景，像北京的天安门。”

秦帅北看到了界碑。水泥浇铸，方方正正，只有一人高，不威武也不雄壮，大智若愚的样子。两个国家，就被这样一块像石头一样普通的桩子永远地切割开了。

秦帅北把望远镜对准更远方。

他看到了他们的营房、堑壕、瞭望塔……一切的一切，都同我们的设施是那样相似，包括房屋的平顶和堑壕淤沙的程度。险恶的地理气候，规定了人们只能用这种方式生存。甚至他们也有一根光秃秃的旗杆。

“为什么不悬挂国旗呢？”秦帅北问。

“为什么要悬挂国旗呢？”刘堆子问。

“因为这是国境。”秦帅北认为不言而喻。

“正因为这是国境。只有国境里面的人，才需要老用国旗来提醒自己关于祖国什么的。这里不用，所有的人没有一分钟会忘记这一点。”刘堆子说，他每天站在岗楼上，已将这个问题想出了哲学意味。

是的。国境线同别的地方不一样。微弱的火星也会激起大战，微小的疏忽也会酿出惨祸。这里的规矩同别处不一样。

“咱们这儿悬挂国旗的意思是：要求边界会晤。”刘堆子站哨寂寞，愿意同人闲聊。

“然后呢？”秦帅北很感兴趣，他想到了那间带有秘密夹道的会晤室。

“然后人家就坐着吉普车过来了，该谈什么谈什么呗！”

秦帅北大彻大悟，除了外交部长来访和递交国书，还有这种土特产式的外交途径。

“为什么边防站不修在界碑那儿？我原来以为是那样的。”

“那就不叫邻国，叫邻居了。真打起来，这点儿路算什么呢？不过一迈腿的工夫。”刘堆子淡淡地说，“也许没等你这不带长的参谋把电报拟出来，没等电台的摇机员把发电机打着，人家就把咱们破了。若真的两国开战，咱们至多只能起个报信的作用。”刘堆子眯着双眼，仿佛这一切像电影似的在他面前演过。

太老的兵是一种妖怪。他们什么都懂，什么都明白。刘堆子一当兵就被分到另一个边防站，组建喀喇泉时又被调了来，历尽沧桑。

秦帅北最后看了一眼对方的兵营，他很想看到一个活人，不然总觉得像舞台布景似的不真实。

“今天是星期天，人家在睡懒觉。”刘堆子什么都知道，仿佛他正有一架望远镜对准别人的脑袋。

秦帅北开始收拾机要室。他发现了一个极大的好处。当兵这许多年来，他第一次享有了一个独立的房间，这是保密条令赋予他的特权。他把被子随便团起来，故意不使它见棱见方。说实话，他一点儿也不以为这样美观，像一个松散的面包团。他只是想放松，想不规范。片刻后，他惊讶地看到，被子自动地收缩成方正的豆腐块儿。棉絮经过多年的塑造，已像有记忆的金属，自己完成了有棱有角的造型。

秦帅北已经彻头彻尾成了一个兵。

“今天训练科目——低姿匍匐前进。”远比现在年轻的龙凤虎，站在新兵连面前。他穿一身洁白的军装，这是军装中的珍品。二十世纪六十年代制作的军绿染料不过关，多次日晒洗涤之后就掉色至灰白。这个时候缀上两块鲜如丹枫的领章，军服就显出爽心悦目的美。但军服洗到这种程度，虽白也旧了，难得的是色泽虽白，质地仍新。也就是说，军衣纯粹是洗白的，而不是穿在身上磨白晒白的。

龙凤虎是南方水乡人，他在干旱的大西北仍旧顽强地保持了勤于洗涮的习性。今天，他特地穿上这套最爽洁的军服。

冬末春初，冻土未融。冰洼里闪现着云母一样薄而破碎的冰屑。

“看我的示范。”龙凤虎向新兵们不正常地展示了他的军装，然后，一个虎步，随着脆如玻璃般的声响，他厚实而灵巧的身躯拍在了地上。

整支队伍寂静无声。

龙凤虎以极优美洗练的动作低姿匍匐向前，身后留下一条宛如蜈蚣爬过的轻浅痕迹，当然携有点点水痕。

说实在话，新兵们此刻并不特别关注连长的姿势，他们更关心的是连长的衣服，急切地等着他站起来。

龙凤虎终于站起来了。那身整洁如雪的军装成了上等宣纸，笔墨挥洒，洋洋大观。

龙凤虎现在需要找一个穿着最清洁的新战士。他相中了秦帅北。

“向前三步走——向左转——向前三步走——向右转——立定。”

随着连长短促的口令，秦帅北出列，面对着一摊不亚于刚才的水洼。

秦帅北早有预感，新兵连连长看不上他，几乎所有的倒霉事都要从他开刀。

“卧倒——”龙凤虎发布口令。

秦帅北卧倒了。众目睽睽之下，他侧移了半步，躲开了那个布满狼牙般冰屑的水洼。剩下的步骤精确无误，作为只看过一遍示范的新兵，能把要领掌握到这个地步，龙凤虎感到意外。他巴不得他在匍匐时把屁股翘起来，这是新兵们极易犯的一个毛病，那时候他就可以走过去，大张旗鼓地在他屁股上狠踢一脚，像给新鲜猪肉盖紫药水图章那样，把大头鞋底上的泥水清晰地印在他那依稀可以看出裤线的屁股蛋上。

秦帅北站起来了，衣服上有浮土，那很容易拍掉。

新兵们看看秦帅北，看看连长。

“你刚才多做了一个动作。”龙凤虎说。

秦帅北不言。

龙凤虎嘶哑着声音：“回到你刚才的位置上。”秦帅北乖乖地退回去，面对着一汪水洼。龙凤虎又把口令重复一遍，秦帅北又侧移半步，龙凤虎喊：“停——”秦帅北的腿像被炸断了一样，僵在半空。

“为了这个多余的动作，在战场上你要付出血的代价。”龙凤虎痛心疾首。

“没那么严重！”秦帅北不服。父亲身经百战，仍然极爱整洁。龙连长，你对于打仗的知识还不是从电影上看来的，并不比我知道得多！

“你为什么不就地卧倒？怕弄脏衣服？”龙凤虎穿着肮脏的军服发问，使他的话孔武有力。

“是。我只有这一套干净衣服了。”秦帅北并不隐瞒。

“是衣服重要，还是生命重要？！”

“平时衣服重要，战时生命重要。”秦帅北依旧振振有词。

“衣服脏了可以洗！养成这种瞻前顾后婆婆妈妈的作风，脑袋掉了，没有人给你往颈子上缝！”龙凤虎真火了，这么难缠的兵！

“说得好听，衣服脏了可以洗，一个月只发半块肥皂，还不够洗袜子的呢……”秦帅北仍旧小声辩驳。

“今天晚上你到连部，我给你肥皂。”龙凤虎认为这是小事，关键是要训练出敢于不怕苦不怕死的兵。

新兵发出一片“噫嘻”声。这小子，惹恼了连长，倒白捞了一条肥皂！

然而，秦帅北并不受宠若惊：“有了肥皂也还要时间和力气，明明可以不弄脏——”

“我的衣服就不是衣服了吗？我都不怕，你还怕什么？”龙凤虎的忍耐已到极点，年年带新兵，只要身先士卒，就一呼百应。今天碰到一个软硬不吃的。

“您当然不怕洗衣服了，有人抢着洗。”秦帅北小声但仍旧很清晰地说。

大家不由自主地侧头。铁丝上晾着发白的军衣。这是龙凤虎昨夜泡在盆子里的。

“谁偷着给我洗了衣服，谁给我写检查！”龙凤虎咆哮起来，“秦帅北，我现在命令你，就地卧倒——”

细皮嫩肉、清俊潇洒的新兵秦帅北，不由得双膝一软，卧倒在冰水之中。

秦帅北晚上去拿肥皂时，看到了池可信交上来的检讨，说自己想让领导有个好印象，再就是从小爱劳动，成了习惯，手脚闲不住……秦帅北想，池可信真不愧是土秀才，“文化大革命”期间要是给哪派当笔杆子，一定红旗不倒。

池可信是瓦匠的儿子，读过一年初中，这便是他们当中的大知识分子了。他很注意秦帅北的一举一动，虚心学习他的长处。自从龙凤虎告诫秦帅北吃饭动作要快以后，秦帅北不再温良恭俭让。西北的大米很少，新兵连喝大米粥的日子，大家都摩拳擦掌。

粥盛在大木桶里，每人一碗之后略有富余。池可信盛上溜满一碗，不管腮帮子衬里的软肉烫得怎样火烧火燎，一口就吸溜进大半缸子。细一听，周围一片稀里呼噜之声，都在暗地里比赛着。池可信心中暗笑：你们晚了！自己不慌不忙地去盛第二碗。

半路上碰到走回来的桂兰。莫道君行早，更有早行人。可谁能跟桂兰比？他的嘴像簸箕。池可信把木桶旮旯里的残渣搜索出来，盛了大半碗。虽说多少有点儿糟木板子味，可这是好东西！在家非得病倒了，妈才瞒着别的兄弟姐妹借点儿米，给自己熬碗米粥。

走回桌上，看大家基本上都放了碗，池可信便不显山不露水地侧了身，别露富，别犯了众怒。看见另一桌上的秦帅北还在吃粥，满满一碗，才吸去一个小坑。

“一碗粥吃忒长时间，牙痛了？”池可信是凡事精细的人，旁敲侧击。

“第二碗了。”秦帅北不大喜欢这个精明的乡下小伙子。

“你嘴巴没烫起泡？俺紧赶慢赶，才刮了个桶底底。”

秦帅北并不隐瞒：“你知道田忌赛马吗？”

池可信点点头。其实他不知道田忌赛马是咋回事，他很想知道下文。他不愿在马上耽误工夫，又不是骑兵！他只想知道大米。

“跟那一样。”秦帅北轻描淡写。他并不是故弄玄虚。在吃饭上用这种小计谋，实不宜大张旗鼓。

池可信也并不追问，他先搞清了何为赛马，又耐心地等待下一次熬粥的机会。原来是第一次只盛半碗。

秦帅北到野外转了转，捡回一只羊角和一捧黄沙。他还要继续美化自己的小屋。

羊角盘曲如田径场的跑道，色泽惨白像是石灰。羊角原先与羊头相衔接的部位，被秦帅北斜钉在墙上。这样，那只无形的羊就永远侧着头，窥探秦帅北翻译密码。

秦帅北又在一张巨大的白纸上用胶水画了一幅画。这是一只巨大的透明鸵鸟。他把细沙均匀地撒在白纸上，鸵鸟就渐渐孵化出来。他还想画一幅骆驼，一想，边防站就有骆驼，现实中有的东西，就不要画了。

他把最重要、最美妙的事放在最后做。他打开一本淡青封面的笔记本，从塑料封皮里抽出一张女兵的照片。郦丽霞梳着拳头大的小刷子，军帽扣得略有些歪，脸上却是一本正经，用黑棋子一样的乌亮眼珠看着年轻的机要参谋。

秦帅北轻轻地吻了一下照片。在现实中，他还没有过这样大胆的举动。

他把郦丽霞的照片摆在办公桌的玻璃板上，顿时觉得满屋生辉。

女儿家，是边防线上最最缺少的东西。

笔记本的扉页上写着一行大字：伴随你建立功勋！

字很漂亮，所有机要参谋的字都很漂亮。这几乎是他们入选机要学校的首要条件之一。你不能写得像鬼画符，让首长跟着你猜字谜。但若不是秦帅北亲眼所见，他仍不愿相信这狂草又不失清俊的字迹是郦丽霞柔若无骨的小手留下的。

机要人员是优秀而得天独厚的。他们跟在首长身边，统领风气之先，纵观全局，思路清晰。他们参与最高决策，便具备了常人所不具备的思维优势。许多高级将领，在他们最初的履历中都当过机要参谋。

秦帅北的心里久已孕育着这样一颗坚果似的种子。父母尚在囹圄之中，音讯全无，他的壮志无法对任何人诉说。那双柔若无骨的小手，竟然如此准确地击中了坚硬贝壳中的触角，他由愕然而生出深切的知音之感，直至演为眷爱之情。

女人和装饰画给了小屋以温馨，秦帅北开始给郦丽霞写信。信并不能马上发出，水罐车要一个星期才来一次。

日子像黄色的沙丘，每一座同每一座都不同，但又极其相似。沙漠所有的美丽与所有的险恶，都在第一天演示完了，剩下的只是重复。喀喇泉所有的景物与所有的人物，都在第一天结识过了，剩下的也是重复。每日每时，在固定的地点见到固定的人，这就是边防线的生活。

教导员沉默寡言，在这种寂寞的地方，他有许许多多思想工作要做。这里号称营级站，其实并没有那么多人。百十个兵分为三部分，一部分巡逻，一部分站哨，一部分做炊事勤务等杂事，包括饲喂骆驼和偶尔运进来的羊。互相轮换，多少还有些变化。电台和机要，可是永无更换。

默默长大了。它真是一条聪明的狗，从此永不喝喀喇泉的水。它出落得弓背修腰，机敏异常。听到声响，尖峭的耳朵像雷达一样扫描，奔跑起来，像一只妖娆的红狐狸。只是仍旧不叫。它同秦帅北最好，其次是桂兰，因为他是它的衣食父母。每天晚上，它会像高明的偷儿，悄无声息地跑上哨楼，偎依在孤独的哨兵脚下，用火炭一样的皮毛温暖着哨兵冻僵的脚。

秦帅北常去炊事班，他也热切地打探着食谱，帮桂班长出主意，在“羊鱼蛋”上做点儿新花样。比如，土豆馅儿的包子，费了偌大的劲儿，把土豆削去皮、切成丝、剁成馅儿，发面裹好蒸在锅里。吃的时候，你会觉得一切都是多此一举，它同囫囵蒸好的土豆毫无二致。如果一定要找出区别，就是面做的皮反不如土豆自身的皮来得痛快利索。但人们仍旧乐此不疲，这些无效劳动的本身就是一种变革、一种快乐。更不用说包子皮上那些褶儿，使人想起母亲，想起家……

秦帅北走进厨房，发现桂兰正趴在面案子上干活儿。在他支起的肘下，是一片雪白的——纸。

“老班长，你又想出什么粗粮细做的招儿？今天中午，请我们吃——”

“不……不是……”桂兰急忙掩饰，用两只笆斗大的手把纸盖得铁紧。

这姿势比一切语言更说明问题：“哈！原来是写情书！”

“哪能叫情书！那是你们文化人干的事。家里刚给我说了个对象……你看看……”桂兰忸怩着，从贴身的衬衣兜里掏出一张小相片。

好难看的女人！秦帅北赶紧控制住表情肌，不敢在脸上流露讶然，忙说：“挺好。看着老实厚道。”

桂兰很有自知之明：“不中看。能生养就行。”秦帅北不知从脸上怎么就能看出生养的事，心想，大概是良好心愿。

“打问你个字。”桂兰很郑重，“这‘亲爱的姑娘’的‘娘’字怎么写？”

桂兰不识字，到部队后将就着学了几个，平日写信都是求人，如今有了机密大事，就得自己动手了。

秦帅北在面案子上给他写了一个大大的“娘”字。

“那我这个字呢？”桂兰捂着底下，让秦帅北看开头：“亲爱的姑狼”。

秦帅北说："这是漠狼的'狼'字！你这信若寄回去，人家念信的人还不追着你未来的媳妇叫'狼来了'！"他问，"谁告诉你这字这么写？"

"是刘堆子。"桂兰也深表愤怒，过了一会儿又说，"也许是我自个儿没仿准。你也别问刘堆子。这两天他心里正恼。"

"咋了？"秦帅北也操起桂兰的家乡话，透着亲切。他是外语学校的学生，学哪儿像哪儿。

"他婆娘跟别人睡了。消息没坐实，都这么传。他也多少听到些个。"

秦帅北和桂兰都见过刘堆子的媳妇。临从家乡出发那天，是一个雾蒙蒙的早晨。有个穿着一身红的姑娘在送行的人群里格外惹眼。

"那是我婆娘。"刘堆子对所有的人说。

这里的小伙子娶媳妇很难，姑娘们都嫁外乡人。本地青年的出路一是外出找工作，二是当兵提了干，这才有女娃相跟。能当干部的毕竟少，通情达理的乡亲们就让了一步，只要能当上兵，也就是说有了提干的可能性，找对象也就基本有望。刘堆子入伍登记表盖了章的第二天，跟一家上门提亲的姑娘扯了结婚证。

"扯了结婚证不算，睡了没有哇？"新兵们起哄。"睡了睡了。扯证回来的路上就把那事干了。"刘堆子喜气洋洋。

刘堆子终于没有提成干。他的婆娘便盼他早些回去，他又回不去。他的婆娘就跟上一个手艺人，跑了。

秦帅北从炊事班走出来，恰好碰到刘堆子来打水喂羊。沙漠里其实是养不成羊的，但这么多戍边的弟兄，总得有点儿荤腥犒劳，给养车便不时送些活羊，何时宰杀，由站上领导说了算。怕羊落膘，要赶出很远，寻点儿野生植物填肚子，每天还得单喂净水。这比外出巡逻还苦。受累不说，万一羊被水毒死或被风沙刮跑，大伙儿牙缝里的肉丢了，谁担待得起！轮到刘堆子牧羊，他任劳任怨，任期满了表示还愿意干，羊竟显得比刚来时还肥了些。

刘堆子脸色暗淡，目光阴鸷。秦帅北找不出安慰他的话，急忙想出一个问题请教。他知道刘堆子好为人师，哪怕让他暂时宽慰一下也好。

"老刘，昨晚上我睡到半夜，突然有个东西从房顶上垂直掉下来，就砸在我眼睛下头。我以为是脱落的墙皮，要不就是块泥巴。没想到它会动，在我脸上慢慢爬。我生平最怕蛇，心想沙漠这么干旱，怎么还有这玩意儿。我不敢动，直等着它顺着我的鼻梁子、嘴巴角、耳朵根，脖子后头爬到了单子上，这才爹着胆子打亮手电这么一照，你猜——我看见什么？”

“蝎子。”刘堆子半眯着眼平淡地说。

“真是那玩意儿！尾巴足有三寸长，朝左弯钩。”秦帅北沉浸在昨夜的恐怖之中。

桂兰也跟着叹了一口气，表示可怖，又问：“你没把那蝎子咋样吧？”

“我敢把它咋样？用手电送着它，看它逍逍遥遥又爬上了房。”

“这就对喽！”桂兰露出老大哥的关切，“千万别招惹它！那玩意儿，你若在屋里砸死一只，是公的，母的就来，是母的，公的就来，拖儿带女，七大姑八大姨，一下能来一千只！”桂兰的方眼睛瞪得溜圆。

秦帅北全身一抖。一千只毒蝎在他的机要室里爬，太恐怖了！“还有这种说法？”他实在不敢相信。

池可信走过来：“秦参谋，我正找你。”

秦帅北说：“又是赛球！我不打了。有一天到了真正的球案子上，咱们再较量。”

池可信说：“不是赛球。我的探亲假批了，等水罐车再来就走。今晚上咱们聚一聚。我从军医那儿骗了点儿酒精，还有葡萄糖水，一兑就是上好的喀喇老窖。还有一事相求。”

“什么事？”秦帅北是个急性子。

“别急，等酒遮了脸再说不迟。”

聚会设在报务室。机要、电台这些部门，在站上是小小的独立王国，约略相当于上级单位驻边防站的大使馆，军纪便较为松懈，可以暗中做点儿手脚。

下酒菜是几听水果罐头，还有吃饭时留下的洋芋丝。

冬天黑得早，今夜没有风。沙漠是地球上离星辰最近的地方。明亮得令人难以置信的星光，从各自的角度笔直地泻向大漠，像是从高天上浇下的一缕缕冰水。

“你说，我们像什么？”池可信说，他的嘴里喷着带药气的酒味，好像刚在腮帮子上打了一针。

“像两个巨人挤在一起的那块皮肤。”秦帅北说。他只喝罐头汁，很清醒。

“我想，我们是消息树。你看过‘鸡毛信’吧？消息树一倒，鬼子就来了。一旦战争打起来，你刚拟完第一份报：‘敌人向我发动正面进攻。’咱们就得让人连锅给端了。”池可信舌头略短，话却还很连贯。

“别长他人志气，灭自己威风！”秦帅北说。他知道池可信说的并非全无道理，第二次世界大战时，突然袭击使得苏军的某些哨所甚至连这样一份告急电报也没能发出。

“不打则已，一打就不是小打小闹。内地的人，都以为边防线多么固若金汤。其实，咱们有什么？一没有天堑，二没有过硬的家什，真打起来，电报一发，咱们就拼死护卫国土，打得不剩一兵一卒，然后全体以身殉国。咱们就是这么个命运，我早想好了。”池可信的眼睛因为酒精而充血，朦胧中罩着一层星光。

这的确是所有边防一线军人的命运，每一个人都不止千百次地想过，洞若观火，大彻大悟，只是心照不宣。池可信醉了。

“你休息一下吧。也许今天夜里对方还会骚扰。”秦帅北说。

“那信号弹，我总觉得古怪，三五天就打一次……说老秦，你干脆把‘敌人向我进攻’这句话趁早译成码子给我……我练熟了，到时候‘嗒嗒嗒’，像一梭子机枪子弹，不歇气连发出去，也好为后方的长官弟兄们多赢个一分半分的时间！”池可信拍拍秦帅北，把酒气喷到他脖子上。

“那不成。”秦帅北一口回绝。

“咋……啦？”池可信乜斜着眼，很惊讶。

“你想想，你知道这组码子，又知道了这句电文，两相对照，你还不把密码给破译了？”秦帅北耐心告诫他。

“这……我……忘了。密码可是个了不得的东西，价值连城。你说……要是让那边得了去，能值多少钱？”

秦帅北还从未把薄薄的湖蓝色封面的密码本同钱联系起来：“那要值很多钱。国民党那边飞过一架飞机，咱们都给成千上万两的黄金。这个本要比飞机值钱。”他边思忖边说。

“你说，他们能给多大个官？”池可信依旧瞎扯。

“我想还不给个将军？”秦帅北半开玩笑地说。

“我觉得你近来有些像鲁迅了。”池可信突然正色道。

秦帅北近日正在潜心攻读鲁迅。别的书籍一概借不到，边防站是一片文化沙漠。书是郦丽霞从分区机关借的，每周托押水员带来一本。

“你说我什么地方像鲁迅？”秦帅北迫不及待。

“头发。小平头……鲁迅就这模样……”池可信笑容可掬地说。

他彻底醉了。秦帅北扶他上床：“你要我办的事还没说呢。”

池可信振作起精神：“军装……求你找你那相好的，给我……换一套女式军装……我老婆跟我要了好几年……我没地儿给她去找……求求你……了……”

秦帅北赶快给郦丽霞写了信。

水罐车像候鸟一样准时，但因为它不在站上停留，秦帅北和郦丽霞的信便常常两岔。这封信交给押水员后，他才看到上次的回信。信中所询问的话题，只有下封信再作答。好像男女声重唱，总岔着节拍。

又一个星期天到了。

官兵们恼火过星期天，这是属于和平、属于内地的假日。在边防线上，你受到的所有教育就是这一天最容易爆发战争。而且没有商店，没有公园，巡逻站哨又须臾不可缺少。假日的唯一标志是不出操和改善伙食。

今天晚上吃鲜羊肉馅儿的饺子。

包饺子可是个大工程。秦帅北躲在沙丘上晒太阳。沙滩像巨大的反光板，用太阳慷慨赠予的热量把贴近它的人烤得昏昏欲醉。

“秦参谋，快起来！跟我走一趟。”龙凤虎呼呼带风地拽起他。

秦帅北同龙凤虎来到站部。龙凤虎递过一张纸去。

秦帅北敷衍地接过来，纸上不是字，是画：长长短短的线段和或扁或方的图形。

秦帅北惊讶了。“是你们家盖房的图纸？”他猜测。

龙凤虎不好意思：“我画的是坦克。”秦帅北实在不敢恭维，他记得自己五岁时画的坦克都比这个棒。

看秦帅北不吱声，龙凤虎自我解嘲：“画得不大像。你看这个。”他从抽屉里托出一个胶泥捏的小坦克。这一回，轮到秦帅北叹为观止。小坦克惟妙惟肖，十分逼真。

“沙漠里哪来这么好的胶泥？”秦帅北掂出小坦克柔韧而有弹性，在幼儿园捏小鸭子的橡皮泥都没这个可塑性强。

“喀喇泉附近就有。你先说这小坦克咋样？”

“真不赖。你老婆给你生了个儿子？”

“儿子还不知在谁的腿肚子里转筋呢！上回探亲那茬种子糟尽了。咱们蓄芳待来年了。”龙凤虎难得地开了句玩笑。作为喀喇泉的最高军事指挥员，他何尝没有更多的喜怒哀乐。但他每天只能以一种形象出现——冷峻严格的长官。他感到深刻的孤独。在这个所谓的星期天，他渴望同人推心置腹地谈点儿什么。

秦帅北在桌旁坐了下来，把玩着玲珑如工艺品的小坦克。

“我打算砌个大坦克，先打了个稿子。”龙凤虎谦虚地说。

“‘砌’个坦克？”秦帅北咂舌。

“对！拿胶泥砌个坦克，咱们就练打坦克！他们不就是坦克多嘛！连砌带练，这几个月咱就有事干了！”龙凤虎若有所思，“你知道吗？那些信号弹是我让刘堆子打的。”

“那是……为什么？”秦帅北张口结舌。一次次的紧急集合，越是恶劣的天气，越是要巡逻搜索。原来都是龙站长一手制造的敌情！

“为了保持警觉，为了培养仇恨！”龙凤虎站起来，好像面对全体官兵，“没有仇恨的士兵，绝不是真正的士兵。”

秦帅北第一次理解了“恨是爱的影子”这句古老的格言。

“仇恨有两种。”龙凤虎站长思潮激荡，“一种是血肉模糊，连骨头带肉，斩钉截铁的。仗一打起来，你的战友你的兄弟就死在你怀里。还有一种就是我们这样，光光滑滑像个鹅蛋。你盯着我，我瞅着你。表面上没什么事，可一旦打起来，就是一场拼死的恶战、大战！不管内地多么莺歌燕舞，国境线上，永远要把这种光光滑滑的仇恨记在心里、含在嘴里。就像一对缩起来的拳头，谁要招惹咱们，随时随地打出去！”

秦帅北被龙凤虎站长的一腔热血所打动。他接受了设计土坦克图纸的任务。龙站长拍着他的肩头：“在新兵连，你就会画黑板报。”

设计图纸很快拿出来了。秦帅北参考战术资料上的图片，把美式、苏式坦克的外形特点加以综合，结构合理，威风凛凛。驰骋在废电报稿纸背面的坦克，在小伙子们手中传阅，大家都极有兴趣。龙站长按照新图纸捏成的小坦克，被大家的手抚摸得像乌木雕。对于砌和打，众人都摩拳擦掌，一股空前的热潮勃然兴起。

“慢着。咱们要是白天施工，那边高瞻远瞩，砌个半半拉拉，知道的明白是坦克，不知道的以为盘大炕呢！”池可信毕竟老辣，临走前贡献了一条宝贵意见。

“夜里干。”龙站长决定。

夜里施工是很艰难的事，几乎没法照明。摸着黑担泥、挖土，像是兴修水利，同时充满了战争的神秘：这是在建造武器！

天亮了，地上摊着一块泥台，很像谁家脱了一块巨大的土坯。

“把各人的行军雨布交上来，扣眼儿系上，就成了一张大伪装网。蒙上，谁也看不出是啥！”没有什么能难住龙站长。

几个新兵有些心疼。“慢。”桂兰把案板似的大巴掌一挥，“告诉你们个底儿，这雨布是移交品，赶明儿你复员的时候，人走，雨布就留给下一拨儿了。咱们是过路财神，不值得心疼成这样！”

新兵们这才痛痛快快地把雨布贡献出来，一缀一蒙，草绿色朝外，果然成了极好的苫布。哨兵从哨楼上传下话：地上趴了个绿怪物，真像新式武器。

龙凤虎并不要求机要、电台等部门参加砌坦克，但大家义务劳动的热情高涨。夜里，过了例行的联络时间，估计不会有电报来了，秦帅北也来到坦克工地。

作为总体设计师，秦帅北对坦克的外形是很熟悉的，但他还是吃了一惊。坦克已初具规模，一旦被放得这么大，由滞重黑亮的胶泥构成，表面被粗糙的大手们抹得锃光瓦亮，像由特殊的合金锻制而成，在漠海凄迷的星空之下放射着令人凛然的寒气。

可惜，它是土的！

秦帅北前后巡视，甚至掏出皮尺量量尺寸是否合乎规格。

“缺个炮塔，像模像样的炮塔。”满眼红丝的龙站长打着手电走过来。

这的确是难题。把烟筒楔入半干的泥土代替吗？半夜里一阵漠风就会把它吹上九天。再说，这么威武雄壮的装备，弄个空心铁皮管子代替炮塔，太煞风景。秦帅北灵机一动，他想起一个极像大炮的家什。

顾不得同龙凤虎说，他撒腿跑回站里。

“老桂！醒醒！”他摇桂兰。桂兰睡在炊事班，以防备夜里有敌特潜进来在水里、面中投毒。国境线上，不可轻心。“借点儿东西。”

“借哪宗？”桂兰像老鼠掉进了面缸，呛得直翻白眼。

“借饸饹床子。”

桂兰抽口冷气：“我就是借给你，你也没那么大锅煮呀！”

饸饹床子是一种类似杠杆原理的土制轧面机，上有粗大笨重的梁木和形似漏斗的装置，愣用人力将面挤压成断续的条状，下到滚水大锅里，北方人极爱吃的一种面食就出来了。

秦帅北发觉自己越急越没办法把事情讲清楚：“不是借饸饹床子，是借饸饹床子上的那根梁木，给坦克当炮使。反正也使不坏，不过沾点儿泥，用完刷刷，你还能压饸饹。”

桂兰眨巴着一双方眼：“倒是使不坏。可是，也不能你这么一说，就把我的饸饹床子拆了不成。”

“那你还要咋样？要军委给下个文件？”秦帅北不解。

“总得龙站长来跟我说一下才成哇！”

“你这个老桂，还不见金牌不发兵！我去跟龙站长说，他还能不答应？一切为了战备，你这不是耽误工夫吗？”秦帅北直跺脚。

眼看着饸饹床子是保不住了，桂兰叹一口气：“容我明天给大伙儿再压一顿饸饹，然后再拆床子。这回少说一两个月吃不上饸饹了。”

总算让冥顽不灵的炊事班班长忍痛割爱，秦帅北挺得意，快步往回走，向龙站长报告。

已经是春天了。沙漠也有春天。今夜无风也无星光，天地像被无边无际的墨汁所浸泡，显出幽远静谧。无所不在的黄色褪去了，沙漠显得陌生。

突然，秦帅北的鼻梁上被沉重地击打了一下。他伸手去摸，竟是一滴雨。

沙漠的春雨！秦帅北狂喜地用嘴唇去接雨滴，很久之后才感到第二滴雨坠落到他的脸上。

雨滴击打在沙漠上，就像滚水溅到油锅上，爆出响烈的刺啦声。周围此起彼伏，显得很热闹。

这是真正的天籁。秦帅北大张着两掌，站在旷野之中，听着这无可比拟的音响，直到它们像远去的驼队一样，余音袅袅以至完全消失。

经过大自然的琼浆沐浴的沙漠，有一种奇异的气味，令人心旷神怡。秦帅北漫步向远处走去。

他听到皮毛摩擦声，紧接着一团温热的物体滚动到他身后。好机警的默默。他刚才出门的时候，它睡得正香，不忍惊动，不想它找到了主人。但紧接着，秦帅北听到了食肉动物喉管内吞咽液体的咕噜声，然后是兴奋的低鸣。默默从来不会叫，这不是默……没等判断完成，黑影已在他的背后人立而起，轻灵一蹿，上肢就搭在了秦帅北后肩上。一股浓腥的热气，像冬天里的井口，冒着白烟向他的颌下缭绕而来。秦帅北骇出一身冷汗。透过汗湿的棉衣，他感到两只尖利的指爪像钉子一样刺进他的肌肤……

千万别回头！一回头，人类最软弱的颈部，就毫无遮挡地暴露在野兽獠牙之前，它就会像揪橡皮筋一样把人的喉结扯断，人在搏斗还没有开始以前血就流干。秦帅北一再告诫着自己，但他太想回头看一看，这两只扳住自己肩头的爪子是属于谁的！

数道血的溪流顺着肩窝和脊柱向下流淌，一点儿都不疼，还挺暖和。自己的血给了他力量，他哪能就这么不清不白地死了！他必须有所动作，郦丽霞还在等着他回信呢！

他轻轻抚摸着野兽的爪子。毛茸茸，同默默的差不多，只是大而粗粝一些。倏忽间，那野物觉得挺舒适，停止了锐利的搔抓。背上的血溪很快凝固了，秦帅北感到沁入肺腑的寒冷。他屏住气，十分亲热地攥住毛茸茸的两只爪子，猛地一个背翻。

如果对方是人，这一个漂亮的顶摔可以使他溅落沙荒，摔个七窍出血。如果对方是巨兽，也许纹丝不动，如蚍蜉撼树。

秦帅北拼出了全身的力道，生死在此一举。

对手居然很轻。军队的洋芋蛋和白面馍，养育了昔日文质彬彬的学生娃。秦帅北拼尽全力的双手，轻而易举地将那团毛蓬蓬的野兽，从背后甩过了头顶。

野兽的爪子像戴着巨大的拳击手套在空中飞舞。那是秦帅北肩背上的布片棉絮和不算太多的血肉。

秦帅北以为他已摆脱险境，其实顷刻间陷入更大的危险。

野兽不是人。如果是人，他就会平铺地摔趴在地上。野兽的毛像降落伞，延缓了它下降的速度，飞舞的拳击手套在空中划出优美的弧线。在极短的时间内，那头浑身黑毛的野兽完成了侧翻腾挪转体180度，一如极为出色的跳水运动员的一系列高难动作，潇洒漂亮。待它靠近地面的时候，它已经完全调整好了姿势，正面对敌，双眼灼灼，爪子像作揖似的对准了秦帅北的额骨……

秦帅北脑海里最后一句跳出来的话，居然是：伴随你建立功勋……

就在这时，一团红火从侧面飞掠而过。雨后的漠空，已闪出明眸一样的星群。秦帅北几乎以为是自己的幻觉，默默像从天而降的一股红尘疾扫到野兽和秦帅北之间。野兽悚然一惊，默默也会侧翻和腾挪的功夫，爪子就向野兽的眼窝抓去。由于距离极近，看得分外清晰：那爪子是前五后四，妨主之兆……

枪声响了。野兽应声而倒。默默浑身的红毛被汗濡得精湿，显得缩小了许多，无声地卧在一旁。

龙凤虎走过来："没伤到要害吧！"

秦帅北说："我想没问题。现在就可以译报。"

龙凤虎说："多亏了这条狗。它不知预感到了什么，疯了似的拖我往这儿跑。你和漠狼撕扯得太紧，我不敢早开枪。"

秦帅北蹲下来看漠狼。它十分像狗，只是个子要矮一些。被子弹洞穿的伤口还在呼呼地冒着热气，汩汩而出的鲜血将蓬乱的兽毛粘成一把血梳子的模样。

秦帅北驱使默默去吃，默默呆立不动。“它们祖上是远亲。狗是不会吃的。”龙凤虎说。

默默从此得到全站所有人的宠爱。它已经出落成美丽窈窕的大狗。当它疾驰的时候，背绷得像一张铁弓，蓬松的尾巴在身后摇曳，像是一尾诡谲的红精灵。它为哨兵驱寒，它与哨兵做伴。它甚至会看望远镜，趴在上面，端详不止。

一天，它对着镜头躁动不安。幸亏它不会叫，不然肯定吠个不停。

哨兵就趴在望远镜上看，不过是几峰骆驼，就不在意地去观察别处。哨兵休息时，默默又去看，依旧躁动不安。哨兵只好把刚吸了一口的莫合烟掐掉，仔细观察，发现还是那几峰骆驼，不过不停地向我方张望。

骆驼是很识家恋主的动物，它们有着同马一样多愁善感的眼睛。默默一定从它们的眼睛里，看到了人类所不解的秘密。

于是哨兵在总参谋部颁发的观察日志上记录道：发现对方增加了四峰来历不明的骆驼……

边防站全体官兵在美美吃了一顿羊肉卤子饸饹面之后，一辆独一无二的新式坦克就最后竣工了。它雄踞一方，煞是伟岸。

打坦克训练开始。苫布揭开，数十米开外，绝对难辨真伪。战士们挽着沙土填装的炸药包，龙腾虎跃，杀声阵阵。当然，蹬踩之下，胶泥时有开裂，修补起来也很容易，抹上水，再粘一块泥巴就是了。刚开始还挂上一层草绿色漆，以求同整体效果一致。时间长了，大伙儿也不太当心了，索性只糊泥不涂漆，坦克斑斑驳驳。哨兵从哨楼上传下话说，这回更像真家伙了。

龙凤虎拟了长长的报告，将这个作为前沿练兵的经验上报。

水罐车又驾着黄龙到了。

“听说你们缴了一辆那边的坦克，让咱见识见识。”押水员和白胡子老爷爷下了车。

真是越传越神了。但大家都不愿点破，冲着押水员笑。

押水员又不忙着看缴获的战利品了，他看见龙凤虎走过来，对老爷爷说："您不是要找大军的头头儿讲话吗？这就是最大的官。"

老人家略有些紧张，虽说他的胡子已经这么长了。从他的小村落到这里，这峰铁骆驼也跑了整一天。从地盘来讲，这里的官长相当于很早以前的一个国王了。

龙凤虎的军装破旧不堪，军事训练他一贯身先士卒。他认真地听完了老人家的叙述：他的几峰骆驼被从那边过来的几个人牵走了。龙凤虎想到了值班观察日志上那行含义模糊的记载。

"您能确定是他们那边越界，把您的骆驼抢走了吗？"龙凤虎和蔼可亲。白胡子老爷爷是唯一来访的边民。

"这周围的百姓，我都认识。我是红柳开花那年生的，今年已经这么大年纪了。那不是我们的人，没错。是不是越界，我不知道。大军首长，沙漠上有时候分不出边界。但他们不是抢，是牵。他们一共三个人，一句话也没说，就把我的骆驼牵走了。"

红柳年年开花，没有人知道老人的确切年龄。但他的话有着牧民的准确。

这很蹊跷。

双方各在边界上陈兵累累，真正的交锋地段，却一直秋水般平静。大家都小心翼翼地避免碰撞火星。要么"全"，要么"无"，不是冰点就是沸点，没有中间状态，这也许就叫内紧外松。在没有下定决心最后决裂之前，彼此竟异乎寻常地客气。这很怪，也很正常。在此之前，还从未有过掠我边民的事件发生。

先把情况弄清楚。

龙站长请老人登上哨楼。

"这么高！住在这上面的人，死后更容易进天堂。"老人耸着雪白的眉毛说。

当他用望远镜看了一眼，立即以同年龄不相称的敏捷跳开："你们把魔鬼的眼睛给抠下来了，上天要惩罚的！"

押水员连连给他解释："我每次都爬上来看，到今天不是还活得好好的！"

老爷爷半信半疑，押水员给予他的全部甜水，终于冲走了他的畏惧。他终于又战战兢兢地站到了望远镜前。

“哎哟，那是我的‘老爷’！”老人一声惊呼，把青筋毕露的大手拍到了镜片上。若不是望远镜十分结实，险些变成支离破碎的万花筒。

老人的“老爷”是一峰骆驼。“我还看到了一个牵我骆驼的人，不过他换了一身衣服。”老人很肯定地说。

“您没有认错吧？”龙凤虎再三核实。

“我的眼睛分辨得出这一粒沙子同那一粒沙子的区别。”老人眨动着碧绿的眼珠。

情况已不容置疑，答案仍扑朔迷离。

“您老人家先回去吧。我们会为您追回财产。”衣着破旧、神情庄严的中国喀喇泉边防检查站站长，负责地对一位中国公民说。

经电报请示，分区同意举行边界会晤。

“升国旗。”龙凤虎命令。

旗，升得很慢很慢，听得见牵引旗帜的绳索与旗杆相撞击的轻微声响。崭新的国旗因折叠过久，黏合着，迟迟未能全部展开，显示出大气磅礴的随意性。随着高度的不断上升，无所不在的漠风，像一只庞大的手掌，唰地将旗面抖开。国旗披着满身金光，像经过秋霜的一枚枫叶，高傲美丽地飘拂在蓝如水晶的天穹之下。

军人们面对国旗，感觉沐浴在神圣的红光之中。

整个边防站，沉浸在焦急的等待中。一茬兵的季节只有两三年，谁知以后还见不见得到会晤？军人们纷纷换上最好的军装，不是为了迎接贵客，而是为了保持祖国的威严。桂班长把预备星期天改善伙食的腌肉，也预支出来。

“他们还在这儿吃饭吗？”秦帅北没见识过会晤。

“也许吃，也许不吃，这得看会谈的结果了。不管吃不吃，咱得让他们闻得见香味，显出咱们的气派。”

到处都在大批判，停产闹革命，供应日趋匮乏。但哪儿都能停产，边防线不能。边防是国家完整的皮肤。没有了皮肤，国家就像被火焰灼伤的婴儿，将没有生命。

很快，观察哨报告，对面开过来一辆苏式吉普。烟尘在人们脑海中腾起。烟尘越过朴素的界碑，透迤而来。

大漠上原本没有路。两国军人巡逻的脚印，铺成了不同国籍的路。现在，一道花纹清晰的辙印把两条路短暂地联系在一起。

“都到屋里去！”龙凤虎对挤在院里的士兵说，“有理有节，不卑不亢，又不是赶庙会！”龙凤虎穿了一套洗得洁白的军装，缀着鲜红的新领章，格外威严。

“来了！来了！”

哨兵从哨楼上的电话往下喊。喀喇泉也有电话线，联系着各处工事。它们都极短，像沙漠中随时干涸的河流。

苏式吉普很新，而且开得很快。它疾速地转着流畅的弧度很大的弯，从旷野驶进中国的边防检查站。

车门开了。中国军人先看到了一双穿着漆亮马靴的脚，然后是光滑的小腿，接着是裹在墨绿色呢裙中浑圆的双膝。在他们惊讶的目光中，一双像白杨一样挺拔的腿像钉子一样稳固地站在中国的领土上了。

这是一个女人，一个异国的女军人。她的裙子在初春的风里飘荡，柔和而轻快。

第二个从车上跳下来的，是一条狗，纯黑色凶猛异常的德国种军犬。

喀喇泉的指挥员们设想到了种种意外的情况，但他们没有想到女人和狗。

前门跳下一位一身戎装的异国男军人。他身材高大，目不斜视，军容整肃。

所有的中国军人在这一瞬都被失望攫住。他们认识他——对方的最高军事长官！他们千百次地在望远镜里观察过他。对于他头上的白发和眼角的皱纹，他们比他自己更为熟悉。这好比人们正在严阵以待一位仇敌或隆重宴请一位陌生的客人。门一打开，来的却是近在咫尺的邻居。所有穿新军装的人都在懊悔，他一定早已在望远镜里看到过自己身上的补丁！

男军人大踏步地向龙凤虎走来。他们的确很熟稔，隔着望远镜片，早已神交过无数次！

“很高兴能同你们会晤。”

女军人操一口极纯正的标准普通话，惊骇了包括秦帅北在内的所有中国军人。

他们都没有见过这个女人。她一定是在最近的黑夜潜入对方哨所的，且从不在白天露面。她绝不会只是个翻译。龙凤虎飞速地做着判断。

秦帅北观察着这个女人。面色纯白如极上等的奶油，睫毛浓密如刷，瞳仁是淡蓝色的。由于畏惧沙漠灼热的反光，她不停地眯起眼睛，鼻梁边聚起极细微的纹路。

这女人没有丝毫华夏民族的血统，她纯正的普通话，就更像一个深邃的阴谋。

龙凤虎率我方翻译和充当记录员的秦帅北，陪异国军人走进会晤室。

惯常的寒暄和介绍，然后是短暂的停顿。为迎接会晤向塑料花瓣上喷洒的水珠，经过一段时间的蓄积，凝聚成莲子般大小，沉重地坠落下来，发出呆板单调的声响。

秦帅北的背后是紧靠机要室的墙。他知道在自己的肩膀上方有密室的瞭望孔，就在塑料花的蓓蕾之后。龙凤虎没有提到密室，也许这一次的会晤尚属一般交涉。

在精装的“会晤记录册”上，秦帅北流利地记录着，并在头脑中夹杂着自己的批注。

我方：我们升旗要求会晤，感谢你们及时赶到。一路辛苦了。

（龙站长的外交辞令很得体。）

对方：我们是兄弟邻邦，不必客气。相信一旦某一天我们要求会晤，你们一定也会以同样的速度赶到。有什么事，请谈吧。

（我们站没有那么新的吉普。这真是一件悲哀的事情。我不相信他们的站长会把话讲得这样滴水不漏，也许是神秘的女翻译自己做了补充。）

我方：大约在一周前，我方边民丢失四峰骆驼，不知贵国方面有无发现？

（问得挺有分寸，龙站长。给他们一个试探，也留有充分的余地。）

对方：是两峰灰色、一峰白色和一峰棕色，就是人们通常称为浅咖啡色的那种颜色吗？一共四峰？

（小姐，你翻译得相当不错，但终于出了一点儿纰漏。对我们很多人来说，不知道咖啡是什么东西。你应该说，就是人们通常称为浅树皮的那种颜色。你说得这么清楚，你已经不打自招。白胡子老人的四峰骆驼是这种颜色吗？我只记得其中一匹叫“老爷”。）

我方：是的。你们一定是有它们的准确下落了。

（龙站长很懂得步步为营，稳扎稳打。）

对方：正是如此。这四峰骆驼，正在我们边防站饲养，我们给它们饮很好的甜水。正如我们双方面临的沙漠同样无情，甜水对我们十分宝贵。可惜我们没有那么大的磅秤，否则可以用事实证明，这四峰骆驼的体重，比我们捡到它们时一定增加了一些。

（男军人谈这些很诙谐幽默的话时，脸上的肌肉却很紧张，不像是即兴作答，却像背诵文章。）

我方：你是说，四峰骆驼是你们捡的？

（龙站长，反问得好！逼着他们把谎话再重复一遍，这样，容易找到缺口。）

对方：如果不是捡的，难道说，我们还会有其他得到它们的方式吗？！

（他们很巧妙，甚至可以说很狡猾！他们用一个反问句式把判断以至回答的责任和道义，都强行抛给了我们。龙站长，你可要小心！）

我方：

（龙站长略微沉吟，停顿使后面的话更加沉稳有力。）

我方：骆驼的主人，可以很清楚确切地指出，在什么地点什么时间由什么人把他的骆驼强行夺走。你们是否有兴趣会见这位老人？

（很好！这是一枚重型炮弹，直接命中目标。且看他们如何回答吧！）

对方：

（这是一段过于长久的沉默。如果说刚才龙站长的沉吟是策略和思忖，他们的这次沉默则是无以答对的表现。）

对方：我的父辈也是牧民，我深知骆驼对于牧民意味着什么……

（这是什么意思？离题太远了吧！对方站长的葫芦里卖的什么药？不过，他讲这些话的时候，似乎很动感情。）

对方：对那位曾经丢失骆驼的老人，我表示深深的同情。现在骆驼找到了，我同他一样感到高兴。至于丢失的方式，我以为已没有追究它的意义。也许是走失，也许是被风暴刮过去的，重要的是它们已经找到，就要回到主人的身边。这是值得庆幸的。

（女翻译译到这里，粲然一笑，下面增添的显然是她个人的发言：“比如，我丢失了钱包，后来又找到了。我立刻要做的事，是清点一下是否少了钱，当然，还有我的名贵口红……至于是怎么丢的，是在商店还是在地铁车站，我想，这并不重要。重要的是钱和口红都在。我们虽然国籍不同，但在这一点上，我想人类的心应该相通。”）

空气中弥漫起沙葱爆炒肉的香味。

双方就骆驼的交接议定了具体细节。

秦帅北觉得桂兰很出色。平日里他的烹调技术并不见甚高，但此刻飘来的香气的确很撩人。

“请留下共进便饭。”龙凤虎站起来发出邀请。

“多谢了。站中还有许多公务，再会。”对方站长婉辞。

两国军人一同走出会晤室。

龙凤虎看到一幅令人惊讶的情景。默默——全站人钟爱的哑姑娘，居然同德国军犬一见钟情，互相嬉戏。德国军犬鼻子里吹拂着热气，像黑缎子一样的皮毛在阳光下反射出近乎墨绿的色泽。

秦帅北尾随大家，途经默默身边，不动声色地用脚狠狠踝了默默一下。默默像被人突然刺中一刀，倏地跳到一侧。因为它不会叫，正在寒暄的人们并未觉到多少异常。

但凶狠的德国军犬从喉咙里发出极深沉的吟唤。它用猛兽所能具有的最温柔的目光抚摸着美丽如红绸的默默：他是你的主人吗？他为什么这样凶恶？

默默退缩了几步。但德国军犬身上散发的奇异气息，像一条无形的锁链在不断抽紧，它无法抑制地又走向德国军犬。

秦帅北怒火中烧。一向温驯、善解人意的默默，今天太给他、给中国军人丢脸了！他运足劲儿，一脚踢在默默的小腹上。默默全无防备，像一只栗色的火球，被踢得滚动起来。

空气中有狗毛在盘旋。人们都回头，注意到这一事件。

默默蹲在地上，舔着自己受伤的痛处，用围棋子一样晶莹的黑眼珠怨艾地看着自己的主人。

纯种德国军犬的黑毛，像野草一样狂乱地竖立起来，但它弄不清自己心爱的姑娘同这个恶狠狠的人是什么关系。尖利的牙齿在齿腔里酸痛，它却不敢贸然冲上去。

人们注意了一会儿，两只狗都像泥塑一样呆卧，秦帅北脸上也不动声色。大家便又向前走去。

秦帅北想，默默总算没有在最后关头背叛他，就像默默永远记住了喀喇泉，纵然渴死，也不能去喝。

中国军人都很开心。他们美丽而骄傲的红毛狗，像一位不可一世的公主，翩然而去。

穿墨绿呢裙的女人，脸色像蜡一样苍白。她对秦帅北说："我不知道您的官衔，但您给我留下了很深的印象。您是我所见过的中国军人里最潇洒的一位，虽然，您不够人道。"说罢，她携着军犬扬长而去。苏式吉普又同来时一样，甩着大弧度圆环向北奔驰。

秦帅北和龙凤虎沿着辙印缓行。他们像品尝一顿佳肴一样，仔细回味着会晤时的每一句对话。

"那女人肯定负有特殊使命。"秦帅北说。

"你怎么知道？"龙凤虎也有此想法，但他愿意听到旁人从另外的角度证实这一猜测。

"那女人提到地铁。他们国家是没有地铁的，只有在更北方……"

龙凤虎点点头。他没有注意地铁，但他注意到对方站长对那女人的敬畏。在军队里，能使一个男人对女人发生敬畏的东西，只有军阶和使命。

他们漫步到了土坦克处。这是边防站日常活动的最大范畴，辙印由此率直向北，再不拖延彷徨。

被苫布遮盖隐去了细部的土坦克，冷漠而威严。这时候，你会觉得形式实在是个很重要的东西。

“你把这次会晤的全过程写份简报，报送司令部。我们的会晤达到了预定目标，为边民争回了财产。”

秦帅北没有再说什么。他总觉得那女人湛蓝的瞳孔是一个能淹死人的谜。

默默流浪了几天，终于回来了。真是一条好狗，棒打不走。

重新回来的默默仿佛有了某些变化，秦帅北立即想到了那只军犬。想到自己还三天一封五天一封地给郦丽霞写信，他也就多少原谅了默默。默默经常跑到野外去，身材不再纤巧，它快要做妈妈了！

池可信探亲归队后，又在分区通讯站帮助工作了一段时间，回到站上。

“你那个女参谋可真够俏的，分区参谋干事助理员，谁也吃不上的葡萄，掉你嘴里了。”池可信把郦丽霞托他转的信交给秦帅北。因为是喀喇泉的战友，郦丽霞没少和池可信聊天，当然是醉翁之意不在酒了，池可信也多少沾沾自喜，私下里羡慕秦帅北这小子艳福不浅。他喜欢女兵，探亲时，把从郦丽霞那儿换来的女式军装偷缀上两块红领章，信心百倍地给自己婆娘套上了。池可信以为马上可以看到一个英姿飒爽的女兵，人凭衣裳马凭鞍嘛！没想到，婆娘还是那个婆娘！

早穿皮袄午披纱，围着火炉吃西瓜。沙漠的夏天到了。欧亚大陆的腹地，是地球上距离海洋最远的地方。它的夏天比冬季更加难熬。陡起的沙暴，黑沙蔽日，如果不是现代科学的昭示，你一定认为世界末日已经来临。强烈的热气流，搅得天地间一片虚幻，武器被炙得变形，枪膛里充满了肉眼看不见的细沙。如果你不时时擦拭，子弹会在扣动扳机的瞬间在你眼睛后面爆炸……

郦丽霞的信很温柔。例行的卿卿我我，例行的儿女情长，这些章节要到夜深人静时，对着她的照片慢慢品味。

郦丽霞告诉他，机要部门即将进行全面政审。别的军人只是入党提干时一次性通过，机要员则像风吹日晒的家具，需要不断油漆。“当然，不过是顺便告诉你。我们都不会有什么的。”郦丽霞写道。

不！丽霞，我是有什么的！我的父母尚在狱中，生死未卜。我坚信他们无罪，但我不敢承认我是他们的儿子。你知道秦三老汉，组织上也只知道秦三老汉，尊敬的尧敬尧部长为我遮风蔽雨，我是以另外一个人的身份混进机要队伍的。我的生父光明磊落，我却不得不隐姓埋名。我渴望建立功勋，可我心中有这样一块难以示人的疮疤，每逢听到政审，我都冷汗涔涔……

默默轻轻地潜进来，偎在秦帅北身边。看着它那很像郦丽霞的眼睛，秦帅北一阵发呆。

“哎——有人没有？秦参谋，有急报！”池可信在外喊他。

秦帅北一惊，迎出去。

“我敲了半天门，没人应。我想，你是否病得不省人事。你这机要重地，咱又不可擅入。”池可信说，“你要真是得了急病，咱们这报可怎么译？”

“把我抬到你们电台去。只要有一口气，就得译报，这是我们这行的规矩。”

司令部在静默了相当长一段时间后，复电来了。

“据上级机关掌握的可靠情报，对方对我在边境一线部署坦克一事极为关注，采取种种手段进行侦察。你部所报边界会晤一事，据析为对方蓄意制造的丢畜事件，以期进行近距离观察。现对方已确认我方坦克系训练模型，边境侦察已趋缓和。你部在会晤过程中处置得当，望进一步总结经验，发扬成绩，以利再战。”

龙凤虎站长把报文看了好几遍：“想不到还有这许多弯弯绕。真是站得高，才能看得远。咱们只是一个棋子。”

秦帅北说：“我在想，这可靠情报指的是什么。”

龙凤虎说：“大概是坐探。我们的特工打入他们的高层指挥机关。敌中有我，我中有敌。”

秦帅北说：“我想是咱们的侦听机关破译了他们的电报。咱们修了土坦克，他们不摸实，便汇报上去。他们的上头对此极为重视，便派了以那女人为首的情报人员来侦察。因为无法确认，他们就牵走了我方的骆驼。我们升旗，他们就来了。对！就是这么回事。”他对自己的判断很肯定。

龙凤虎觉得秦帅北把自己这一行夸得太万能了，便说：“照你这样讲，咱们升旗倒是中了敌人的奸计？”

“那倒不是。他们若不察看清晰，也许会认为咱们在进行大规模军事行动，也没必要。”秦帅北没有听出冷意。

龙凤虎说：“兵不厌诈，咱们这回再砌个飞机吓唬吓唬他们。”

秦帅北说：“咱们干脆砌个原子弹吧！”

两个人都笑，笑过之后又长久地沉默。什么时候，我们的边防上能有自己真正的坦克！

押水员又到了，带来了盖邮戳的信和不盖邮戳的郦丽霞的信。

秦帅北先撕开盖邮戳的信。他只同极少的几位同学朋友保持着来往。他销声匿迹，但又渴望得到外界的消息。这些信是他同外界、同他的过去唯一的联系。

信很短，距离和时间会冲淡友谊这杯茶。这是一位儿时的伙伴写来的。在信的结尾，他看到了这样一行字：“有一件事，不知该不该告诉你。我听说，伯父母在‘文革’初期，也就是他们被拘禁之后几天，就不幸去世了。死因不详，有人说是自杀……”

秦帅北一时间没搞清这段话的含义。伯父母是谁？他为什么要同自己讲不相干的事？但顷刻间，他就完全明白这段文字的全部严酷意义了。他的父母死了！在他以为他们还活着的漫长日日夜夜里，他们早已死在阴暗的牢房里了。

他们绝不会是自杀！父亲指挥过无数辉煌的战斗，他绝不会在任何噩运下低头！他们只能是被谋杀！

杀父之仇杀母之仇淤积在秦帅北的胸膛，他必须为父母报仇！他冲动地抽出枕下的枪，冰冷的枪身像一块墨玉，冷却着他炽热如焚的手。

你找谁去报仇？

他不知道。

他就这样呆坐着，饭也没有吃，直到深夜。又来了特急报。他机械地接过报文，机械地开始译报。

各——部——门——请——注——意——严——防——煤——

气——中毒的——通报。

这些不相关的字，像散装子弹一样，不相关地蹦跳出来。他平素记忆力极好，像优良的深水码头一样，能停泊难以计数的密码群。他是机要学校的高才生，许多情况下，他不要密码本也可以准确地译报。但他现在完全不敢相信自己的记忆，他打开保险柜。

核对无误。在盛夏季节接到预防煤气中毒的电报，似乎不可思议。但在边防线上，一切都有可能发生。五月天山雪，无花只有寒。北风卷地白草折，胡天八月即飞雪。国境线上有大漠，也有终年不化的雪山。

默默大腹便便地跑进来。秦帅北顾不上理睬它。无论他有多少个人的悲苦和愁肠，他现在首先要做的是把电报立即送站上领导。

夜色清冷。

秦帅北走到简陋的站部。从屋内传来对话声。

“龙站长，您不是早对秦帅北同志的身世有些疑问，要我借探家之时做些调查吗？情况的确如您所预料的，秦帅北的生父不是秦三老汉。作为我个人，只能了解到这些情况。”池可信的声音。

“我也是对机要工作负责。我会向上反映。在未核实之前，请你务必保守秘密。我们无论对同志、对组织，都要负责。”龙凤虎说。

“是。”

秦帅北应该退走。但他立在那里，始终没有动。于是从屋内退出的池可信和送行的龙凤虎都看到了秦帅北。

六目相视。大家什么都没有说。

一切很快都会真相大白。隐瞒编造历史，混入机要队伍，此罪深重！

郦丽霞的信完整地扔在床上，今天一天，他几乎忘记了它的存在，此刻捧在手里，心中略觉温暖。郦丽霞告诉他，也许他们很快就能见面了。分区要进行保密大检查，她也是成员之一，将到各边防哨卡深入检查。“让我们相会在喀喇泉！”郦丽霞快乐的心情，从笔尖喷溢而出，“请先自查一下，到时候不要让我查出纰漏来呀！”

这也许算是唯一的好消息。秦帅北开始清理文件。这很简单，因为秦帅北平日里极有规矩。他打开文件柜，突然，汗从全身千百个汗毛孔一齐逼出来，血管打了一个死结。同上级联络用的那本最重要的湖蓝色密码本失踪了！

这是不可能的事。秦帅北绝不相信它会丢失，便镇静一会儿，很可能是放乱了。他把所有的东西都腾挪出来。他清楚地记得那密码本是湖蓝色的，于是他看到几处都有湖蓝的闪光。他急忙扑上去翻，蓝光便在他的眼角处像烟似的消失了。他开始翻自己的床、抽屉、背包、书籍，甚至趴在地上找老鼠洞。喀喇泉没有老鼠，也许在很久以前有过，但它们耐不住这里的寂寞和干渴，早就消失了。

到处都没有。

秦帅北失魂落魄地坐在如同被抄过家一般混乱的屋里，他从来没有乱放过文件，可是密码本丢了！没有任何人进过机要室，窗上铁栅依然。

他必须向站上领导报告这一严重的失密事件。

龙凤虎第一次走进机要室。室内的羊角和黄沙贴就的鸵鸟，使站长很不喜欢。还有女人的照片！但现在不是讨论思想情调的时候，站长看着平日精干潇洒的机要参谋如今像拔了毛的公鸡，联想到池可信的汇报，心想自己须格外慎重。

“丢失了密码本，我们将怎样同上级联系？”他拧紧眉毛。

“我们还有备用密码。”秦帅北低声答道。

“立即将这一情况报告上级，这是一。”龙凤虎边思忖边说，“第二，我立即命令全站所有官兵寻找密码本。第三，从现在开始，你不得随意出入机要室。饭由桂班长送来。你有什么事，通过哨兵找我。”

边境线上，一切都要从最坏的出发点考虑。密码本莫名其妙地丢失，作为重大失密事件，龙凤虎必须采取果断措施。

秦帅北明白，他已被软禁。对此，他心中悲苦，但无异议。

他用代用码将报文译出。很快，回电来了。

“立即将丢失密码本有关人员隔离。即派工作组前去解决。”

他将报文译出，觉得真是不可思议。他一边隔离一边工作，这有煮豆燃豆萁的味道。报文最后，他突然译出了一个小小的“珊”字。这是什么意思？

百思不得其解。他一向工作严谨，对窗外的哨兵说："请叫池台长来。"

"这个码子不清，请查询。"他毫无商榷地说。

池可信想，秦帅北还不灰溜溜的，一看虽然面色苍白，神情中依旧十分认真，不禁佩服他的冷静，赶紧回去查。"就是这个码子。我怕对方技法有误，要求他们换手重发，还是这组码。"池可信回答。

秦帅北走回他已不是重地的机要室，仔仔细细地端详着这张报稿。这个"珊"字，落在通常民用报发报人的位置上……突然，他明白了，这份报是谁经手发出的！

他和她躺在嫩草青青的山坡上。天空浮动着白云，被高空的牧人之风驱赶得缓缓移动。机要学员们在这里进行高强度训练，每一门课程都令人白发三千丈。下了课，大家都已殚精竭虑。山坡上绿得像翡翠、略有些扎人的草丛，便是最好的休憩之地。这里林木森森，因为是军事禁区，极少有人践踏，景色仿佛原始森林。不用担心晶绿的叶子上有窃听装置，机要学员们放心地互测学习效果。

自由结合，两人一组，完全可以男女混杂，教官们不担心学员们会谈恋爱。高强度的训练和机要的神圣之光，会使学员们知道孰轻孰重。如果连这一点都约束不了自己，他有什么资格迈进这座光荣的大门！

秦帅北和郦丽霞开始复习。无论是睁眼还是闭眼，密码都像蚊子似的在眼前飞来飞去。秦帅北只能看到郦丽霞的侧面。夕阳照在郦丽霞脸上，她的眼睫毛忽闪忽闪，仿佛那里停着一只金色的蜜蜂。

"你记得施琳吗？"郦丽霞柔声问。

秦帅北正在看郦丽霞的眼睛，被这突然出现的第三者吓了一跳："哪个施琳？"

"就是今天上午教官讲的那个女译电员。"郦丽霞嗔怪地说。

男人和女人的记忆系统不一样。女人注重记名字，而男人更注重实质。秦帅北只记得那个悲壮而惨烈的故事。

施琳被炸得血肉模糊，战友们已全部牺牲，没有人来保护她、保护文件了。已经可以听到敌人狂妄的喊叫。女译电员美丽的眼睛向四周看了看，她的两条腿和一只胳膊摆在不远处，仿佛那里也有一个施琳。身上的断肢处，血像喷泉一样往外流，她很惊异自己身上有这么多血。这是她唯一能够利用的东西了。她用仅剩的一只手把密码本扯开，堵在汹涌的血管处。血没有刚开始流得那样汹涌了，像一个水压不足的龙头。密码本还是很快就湿透了，像一块暗红色还在滴水的抹布。施琳已分不清鲜红纸张和上面的墨字有何区别，在她日益散淡的目光里，它们已浑然一体。她还想更保险一些，把它撕碎或者嚼烂。她觉得这主意挺好，可完全无法施行。她没有一丝气力了。突然，她想到了一个好主意，她的肚子已经被炸开了，粉色的肠子堵在那里，像瓶口塞了一团棉花。施琳把湿漉漉的密码本往里塞，血浆被挤压得沿着边角向下流淌，密码本却塞不进去。施琳很气恼，自己的身体为什么这样不听话呢？她只好把肠子往外掏。它们滑溜溜的，像吹得不很胀的气球，湿润而温暖。施琳逐渐冰冷下去的手指感到这种温热，觉得很舒服，她很想就这样把手揣在自己的肚子里死掉，好暖和呀！可是不成。她不能迷恋这种舒适，她的事还没有干完。现在，她掏的洞已经像一口窑一样宽敞，她把糟成一团的密码本塞进去。就像在敞开的皮箱里储藏一件薄毛衣，一点儿也不困难。放好了，施琳又用手探探是否牢靠。一边是肝，滑得像泥鳅一样，一边是胃，它还在慢慢动呢！最后她触到一面怦怦作响的鼓，很快，很急邃。施琳明白了，这是她的心脏！施琳挺感谢她的心，支撑着她把一切都完成得干净漂亮。她想应该送一件礼物给心脏，她把已经温暖柔软的密码本又向上顶了一下。她把自己最神圣最心爱的东西奖给了自己的心。心像撑开的红伞覆盖在密码的上方，它的最后一声鸣响余音袅袅地包绕着这团纸……

施琳感觉到自己的心脏已经不跳了。但她确实还活着，她还能再做点儿什么。于是她把粉色的肠衣填回洞穴，露在外面多难看啊，而且很冷。她已经感到切齿的寒意，她想这都是因为肚子受凉引起的。把肠衣填回去，一切就都好了。当然，最重要的是不能让敌人发现这个秘密。这就像猎人埋好了宝藏，总要把所有的泥沙都掩藏妥当，最后要在浮土上拍一个野兽的脚印。

施琳终于把一切都安顿好了，天衣无缝啊！她觉得自己干得很漂亮，这才永远地睡去了……

“你在想什么？”郦丽霞问秦帅北。

“我在想指挥那场战斗的司令官很愚蠢……我在想女人就是婆婆妈妈……要是我，会很早就把密码销毁，然后拿起一支枪……”秦帅北说。

“施琳可能有个妹妹，叫施珊。”郦丽霞说。

“你怎么知道？”秦帅北很吃惊。

“因为我以前有个朋友叫岳琳，她的妹妹就叫岳珊，都是取王字边的为名。”

女人终究是女人。当了军人，也是女人。多天真的想象！

从报文中这个古怪的“珊”字，秦帅北断定是郦丽霞今夜值班。这么说，所有的一切，她都知道了。

怎么办？

他唯有找到密码，才能证明自己的清白和忠诚！

天亮了。

全站人员出动，到沙漠中去找密码。

秦帅北呆坐着，大脑已陷入一片空白。他早饭未吃，午饭也未吃。他在苦苦思索自己究竟在什么时间、什么地方丢失了密码本。记得最后一次使用它，是译那份关于煤气中毒的电报，其后，记忆便一片混沌。

“秦帅北，多少吃些饭。莫着急，我赶紧刷完锅，这就找那玩意儿。”桂兰隔着铁栅窗劝他，手里拿着根大通条，看来预备掘地三尺。

秦帅北倚窗望去，苍茫的大漠上浮动着星星点点的绿色。战士们在到处搜索。

“什么电码电驴，我就会扳道岔。”一名战士在重复《红灯记》里李玉和对付鸠山的话，他正费力地清理厕所下积存的废纸。

“报告站长，大家都问这密电码到底是什么样子的。是一页书还是一页纸，是厚的还是薄的，总得给个大概的谱儿。”刘堆子焦急地前来请示。

“你问我，我问谁去？！告诉你，我也没见过！叫你找，你就找，只要是印着字的，都搜罗来。”龙凤虎暴躁地说。出了这么大的事故，他这个站长怎能不心焦！

傍晚的时候，龙凤虎请秦帅北去辨认搜索来的战利品。没有，没有那淡蓝色如湖水般洁净的小册子。

池可信又来送报。

“工作组明日到。”

后面又是那个古怪的“珊”字。这一次，秦帅北没有把它译出来。这是她发给他的。她明天也会来的。

如果说，池可信最初还对秦帅北有过嫉妒的话，现在可是为他一日一夜间的剧变而动了恻隐之心：“你再想想，你没有夜游的毛病吧？”

秦帅北没有夜游的毛病，但此刻他对自己已毫无信心。

又一个不眠之夜降临了。

秦帅北真的怀疑自己曾经夜游过。周周的沙丘突然在他记忆中栩栩如生，他肯定夜半时分去拜访过它们。

为什么让没见过密码本的人四处瞎摸，而他这个唯一见过密码本的人却被关在屋里？！

他走到门外。门并没有锁。满天星斗，晴若碧海。

“秦参谋，您要做什么？”哨兵游弋过来，很客气，也很坚决。

“我想在外面走一走，找找密码本。”秦帅北恳求地说。

哨兵拒绝了：“不成。按照命令，您不能离开这间屋子。”

“怕什么？难道怕我会自杀吗？”秦帅北发起火来。

这是个年纪很轻的兵，没见过这种情景，忙说：“不是。班长交代了，怕您携密投敌。”

秦帅北的颈子像被人残酷地拧断了，无力地耷拉下来。

他必须出去！他必须找到密码本！他的思路变得很缜密，行动也很有条理了。

熄灯后，他把红黑两色窗帘半拉上，油灯捻得小小的。这样哨兵会相信屋内的人彻夜不眠。

他把通往一排的板障悄悄卸开了。有一点儿声响，但同青年男子集群所发出的隆隆鼾声相比，简直可以忽略不计。而且秦帅北毫不害怕，操作也很粗糙，他只想快点儿跑出去，跑到浩瀚的沙漠里去。

男子汉们青春而浓烈的汗息包裹着他。他站在一旁，看着他的战友们。紧靠墙的刘堆子的被子踢开了，秦帅北忍不住把他的被头掖好。刘堆子蒙眬中睁睁眼，向他点点头，以为是排长查铺。

秦帅北披着大衣走出一排宿舍。穿军大衣的军人都很相似，哨兵没有留意他。

大漠的深夜冰冷如水，秦帅北无目的地向前走去。眼前的每一处景象都很熟悉，他无数次地思索过、想象过。每一处景象又都陌生如火星。他想，他的湖蓝色密码本应该对他发出深切的呼唤。他已经为它陷入了万劫不复的苦难。

大漠无声。密码本不知躲在哪一座沙丘之下，残酷地折磨着他。今夜没有风。静谧的大漠像一张硕大无朋的宣纸，惨淡无光。风在上面留下无数狂草的符咒后，悄然远遁。星星亮得炫目，巨大的北斗七星将冷漠的敌意从天际兜头盖脸地浇了下来，铺满沙丘。

秦帅北在每一座沙丘前停下来，用双手挖掘。沙便轰隆隆鸣叫着塌陷下来，像在玩一个恶劣的游戏。沙漠的夜很冷，但秦帅北热了，便把大衣随意抛在沙上，赤着胳膊奋力挖沙不止。

没有。除了沙，什么也没有。秦帅北并不绝望，沙丘是无穷尽的，他还有很多很多希望。他的指甲已经挖掉了，流出的血沾染上沙粉，手像鸟爪一般金黄。他毫不气馁地挖掘着，直到东方现出微薄的曙光。

他看到两道雪亮的灯光，像铁轨笔直地横亘在大漠上。这是分区工作组的车，星夜疾驰，终于到了。这么说，他心爱的姑娘也来了。他曾无数次地向她描绘过大漠，希望有一天她能来大漠。现在，这一天终于来了。

沙漠日出极为瑰丽。一片渴望已久、鲜艳夺目、滚滚跳动的红色，像钢水一样，猛然倾泻于千里大漠，大漠在这一瞬间流动起来，像一片汪洋血海。天地燃烧之中，一粒金丹弹射九天，红光倏忽收拢，大漠的金黄像礁石一般突兀而起，天也抖开蓝色的锦缎，将红光一丝不剩地收拾起来，将无边的幽蓝涂抹在除金黄以外的每一寸空间。

沙漠上的人，只是小小的黑点，但主宰着画面，像一只蚂蚁在一幅巨缎上行走。有了这行走，才显出沙漠的浩大。

秦帅北再也走不动了。

前面就是界碑，朴实无华、大智若愚的已定国界界碑。

界碑只有一米高。这面刻着中国××号，那边自然刻着他们的国名和他们的编号。秦帅北和战友们来过这里，这是喀喇泉边防检查站的旅游胜地。脚一迈过去就算越境，头一伸过去，就算侵犯领空了。每一个到过界碑的士兵，都偷偷摸摸地出过国一趟。当然是电光石火般的一趟了。离开边防站的士兵们都说不冤：就冲这块界碑，这个兵当得值了！

秦帅北倚着界碑，望着他的祖国。

一座座沙丘，像鱼鳞般装饰着大漠，散发着永恒的神秘。秦帅北知道，在这无数沙丘中，有一座下有他的湖蓝色密码本。只是，它怎么会到那里去的呢？他不知道。他只知道，他永远找不到它了。

他的命运像一张魔毯，国境线和机要密码纵横在上面，交织成严峻的焦点。找不到密码本，他的全部忠诚都是一个零。况且这零早已成了负数。他的生身父亲冤死狱中，他的义父已经为他承担了太重的责任。他那要陪伴他建立功勋的姑娘，哪里知道所有的功勋还未曾建立，他就将被驱逐出神圣的机要队伍，以重大失密罪走上军事法庭。

这一切都是因为那小小的湖蓝色密码本！秦帅北对它充满了仇恨，它是所有不幸的根源。谁能没有疏忽，哪个人一生中不丢东西！可你在国境线上丢了密码本，就是十恶不赦的罪孽！

秦帅北清清楚楚地看到了自己的出路。他居然很平静，仿佛在观察别人的命运。

混乱只发生于选择之中，他已无可选择。

携密外逃。他想起哨兵的话，不禁微微一笑。他此刻还携了枪，罪证便更确凿。密码本对于他，其实并不像外人想象得那么重要。他基本上能背下密码。机要这一行有一条不成文的规定，机要员若要改行做其他工作，先要脱离机要岗位一年，以期他们的头脑对密码淡漠，然后才可离队。这段时间对秦帅北而言，也许需要十年。他的脑瓜胜过十本密码，但密码比脑瓜更重要。

也许，战友们会在昨天黑夜找到密码本？这是最后的希望了。秦帅北回头望去。他看到一排铅灰色的小房子。然后，透过稀薄浮动的蜃气，他悚然一惊，一面像火焰一般艳丽的国旗冉冉地升起来，升起来了！

那是他的国旗。战友们一无所获，工作组已发现了他的失踪。现在，我方升旗要求会晤，要求对方协助寻找，或者更直率地说，立即归还一名中国军官。

一切无可挑剔。任何人为了祖国的尊严，都只能这样办。

国旗美丽而庄严，秦帅北望着它舒展自若的情景，泪水滚滚而下。

找不到密码本，他不能回去，永远不能回去了。

他只要向前迈几步，就到了界碑的那一边。那一边会给他以隆重的欢迎，会给他以高官厚禄，会给他许许多多美妙的机遇，他极清楚地知道这一点。

界碑的这一边，他没有了父母，没有了家乡，甚至连自己的真实姓名也没有。那个秀美而勇敢的女孩，不论她怎样想，秦帅北已经丧失了与她同行的资格。他也没有了她。

秦帅北很冷静，在他短短的生涯中，似乎从未如此冷静过。他不会向前再迈出一步，无论那里有多少诱惑。他不会背弃祖国，无论经受多少痛苦和磨难。祖国——是他祖祖辈辈生存的地方，作为一名罪孽深重的军人，他需要最后一次证明自己的忠诚！

年轻潇洒的机要参谋整理好军装，他像一棵挺拔的钻天杨，英姿勃勃。他持起手枪，枪身像墨玉，冰凉而舒适。他用灼热的太阳穴感受着这最后的愉快。他把枪口渐渐下压，被抵住的血管兴奋地跳动着，有一种酸胀的感觉。

想象中，他已听到了一声枪响，他的血汩汩地流出来，将沙砾冲刷成一个小坑。沙漠是极好的吸水纸，他全身的血只浸渍了一小片黄沙。然后，他就仰面倒在荒沙上，对着那永恒的蓝天……

一切就这么结束了，这比活下去要容易得多！但是，当秦帅北最后凝望那面如丹枫一般艳丽的国旗时，他的手沉重地垂了下来。国旗像母亲一样呼唤着他。那上面有父辈的血，有施琳的血，有无数志士的血……他秦帅北的血难道就这么不清不白地洒在一片黄沙下吗！他坚信自己的忠诚，他也坚信祖国的明察，这一切都需要时间来验证。

他的手枪从太阳穴移了下来。太阳穴被压得太久，像楔进了一根永远拔不掉的钢针，剧烈地疼痛着。

秦帅北深情地吻了一下界碑。他以戴罪之身，今后是再没有机会到这里来了。沙粉像糖粒一样，黏附在他的嘴唇上。他侧转身，以极快的步伐向喀喇泉边防检查站走去。无论等待他的是什么，他都勇敢地迎上去……

整个边防线，因为这本湖蓝色密码本的遗失，变更了全部的密码文件。虽然没有证据认为密码本为对方获取，但边防自有边防的规矩。

默默突然回来了，领回了三只小狗崽。母子肥硕，真不知离了炊事班的净水，它们怎么反而更兴旺发达。

龙凤虎站长非常厌恶这几只长红毛的动物，不耐烦地要将它们轰走。几只小狗崽依偎着默默，不知道它们的妈妈领着它们走了那么远的路到达的这个地方有什么好的！

默默丢开小狗崽，急切地跑到机要室。机要室锁着门，新来的机要参谋随部队到野外训练去了。

默默用爪子搔刮木门，门发出单调而干燥的声音。

几名战士去逗小狗崽。小狗崽睁着莹莹发绿的圆眼睛陌生地看着人们。有人抚摸它们，它们就龇出极白的牙。

“哎呀我的妈！这是些狼崽子，是漠狼的后代！”人们惊讶地叫起来，随即狠狠地踢了它们几脚。

假如人们能够再耐心一点儿，就会发现小漠狼的皮毛上黏附着极细微的纸屑。若仔细分辨，也许还可见依稀的数码和文字。默默临生崽时，需要绵软的干草垫窝。大沙漠里，哪有柔软的干草！默默叼走了密码本，觉得它挺合适。

是的，挺合适，密码本是纯棉纤维制成的，易燃而且极其柔软。

默默急忙回来护卫它的小崽子。找不到那张熟悉的面孔了，它的眼睛里充满困惑。终于，默默带着它的儿女和永远的秘密走向大漠深处。

银牦牛尾

缺氧。周云墨爬上十步棋哨卡主峰。心脏随着憋喘加深，不断跳跃着上移，最后干脆蹦到了太阳穴下。喉头发腥，好像刚刚吞了一条剖腹的鱼，满嘴都是边缘锐利的鳞。

终于啊！钻出坑道。由冰雪蒸发而成的卷云，穿着阳光镶边的羽衣，擦着周云墨脚踝翩然而过。阳光从头顶垂直泼洒下来，万丈金焰却不敌高原奇寒。撕心裂肺的冷风，在中途把光线吹歪，攫掠所有热量。眼睛看到的是暖，身上感受到的却是一棱棱的刺痛。

交叉的皮带把周云墨勒得如同鳖脚的粽子。在平原穿单衣时，柔如水波的美人肩此刻在棉袄和皮大衣中臃肿地倾斜着。红十字包右肩左挎，牛皮箱里挤满了玻璃瓶。五颜六色的药片和水剂葡萄糖针，陨铁一般沉重。一把乌黑发亮的手枪，左肩右挎，悬挂在右腹腰相交处，伸手可及。看起来似乎左肩负担稍轻，其实这一侧才是要害所在。国境线上，子弹上膛，随时可以击发。万一走了火，骨盆就会被穿个透明窟窿。

十步棋是距国境线最近的哨所，据说不刮风的夜晚可以听到对面守军的梦话。这里是未定国界，在世界地图上以虚线点断。如果士兵不坚守，你后退一寸，对方就有可能趁机推进一丈。犬牙交错，步步进逼，到了真正划定边界的那一天，如果以双方实际控制线为准，这里就会插上他人国旗，国土就缩水了。雪山之上，士兵，就是界桩。

哨所只有几十个人，人多了，给养送不上来。没有菜，经年累月吃脱水洋葱。那是一种菲薄的半透明屑状物，如同闺怨女子黄昏时剪下的苍白的指甲。以雪水泡发了熬着吃，有败絮一般霉而晦气的味道。病了，没有医生，全靠卫生员小邵疗治。关节红肿，小邵就糊伤湿止痛膏。如果还烧灼难忍，就揭下膏药，再贴一张。再不见效，就加上一个热水袋。如果你感冒发烧了，小邵会给你吃阿司匹林，喝开水，盖三床棉被。同样用那个热水袋，只是这一次塞进雪，敷你额头。小邵有很多热水袋，对付一个班的高烧和腿疼绰绰有余。如果病号脑袋还烫得像炭火盆，小邵就使出最厉害的一招，给支队卫生股发电报，向医生请示下一步该怎么办。电波飞越层峦叠嶂的雪山，到了通讯站，被嘀嘀嗒嗒地接收下来，然后送到机要股破译。医生了解了十步棋哨所病人的状况，口述医嘱，再由机要员填写回复报文，把刚才的程序反过来执行一遍……若干小时之后，望眼欲穿的小邵就接到了救命指示："立服磺胺。加倍。无效，加服三倍量土霉素。再无效，注射超大剂量青霉素……"电文戛然而止。

删节号之后是什么呢？没人说，但大家心知肚明。如若这些措施都不顶事，有一个地方肯定包治百病——烈士陵园。

卫生股分来几个女兵，豆蔻年华。附近连队的小伙子们鱼贯就诊，患病率大增，仿佛洁净的雪山上陡然闹起了瘟疫。有人实在没有什么毛病，就说胸闷，要求照个X光。险恶的高原疾病都以胸疼为第一症状，医生们不敢掉以轻心。于是透视单子满天飞，仪器烫得能烤土豆。卫生股股长火了，决定让姑娘们分头下到边防站巡诊，好让自己耳根清净，机器也能喘口气。主管思想工作的协理员斟酌着说："这，恐怕不妥吧？"

脑外科出身的股长说："有什么不妥？女人也是兵，男人守边卡，女人就不应该上前线了吗？外敌入侵，烧杀奸淫，最起码有两条是专门针对女人的。剩下那两条，女人也脱不了。"

协理员说："我不是那个意思。这算不算把危机转嫁到基层？"

股长说："这不是危机，是良机。难得见到女人，就对女人过敏。一个边防哨，就那么几十号兵，就算再稀罕姑娘，近在咫尺不错眼珠地围着看上几天，也就见怪不怪，麻木了。这在医学上，叫作脱敏。"

协理员不是学医的，打趣道："你就不过敏吗？"

股长说："她们是咱的兵，过敏就是犯错误。我下个月探亲了，回家脱敏去。"

听说要来女兵，十步棋边防站的炊事班把黑黢黢的大铁锅抬到冰河里洗刷得放出蓝光。士兵们把预备探家相亲时才用的新领章提前拿出来，粗针大线地钉在葱绿军衣的领子上，像翠叶托着两颗熟透的草莓。第一个人这样装扮的时候，还有点儿不好意思，怕别人说自己骚情。不料看到的人马上依样画葫芦，生怕女兵来了只瞅那一个光鲜的，冷落了自己。

总之，绿的更绿，红的更红，大铁锅更黑，四周的冰山也更银亮了。周云墨到后，以为此处一直是这样干净和精神勃发的，就说："其实哨所也不是很苦的。"

大家抢着说："不苦，一点儿也不苦。甜着呢！"

周云墨要求到一号哨位巡诊。那是哨所的制高点，俯瞰着对方的营地，山势狞恶。

站长说："今天当班的是丁雨籽和小邵。小邵自己就会看病，你不用上去，山高雪滑，危险。"

周云墨不服，说："我不到一号哨位，就不算到了国境线啊。"

站长说："咱脚下就是国境线。你以为国境线像铅笔描的那样细吗？国境线很粗的，有的时候是一条大河，有的时候是整座山脊。"

周云墨说："可我还是要到一号哨位，我要亲眼看看敌方的哨所。"

站长对这姑娘没办法了，说："好吧。你就沿着战备坑道往上爬，半小时以后就到了。对了，男的用半小时，你恐怕得四十分钟。"

为了让站长的藐视落空，周云墨手脚并用，爬得格外快。当她以三十八分钟到达一号哨位的时候，几乎口吐鲜血。

丁雨籽和小邵在环形碉堡前迎候她。

“你……们……怎……么……知道我……要上来……”周云墨气喘吁吁。丁雨籽不说话，笑笑，用手指了指蹲在瞭望孔旁的步话机。这个表情让丁雨籽嘴角上翘，血珠从上唇滚出来，一滴落在下巴上，像一颗红痣；一滴索性坠到地上，立时成了红冰。周云墨吓了一跳，说：“你的嘴唇负伤了。”

小邵见怪不怪，说：“那是因为缺维生素，嘴唇裂了口子，长不拢。他看到你傻笑，裂得更深了。”

周云墨赶紧打开红十字包，说：“我给你拿药。总后勤部新发下来的六合维生素，比四合的多了两种。一片含的维C，相当于六个橘子。”

小邵咂摸着嘴说：“六个橘子？喂大象都够了。”边防站还没有装备这样浓缩的先进药片。

丁雨籽小声问：“橘子？”他的家乡在西北深山里，从来没听说过这玩意儿。

周云墨刚要解释，小邵说：“橘子就是一瓣一瓣的小苹果，黄色的，有皮。虽说你们老家要啥没啥，野果子总长吧？”

周云墨觉得，这不是戏弄人吗？她刚要纠正，小邵朝她眨眨眼睛，意思是反正跟他也说不明白，不如大家少费唾沫。

丁雨籽很羡慕小邵当着女兵的面居然敢乱忽闪眼珠，能说会道，而自己像只红嘴巴野兔，自惭形秽，不再向前。小邵领着周云墨观看地形：“喏，那就是对方哨所，晚上可以听见他们磨牙。像下跳棋，走十步就到了，所以成了哨所的名字。”

周云墨战战兢兢地看着半山腰建筑物上的射击孔，说：“他们会打冷枪过来吗？”

小邵叉着腰回答：“边防斗争并不是孤立的，服从于整个国际形势。他们是雇佣兵，要是没有上面的死命令，不会贸然动手。他们还要挣钱养家糊口，胆小呢！”

周云墨佩服地说：“你好像总政治部主任。”

丁雨籽很想说点儿什么，找不到地方插嘴，好不容易寻到一个机会，说：“电话响了。”

凝神静听，呼啸的山风中果然有尖细的铃声从碉堡内传出来。一行人赶紧跑回去，是站长呼叫小邵。小邵对着听筒立正道：“是！我一定用最快速度赶到。”

放下听筒，小邵对丁雨籽指示：“我回站看一个急病号，阵地就交给你了。”

丁雨籽和周云墨同声问：“怎么啦？”

小邵说：“急症。站长让我马上下山处理。”

周云墨说：“那我和你一起去。”说着把刚才放在一边的红十字包重新背上肩，至于手枪，原本就一直挎着。边境线上，人不离枪，枪不离人。小邵拦住她说：“你不用下。那人是老毛病了，疝气，大腿根鼓起了一个包，里面是肠子。你去了，他会害羞。”

丁雨籽说：“你带着她一块儿下去吧。这里我一个人就行，人在阵地在。”

小邵说：“那不成。一号哨位按规定必须要有两个人执勤。要是只留一个人，你被冷枪撂倒了，谁给祖国通风报信？你们必得坚守在这里。等我回来，周护士才能下山。”说着他匆匆沿着坑道跑远了。小邵这番布置，自有私心在里面。他拒绝了站长另派一个哨兵来接替他的主意，决定速战速决。给小肠疝气的大腿根垫上几块大纱布，再狠狠地裹上三角巾，把膨出的肠子压回去，自己就能尽快返回哨位，和周护士再说会儿话。

哨位上只剩下丁雨籽和周云墨。这里是世界上最荒凉的地方，最孤独的地方，最安静的地方。

丁雨籽把裂着口子的嘴唇抿得紧紧的。如果周云墨不开口，丁雨籽打算就这样待到地老天荒。周云墨说：“你叫什么名字？”

丁雨籽说：“丁雨籽。”

周云墨扑哧笑出来说：“一个人怎么能叫鱼子？”

丁雨籽只好解释：“不是鲤鱼的鱼。一横一竖的丁，下雨的雨，西瓜籽的籽儿。”

周云墨继续笑：“下雨还要有籽吗？”

丁雨籽奋起捍卫自己的荣誉：“云就是雨的籽儿。白云不是，乌云才是。世上万物都是有籽儿的，咱们就是祖国的籽儿。”

周云墨听得目瞪口呆，看起来如此木讷的战士居然把自己的名字研究出哲学的味道。父亲是大学哲学老师，周云墨习惯把引起自己敬佩的东西都归诸哲学。

又是长时间的沉默。边境线上的风霸道扫过，抽打着每一寸山脊。重重叠叠的山在鞭笞下做出不同的表情，有的在沉思，有的在交头接耳，有的一往情深地仰望着太阳。更多的是在假寐，酝酿着一场雪崩。

许久，周云墨只好再开口："你为什么不问问我的名字？"

丁雨籽说："我干啥要知道你的名字呢？你又不是我家亲戚，我以后也不会给你写信。我和你有啥关联呢？"丁雨籽说这些话的时候，眼睛盯着山下的敌方哨所，在总参谋部下发的蓝色边防观察日志上记录了时间，然后一笔一画端端正正地写下："一切正常，平安。"

周云墨一本正经道："我的名字和你还有一点儿关系呢。"

丁雨籽丝毫不为所动，断然说："不会，咱们没关系。"

周云墨觉得有些委屈。这些天来，她无论下到哪个边防哨所，都被众星捧月呵护着。战士们火辣辣的目光，看似无意却是事先策划好的路边偶遇……借着打针之际，让女兵抚摸一下臂膀，虽然充满了碘酒酒精的辛辣气和令人战栗的冰冷感，还是会让男子们久久回味。像刚才小邵的饶舌，没话找话，才是正常反应。这个丁雨籽怎么这样孤傲？难道还要女兵求着跟你说话吗？

周云墨的好胜心被撩拨起来，她说："我叫周云墨，就是你说的能下雨的那种乌云。而且我还姓周，意思是到处都是乌云。你这个雨籽儿，就在乌云的包围之中。"

丁雨籽没想到话头朝这个方向发展，挠挠耳朵，说："我家十年九旱，天上都是乌云的时候，打小就没见过。"

周云墨只好掉转话题："还有什么好玩的地方，领我看看。"

说到哨位，丁雨籽来了兴致，拿起望远镜给周云墨："看他们。"同时把另一架望远镜按到自己眼眶上。周云墨趴在瞭望口，半张着嘴，凝神瞅去。

"他们也在看咱们呢！大胡子排长刚刚刮了胡须。哈！这家伙不小心，下巴割了三道口子……他们早上吃的是咖喱饭，下士的嘴角有黄油渣呢……”丁雨籽热络地说，像在品评邻居。

周云墨美丽的眼珠瞪出了酸泪，还是雾茫茫一片朦胧。“咦！你给我的望远镜是坏的！”她又急又恼火。

“不能吧？望远镜要是出了毛病，交班记录一定会记下，这是咱的第二杆枪，哪能含糊！”丁雨籽也摸不着头脑，“要不，咱俩换换！你用我这个，我看你的。”丁雨籽说着，就把自己的望远镜摘下来。周云墨戴上了丁雨籽的望远镜，眼前还是一片混沌。哪有什么脸颊上的刀口和咖喱酱？唯一有变的是望远镜上沾着丁雨籽刚刚呼出的热息。

丁雨籽说：“镜子好着哩！我都看到上等兵脖子上的金项链一闪一闪啦！”

两人又把望远镜调换回来，结果还是一样。无论哪个镜子，在丁雨籽眼眶上，明察秋毫；轮到周云墨佩戴，就云山雾罩。难道说望远镜也跟老马似的，认生，不肯为新主人效力？

丁雨籽突然道：“周护士，你眼神咋样？”

周云墨警惕地反问：“啥意思？问这个干什么？”

丁雨籽说：“上回有个首长来检查，也说看不清，后来才知道首长是老花眼。莫非你也老花了？”

周云墨愤愤说：“呸！我才多大年纪就老花了？我是近视眼。”

丁雨籽说：“那你是怎么混进革命队伍的？我们站上的兵，眼睛都好着哩，十里地外的藏羚羊，一眼就能看出公母。”

周云墨不敢再说什么。她是背好了视力表字母的开口方向才侥幸入伍的，一直都瞒得天衣无缝，不想被这个土得掉渣的乡下兵识破。她给自己找个台阶：“好了，我不看那些鬼子了，我看看大自然。”心想，山峦都是大而化之的，没有那么精细，近视眼也无所谓。

丁雨籽说：“不怕，这仪器精密着呢，可以调。只不过我们眼睛都好着呢，从来用不着这功能。”

丁雨籽凑过来帮周云墨调整望远镜的焦距。两个人离得很近，呼吸就汇聚成同一股白线，袅袅上升，飘到高处，变成一朵小小的白云。

快乐是令人暖和的。

终于调试成功。周云墨双手端着望远镜，贪婪地看着周围的一切。

那些银箔一样的冰山，其实并非铁板一块，对了，正确地讲，并不是银板一块，而是有很多咖啡色的缝隙纵横交错。缝隙中，填满了赭色的沙石，它们是山的往事，标志着山系的沧桑。她企图在万千缝隙中找到一丝植物的信息，一叶草，甚至一朵花，残骸也行。然而，根本没有。这里是生物禁区。

周云墨不死心，仍旧顽强地搜寻着。太阳升得更高，冰山显得不可一世。它们蕴含着光明正大的危险，保持着开天辟地时的姿势，慈悲地端坐在那里，充满了大智若愚的情韵。突然，周云墨看到了一个跳跃的黑点。她刚开始以为那是一只喜马拉雅鹰在翱翔。

山这样高，鹰要去做什么？

定睛一看，这活动黑点的背景并不是蓝墨水一样的天空，而是暗淡的山岩和丰饶的雪原。随着焦距的调整，它不再是一只飞禽，而越发显露出走兽的特征。它庞大的身躯下，有四只漆黑而矫健的蹄，周身披着白缎子一般闪烁的毛发。由于距离太远，无法估计其长度，躯体足有四米多吧。靠近脖子处，有一个明显的隆起，如同积雪的山脉。鬃毛被狂躁的锋芒卷起，翻飞荡漾。硕大头部的上方，一对昂扬的角如同弯月，直刺苍穹，在某一个特定的角度发出金属一样的闪光。

“我发现了一个怪物！”周云墨急忙拉丁雨籽朝那个方向看去，芬芳热气直扑到丁雨籽耳根。

丁雨籽的脖子灼热难耐，好像被马蜂蜇了。他赶紧胡噜了一把，安抚了那块痉挛的皮肉。“噢，这是拔鲁。”丁雨籽口气亲密。

“拔鲁是谁？”周云墨迷惑。这样的回答等于没说。

“拔鲁是野牦牛王。我们有时看到它，还有它的婆姨——乌合。”见了老熟人，丁雨籽话多起来。

周云墨对婆姨更感兴趣，问道：“乌合在哪里？”

丁雨籽说：“乌合应该就在不远的地方，它们恩爱着呢！等我找找看啊……对了，就在那里！你往拔鲁的右前方约45度角300米处看……”

周云墨把望远镜调整了半天，才找到那头母牦牛。它是纯黑色的，体形稍小，浑身上下仿佛刷过柏油，如同奇大的黑玛瑙，熠熠生辉。周云墨甚至看到了它的眼睛，长而弯翘的睫毛，眼珠大而稳定，带着满足和温驯。

周云墨忍不住说：“太美了。”

丁雨籽说：“你说谁？”

周云墨说：“说它们俩，也说这些山河。”

山河果然是美丽非凡。雪山有一种高贵的单纯，静穆而博大。它们庄严缟素地沉睡了亿万年，在这一刻醒来，披着珠光宝气的冰雪织成的衣，光焰灼灼。牦牛是它活动的双眸，一只威猛，一只安详。

风把细细的沙和冷冷的雪粒扑到周云墨的军衣上，好像镀上了斑驳的纹。丁雨籽说：“回吧，不然会冻僵的。”

周云墨恋恋不舍，说：“那它们呢？”

丁雨籽脑子慢：“谁？”

周云墨说：“拔鲁和乌合啊！”她把望远镜最后一次对准那两头野牦牛，它们已聚到一起。不知道是不是有所感应，牦牛朝这个方向晃动巨大的头颅，颔首不停。然后它们缓缓地移向冰川，走到浩大的冰河前，拔鲁突然踉跄俯卧，好像被无声的炮火击中。周云墨惊叫，丁雨籽赶紧执镜瞭望。

拔鲁不停地在冰河上翻滚。距离太远，听不到声音，但从溅起的巨大冰块可以想见惊天动地的破裂。拔鲁像巨轮沉没，长长的银色鬃毛和冰雪融为一体，庞大的身躯在淡蓝色的冰水中渐渐隐没；它的妻子紧紧跟随，有一种夫唱妻随、前赴后继的英勇……

周云墨痛不欲生：“天哪，它们淹死了……”

丁雨籽放下望远镜，成竹在胸地说：“它们是高原之舟，根本不会淹死。今天太阳不错，它们是去洗澡，凉一凉自己的血。它们用身子先把冰河压出一个窟窿，然后跳下去，互相击水，耍够了才会上来。”

周云墨听得浑身打哆嗦，再用望远镜看去，拔鲁和乌合已没了踪影，只剩下一对弯弯的角。她抱着双肘说：“太冷了。回碉堡吧。”

小邵已经回来，悻悻地问：“你们到哪里去了？”丁雨籽说：“看拔鲁和乌合。”说着拿出边防日志，开始记录。

周云墨看出小邵感到有点儿被冷落，赶紧和他搭话：“野牦牛能活多少年呢？”

小邵说：“别的牛咋样，不知道。从边防日志的记载看，拔鲁已经活了二十年。如果不打仗、不出意外的话，它起码还能活二十年。”

周云墨惊奇：“边防日志还要记一头牦牛的寿命吗？”

小邵为了补上自己半天没和周护士说话的损失，滔滔不绝道：“如果野牦牛不按常规活动了，可能表示边境上有了情况，也许要燃起战火。方圆几百公里都没有人烟，记录野牦牛，是职责也是快乐啊！”

天渐渐暗了下来，高原上，群峰夹峙，朝阳一出来马上苍老，变作夕阳。

周云墨要下山了。两个哨兵为她送行。丁雨籽突然忸怩地说：“周护士，你可以站到那块石头上吗？”

周云墨不解：“为什么？”那是哨位旁的一块山石，表面光滑，像一枚巨卵。小邵明白丁雨籽的用意，说：“如果你觉得危险，就不用上去了。”

周云墨说：“有你们在，我一点儿都不觉得危险。”说着，她就要站过去。丁雨籽说：“等一等，周护士。”他拿出一柄长长的拂尘，灰白色的，根根如铁丝一般光滑坚挺，甩动起来，沙沙作响。

周云墨十分惊奇，说：“这好像是南海观音作法时的家什。边防军人还用这个吗？”

小邵说：“这是牦牛尾巴做成的拂尘。每当我们站在哨位上的时候，都要把身上的尘土掸净，绝不能带着咖喱酱，那就给国家丢脸了。”

牦牛拂尘打在脸上的时候，有一种麻麻酥酥的感觉，好像一只巨手摩挲着你。拂尘铺到身上时，弥散开来，如烟如雾。灰尘被毛发摩擦的静电吸附而去，留下清水般的洁净。

“可以了吗？”周云墨问。可惜这里没有镜子，她看不到自己的姿容。

“好了。”两个年轻男子仔细端详了一番，表示批准了女兵的仪表。

周云墨走到那块石头边，艰难地站了上去。风很大，石头有轻微的摇晃，令人有隐隐的眩晕。“不用怕，它已经摇晃了几万年，从喜马拉雅造山运动开始的时候就摇晃了，一直到今天，还是稳稳的。”小邵在下面喊着。

周云墨点点头。她很想回答他们，但是风呛着她的嘴，如同被冰冷的毛巾堵住了喉咙，她启不开唇。丁雨籽说：“周护士，有一件事可以和你商量吗？”

“什……么……事？”周云墨背过身避开风头，万分吃力地回应。

“你可以摘下帽子吗？”丁雨籽充满期待。

“为——什——么？”一阵狂风袭来，周云墨微弱的声音断裂成几截。

这次，两个男兵异口同声：“好看！”

周云墨把皮帽子摘了下来，拆掉皮筋，绑成一束蜷曲在帽中的长发，被大风解放，发丝如同生命强悍的黑瓣雏菊，猎猎作响着向四处蜿蜒。风梳理着它们，把千丝万缕纠结成几束，如同章鱼的臂膀，猖狂地怒放在冰雪之巅。群山目瞪口呆，白冠的头悄然低下，想着自己千万年的经历中从未见过这情形。

周云墨向远方张望，万籁俱寂。在一片银白色的反光中，她居然用肉眼看到了乌合和拔鲁。它们果然在冰河中嬉戏，如同黑袍侠士在练习搏斗。她还看到对方哨所中云母般的点点闪光，那是望远镜的镜片吧？

下雪了。雪是有生命的，每一朵雪花都是外表优雅而内芯精雕细琢的工艺品。雪的父母是铅色的云和肆虐的风，粗粝而沉重。但它们的女儿出落得如花似玉，风情万种。

四面合围而来的冰寒气息，让周云墨的每一根骨头都像钢轨一样冷硬笔直起来。在全身冻僵之前，她及时回到了碉堡中。小邵拿起拂尘，帮周云墨掸掉身上的雪末。周云墨揉着没有知觉的腮帮子说：“还有吗？”

“你是说它？”这一次，丁雨籽如有神助，一下子就猜中了周云墨的心思，抖抖手腕。

“只有死了一头野牦牛，人们才会得到一柄拂尘吗？”周云墨偏着头猜测。

“基本上是这样的。”小邵凑过来回答。

“有点儿残忍。”周云墨估计自己永远不可能得到拂尘了。

“这并不残忍。你知道，野牦牛升天之后，它的魂魄就居住在尾巴里，化作了星辰。拂尘一动，野牦牛的神力就传到你身上。这个牦牛尾就是老乡送来的，期望着我们成为天兵天将。”小邵很严肃地说。

告别的时候终于到了。丁雨籽在边防记录上埋头写着什么。周云墨说：“今天这里很平静啊，你为什么写了那么多？”

小邵抢着说：“他以前在家里不识字，到部队才摘了文盲帽子，最爱写写画画了，生怕不写就忘了，没文化回家娶不到老婆。”

周云墨说：“让我看看你都写了什么。”

丁雨籽用生着冻疮的手掌半遮着日志，说：“字不好看。”周云墨抢过来说：“我又不是老师，看看也不打分，你不用害怕。再说，今天我也是守防战士，这上面我也有份儿。”她把边防日志拿过来，因为结了冻，封面有点儿滑，好像一块半熟的猪皮。她翻到当天的记录，上面写着：“女兵到了边防线，站在哨位上，敌方也观察到了。他们很吃惊，猜到上级对这里很重视、很关心……”

周云墨什么也没说，她以前把边防日志想得很神秘，原来，不过如此。

她向小邵与丁雨籽告别，下得很远了，回头望去，两个人还看着她，好像两块绿色的冰。

他们从此别过，永无相见。

几十年以后，早已回到城市里的周云墨，在温暖的家中突然收到一件包裹。那是一只木匣，做工很粗糙，涂着本色的漆。木匣内，是红布包着的一个不规则形状的物件。她狐疑地抖开红布，露出一柄银光闪闪的牦牛尾，仿佛万把钢针攒到了一处。挥舞起来，一片白光平地而起，一如仙人之帚扫荡星辰，凛冽寒气呼啸而来。

木匣中有一封简短的信，说他们是十步棋的官兵，年年的边防日志中都交代着哨所曾经来过一个女兵，希望得到一柄拂尘。

周云墨轻抚银丝，知道拔鲁到了。

翻浆

那年，我从西藏回内地探家，须坐半个月的汽车，搭了一辆地方运送旧轮胎的货车，从海拔五千米的高原俯冲而下，颠簸了十天，到了一处戈壁。

正是春天，道路翻浆。

翻浆就是大地回暖，地下水拱了上来，公路像施了发酵粉，膨起酥软的鼓包。卡车行驶其上，犹如摇摆的醉猫。原本八小时的路程，晃荡了十几个钟头也到不了目的地，全身的骨头接榫处都开了缝儿，苦不堪言。

司机是个黄脸的小个子，蜷在黑毛的羊皮大衣里，好像 个风干的蛹。他紧张地怀抱方向盘，仿佛抱着个聚宝盆，入定般的沉默着。

车身剧烈倾斜的时候，我连大气也不敢出，生怕喘气的片刻，气流在肺里重量分布不均，干扰了车的平衡，大厢板就颠覆了（你会发现“颠覆”这个词是多么准，只翻浆有“颠”，才会“覆”）。

天空有月的碎片在云缝中闪烁，好像一个被遗弃的妇人在掩面哭泣。今晚的宿营地还在无边的黑暗中蜷伏着，不知哪一刻才会在夜的墨汁中显出影来。

我不能睡觉。每当我蒙眬的时候，司机就会不失时机地冒着车打滚的危险，凶猛地顿挫方向盘。我就像一个没摇晃好的元宵，疾速地在他瘦削的肩胛和卡车冰冷的门把手之间震荡，直到我的头脑清醒如寒冰。

“睡着的人会放出一股烟雾，像妖精喷出的毒气，司机一闻也会打瞌睡。你要是想活着回到北京看到你的老爹老娘，就一分钟也不能打盹儿。”当初我要搭他的车的时候，就同意了他的这个条件。一路上，看到了许多汽车残骸，像白垩纪的恐龙瞪着苍天。每一次他都要说：“看，这就是打瞌睡的下场！”

我们像一艘古老的单桅船，在戈壁的黑海里摇啊摇。经过几千公里的长途跋涉，我的耐性出奇地好，无声地、麻木地注视着苍茫的前方，希望能在空虚中发现一朵磷火或狼的眼睛。

卡车的灯光切割着夜风，随着车的荡漾，有细碎的光粉扑撒在公路旁橙黄的沙砾上，好像那里隐藏着无数金屑。

我问一句：“还要多长时间才能到啊？”

司机说：“该到的时候，自然就到了。不到的时候，你急也到不了。”

我们就像两个哑巴一样地坐在一起。司机说他不愿拉搭车的人，太麻烦。

突然在无边的沉寂当中立起一根土柱，遮挡了银色的车灯。

那土柱顶端有两处黑色凹陷，熠熠地反射着我们这辆旧车的模样。

“你要找死吗？你！你个兔崽子！”司机破口大骂。

我这才看清那是一个人，浑身是土的人。他穿着一件尿碱黄色的旧大衣，拎着一个生姜黄色的破袋子，袋口绑着一缕骆驼黄色的绳头。

“我不是找死。”

“我是找活。”

“我要搭车。”

“我得回家。”

他每句话中间都有很长的间歇，你以为他说完了，可是他又继续说下去。

“不搭！你没长眼睛吗？司机楼子已经坐满了，哪有你的地方！”

司机愤愤地说。

“我没想坐司机楼子。我蹲大厢板就行。你们拉的是轮胎，有空隙的。”他的话语中透出轻微的南方口音。

司机对人暗地里侦察出他所携带的货物颇为气恼，好像是一个了不得的秘密被人戳穿了，说：“不带！这么冷的天，你蹲大厢板，会生生冻死！”说着，他踩了油门，准备闪过他往前开。

那个土人抱住我们的车灯说：“我不怕冻死！我要回家！”

司机对我说：“大漠里，经常碰着这样的搭车人，都是南方来的知识青年，沾上就了不得。”

我说：“他看着挺可怜的。”因为腿坐麻了，我就下了车，想借机溜达溜达。没想到那个土人扯着我的衣袖，半扑半抱地说：“好人，救救我们全家！”

我说：“你的家在哪儿？”

我想他一定会说出上海、南京这些地方，他的口音已经暴露了籍贯。没想到他用手一指大漠深处说：“就在那儿……我爱人生孩子了……没有奶……我到场部好不容易借到点儿小米……要是赶不回去，熬不出来米汤，孩子就饿死了……我们的粮食早没了……

“我拦了半天的车。没有人肯拉我……已经这么晚了，再也不会有车过了……我孩子死了，我爱人也会死，我也会死……”他已经不是向着我们说，而是向着天说。

我透过车窗玻璃看司机，他伏在方向盘上，什么表情也没有。

我知道自己对司机已属累赘，实在不敢应承他的请求。但我鬼使神差地问了一个极为愚蠢的问题。

我说：“您的孩子是男孩还是女孩呢？”

“是女孩。好漂亮的！”他立即兴奋起来，笑容像干旱的裂缝在他的脸上蔓延。

为了那个没有奶吃的女婴，我一咬牙说：“你上车吧。”

他立即抱着口袋想往车大厢上爬。

我说：“坐驾驶室吧。我们挤一挤。”

司机冷漠地说：“驾驶室是不能挤的。要是我伸不开胳膊腿，该打方向的时候弯不过来肘子，翻了车再在这戈壁上晾两天，咱们就成了速成的木乃伊。”别的司机一般忌讳谈翻车，但这个小个子司机似乎有此嗜好。

我抱歉地看着搭车人，没想到他十分知足地说：“上大厢就很好了。司机师傅发了话，就是允我搭车了。谢谢谢……谢——”最后一个“谢”字已是从轮胎缝隙里发出来的。

我上了车，很有做了善事之后的兴奋，偷眼觑司机，他好像全力以赴地对付翻浆，对车上多了一人的事毫无反应。

夜风在车窗外凄厉地鸣叫。我说：“不知上面冷不冷？”

司机不搭我的话茬儿，说：“给你讲一个故事，也不算故事吧，是真事。”

我刚开始还不介意，想他讲不出什么好的故事。他的声音非常小，又被毛茸茸的大衣领子吸附了颤音，干涩得没有一点儿抑扬。

但我的毛骨渐渐地悚然。

“我有一个同事，是个很棒的老师傅。他爱一个人开车，嫌搭人啰唆。一天，他和车突然失踪了。很长时间以后，才在戈壁上找到了他的尸首。可他是怎么死的，车到哪里去了，谁也不知道。后来，在上海最繁华的马路上，一辆车轧死了人。警察把司机捉住，一看证件全不对，才查出开车的是个冒牌货。然后就是审啊，听说打得人快死了，他才说了真话。原来他是知青，化装成一个可怜的人，拦了师傅的车。上车以后把师傅杀死，甩在沙漠上，自己把车开回了上海。从此我们车队里的司机绝不搭任何不认识的人上车。你是我的老乡，说了许多好话，我才破例答应的。”

我很惭愧地看着他，好像自己也是嫌疑犯。

“你知道那个瘪三行凶的地方具体在哪儿吗？”司机问。

我哆哆嗦嗦地说：“我哪知道啊？”

司机说：“就在我们现在开的这段路上。路边的这些沙子，都看到过那桩血案。”

我立刻心里一沉，说：“那……那你怎么让那个拎黄口袋的人上车了啊？”

他说："怎么能说是我让他上车的？不是你一个劲儿地让他坐上吗？还要上驾驶楼呢！"

我说："可我并不知道这里发生过这么可怕的事！你为什么不跟我说清楚？"

司机说："我不停地劝阻，你就听不出来吗？还要我当着人家的面说，他可能是个杀人犯吗？要真是个凶手，只怕当时就把你我杀了。倘若不是，你诬一个良民想害人，不是大罪过吗？"

我说："那现在怎么办呢？"

他叹了一口气说："没办法。请神容易送神难。"

我说："也许他不是个坏人呢？"

司机说："但愿吧。反正他也没坐在驾驶室里，谅也不能把咱俩怎么着。等平安到了地方，请他下车就是了。"

我说："以后我再碰上搭车的人，再不敢多嘴。"

司机说："别管以后了，你看看他现在在干啥。"

我准备摇下窗玻璃，探出头去往外张望。

司机说："太傻！你这么一动作，他要是个坏人，不就有了防备？你就不会偷偷地？"

我说："怎么个偷偷法？"

司机说："在你背后，有个小铁皮洞，可以偷着看到大厢上的情景。我把司机楼子里的灯熄了，这样从外面根本看不出咱们的举动。你看看他在干吗。"

我战战兢兢地说："你熄了灯，你偷看好了。"

司机冷笑道："这不是你一个劲儿地请那人上车的时候了？"

我自知理亏，只得说："好吧。"

司机就熄了室里的灯，只剩下仪表盘在鬼祟地闪着，庞大的车身像黑鲸，眼里吐着浑黄的摇曳的火，踉跄而行。

我找到了那个小洞，屏住气向外窥探。

朦胧的月晕中，那个土色的男子如一团肮脏的雾，抱着头，龟缩在起伏的轮胎阵里。每一次颠簸，他都像被遗弃的篮球，被橡胶击打得砰砰作响。

“他好像有点儿冷。别的就看不出什么了。”我说。

“再仔细瞅瞅，我好像觉得他要干什么。”司机仿佛长着夜眼加后眼，一边打方向，一边遥控我。

我不得不又敷衍地看了一遍。我是相信好人多的，虽说这是行驶在杀过人的公路上。

这一次，我看到搭车人敏捷地跳到两个大轮胎之间，手脚麻利地搬动着我的提包。那里装着我带给父母的全部礼物。

“哎呀，他偷我的东西呢！”我的喉咙咕噜噜响，因为不敢大声嚷嚷，只得把声音碾碎，挤进筋脉，脖子就粗起来。

司机很冷静地说：“怎么样？我说得不错吧。现在咱们最好的指望就是他偷了东西就拉倒，别害了咱们的性命。”

我说：“不嘛！那是我当兵五年攒下的全部家当，哪能就这么的让人偷了呢！”

司机说：“我看你算了吧！东西是有限的，人是世上最宝贵的。你老娘见了你全须全尾地回去，什么东西不东西的，都不在乎了。像这种偷东西的贼娃子，你不招惹他，他得了东西就跑了。要是惹翻了他，谁知会出什么事！”

贼娃子是新疆、西藏交界处对小偷的“爱称”。

我顾不得答话，紧张地回头再看，只见那人已经把我的提包解下来了。

可能我的脸色太悲哀，司机用一手打方向，也仄了身子，从小洞瞟了一眼。“太不像话了！”他突然低声地咆哮起来，“人家一个姑娘，无干无故地为你说好话，你才上的车，容易吗？要是我，我是绝不拉你的！现在你就这样恩将仇报啊！你这个该杀的贼娃子！”

我感谢司机，可骂有什么用呢？除了跟他拼，我的东西是没指望的。但司机显然没这个胆量。

“东西暂时还在车上。这会儿他正在解自己的破口袋，看来还想把你的东西挑挑拣拣，值钱的拿走，破烂还不要。”司机边看边说，又部分地恢复了淡然的神态。

“然后会怎么样呢？”我带着哭音说，好像为一个必死的亲人向医生询问病情。

“你也别太难过了，我试一试，有个法子，也不一定行。死马当活马医吧。权当丢了，要是最后东西还在，就当又捡回来了。”

他思忖着说。

我昏昏然，听不懂他的计策。只见他狠踩油门，车就像被横刺了一刀的烈马，疯狂地弹射出去。

风在车窗外凶猛地掠过，宛若千万只死人骨做成的法号，对着深夜中疾驰的汽车鸣奏。车速接近极限，从小洞向外窥探，那人仿佛被冻僵了，弓着腰抱着头，石像般凝立着，仿佛企图凭借冰冷的橡胶御寒。我的提包虽已被挪了地方，但依旧完整。

我把所见同司机讲了，他笑了，说：“这就对了。他偷了东西，原本是要跳车的。现在车速这么快，他若跳下就是找死。他不敢动了。”

我看到暗处有某种希望的鳞片在闪烁，就把屁股离了座椅，心想，这样更可以减轻一点儿自身的分量，让车跑得更快。

路面变得汹涌澎湃，酥软的鼓包绊住车轮槽，仿佛有无数章鱼的吸盘缠绕着车的每一条缝隙。在这样的路况下开快车，简直就是自杀。

我不知如何是好，回头去看那个窟窿。大厢上的人也很灵敏地觉察了速度的变化，不失时机地站起身，重新搬动了我的提包。

我痛苦地几乎大叫，就在这时，司机趁着车的趔趄索性加大了摇晃的频率，就势猛地一歪。我们好似航行在十级飓风中，车身剧烈倾斜，车窗几乎吻到路旁的沙砾。在行将颠覆的一刹那，司机猛打方向盘，差点儿使车像狂怒的眼镜蛇一般盘旋起来。

再看那人，他扑倒在地，像一团被人践踏的麦草，虚弱但仍不失张牙舞爪的姿势，贪婪地护卫着我的提包——他的猎物。我敢肯定，他的脑浆已颠得沸腾，偷盗的信念仍坚硬如铁。司机继续做着整套的高难动作，我死死地蹬住驾驶室的铁板，以防被这种剧烈的震荡把脖子蹾断。

“没人能从这种车上跳下去，除非他想变成被打断了七寸的长虫。”司机得意扬扬地说。

“可是以后呢？”我知道是不可能永远这样癫狂下去，路总会平坦起来。

“以后？谁知道以后？你要是想到以后，就不会让他上车了，我们先管眼前吧。”司机在忙乱中没好气地说。

我只好又去看那个人。这一场翻江倒海的折腾，对他的迫害是毁灭性的。他像夏日里一只疲倦的狗，无助地躺在了轮胎中央，肢体表面积最大地与车厢木板相接触，以减缓撞击的力度。司机在跳汽车芭蕾。他轮流翘起一只轮子，让车左右腾挪。车在他手下驯成有灵性的生命，随着他的臂膀做出种种惊险的动作。司机是那样投入，当车向一侧倾斜的时候，他的嘴也拼命地向同侧的耳根掰扯，直到暴露出所有的槽牙。我甚至怀疑他已经忘了要帮我的初衷，只是把他平生积攒下的本领都在这无边的暗夜的戈壁上施展出来。

搭车人是绝不可能在这种情形下使坏的。我暗暗地松了一口气，看着我的提包虽然离了原位，仍像处子般无恙。

但是道路阴险地毫无先兆地平滑起来，翻浆也像被施了符咒，消失得无影无踪。

司机对我说：“你扶好。”

我不解，问：“扶好什么？”

司机说：“扶好你的脑袋。”

我一时没明白过来是怎么一回事，但司机凶猛的眼神启发了我。就在他的右脚残忍地踩下去的前一秒，我醍醐灌顶，大彻大悟。剩余的时间只够我在明白了他的策略之后采取最紧急的自救措施：双腿紧紧抵地，双腕撑死面前的铁板，整个身体绷得如原始森林里最古老最强韧的硬木……

嘎——汽车滚动的轮子变成了巨大的铁锚，笔直地楔入土地。汽车的框架停止了运动，所有的非固定物体仍以呼啸的惯性向前飞翔。我的脸颊像一枚温热的图章，砸在了冰冷的前风挡玻璃上，嘴里顿时吮满了微甜的黄尘，鼻子被挤压成宽阔的平台，比醋纯粹得多的酸感使我泪流满面……

我在百忙之中看看司机，他毕竟有了准备，脸上神态如常，只是缠着塑胶带的方向盘直抵他的心窝，像缀满了弹孔的胸靶。若是劲头再大一些，就会让他前后凉爽地通风了。

急刹车后有一个极短暂的间歇，四周万籁寂静。大漠里白天被风堆积起的沙丘，在温柔的夜色中不甘寂寞地回落着，一粒又一粒沙砾黏结着坠下来，咬出丝绸般的声音。

恐惧的混合音响姗姗来迟。大厢上装载的旧轮胎前赴后继地倾轧，发出牛奶燃烧般的焦煳味。其间夹杂着尖锐的撞击声，我猜那是因为我的提包里面有一把藏刀。扑扑的闷响，好像是抖擞羽毛的声音，我断定那是小米在布袋里跳跃。我真是一个不可救药的人，直到此刻，我依然相信贼娃子家里有一个嗷嗷待哺的美丽的女婴……

头发与木板缠绕在一起的令人焦躁的摩挲声，柔软的筋肉剐过什么物体粗糙的表面类乎砂纸的声音，干燥的骨头隔着薄薄的皮肤互相敲打的动静……不用看我也知道，那个大厢板上的男人在这突如其来的急刹车面前几乎被卸成了零件。

“怎么样？最低他也是个脑震荡。看他还有没有劲头偷别人的东西了。”司机踌躇满志地说。

我回头望去。那个贼娃子捂着头，痛苦地抽搐着，好像受了重伤。

“我的天！不会出人命了吧？”我害起怕来。

“我是再也不拉女人了，谁说也不拉。你的话她不听，你给她帮忙，她也不领情。死不了！贼娃子是那么容易死的吗？那天底下就没有这么多贼娃子了！”司机很不屑地说。

我不敢再说什么。想到贼娃子一举伤了元气，一时半会儿可能不会再打我的提包的主意了，心里安宁了许多。

车又平稳地向前开去。

看那个人厢上的人如何动作，已成我的主要工作。我随意地回过头，把一只眼睛对着小洞。

我想可能是我的眼花了，刚才致命的刹车几乎使我的眼珠弹出眼眶。

于是换眼，另一只眼看到的情形也是一样的。

那个男人艰难地在轮胎缝里爬着，不时还用手抹一下脸，把一种我看不清颜色的液体摔开……他把我的提包紧紧地抱在怀里，往手上哈着气，摆弄着拉锁上的提梁。

那边，他扎在小米口袋上的骆驼黄的绳子，已经解开，就等着把我提包里的东西搬过去呢……

“师傅，他……他还在偷，就要把我的东西拿走了……”我惊恐万状地说，不单是心疼自己的财产，更惊讶这个贼强韧的生命力。

“是吗？”师傅这次反倒不慌不忙，嘴角甚至吐出隐隐的笑意。

我想一定是我刚才的不知好歹伤了他的心，就说：“求求您！再狠狠踩一脚急刹车吧！”

他似笑非笑地说：“不怕出人命了？”

我忙不迭地说：“贼娃子，碰死一个少一个！”

司机依然不冷不热地说：“我看就不必了吧。”

我失望至极，不知他葫芦里卖的是什么药，刚想再祈求，突然——

面前一片金碧辉煌。几十盏灯火仿佛从天而降，镶在暗淡的戈壁滩上，好似一块古朴的披肩上缀满了银色的饰片。看不见的沙漠风贴着地表涌动着，灯火袅袅地扑闪着，好似与天神发着信号。

我想这一定是我的错觉，但司机的脸在黑暗中越来越亮，那是村落的反光。

“到了。”司机干巴巴地说。

“到哪儿了？”我的脑子一定是被刚才的汽车舞蹈颠得搭错了弦，完全不明白是怎么一回事。

“到兵站了，也就是我们今天晚上的宿营地，也就是到了贼娃子说的那个村子。正确地讲，是到了离那个贼娃子家最近的公路上。他家那儿是根本不通车的，还要往沙漠腹地里蹚二十里……”司机打着了驾驶室里的大灯，说：“现在不会出什么事了。那小子既然一路上都没捞着下手，就算他倒霉，只有乖乖地拎着他的小米下车了。”

我一时怔住，觉得一场精彩的电影突然断了片，在不该完结的时候点起了雪亮的灯。

但是，到了有人烟的地方，这是千真万确的。门开了，从门里晃出聚光很散的手电，看不清持电筒人的上半身，只见硕大的皮毛鞋在移动。从很高的暗处发出沉闷的问话：“住店啊？这么晚了，我说没人来了，还真有人来。”

我最后瞧了一眼小洞，我的提包还在。那个人挽着他的黄口袋，像个木偶似的往下爬。

我长舒了一口气，哦，我的提包！我们是多么不容易地维持了你的完整。

司机下车来，很潇洒地闪在一边，等着看出好戏。

搭车人狼狈地踩着轮胎跌下来，跪坐在地上。不过个把时辰不见，他已苍老得分辨不出年龄了。除了原有的赭黄之外，脸上平添了青光，额上有蜿蜒的血迹。

我们自然知道这是怎么一回事，没有问他，且看他如何表演。

“学学啦……学学……”他的舌头冻僵了，把“谢”说成“学”。

我们微笑地看着他，不停地点头。

他说：“学学你们把车开得这样快，我知道你们是为我在赶路，怕我的小女儿喝不上小米汤。现在到天亮前，我赶得到家了……学学……”他抹了一把下颌，擦掉的不知是眼泪、鼻涕还是血，总之使他的脸干净了一些。

司机一字一顿地说：“甭啰唆了。拿好你的东西，回家吧！”他特意着重了“你的东西”这句。

他点点头，恋恋不舍地离开了我们。

看着他蹒跚的身影，我突然发现那根系小米口袋的骆驼黄的麻绳不见了。他用手心把口袋嘴撮成一团，紧紧掐着，很吃力的样子。

这么说，他在车上打开过自己的口袋。也就是说，口袋的容量看起来和原先差不多，其实里面的货色很可能调了包。他把小米倒进了我的提包，而把我的贵重物品填进了他的破口袋，然后大摇大摆地从我们的眼皮子底下溜走……

想到这里，我不由自主地喝了一声：“你停下！”

“我要查查我的东西少了没有。”我很严正地对他说。

司机赞许地冲我眨眨眼睛。

那个土黄色的人孤独地面对着我们，脖子柔软地耷拉下来，不堪重负的样子。我三下五除二地爬上大厢板，动作是从未有过的敏捷。我看到了我的提包，它像一个胖胖的婴儿，安适地躺在黝黑的轮胎之中。我不放心地摸索着它，每一环拉锁都像小兽的牙齿般细密结实。

突然触到鬃毛样的粗糙，我意识到这正是搭车人那截失踪了的绳头。它把我的提包牢牢地固定在大厢的木条上，像焊住一般结实。

我的心凌空遭遇寒流，冻得皱缩起来。

我的提包原是用一根旧绷带捆在车上的。经过长途跋涉，绷带磨裂了，汽车的每一次急转弯，都可能把我给父母的礼物甩给大漠。搭车人发现了这个隐患，他解下了自己扎米口袋的绳子，想把我的提包重新固定……在寒冷与颠簸之中，他操作了一路……

我呆坐在高耸的轮胎间，看着苍茫的夜空。

假若道路不翻浆，假若熄灭了刺骨的寒风，假若没有急刹车，坐大厢板还是挺惬意的。

紫色人形

那时我在乡下医院当化验员。一天到仓库去，想领一块新油布。

管库的老大妈把犄角旮旯翻了个底朝天，然后对我说，你要的那种油布多年没人用了，库里已无存货。

我失望地往外走，突然在旧物品当中发现了一块油布。它折叠得四四方方，从翘起的边缘处，可以看到一角豆青色的布面。

我惊喜地说，这块油布正合适，就给我吧。

老大妈毫不迟疑地说，那可不行。

我说，是不是有人在我之前就预订它了？

她好像陷入了回忆，有些恍惚地说，那倒也不是……我没想到把它给翻出来了……当时我把它刷了，很难刷净……

我打断她说，就是有人用过也不要紧，反正我是用它铺工作台，只要油布没有窟窿就行。

她说，小姑娘，你不要急。要是你听完了我给你讲的这块油布的故事，你还要用它去铺桌子，我就把它送给你。

我那时和你现在的年纪差不多，在病房当护士，人人都夸我态度好、技术高。有一天，来了两个重度烧伤的病人，一男一女。后来才知道他们是一对恋人，正确地说是新婚夫妇。他们相好了许多年，吃了很多苦，好不容易才盼到大喜的日子。没想到婚礼的当夜，一个恶人点燃了他们家的房檐。火光熊熊啊，把他们俩都烧得像焦炭一样。我被派去护理他们，一间病房，两张病床，这边躺着男人，那边躺着女人。他们浑身漆黑，大量地渗液，好像血都被火焰烤成水了。医生只好将他们全身赤裸，抹上厚厚的紫草油，这是当时我们这儿治烧伤最好的办法。可水珠还是不断地外渗，刚换上的布单几分钟就湿透了。搬动他们焦黑的身子换床单，病人太痛苦了。医生不得不决定铺上油布。我不断地用棉花把油布上的紫色汁液吸走，尽量保持他们身下干燥。别的护士说，你可真倒霉，护理这样的病人，吃苦受累还是小事，他们在深夜呻吟起来，像从烟囱中发出哭泣，多恐怖！

我说，他们紫黑色的身体，我已经看惯了。再说，他们从不呻吟。

别人惊讶地说，这么危重的病情不呻吟，一定是他们的声带烧煳了。

我气愤地反驳说，他们的声带仿佛被上帝吻过，一点儿都没有灼伤。

别人不服，说，既然不呻吟，你怎么知道他们的嗓子没伤？

我说，他们唱歌啊！在夜深人静的时候，他们会给对方唱我们听不懂的歌。

有一天半夜，男人的身体渗水特别多，都快漂浮起来了。我给他换了一块新的油布，喏，就是你刚才看到的这块。无论我多么轻柔，他还是发出了一声低沉的呻吟。换完油布后，男人不作声了。女人叹息着问，他是不是昏过去了？我说，是的。女人也呻吟了一声，说，我们的脖子硬得像水泥管，转不了头。虽说床离得这么近，我也看不见他什么时候睡着什么时候醒。为了怕对方难过，我们从不呻吟。现在，他呻吟了，说明我们就要死了。我很感谢您。我没有别的要求，只请您把我抱到他的床上去，我要和他在一起。

女人的声音真是极其好听，好像在天上吹响的笛声。

我说，不行。病床那么窄，哪能睡下两个人？她微笑着说，我们都烧焦了，占不了那么大的地方。我轻轻地托起紫色的女人，她轻得像一片灰烬……

老大妈说，我的故事讲完了。你要看看这块油布吗?

我小心翼翼地揭开油布，仿佛鉴赏一枚巨大的纪念邮票。由于年代久远，布面微微有点儿粘连，但我还是完整地摊开了它。

在那块洁净的豆青色油布中央，有两个紧紧偎依在一起的淡紫色人形。

冰雪花卉

我喜欢去寿衣店，看那里的花和花缀成的圈。

那里的花呆板而有秩序，像是被煮沸而后晾干，毫无活力。

我曾经做过很美的花和最别致的花圈。

那是在一座满是冰雪的山上。山像一个大环，把男兵和女兵圈在里面。在我们之前和之后，那里都没有过女兵，我们便成为一个例外。

男兵们守在国界上，女兵们在后方。女兵们像嫩绿的豌豆粒，包裹着一层透明的水泡，只能看，不能摸。

女兵们很安全，也很寂寞，没有几个男兵同她们说话。她们便觉得自己被冷落了。其实，每天夜里，她们都在许多男兵的梦境里走来走去。

班里我年纪最小，知道的事情又多又客观。

一天，我们正在做棉签。白白的棉丝缠在女孩们的手指间，仿佛那里有一只只成熟的蚕。

一名很年轻潇洒的军人站在了我们面前。他是司令部干练的林参谋。

“请你们做几个花圈。”林参谋站得笔直地说。

“什么花圈？”班长问。班长是长得最丑的女兵，但我们都听她的。

“就是……死人的事是经常发生的。今后我们的队伍里，不管死了谁，我们都要给他送葬，开追悼会……追悼会需要花圈。”林参谋说。

我们都知道这段话，现在更感觉到它的英明与沉重。

国界，是经常需要用血来打磨光滑的，不然，就会出现许多毛刺。

我们手中的蚕在这一瞬变成了蛹。

“牺牲了三名战士。以前，我们是不做花圈的，因为男人们都不会。今后，要送花圈，因为大家都说——既然雪山上有了你们。”林参谋讲得很肯定。我相信，他以后能当将军。

“可是，我们也不会做花呀！”小宛抢着说。她是我们之中最漂亮的女孩。

“女人，怎么还能不会做花？”林参谋惊讶地耸着他那像鹰翅一样的眉毛。幸好他的羊皮军帽严肃地压住了眉梢，否则眉毛会飞走的。听说在边境作战的时候，他非常勇敢，在这一瞬，我不大相信这说法。

“是女人，便都该会做花吗？我们之所以到雪山来，不就是为了证明男人和女人都一样吗？”

小宛很厉害地同林参谋争辩。于是我们都插不上嘴，只听她一个人说话。

“女人当然应该会做花。不会做花的，算什么女人！”林参谋很喜欢同小宛吵下去，但首长的命令一定要执行，他硬起心肠说。

小宛觉得在我们面前丢了面子，便掉下眼泪，对我们说：“你们也不帮我说话！”

我们当然很想帮她，只是不知道该说什么。

“我会扎花。”班长直到这会儿才说话。她原来只是听说小宛想同林参谋好，现在信了。

“那你为什么不早说？”我们都埋怨她。

“要有纸，彩色的。”班长是农村兵，会纳鞋底，绣鞋垫。

“有，有。”林参谋说着，从屋外抱进一大捆各色的纸，仿佛落雨天马路上铺了一汪汽油油彩，薄而娇艳。

大家立刻喜欢上了这些纸，愿意跟班长学做花。雪山上没有花，更没有这许多颜色。天是蓝的，雪是白的，被大风卷去了积雪的新鲜岩石是赭色的。我们已经快把这些美丽的颜色忘记了。忘记一种颜色不像忘记一句话，你会永远想不起它。

我们非常高兴，开始跟着班长做花。班长把人分成几组，有裁纸的，有折纸的，有用线绑花蒂的。不一会儿，桌子上就堆起一大簇花，好像春天里刮起一阵大风，把花都扫来了。

“不行！不能做哩！”班长把剪子甩到纸捆上。

“为什么不做？”小宛刚做完一朵粉色的花，想把它插在自己的辫梢上。

“没有白花。这太喜庆了！”班长皱着眉。

我们这才记起这些花的用途，一时间屋内很静很静，大家觉得做了对不起烈士的事。

打电话叫来林参谋。他是作战参谋，做花圈是作战的最后一个步骤。

“什么颜色的纸都有，就是没有白纸。”林参谋说。

我们都望着窗外。雪山上有很多很多白色，可惜做不成花。

“那不成。”班长很强硬地说，“找吧！”

林参谋跑走了。他跑得很快，在雪山上是不兴这样像马儿一样跑的，跌倒了就会永远爬不起来。可是林参谋没跌倒，他抱着一大摞白色的公文纸跑回来，说：“行吗？”

班长说：“不行，没有皱纹，同别的纸不般配。再说，纸也太小，只能做出茶盅一样大小的花。”

林参谋这一次没有说话，也没有跑。整个部队都没有又白又有皱纹的纸。向山下基地要，就是用特急电报把话儿捎去，也要半个月后才能把纸送上来。烈士们是一定等不及的。

“茶盅就茶盅吧！”班长叹了口气，又说，“花圈花圈，有花还得有圈。花归了女人们，圈可是男人的事。”

林参谋便去做圈。

白花确实很难做。先要把无格公文纸上的红色抬头裁去，剩下的纸片便只有包裹上钉的写字那块白布大小。为了和彩色皱纹纸配套，要在白纸上抽出皱纹来。

班长取来一根筷子，把公文纸像擀面条似的缠在筷子上。一定要缠紧，千万不能松了，一松，纹路就不细腻了。然后用两手握住筷子两端，猛地朝中间狠劲一挤，纸卷就皱缩到一处了。慢慢打开，一张有着像冰花那样无法预计图案的皱纹纸就在你面前出现了。

班长做完示范，就把这活儿交给小宛。小宛用劲儿大了，纸就像被火燎过一样，裂出大洞。用劲儿小了，纸像光滑的少女脸庞，毫无纹路。小宛把抽坏了的纸扔在脚下，脚下就盛开了一地梨花。把抽好的纸做成白花，精巧得令人心疼。只是它们太小了，仿佛秋天寒冷的早晨，半开不开的野菊。

“太小了……”班长说。

“我们把几张白纸粘成一大张，不就有了吗？”我想，这么简单的办法，她们怎么就没想出来！

“不成。那样的纸是抽不成的。”班长和小宛一起说。

“我有一个办法。可是大家要发誓，永不对外人说。”

“我发誓。”我第一个表示决心，主要是太想知道谜底了。

“你先讲，大家先别忙着发誓。”班长到底老练。

小宛掀开她的花枕巾，露出她的枕头——一个包袱皮裹成的小包，板板正正，好像里面有个熟睡的婴儿。她抖开包袱皮，掏出一卷雪白而松软的纸——女人家专用的东西。

“这是我当兵时我妈给的……我一直没舍得用……”

那纸真轻盈，像是一团云。小宛的家在大城市。

“女人家用的东西，恐怕不好……”班长沉吟着。她到底是农村姑娘。

“我们绝不对外人说！”我们异口同声，几乎举起右手。

班长和小宛做白花，又大又丰满，像新蒸出来的精粉馒头，非常新鲜。

白花做得越发多起来，遮盖住了彩色的花，便有了一番冷寂的凄凉。

该往圈子上绑花了，这才发现，林参谋扎的圈子根本就没法用。

他把旗杆折了，用竹条盘成一只只圆环，套在一起，用铁丝缠牢，像靶架一样精巧美观。

“你为什么不用筷子做一个圈呢？”班长嘲笑他。

小宛挺身而出：“我看挺不错的。”

班长看了一眼小宛，又看看林参谋，把竹圈丢在屋外。一阵啸啸的山风把竹圈掠去，竹圈快乐地翻滚着，像一架风车。

班长说：“这样的架子怎么能绑花呢！找个麻袋吧！把这些花背了去，撒在墓前。”

小宛出主意：“用钢筋焊吧！筑战壕和碉堡不是还剩了很多钢筋吗？”

林参谋用钢筋焊好了圈子，威武嶙峋，像巨大而空洞的铁眼，看着我们。

大家把纸花往钢圈上绑，才发现最初扎花蒂的线绳不中用。钢筋上有许多铁刺，轻轻一蹭，线便像强弓下的琴弦一样绷断，纸花砰然坠下，仿佛遭受了无形的风雨。

“在钢筋上缠上布，这样，铁刺就不那么锋利了。”班长说着掏出一卷绷带，开始熟练地缠绕，仿佛钢圈是一名正在出血的士兵。

“林参谋，剪些细铁丝，在每朵花蕊上缠上一道。这样不但绑得结实，而且花朵不会低头。”小宛吩咐林参谋。

林参谋剪了细铁丝，最先递给班长，然后递给小宛，最后才给我们。

柔弱的纸花扎上了钢铁腰带，精神抖擞。

明天就是下葬的正日子了，我们要连夜绑花。

雪山上每晚只发一小会儿电。为了赶制花圈，今夜通宵供电。别处的灯火都熄灭了，电像洪水似的倾泻在我们屋内，白亮得令人陌生。

我们往钢圈上绑花。一人管白的，一人管红的，一人管黄的……班长说："白花三朵。"管白花的女孩就走到钢架面前，唰、唰、唰，连绑三朵白花。"红花一朵。"管红花的女孩就走过去……

没有人知道花圈最终是什么样子。那个图案只闪烁在班长眼前。

小宛管的是绿花。那是自然界中不存在的一种花。

我们来来回回像梦幻一样走动。夜已经很深了。我们睡意蒙眬。突然，班长说："你们看——"

一个花圈的雏形，已经赫然在目。它像一个正要从母体中娩出的婴儿，带着淋漓的鲜血和蓬勃的生意。在素白的底色上，蜿蜒开放着星辰般灿烂的花卉，赤橙黄绿青蓝紫……不管自然界有无这等颜色的植物，它们在海拔五千米的雪山上恣肆汪洋地开放着……

我们被自己的创造所震撼。一个尚未完成的花圈，似乎比一件成品带给人更多的恐惧。它象征着死亡刚刚发生。

花圈的主人——几个很年轻很年轻的男孩，此刻，睡得好安稳。

挽联是林参谋写的，他的字很飘逸。有一个烈士的名字里有个生僻字，他练了一遍又一遍，直到写得十分和谐。

女兵们绑完最后一朵花的时候，电灯熄灭了。但是女兵们都没有发现电灯的熄灭，因为天已经大亮。

一个多么好的高原的晴天啊！

女兵们坐卡车护送花圈到墓地去。花在太阳下显得非常艳丽，给雪山带来了从未有过的风采。

本来是准备把花圈抬到墓地的，显出哀思的深重。但是没有人能抬得动花圈。高原偷走了人们的气力，使小伙子变得徒有虚名。

花团锦簇的圆环，像几枚美丽的胸饰，别在雪山的衣襟上。那半球形的几抔新土，已变成山的一部分，毫不惊心触目。

队伍默哀，队伍肃穆。队伍在这美妙的花环前倾倒，死亡也因此不再恐怖。

简短的仪式结束了。队伍已撤走，女兵们却还久久不肯离去。怎么？就这么完了吗？这些美丽的花呢？

林参谋把花圈集中在一起，平地矗起一座花山。

林参谋掏出打火机。风大缺氧，总也打不着。

“你要干什么？”女兵愤怒地把他围住。

“把它们烧掉。”林参谋终于打着了火苗。

“为什么要烧掉？多么美丽的花啊！”小宛恳求林参谋。他们靠得这样近，以至林参谋闻到了真正的花香。

“让开吧。不烧，他们怎么能收到这些花呢？”班长说。

花在火苗温暖的爱抚中欢畅地舒展开瓣叶，每一朵花都骤然增大，仿佛刚受到雨水的浇灌。整个花圈变为巨大的光环，波光诡谲，腾空跳跃，好像站满彩色的鸽子。女孩们惊奇地看到她们亲手扎制的花朵在瞬间被火偷走了，魔术般地改变了颜色。白色成为银红，红色变为赤紫，蓝色在火中是纯黑，黄色在火中干脆成为咖啡色……火夺走了姑娘们的创造，它制作出一个更大更辉煌的花圈……

燃烧的都燃烧了，一副通红的钢架像恐龙的骨骼，凸现在苍茫的雪原上。烧不烂的铁丝奇形怪状地挂在钢圈上，风弹拨着它们，发出风铃般的叮当声。

火是通往另一个世界的信使，它袅袅地远去了。

“走吧。”卡车司机催促我们。

“再等一等，等凉一凉。”林参谋说。

“等什么凉！我们已经透心凉了！”女孩子们穿着大头鞋的脚使劲跺，冻土上出现杂乱的脚印，仿佛有一群小巧的野兽在这里停留。

“等钢筋凉了，以后还要用。”林参谋抱着双肩说。

我和班长趴在卡车大厢板的最前头。风驰电掣的轮子，把晶莹的冰雪碾得瀑布般飞溅，我们便觉得自己像一头白牦牛从山上扑下，好不惬意。

小宛和林参谋背对我们站在车厢的最后头，手扶着拦阻货物坠落的铁链。我招呼他们站到前头来，他们连头也不回地说不用。

可惜，无所不在的山风出卖了他们。风从车尾刮来，像川流不息的传送带，把他们的话端了过来。

“你以后……常来……看看我……”

“不……行……”

“到底是‘不’，还是‘行’？你说清楚嘛！”

很长很长的间歇，仿佛影片突然中断。我忍不住回过头去看，他们的背影相距很远，看不出丝毫破绽。班长怕打草惊蛇，把我的脖子像拧小鸡似的硬掰了回来。

“为什么？”

“因为……因为你们不可能属于任何一个男人，你们属于整个雪山……”

“那你就再也不来看我们了吗？”

“会来的。不过，你别盼着我来……”

班长忍不住对我说：“这我就放心了！”

我对班长说：“你到底操心什么？我怎么不知道。”

林参谋的确具有战略眼光。他每次到来都携带着花纸和噩耗，还有那周而复始的钢圈。但做花圈的过程充满快乐，我们有条不紊地操作着，配合如行云流水。我们不断地发明创造，设计出人间罕见的花卉。小宛的脸庞是所有花朵中最艳丽的一朵，林参谋也名正言顺地同我们一道忙碌。

“这些花圈太美丽了！”林参谋不止一次由衷地赞叹。

女孩们的花圈，鼓舞着将士们更英勇地保卫着那道国界。

终于有一天。

“请你们做几个花圈。”一个陌生的声音说。

我们大吃一惊，端详着来者。

他很像林参谋，年轻而潇洒。

但他不是林参谋。

那是1971年年底，林彪事件的文件传到雪山。大雪封路，已无法通行。为了传达这个重要文件，林参谋接受命令，强行出车了。

他的车出去就再也没有回来。

我们终于深深懂得了什么叫军人的死亡。

那圈，那纸，那闪烁如银的灯光……都同以前一模一样，只是少了那人！

“我们……该给林参谋……做一个……最美丽的……花圈。”小宛讲，她的脸色像灯光一样惨白。

“可是我们所有会做的花样，林参谋都见过了呀！”我着急地说。

“小宛，这件事就交给你，设计人世间最美丽的一个花圈。”班长说。

林参谋下葬的那一天，我们从车上抬下一架特殊的花圈。圈子还是那么大，这是所有的官兵都看熟了的，钢筋不会胀大，也不缩小。不同的是，花圈上罩了一层粉红色纸铰成的网子，如纱如梦，仿佛一位新娘的盖头。

肃立的人群像铁壁一样沉默。突然，从纸罩后面传来奇异的嘀嗒声，仿佛那里悬挂着一块巨大的秒表……

呼啸的山风像一只粗暴的手，将纸罩唰的一声扯开，抛向无垠的长空。

啊！

冰雪花卉！

铁红色的钢架上，缀满了冰雕的花朵。怒放的花朵宛若水晶般剔透，在璀璨的阳光下，把无数耀眼的金针抛撒在蓝天下。

我们站立在冰花圈近旁。少女温馨的气息将雪山万古不化的寒冰嘘热，便有点点滴滴清泪似的水珠潸然而下。

花瓣渐渐地瘦了，花蕊渐渐地软了，花叶渐渐地垂了，花圈渐渐地小了……

我们没有流泪，所有的泪都凝到花朵里去了。铁锈色的钢圈像沐浴在一场豪雨中，无数溪流酣畅而下，冻土被敲击出无数小坑。

从那次以后，做花圈的时候，我们再也不说笑。

许多年过去了。

我再没见过比那更美丽的花圈。

也许，该把那冰雪的花卉烧掉。火是生与死之间的独木桥。

阿里

阿里。

阿里是一座高原——在我们这颗星球上最辽阔、最高远的地方。

一

那时候，每年临近“五一”，老百姓捐赠的春节慰问品才能运到阿里高原师。

和慰问品同时抵达的，还有信——整整一个冬天攒下的信件。军邮车像穿山甲似的拱雪而来，第二天还要满载而下。信从邮袋里像碎木屑般倾泻而出，将通信科的库房壅塞。

“走！周一帆！去看信！”游星不由分说，扯起我就走。

我自然是极想早一点儿看到家信的。但是，不成。我是班长，高原师第一批女兵的第一任班长。领导早已明确规定：军邮车到来的日子，任何人不得进入通信科私查信件，只有等待有关人员将信分批分拣从阿里送出。鉴于出现过众军人哄抢信件，造成大量信件在山风中遗失的严重事件，军邮车上山的那一天，通信科加派持枪双岗。

我没动，游星也终于没动。她父亲是高原师所属军区的副司令员。我是囿于小小的职务，以身作则。她大概想起了威严的爸爸，要给老头子争光。

我们傻呆呆地坐着，面对通信科的石头房子，望眼欲穿。亲人们的最后信息，是去年十月大雪封山前递上来的。整整一个漫长的冬季，那些信被翻得褴褛不堪，所有的话都像毛主席语录一般，在梦中也能复诵。现在，就要有新的歌来代替古老的歌谣了。我的父老兄弟们，在遥远的平原过了怎样一个冬天？噢，还有春天。这里的冰雪刚刚融化，那里按节气已是夏天了。但愿他们健康平安，千万不要遭灾生病。若是好消息，来得慢一点儿也没关系，等待充满焦灼，也充满期望，像含一枚糖橄榄，值得回味。若是坏消息，千万不要来！还是让我保存去年冬天最后的印象吧！不！不对！要是坏消息，还是快一点儿来吧！道路已经开通，可以给家人寄钱寄药，附上一片迟到的孝心。实在不行，还可以向领导苦苦央求，放我下山，回家去看看，也许还赶得上……别想得那么坏，也许什么都没有发生，又接到一封平安家信……

炉子上的大瓷缸咕嘟嘟地冒着泡，好像镀满茶锈的缸子底蹲着一只不安分的大蛤蟆。高原气压低，水不到八十摄氏度就开，冲不开茶叶。于是人手一只小水桶般的茶缸，成天蹲在炉台上，煎出中药般浓郁的茶汁。

“哪天咱们下了山，喝用开水沏出来的茶，也许另是一番滋味，就像生苹果和熟苹果的味道是不一样的。”心里想的是信，我嘴上却这么说。

游星不搭话。她不喜欢我的故作轻松。

“信来啦！”有人在外面像报童一样高声呼唤。

我们腾地蹿起，全然不顾高原上不许贸然奔跑的禁令。

第一批信件中，我两封，游星一封。

我忙不迭地撕开信封，动作太匆忙，连着信瓤扯下一缕，风筝飘带般耷拉着。一目十行看下去，看着看着，眼泪就掉下来了——妈妈病了！急忙去看信尾处的落款，是去年十二月的事。后来怎么样了？我亲爱的母亲到底是好些了还是更……加重了？我不敢把事往坏处想，可不祥的预感像发面酵子，越胀越大。我手哆嗦着，揪出另一封信的瓤，恨不能从纸背面看出吉凶来。却是一位多年没见过面的亲戚写来的，听说我在高原，托我买妇科良药藏红花。我气得直想把信撕得粉碎。妈妈，您老人家怎么样啦啊？

真是忧心如焚！

“我这个同学来信骂我不够朋友，说她上封信问我的事，为什么不答复？谁知道她上封信说的是啥？”游星把空信封摇得像把蒲扇，“怎么样？咱们到通信科去找信吧？”

这一次，我没有拒绝。宁愿挨批评，也不愿忍受这种煎熬了。

众人的目光追随着我们：这俩兵胆子够大的，竟敢私闯禁地。游星义无反顾地走在前面，好像她是我的班长。

通信科的岗哨枪刺闪闪亮。我稍有踌躇，游星大步凛然地闯过去，像刘胡兰一样英勇。两位哨兵大概从没碰到过这种情况，竟被震慑住了，或许以为我们有什么特许，竟一声未吭。

尽管我们对信件之多早有准备，还是对眼前的景象大吃一惊。

人们解开鼓鼓囊囊的军邮袋的封口铁丝，成千上万封信就像窒息过久的鱼群，倾泻而出。人们揪着军邮袋的犄角，拼命抖动，生怕有一封信掖在夹缝里，信像山洪暴发似的积聚起来，淹到人们的膝盖、大腿根，直至腰腹……无数信件色彩斑斓地翻滚着，通信科的库房好像信的游泳池。通信参谋们艰难地涌动其中，把一封封信分门别类地拣好，然后马不停蹄地转送给望眼欲穿的弟兄们。缺氧加上信的压抑，使精壮的小伙子们气喘吁吁。

“嘿！你们是怎么进来的？”参谋孔博半个身子陷在信堆里，像发现了国境那边的特务一样叫起来。

“像平常那样走进来的呗！”游星轻松地回答。

“既然进来了，就暂且不要出去。不然出出进进如履平地，你们挨不挨批我不管，我可是担当不起。”孔博不耐烦地挥挥手，他手中恰好拿着一个硕大的牛皮纸信封，呼呼作响。

“那封信是我的！”我不顾一切地扑过去，信被摔得哗哗作响。

“你也没看，怎么就知道是你的？”孔博不屑地瞄了一眼。

“只有我爸爸才会用旧牛皮纸袋子糊这种大信封，因为我说过一次，阿里路太远了，街上买的信封不结实，都磨破了……”我几乎呜咽起来，去抢孔博的手。

孔博的眼珠瞪得像牦牛，他的嘴唇翕动着，读出了信封上我的名字，然后把信郑重地递给我。

这是一封最新的信，妈妈的病已经痊愈了！

我感激地冲孔博笑笑。他停止了选信，正关切地注视着我。他很高大，信的海洋把别人没到胸口，对着他才到军装的第三颗纽扣。恰好那一片“海域”以白色信封为主，这使他更像一座矗立在白色底座上的标准军人胸像，英俊潇洒。

孔博讨好地把卫生科的信件都递过来。我说：“咱们走吧！”我可不想在众目睽睽下拆阅私信，半年的喜怒哀乐浓缩到短短几分钟内，要真是再有什么揪人的信息，我也许会控制不住自己的表情肌。

游星说：“不走，信还没拣完呢！出去了再想进来可不容易！”

孔博赞同游星，说：“留下帮忙吧！要是领导批评，我替你们说话！”眼睛却看着我。

想早些得到更多信的愿望，像饥饿中的食品，在不远处强烈地散发香气。我点点头，豁出去了。

我们帮着分信，手忙脚乱。发现一封自己的信，就无所顾忌地撕开，贪婪地阅读。

“我们该走了。”游星懒洋洋地对我说，全失了刚才的锐气。

“为什么？不是说好了吗……”孔博比我还莫名其妙。

“该来的都来了。就是拣到天亮，也不会再有我一张便条了。”游星打了一个哈欠。她并不像一般女孩一样在这种时候忙用手掩住口，而是大张着嘴，我们看到她雪白的牙齿和柔软而鲜艳的舌头。

不知她的同学和她探讨的问题如何，她手里只有薄薄几封信。

我的信还远没有收完。一名军人对他能收到多少信，是有大致估计的，犹如经验丰富的老农预测自己能打多少斤麦子。

“好。”我说。既然妈妈生病的悬案已经解决，我重新想起自己的职责。

“那你们把卫生科的慰问品带回去吧！”孔博似乎很想给我们多找点儿麻烦。

“不带不带！那么多东西，还不把人压趴下！反正人手一份，早晚都有我们的！我才不当这苦力呢！”游星没好气地说。

“早拿晚拿自然都有一份，没人贪污你那份军饷。可袋里的货色是不一样的。”孔博不动声色地说。

这一手果然厉害，游星是什么都想拔尖的角色。慰问袋可不是制式产品，老百姓有钱出钱，有力出力，谁知道袋子里装着什么秘密。

“在哪儿呢？”游星问。

成千上万个慰问袋堆积在一起，又是另一番景象。它们大多是红布缝制的，映出娶媳妇般的热烈。每一个都裹得鼓鼓囊囊，显出莫名其妙的棱角，引起对内容物的无限遐想。

“你们随便挑。”孔博像一个慷慨的地主。

游星偏不听从指点，绕过大堆，直取单放的一小撮儿。

孔博不客气地说：“别动！”

“为什么？我偏要动！”游星才不管这一套呢，两把扯开绣着金色五星的花布袋，只见里面是条绣花汗巾。“这有什么呀，我还不稀罕要呢！”游星嘟囔着，甩到一边，再接再厉地翻找。

又扯开一袋。一双修长的鞋垫蜷曲着掉出来，上面绣着一对绿莹莹的鸟，丝线缠绕，十分精致。

“这袋我要了！”游星抓着不撒手。

“先看看你能不能用吧。”我提醒她。

游星把小巧的脚丫从毛皮鞋里退出来，金鸡独立地比量了一下，长出一大截。那位痴情女子是为一个有着修长足弓的高大男子预备下的。

“我可以把前面剪掉一截。”游星思忖说。

“多好的东西！那样岂不可惜！贪污和浪费可是极大的犯罪。”孔博抱着双肩，一副于心不忍、悲天悯人的模样。

“可惜啦？怪不得藏得这么隐蔽，原来是私房，给自己预备的！”游星将鞋垫甩回去，嘴里不依不饶。

“这都是相好的众弟兄托我给留出来的，你们若是喜欢，就拿走。”孔博说的是实情。年轻的军人们在白雪皑皑的高原抚摸着一个不相识的女子精美的绣品，当有许多美好的联想。他们会在没人的时候，独自对着那花儿鸟儿发呆。夜晚，会有模糊而美丽的身影穿行于他们的梦乡。

“留着你们单相思吧！我们只想找点儿吃的，是吧？”游星冲我眨眨眼睛，示意我同她一块儿清理慰问袋。

整整一个冬天的脱水菜和干羊肉，我们的舌尖已经不记得饱含汁液的食物是怎样的感觉。顾不得矜持，我和游星流水作业，解开一个又一个小红口袋。

花生，走油了。瓜子，哈喇了。沙枣，名副其实，揉搓成沙尘一样的粉末。偶尔还有面粉青油烙成的馃子一类吃食，被漫长的搓板路颠簸得风尘仆仆如出土文物……

我们面面相觑。

“撤吧！”游星惨然叹了口气。

孔博再也找不出什么理由挽留我们了。

突然，我们闻到了一股奇异的清香。香味游蛇似的牵引着视线，我们看到一个毛茸茸的粗糙袋子，“八一”两个字都快粘到一起了。

“这准是个又胖又黑的丫头绣的。”游星很肯定地说，伸手去解带子。

“你怎么知道？”我挺吃惊。

“凡是这样的姑娘都比较笨。”游星是白而窈窕的，很自信地说。

孔博和我交换了一个眼色，自然是不赞成。但我们来不及说什么，那清香像滴入盆中的墨水迅速弥散，笼罩了我们的肺腑。

我们头顶着头，凑近了绣工拙劣的小袋子。

二

协理员要我召开班务会，落实“一帮一”“一对红”。

协理员是卫生科的政委，对我们女兵班抓得特别紧，什么都是他说了算。我想他既是“协理”，就该以协助科长为主要工作，可科长除了医务以外全得听他的。

我们叫他“老协”，其实他的年纪并不大。眼裂很小，几乎都是黑眼球，注视你的时候像只枪口。说话时喜做大幅度的手势，全不像高原上的人因为缺氧而动作黏糊缓慢，他是呼呼有风，很有权威的样子。

“会议由你掌控，我参加。”老协拍拍我的肩膀。

虽已是五月，我们依旧穿着棉衣。透过里外两层布和厚厚的棉絮，我感到他手劲很大。

老协是绝不容许别人拍我们的，但他自己例外。

我根本不想当这个倒霉的班长。不是女人的功名欲天生弱，而是这个小官太难当。大家都是同一天入伍，好像一胎所生的孪生姐妹，谁也不服谁。加上女孩子事多，今天肚子疼出不了操，明天两个人闹别扭哭天抹泪……我可不愿负这么大责任！

游星想当，这我知道。将门出虎子，肯定也出虎女。我父亲不过是工厂里的一名工人，从学徒到退休，没领导过任何一个人。当然，我妈除外。

我把让贤的意思同老协说过。老协说：“让游星当，是她领导我，还是我领导她？”我就没法儿再说什么了。

“‘一帮一’不就是自由结合，两人都愿意，就‘一对红’了吗？”我觉得挺简单的事，干吗这么如临大敌！

“那怎么能成！你以为这是谈恋爱，王八瞅绿豆，对了眼就成，就一对红了？总要分出个好坏，萝卜白菜搭配着来。要不，乌龟找王八，还不成了一对黑！”老协谆谆教导我。

我的脸像涂了消毒酒精，先发凉后发烧。“谈恋爱”这些词，是女兵们的大忌。老协三令五申不断强化，紧箍咒每天念三遍。我们终于像巴甫洛夫条件反射的实验狗，听到这个词就胆战心惊。老协是我们的直接领导，他说，只有忍着听下去。要是别人，当场摔给他一个脸子！

“只是班里谁算萝卜？谁算白菜？”我问。其实老协这个比喻并不精彩。在高原，萝卜白菜都是极金贵的。

老协盯着我，不回答，一副恨铁不成钢的模样。

想来我这个当班长的，该算在萝卜堆里。其余人呢？我认为是萝卜的，老协没准儿认为她是白菜。于是我说：“您看，先把班上的同志分成两组，再一对对掺起来，行吗？”

老协很满意我立竿见影的进步，大笔一挥，把我的班分解为两大阵营。他把游星归在白菜堆里了。

会在女兵宿舍开。乍停了炉火，屋里凉得刺骨。女孩子们特有的冰清玉洁，窗户、碗柜上悬垂的白色纱布，更增添了寒意。

游星把黑羊毛的皮大衣拉开盖在腿上。老协扫了一眼刚要说话，游星抢先道：“我有关节炎。”

“大家都像你一样，还怎么打仗！”老协依旧批评。

“大家绝不会都像我一样，我就是我。”游星很骄傲地说。

我真为游星捏一把汗。她聪明、能干、技术好，就是嘴巴太锋利了。

是的，没有人敢和游星一样。大家都规规矩矩地坐着，会议进展顺利。蒙在鼓里的众姐妹不知道自己是萝卜还是白菜，按照老协私下的方案，一一结成对子。

我和芦花“一对红”。说实话，她不该算白菜。人很内秀，长得温顺甜美，性格安安静静。她是农民的女儿，真正的三代贫下中农。农村女孩能当上兵的很少，真是万里挑一。芦花不知怎么就被挑上了。人们刚一看到她的相貌，就认为有这样漂亮脸蛋的女孩子一定很妖，待发觉她确实是安分守己的女孩，便对她格外怜爱。也许她的一帆风顺，凭的就是这份长相上的福气。

老协说我工作多，该有个省心的“一帮一”对象，就把芦花编给我。

“班长，以后你多帮助我。”芦花真会说，大家抬头不见低头见的，开一次会，搞一项活动，就好像重新认识一次。

大家都没事了，正准备散会，游星一把掀开大衣，站到地上："报告！我有个问题。我那一半红探亲去了，在这段时间内，我是否单独红下去？"

这是个疏忽。原本一一对应，偏巧游星那个伴儿家有急事，破例下山了。

老协一时愣住。

"请问，我是不是可以到别的单位找个人红下去，比如，炊事班？"游星不失时机地抖出自己的企图——她嘴馋爱吃。

"那不成。炊事班都是男同志。"老协这一回反应挺快，而且马上有了对策，"这样吧！游星和周一帆结成一对红。至于芦花同志，和我结成一对红。怎么样？"

芦花笑眯眯的。大家都羡慕芦花的好运气。和协理员一对红，入党提干的把握大多了！

"哟！协理员，你不也是男同志吗？"游星以子之矛攻子之盾。

"我……我是男同志不假，可我这个男同志和别的男同志不一样。我是你们的领导，相当于……对，相当于中性。你们连我都信不过，还能进步吗？"老协咻咻吐气。

看来游星和我是要同甘苦共命运了。真有点儿打怵，和她在一起，只怕不知谁是萝卜、谁是白菜。

谁知游星嘻嘻一笑，说："协理员，那多余出来的是我也不是芦花呀！按理说，该我和您一对红！"

老协无可奈何地摆摆手说："算啦算啦！我倒有个发明，干脆你们三个组成个一对半红，没准儿还成个新典型、新创造呢！"

三

高原是地球苍老的额头。

高原是缓慢隆起的。它不慌不忙像个知道要赶远路的智者，有条不紊地跨过一层层台阶。那种突兀陡峭而秀丽的山，是初出茅庐的乳儿，它们长不了多高就要夭折在精雕细刻的险峻中，犹如儿童搭起的单薄的积木。只有浑重的看不出膨胀的，然而持之以恒、锲而不舍的堆积，才能铸造出最高耸、最寂寞的莽原。

高原的景象不应该是凡人所能看到的。它在冰雪的冷藏中保存了亿万斯年，严守着它生成时的模样。冰川织就的长纱逶迤了几千米，将它包裹得如同一具白色尸身。它会冷不丁刺出锋利的匕首，将胆敢窥视它奥秘的人解剖为血腥的尘埃。奇寒而威猛的山风，犹如铁质的鬃毛，每一根都可以扫瞎你的双眼。高原有无数透明的吸盘，像硕大无朋的章鱼，贪婪地吮吸着活的生命的每一根羽毛、每一次呼吸。它把偶然穿越的飞鸟和勇敢的探险者游戏般地摆在雪的祭台上，一任它们百年新鲜。

高原是那样的浑然一体，国界横贯高原，是一道稀疏的篱笆。

高原师就是看守篱笆的人。

看守篱笆自然需要勇敢和机智，但你首先要学会不被高原扼死。要活得健壮，活得潇洒。

聪明的游星终于错了一回，那个做工毛糙的慰问袋不是什么黑胖姑娘绣的，而是广东湛江某小学的少先队员们寄来的，要求亲爱的边防军叔叔们把袋里的葵花子种到国境线上去，这样葵花盛开的时候，我们就有了一条金色的国界。

“这群孩子真是，大老远的捎点儿瓜子来！”芦花叹了一口气。

游星嗑开一粒，顿时浓郁的清香熏着我们的鼻子，使人精神陡然一振。

这是成熟的种子所具有的属于绿色植物的味道。

严格说起来，葵花子可不是瓜子，瓜子是炒熟了的，葵花子可是有生命的。

“我说游星，你别吃了好不好？要嗑，炊事班的库房里有几麻袋瓜子。凭你跟他们的交情，能要一脸盆回来，干吗非吃这有数的东西？”我看不惯游星的饕餮。

“炊事班那瓜子能吃吗？都是山下基地炒好了运上来的，还能嗑开吗？周一帆，你心疼了是不是？可我也没吃你那一份啊！来，拨堆儿，按咱们班人头数分，我绝不多吃多占……”她抖起小袋子，哗啦啦，倾倒在床单上。

“我的床单刚洗过……”芦花嘟囔。

葵花子饱满硕大，略微带点儿紫色，每一枚都有粗细两道匀称的白杠。

那一刻，突然很静，听得见山风在石头曲折的孔隙蛇行时的呜咽。

游星把一粒抵到嘴唇的葵花子又放下了，却仍不服软：“这帮小家伙也真够呛，单知道边防线上有叔叔，就不知道有阿姨了吗？”

芦花用手指叉起葵花子，又听凭它们从指缝流下，说：“真是好种子！怕是一颗颗挑出来的，难为他们了！班长，你给湛江的小学生们写封回信吧，就说在最高的雪山上，既有守卫的男边防军叔叔，也有守卫的女边防军阿姨……”

“这不是废话吗？既是女的，必是阿姨，还有男阿姨吗？”游星又在吹毛求疵。幸好她还没当场纠正芦花把“湛江”念成“甚江”。

吃苦受累的事总是班长来做。大家决定由我执笔给孩子们写封回信，就说驻守在祖国西部阿里高原的解放军阿姨收下了葵花子和他们的一片心。谢谢啦！只是这里是海拔五千米以上的雪山，奇寒缺氧，国境线上又很不安宁，种不成金色葵花。请他们原谅。

“我给你糊一结实信封。从咱们这儿到那个港口，恐怕有一万里地。”芦花找剪子和糨糊。

“把葵花子搁炉台上烤熟了吃吧，病房里还有炉火。”游星跃跃欲试。

“咱们不能试一试吗？国境线当然不可能了，就在咱们院子里挖个坑。”我终于把心里的想法说出来，主要是这些小炮弹似的种子太可爱了！

“地越瘦，种子越长得壮。真没准儿能活呢！”芦花开始挑种子。她是农民的女儿，说到农活儿，立刻抖擞起来。

“好吧！我就等着吃咱们自个儿种出来的瓜子啦！”这就是游星表示赞同的方式。

“那这封信咱们就先不发了。明天就种，现在正是高原上最暖和的季节。”我郑重宣布。

剩下的时间，干什么呢？

高原的夜晚，很长很黑。

我们不能到外面游荡聊天。一是有狼，二是怕老协说影响不好。三个人经年累月活在一个屋檐下，谁家里有什么事，小时候有什么经历，早已在无数次晾晒后再无一丝新鲜的水分。

“打扑克吧！”游星不知从哪儿摸出一副牌，镀着塑料膜，十分精美，显然是篱笆那边的货色。高原师里极少见。

“哪儿来的？”我问。“这是‘四旧’。”我补充。

“我一不能偷二不能抢，只能是人家送的呗！”游星挑战似的把牌洗得像旋转风车，“这是新的。”

芦花好奇地抚弄着牌。

游星干脆做出要把扑克收起来的样子。

我要坚持不让玩，除了显出胆小，也会失去群众。“玩吧！不过咱们把灯熄了，打着手电玩。万一老协来了，咱们就装睡。”我咬着牙说。

大家相视一笑，共同去做一件诡秘的事情最能增进友谊。

芦花不会任何一种打法。我们从“争上游”开始。

突然，有人敲门。

我们立即屏息，熄了电筒。窗帘原本就掖得严严实实。只要我们坚持无声无息，敲门人就应该以为我们睡下，自动离去。

来人不急不恼，徐缓然而顽强地很有风度地敲着，大有鏖战到天亮的气概。

“谁这么讨厌！我去看看！”游星用哈气吐出这句话，蹑手蹑脚地从窗帘缝往外瞄。

这能是谁呢？年轻的军人，是绝不敢在这种时分私闯女兵的深闺。号称中性的老协倒是时有巡察，但他会在半里地以外号得震天响，以示自己的冰清玉洁。

其后的情景，却是我再也想不到的。

游星突然把五个手指头一个关节一个关节地伸直，红的桃心黑的桃心（帘缝的月光将它们染作皂灰）像被扇子扇着，一片片坠地，又柔韧地弹跳起来，像一块块破碎的气球皮……

游星脚不沾地闪到门前，风一般扑到外面，却没有忘记把门重重掩死。

我和芦花呆坐在黑暗中，看着地上和手中的牌……

片刻后，游星又折返回来："周一帆，把你的喝水杯借我用一下。他渴了，我的杯子在别处。"说着，不待我应声，她抓了杯子，又到自己盛白砂糖的罐头盒里掏了两把，沏了水，双手端着往外走。

"来了客人，进屋里坐吧！"芦花拍着床单说。

"外边挺好。"游星头也不回地出去了。

屋外是什么人？惹得尊贵的司令员的千金诚惶诚恐？

"你去看看。"我指示芦花。

"是个男的。"芦花探了回来。

我点点头。意料之中。到了我们这个年纪，同性已不会使人如此振奋。

"这个人我见过，最近常来找游星。这副扑克就是他送的。"芦花像往一堵危墙上加砖，一句一斟酌，很小心地补充着。

我感到一种异样的气息扑向我们这一对半红。

"好像是个老百姓。"芦花没多大把握地说，"总披着皮大衣，瞅不大清楚。"

这倒有点儿奇怪。游星纵使谈恋爱，军营内多少英俊潇洒的小伙子尽可以挑选，为什么偏相中了一个老百姓？

"我得去看看。"班长的职责使我义不容辞。

五月的高原之夜，宁静淡远，冷寂的天穹蓝得像一块硕大无朋的宝石。宝石的边缘有犬牙交错的裂隙，那是被雪峰针芒样的尖锐所剔开的。高原的夜空之上，一定有一只巨大的蓝色水囊，它在午夜时分悄然崩毁，无数股晶莹的蓝汤倾泻而下，浸泡着冰雪，浸泡着罡风，浸泡着赭石上的苔衣和蚂蚁细小的眼睛……

无所不在的蓝光妨碍了我的眼睛，过了一刻，我才在远地中找到他们。游星像一团蓝色的星云，发出窃窃的低语和无缘无故的笑声。她的额头像蓝色瓷器，反射着柔光。她微笑的时候，牙齿是蓝色的，好像刚在春天里嚼过马莲花。她挥手的时候，指甲也是蓝色的，仿佛用矢车菊花瓣染过。她的眼白也是蓝的，像高原最深邃的湖泊……

那个男人倚在一束斜打的灯光处，个子不高，但很笔直，穿着皮大衣，衣领隐没在半竖起的领口内，看不清有无领章。灯光勾勒出周正的鼻梁和紧抿嘴角的下巴……一张很强韧的脸。

他确实是个老百姓，因为他没戴军帽，留着看似随意、实际很讲究的发式。

就是这个男人使游星变得娇柔婉约，我不由得仔细盯了他两眼。

游星还了我杯子。杯底还残留着厚厚一层尚未化完的白糖。战士每月的白糖定量是很苛刻的，游星这一次大约用去了月供给的一半。

四

不知道阿里高原的土地算不算肥沃，这里从来没有人工种植过作物。向阳的山坡上偶尔披挂着猥琐的地衣，实在说明不了什么。我们三个女兵，种下了这块荒漠有史以来第一株葵花——来自亚热带的种子。

此后的日子，我们天天趴在那块土地上看。亿万年的永冻土层，被我们用铲焦炭的平头锹翻开表层之后，很快又愈合成坚硬的盔甲，看不出一丝孕育生命的迹象。

大相无形的高原啊！

高原的五六月之交，很难说清它的时令。正午时分，已觉出微煦的暖意在半空缭绕。寒凉的地气像一块森然冷玉，平行地向地心深处沉去。要是忽略掉突袭而来的暴风雪，基本上相当于平原冬末春初的日子。

然而，那些跋涉过万水千山的种子，大智若愚地潜伏着，犹如最有耐心的士兵。

要不是芦花再三告诫，游星一定会刨开泥土把种子抠出来瞧瞧。好脾气的芦花在其他事上通融，唯有种地，像真正的老农一样固执坚强。

终于，向日葵探出一片极小极小的叶子。我们围着火柴头大小的莹莹绿色欢呼跳跃，然后马上就心慌气短，按着太阳穴蹲在地上。高原缺氧，原是禁止手舞足蹈的。

“葵花长得太慢。以后我每隔三天看它们一眼，也许才能觉出点儿变化。”游星说。

葵花先伸开两片对称的叶子，像肥厚的小巴掌，仿佛想从高原的天空掬走点儿什么。然后突然在某个早晨挺直腰肢，前仰后合地向上攀去。

我们浇水施肥，但它们并不加速长大以报答我们的苦心。芦花叹了口气，说是缺太阳。营房设在大山的心口，据说是极有战略眼光的选择。一旦发生战争，敌机偷袭时，会一个跟头撞到嶙峋的山石上机毁人亡。

也许将来打仗时，我们可以占个大便宜，但平时的向日葵很不茁壮。它狂热地崇拜太阳，每天从东方刚露出迷蒙的白色，就倾倒身躯朝拜，犹如一枚枚弯曲的绿钉。

高原是地球上距太阳最近的地方。高原的阳光最清洁、最纯粹，像一面面闪亮的银箔。

高原的阳光虽然明亮，然而冰冷。极白、极尖利的亮线松针似的射向你。皮衣被刺穿了，棉衣被刺穿了，可你依然感到冷。阳光携带过温暖，但高原的风把阳光剥细了，只剩下一条条银线，不动声色地普照着你。

太阳顾不上一往情深的小向日葵。它有那么多冰雪需要融化，那么多江河需要濡养，小小的向日葵算得了什么呢！

不知道怎样帮助这些亚热带来的植物。特别是冰冷如汁的黑夜，它们一定在无望地呻吟。也许给它们披一件棉袄？或者远远拢一堆篝火？

“随它们吧！要是命大，就能活下来。反正咱们是尽了心了。”芦花听天由命地说。

向日葵的劫难还不只这么多。早晨游星出去刷牙，吐着牙膏沫骂起来：“谁这么缺德！居然在我们的向日葵地里撒尿！有本事的，站出来再撒一泡！”

不知什么人，半夜小解，不辨东南西北，冲着我们的向日葵乱浇，小苗东倒西歪。

我去拉游星。一个女孩家，大叫大嚷，总是不雅。

游星喋喋不休：“你说，秋后这瓜子还能吃不能吃？全是尿臊味！”

她想得还挺远！我说：“粮食也施肥，你还不照样吃？”

游星说：“那可不一样！猪粪发过酵，这人尿可是新鲜的！”

芦花将我拉到一边：“班长，快叫游星别骂了！那尿是老协撒的。”说罢，她蹲下身去，用手指把稀泥中的小苗扶正。

“你怎么知道？”我问。

“老协最近常找我谈心。我走远了，偶一回头，看见了……”芦花一副将功补过的神情。

看芦花这么不怕脏臭，游星也闭嘴了。

一个游星经常外出就够操心的了，又加上芦花！还有我自己……

“洗澡去！洗澡去！锅炉干烧半天啦！”老协阴沉着脸大吼，游星的叫板他听到一个尾巴。

狮泉河畔停着一辆怪异的车——像一头浑圆的绿色海豚，有呼呼的蒸汽像鲸喷水柱似的喷吐云天。

这是洗澡车。整个高原师只有一辆，在崇山峻岭间不停地跑，也要半年左右所有的哨卡才轮流一遍。每逢洗澡车莅临，战士们都拿出最好的吃食招待，其规格几乎等同军区司令。要知道，在银装素裹的高原，能脱得赤裸裸洗一个热水澡，真是莫大的享受。

轮到女兵们洗澡，老协提前几天就通知各单位，要闲杂人等届时万勿靠近洗澡车。我们端着脸盆甩着毛巾走在路上，机关院落里空无一人。

我们放肆地把军帽摘下来，让难得见到阳光的头发在风里飘荡一回。老协平日要求极严，不让我们把一丝头发暴露在外边。我发际低，脖子后面的细发几乎长到脊椎骨。要把它们提拢起来，通通塞进军帽，揪得皮肉生疼。我想，古代所谓的头悬梁大约就是这个滋味。

高原之上，人无分男女，所有的曲线都被棉衣抹平，只有头发在昭示男女有别。

老协有道理。

近看洗澡车更像一辆囚车，只有一个门，窗户极小极高，四周完全密闭。内设更衣室和淋浴间，还有附属的上下水设备和烧汽油的锅炉。当然，最主要的是要有驾驶室，这样洗澡车只要开到有水源的地方，发动马达抽水，点燃蔚蓝色火苗的汽油炉，就会有热水自喷嘴涌出。

这大概是全军海拔最高、设备最好的浴池了。

半年享受一回，又能管多大用呢？洗澡车又很娇贵，一天不是这儿坏就是那儿坏。一到战备紧张，先把洗澡车开到深山里掩蔽起来。它的存在，并不真是为了解决大家的洗澡问题，只是表示一种关怀的象征。

甭管怎样，今天轮到我们彻底地洗涤身上的污泥浊水了。

洗澡车内容积很小，只能容纳几个人。我们这一对半红，安排在最后。空间被前人使用得极热，一团团水雾奶油一样黏滑，令人窒息。

“要是你们不反对的话，我就把窗户打开了。”游星说。

我们俩反对也没有用，根本不等我们表态，游星就“嘭”的一声，把像轮船舷窗一样的小圆玻璃窗推开了。

水汽拥挤着朝外逸去。不明底细的人，一定以为这里爆炸了一颗鱼雷。

“妈呀！有人在偷看！”芦花一声惊叫，双手交叉捂着前胸，慌忙蹲下了。

我们全都蹲下了。大家人鱼似的，赤身裸体水淋淋，毫无自卫能力。这可如何是好？

还是游星比较沉着，她抹抹脸上的水，问："看的人在哪儿？"

"在哪儿？在哪儿……"芦花一手护胸，好像她那儿受了致命的伤，另一只手鸡啄米似的乱指，真是吓得不轻。

"你们俩别动，我来看看。"游星挺身而出，轻轻走过去先用手关上窗户，然后用手抹去另外一块玻璃上的水汽，踮起脚向外观察。

我认真判断了一下形势，其实我们挺安全的。窗户很高。一般人没有两米以上的身材，绝窥不到我们。除非他像壁虎贴在墨绿色的车厢外，光天化日之下，几乎不可能。

游星被水贴在额头上的眉毛猛然耸立起来："一帆，你看！"

我颤颤地凑过去。说实话，尽管从理论上讲是安全的，但在这种没有任何衣物保护的情况下去观察有无男人，着实令人恐惧。

洗澡车左边就是参谋们的宿舍。这是没有办法的事，房屋是傍狮泉河而建，洗澡车也必须择水而栖。

道路空荡荡，偶尔有夹着卷宗的人走过，脚步匆匆，凛然正气，绝没有驻足窥测的企图。

整个营区酣睡般正常。

"芦花，你是不是看错了？"我问，记起自己班长的职责。

"没……你看看窗户里头……"芦花惊悸未消。

"一帆，你的真正的侦察兵的不是。"游星惋惜地说。

我再次把玻璃上积聚的水汽抹净，终于看清了……

在洗澡车对面的房间紧密的窗户后面，我看到许多双年轻男子的眼睛。他们的眼球很湿很亮，像一种奇怪的含有很多浆液的黑果子。当然他们的身影不是凝然不动的，他们各自在窗前忙碌，好像有许多必须凑着光亮才能干的事情。他们把背影对着同伴，他们的脊梁一定是一本正经的。他们青春的面庞被窗棂分割成不规则的图案，经过双层玻璃的折射，变得虚茫而模糊。唯有黑色的"果子"被放大了，像吸人魂魄的幽井。

"不要脸！流氓！让他们的眼珠子都瞎了吧！"芦花像个巫婆似的诅咒。

"其实，他们又能看到什么呢？"一向炮仗脾气的游星，这回竟出奇地冷静。

真的。纵使将小窗完全打开，也只能看到水雾迷蒙中的一缕缕长发，至多看到一截脖子，像一张小半寸相片，其余什么都枉然。

“我在家穿游泳衣时，露的可比这多多了！这有什么大惊小怪的！”游星昂首阔步地回到莲蓬头下，不以为然地说，不知是对芦花，还是对那些不可能听见这话的男人。

芦花蹲在地上，使劲揉搓自己的身体，仿佛要像蚕似的蜕掉一层皮。即使都是女性，她也顽固地不肯脱去背心短裤。白色的内衣贴在肌肤上完全透明，除了不舒适、不便当以外，什么作用都不起。芦花松松垮垮地套着它们，心理上安全许多。

游星自由自在地伸展胳膊腿，在如云的泡沫中吹着气说：“看吧看吧。谁爱看谁看好啦！”

我又朝窗外望望。刚抹干净的那方玻璃又罩上稀薄的水网，影影绰绰，并不分明。但那些黑亮的“果子”依然在，仿佛一座丰收的果园。

高原师没有女兵，我们是第一批……高原气候恶劣，家属无法随军……高原关山万里，官兵几年才能探一次家……

洁白的泡沫从下水道流出去，蜿蜒成一条香溪。

密集的银丝，缠绕着我们。性急的游星把水量加大，水柱便像细细的鞭子，抽打着她光润的胴体。

游星在水雾中出奇地美。她是属于那种脸上一般、身段却极好的女人，这种女人该在热带生存。臃肿的军衣毁坏了这份天赐的福气。最冷的时候，我们要在棉衣里套一身绒衣绒裤，棉衣外罩一件老羊皮袄。就是在高原最温馨的夏天，游星也不敢脱去棉裤——她有关节炎。

“喂，你穿上裙子，一定很漂亮！”我忍不住赞赏游星。就算我们同屋，平时也没有机会这样细致地打量对方。水中的游星，仿佛是另一个陌生的婀娜少女。

游星没有答话，伸过手来，把我的水龙头拧到水流极大，霎时，耳边一片轰鸣。我和游星仿佛站在巨大瀑布的水帘后面。

“我问你，你可一定要说实话。实话多难听我都不怕，可你别骗我。你骗我，我会恨你一辈子！”游星把黑发垂下来，我们躲在她的黑发后面，好像一顶油亮的帐篷。芦花听不见。

“什么事？这么严重？”我想，一定同那个夜晚来访的男人有关，不由得抖擞精神，“我一定如实说。”

“你收到过……有人给你写过……就是那种信吗？”游星突然结巴起来。

嘿！我还以为是她的秘密，没想到是刺探我的秘密！

那种信，我们彼此都心照不宣。师里三令五申不许谈恋爱，老协更是像猎狗一样灵敏。但总有胆大包天的军人利用种种手段表达爱慕之情。我想，每个女孩都收到过那种信，大概以芦花最多。她是农村出来的那些小干部理想的贤妻良母型的女人。有的人书法华丽、词义高深，芦花摸不着头脑，还请教过我。但这种事，大家都讳莫如深。让老协知道了，张扬得到处皆知，一是要处理对方，二是要批评教训你，好像是你不检点，才惹来的事。

像游星这样刺刀见红问的，还真是第一遭。

但我得如实回答。有一种人，你可以不喜欢他，却不能欺骗他，因为他对你很真诚。

“有。”我很困难但是很清晰地回答她。就在前两天，我还收到孔博一封信。他笑嘻嘻地跑来找我，说是从库房的旮旯里又扫出我这封信——这在通信科是常有的事，当时太忙乱了。大家不但不埋怨，还有几分高兴，又多了一番亲人的抚慰！

我看看信皮，牛皮纸糊的，我家的地址，只是字迹陌生……

他像执行正常的公务，放下信就走了。

真够难为他的，还假贴了一张用过的邮票，当然邮戳不完整。不过高原上的人缺氧，双眼昏花，没有人注意到这处破绽。

一切惟妙惟肖。我正不知道该如何给他答复呢！

这些我当然不能都告诉游星了。我一边恨孔博，咬牙切齿地咒骂他破坏了我的安宁，一边心中暗暗沾沾自喜：孔博是优秀而英俊的军人，他在信中说了我那么多好话……

“可是，从来没有任何人给我写过那种信，为什么……为什么……”游星仰起脸，闭着眼睛，任凭水帘在她脸庞爬行。她像渴极了，要喝这种不开的生水。

我无法回答游星的问题。我不是那些小伙子，我不知道他们为什么不追求那么美丽而能干的游星。

五

星期天。

我们缓缓沿着狮泉河行走。

高原的河水像一团团轻柔的绸缎，抖着雪青的浪花，翻滚着一个个湍急的漩涡，滔滔远去。总觉得这河的名字诡谲雄奇——狮泉河——是狮子像泉水一样跑过来还是泉水像狮子一样跑过来?

总觉得这河里的水古老而复杂。全世界的水汽浮升为云，在宇宙飘啊飘，遇到高原耸入天际的屏障，坠落为雪。它们一层层绵绵地降下来，在半空中就凝固为冰。它们摞在高原上，像压缩过的饼干，沉睡了亿万斯年。终于有一天，融化为水，汇入这条浩瀚的大河，完成了几万里、几万年的一个轮回。每一滴水都幽远而神秘，从高原出发，走进印度洋。

“咱们除了像头磨道上的驴，走哇走，就不能想点儿别的事干吗？”芦花发起难来。我们已经走出营区很远了。

“回吧，打扑克或是侍弄葵花。”我转过身。

“咦？这是什么？”游星眼睛尖，或者说她总在东张西望，企图发现点儿新鲜玩意儿。

河边有一只泄了气的橡皮筏，松软干瘪，如同鱼皮。

“哪儿都没坏，充上气就能浮起来。”游星惊喜地说。

“咱们这儿怎么会有这东西，又不是海军？”芦花也来了兴趣。她从小在山里，没玩过船。

高原师经常收到莫名其妙的装备。有一回运来一台巨大的电冰箱。“真是越渴越吃盐！还嫌我们这儿冷得不彻底？漫山遍野都是冰箱，比它的个儿可大多了！”老协气得直哼哼。其实，这是上级机关配给医疗部门低温保存药品的，同冰天雪地并不是一回事。即使是这样，那台冰箱也毫无用处，因为只有每天晚上才用柴油发电机供几个小时的电。

“甭管哪儿来的，咱们今天有事干了！”我兴致勃勃。

游星像拽一具尸体，把橡皮筏拖到汽车营。

“喂！气泵在哪儿？请给我们的皮筏子充上气。要快！”游星颐指气使，带着天然的命令气味。

一名小战士乖乖照办了。其实，用不着游星这般喝三吆四，换上芦花款言细语地恳求，或者我公事公办地商讨，事情也一样能办成。最基层的士兵对待女孩子们又同年轻军官们的外冷内热不同。他们毫不掩饰对女兵们的惊讶与爱护，使我们有所向披靡的特权。

有了船，还得有桨。路过不知哪个单位的焦炭堆，游星顺手牵羊夹了两把铁锹。

现在，万事俱备了。

沾了水的橡皮筏子一改在涸岸上的卑琐，油光水滑仿佛一只海豹，映出我们三人变形的影像。

最后一瞬，我迟疑了。不管怎么说，在场诸位中，我官阶最高，要对大家负责任。天已晚了，河水雪白的鬃毛尾梢已沁出墨水般的蓝光，夕阳在远处雪山的缺口处徘徊，浪涛凹陷处泛着粉红，像漂浮着花瓣。

“船长，快上来！开船啦！”游星看出了我的犹豫，抢先跳上船，向我招手。

芦花也跳上去，扶着铁锹桨，咯咯笑个不停。

上就上！狮泉河的水没有负载过船，我们在河边生活了这么久，还不知道河里是什么风光！

我双脚一踏，像踩了西瓜皮，险些滑倒。小小的橡皮筏陡地增加了一个人的分量，吃水很深，就地旋了一个圈。游星用铁锹一撑，锹上的煤屑汇成一股黑水，橡皮筏子疾速地驶离岸边。

好惬意呀！游星和芦花双人持桨，奋力向前，配合挺默契。我雄踞船头，像一位真正的船长。

狮泉河绝不像我们在岸上看到的那般温良，连风也霎时变得狞厉起来。橡皮筏子像一颗黑色的弹头，顺着斜刺的水流疾速进入了河中心的主航道。

狮泉河像一道粗大的灰色绳索。远看它毛茸茸的，仿佛棉纱般松软；近看也依然膨松，好像少女未曾编紧的辫子。唯有深入它的中央，你才发觉它有一根铁的主干，所有的浪花都绕着它旋转，这根铁索越拧越紧，牵引着所有胆敢进入它的水域的漂流物。

波峰浪谷像狭窄山路一样应接不暇地急转弯，把橡皮筏子打得措手不及。

我们依然很兴奋。剧烈的颠簸给人驾驭骏马般的成就感，我们像鸭子一样叫着、笑着，说着谁也听不清的话。波浪的喧嚣遮蔽了所有声音，只见彼此大张着嘴巴。

残阳在雪山缺口处虚晃，半边河水已聚为幽蓝，仿佛变为两条泾渭分明的河流，深不见底地托举着我们，汹涌西去。

直到这时，我们才发现大事不好。最可怕的是我们非常轻快，根本不必举桨费力，皮筏子就像箭一样在水面蹿行。

营区已经像远古的神话落在我们身后。游星试图将皮筏扭出主航道，拐入旁侧较缓的水流，狮泉河大智若愚地把她的努力化为泡沫。水流与水流之间，有着人所不知的极严格的界限，绝非轻易可以跨越。

怎么办呢？昏暗中，我们的脸忽上忽下苍白浮动。

“要是我不鼓动班长上来就好了。”芦花带出了哭音。

“现在不是说这话的时候！”我顾不上责怪别人，也顾不上责怪自己，忙着察看地形。

两岸的石壁像电影胶片一样，瞬忽即过。橡皮筏子浮力很好，一时半会儿不会翻沉。可我们要回家！回到严峻而亲切的军营！

“只有一个办法了，跳下筏子，游到岸上。”游星咬着下唇说。

“可我不会游泳啊！”芦花抽泣起来。

“别哭！越哭水越多，我们就更回不去了！”我先稳住芦花，虽然自己也恨不能掉泪。

我略通水性，但在这样宽阔的河床和冰冷的水中，我不知自己能否成功地游到岸边。

“别怕！我带着你！”游星很义气地说。

芦花不相信地看着游星，不是不信她的允诺，而是不信她的技术。

河道稍稍变窄，但流速也相应加快。橡皮筏子像流利的滚珠，用不了多久，我们就会被冲出国界。

游星已经在做下水的准备了。

“先别忙！容我再想一想。贸然下水，凶多吉少。别忘了咱们是一对半红，要是缺斤短两，可就当不成先进典型了！”我想说句玩笑话缓解一下气氛，没想到更添凄凉。

“最后做一次努力。芦花，你不会水，无论出了什么事，你都要搂紧橡皮筏子。游星，咱们两个齐心合力，把船头扳离激流，驶向岸边！”我开始行使班长的权力了。

“一帆，你和芦花坐着别动，让我一个人下水试试吧！”游星显出英雄气概。

“开始吧！”我不让她再说下去。

我和游星在皮筏子上奋力扭转航向的结果是——橡皮筏子失去平衡，一个侧翻，倒扣水中。

“抱紧橡皮筏！”当耳鼓浸满水的最后一瞬，我清晰听到了一声叫喊。芦花说，这一声救了她的命。这个最不会水的旱鸭子，被扣到了筏子中央，冷暗若黑夜的锅底……

河水是逐渐浸入棉衣的。先是感觉到沉，许多不属于自己的赘肉附在身上，喉管像被一只很柔软但是密不通风的手捂住，血脉急遽膨胀，纤巧的身体变成庞然大物……其后才是冷。沁入心脾寒凝一切的冷水，充满了棉衣的每一处缝隙。我们像高压锅的铅锤一样，打着旋儿地向深远的河底遁去……

求生的本能加上游星最后的呼唤，使我们拼命抗御地心的引力往头顶的方向使劲，双手挥荡如狂风中的枯叶。指甲碰到什么，就像铁钩一样抠进去，企图悬挂住越来越蠢重的身躯……突然，仿佛是天助神力，颠覆的小舟艰难但是顽强地脱离了主航道，天知道这条野马般的狮泉河亘古以来是否航行过一只船！橡皮筏拖着我们，一寸寸锲而不舍地靠向河岸。

终于，靠岸了！当我们重又踩到铺满鹅卵石的坚硬的土地时，双膝一软，跪倒在地，有浊黄的水从膝盖处渗出来。

还有两个人同我们一样狼狈——老协和孔博，是他们沿河追赶，跳下水，把我们拯救出来的。

"你们是不是……想逃到印度去？"孔博为泅水方便，半途甩掉了棉衣，此刻被冷风一激，上下牙咯咯打架。

我们的棉衣虽说饱浸冰水，一时却不曾被夜风吹透，相比之下，还稍暖和些。

"你们是怎么知道我们到河里来的？"游星也很冷，但她好强，把话说得出奇地慢，却流畅不打战。

"你们那点儿事，全师……谁……谁不知道！比电报……传得还快……自个儿还觉得挺保密……嘿……"老协走到他们脱下衣服的地方，把裤子套上。拿起棉衣，他看了我们三个一眼，交到我手上："谁体质差，先换上。"说完，他颠呀颠地跑走了，大约是想借运动增加点儿热量。

我把棉衣塞给游星："你有关节炎。"

"我有关节炎不假，可这又不是裤子！我的前胸后背可是完全正常。"游星把棉衣转给芦花。见芦花穿妥帖，她又补上一句："老协原本也是打算给你的。"

芦花一听，马上要剥下来，被我制止住了。她体质虽不差，但不会游泳，灌了不少水，里外透心凉。

芦花还是咽不下这口气，说："都不要，我还给他去！"跑着去追老协。

游星说："我也先走两步了。前有开道，后有殿后，我最安全。"莞尔一笑，蹒跚而去。她的腿看来够呛。

剩下我和孔博。棉絮里的河水被风一激，化作无数细碎的冰凌。每走一步，窸窣作响，仿佛草绿棉布里絮的不是柔软的棉花，而是无数张崭新的玻璃糖纸。

“给你。”孔博把棉衣递给我。

“我不要。”

“为什么？这又没有人看见。”孔博不解，“怕你不要，我刚才就没敢当着众人给你。”

“你要是当着众人给，我就真要了。现在这样鬼鬼祟祟的，好像我跟你真有点儿什么秘密似的。我可不要。”

“唉！难道我们之间不是真同别人有点儿不同吗？你知道，为了能名正言顺地到卫生科见到你，我装了多少回病，屁股上挨的针像一只刺猬！”他深深地叹了一口气。

“你又何必这样呢？”我也叹了一口气。听别人赞美自己，是件快活事。但军规像一只苍老的手扼住我的心。我不知对他说什么。

“凡有男女的地方，都会这样。当男人和女人比例是一比一的时候，世界会很安宁。就像祖先遗留给我们的那条著名的阴阳鱼，端正平和，可以组成一个无可指责的圆环。”孔博侃侃而谈。

“狮泉河的鱼可不好吃。高原太冷了，鱼为了御寒，也长出肥猪一样的膘。有一天我看见一片河水变为墨黑色，以为要出什么妖怪，走近一看，才知道是一群鱼背映的……”

“别打岔。我们能有这么一个说话的机会不容易。狮泉河的鱼没有以前多了。早些年，浅水的地方汽车开过，漂起两道鱼墙，碾死的鱼用自己的尸身标出车辙……当男人和女人是二比一时，会引起最简单的战争……

“当男人和女人的比例是十比一的时候，会有许多耍阴谋诡计的小人和光明磊落的勇士，这个团体该英勇善战，一往无前……当男人和女人的比例是一千比一的时候……”

孔博沉默了。

“想不到，你的脑袋瓜里除了装满电台和密码之外，还有这么多乱七八糟的东西！那又会怎么样呢？当一千比一的时候？”我迫不及待地问，因为这正是我们在高原上的比例。

孔博依旧沉默。

“你倒是说呀！要不我走啦！”我要挟他。孔博的理论惊世骇俗，我只知道女兵们的处境微妙，却从没有上升到理论上思考。这家伙除了伪造信件之外，还有几分怪才。

“沉默呀！我这么半天一言不发就是答案。当一千比一的时候，所有的男人们都不再说什么，他们只是看着，等待着，没有人会知道将出现什么事情……别说有军规管着，就是没有，也难得有人敢轻举妄动。众人的沉默是一种无形的绳索，每个男人都怕被拒绝、被嘲弄……”

“那……”我问。

“我知道，你要说我为什么要给你写信，因为我觉得我是这一千人当中最优秀的……”他目光灼灼地望着我。

远山在苍然的暮色中逶迤，好像一只猛犸象在舔食天边的云霞。最后的阳光将高原丝缕状的云翳染成诡谲的翠绿色，仿佛深海中的浮萍。

我看到，一个小小的人影像棋子似的移动。

那是高傲的游星。

“可是你们为什么不给游星写信呢？”我问。

“可我们为什么要给游星写信呢？”

“她挺好的，能干又漂亮……”

“男人找老婆，并不只看这两条，还有许多很复杂、很微妙连自己也说不清的东西。比如，芦花，就像一碗凉得正合适的粥，谁喝下去都觉着舒服。比如，你……”

“别说我。我们说的是游星……”我又一次岔开他的话。

“好，就说游星。我敢肯定，不会有任何人给她写信的！”孔博停住脚步，很严肃地对我说。

“你怎么知道？好像你们举手表决过似的！”我真的吃了一惊。

“我们早把你们调查得一清二楚。对游星，我们同仇敌忾，众志成城。”

“为什么？”我真为游星难过，她在什么地方不检点，得罪了整个高原上的男性军官！

“因为……害怕。”孔博突然气馁。

“害怕什么？她又不是叛匪。”我好气又好笑。

“叛匪并不可怕，碰上了，我可以立个功给你看看！可娶一个游星回去，是党指挥枪，还是枪指挥党？”

“家又不是战场，打比喻要适当。”

“哪儿都是战场。别看我们此刻平平安安，明天就可能爆发一场战争。再者，谁不想在部队混个好前途？可你要是娶了司令员的女儿，干得再好，人家也说你是沾了老丈人的光。堂堂男子汉，今后怎么领兵，怎么在人前腰杆硬硬地讲话？对军人来说，功名事业远比女人重要。所以，大家都憋了一口气，别说游星还有那么多毛病：盛气凌人、又馋又懒……就是完人一个，我们也不招惹她！由她自个儿趾高气扬去吧，我们约好了，谁要是讨好她，谁就是我们之间的叛徒！”

孔博刚夸我时，我心中还有几分沾沾自喜，听他攻伐游星，也颇能满足自己的好胜心，但渐渐手心发潮，想不到，这帮小伙子竟存了如此顽劣的心计！

游星，你可知道自己生活在敌意之中？

“其实游星并不像你们想象的那样。比如，馋，她不过是爱挂在嘴边上——”

“喂！你别老跟我谈游星好不好？她就是公主，我也不想当驸马！我只想同你谈谈你，谈谈我们！”孔博突然火了，肆无忌惮地朝我嚷。

“我们没有我们！”我也不甘示弱。

孔博真傻。男女之间的谈话，最初绝对是从各自的朋友开始的。他这种单刀直入直取上将首级的战术，真令人接受不了。

营区像一头蹲踞的野兽，已在前方出现。我们就是想言归于好，也没有路程了。

六

老协千辛万苦地把我们从冰河中救出，目的就是让我们写检查，一遍不成，再加工还不成。我基本沉得住气，芦花的检讨书已经被泪水浸得像泡泡纱，老协还说不行。

“看我的。”游星忍不住了，提笔以我们三人的名义写了一份集体检查。

“我们私自驾驶橡皮筏子顺河漂流，主要是想到印度洋上看看风景……”

“你疯啦？这可不是开玩笑的事！在国境线上，有什么比投敌叛国更重的罪名？！”我吓得要撕，“真是跳进狮泉河也洗不清！”

“你放心！”游星睐着一只眼拦住我，“真要是三个女兵集体预谋叛逃，第一个吃不消的就是老协！”

真让游星给说对了。面孔黝黑的老协面对自供不讳的罪状，反倒先蔫蔫地泄了气。

“瞎写什么！”老协掏出烟，拿火柴没点烟，先把游星的“自白”给烧了，“以后再不许你们四处乱逛，惹出那么多麻烦。”

老协对我们管得越发严了。

那天晚上，电灯很诡谲地眨了三下，这是柴油发电机给大家的信号。按规定，五分钟后，电灯就会熄灭，请大家准备好煤油灯或者蜡烛照明。

“游星还没回来，门怎么办？”芦花问我。她胆子小，又睡在最靠近门口的地方，每天入睡时，都把门口的警戒措施搞得十分复杂。插上门后，先在门后摆一张凳子，若是有人半夜闯入，推门之后就是一声惊天动地的巨响，足以把沉睡中的我们惊醒。然后在靠近她床头的地方再摆上脸盆，盆里注上快溢出来的水。这样闯入者就是有幸躲过第一道防线，也会一脚踹进水盆，除了造成极大的声响外，必定滑一个结结实实的大马趴。

我说过她，怎么搞得像地道战一样复杂？虽说害怕黑暗是女孩子们的通病，但像芦花这样近乎病态的恐惧也很少见。游星干脆在背地里一本正经地对我说：“她家的什么人可能在半夜里被人强奸过。”我说：“游星你再胡说，我就让你睡门口！”

游星今晚没回来，芦花的防暴措施就无法付诸实施。芦花哼哼唧唧睡不踏实：“这么晚了，能到哪里去？班长，你说说呢……”

我说什么呢？游星到哪里去了，我怎么知道？世上的事，大约都是压迫越深，反抗越烈。游星最近常外出，而且每次都要梳理打扮一番。说来也可怜，高原上的女兵不可能有任何特殊的服饰。游星唯一的美化方法，就是把汽油桶一样肥硕的棉裤换成绒裤，显露出修长的双腿。每当山风吹过的时候，罩裤不会粘在棉裤上，而是潇洒地随风摆动。

老协敏感地皱起鼻子："游星不是说有关节炎吗，怎么反倒比别人抗冻？"

我烦老协一天像特务似的侦察我们。他一天天找芦花谈心，为什么不说说自己？

为了证明游星并不脱离群众，下午我也把棉裤换下。高原部队的冬服是一年一换，理论上我们每年都穿新棉衣。实际上我的棉裤破得惨不忍睹，裤腰处的棉花全穿飞了，只剩内外两层布，变夹裤了。

我特地到老协面前走了走，以显示我的绒裤。假如他要说我，我就说："怎么？这不是总后发的军装吗？"可惜，老协只是很有些悲哀地看着我，没说一句话。

听说老协在乡下有个未婚妻，是穿上军装的第二天父母给包办的。农村有些很穷的小伙子，原来都是要打光棍儿的命了，突然应征入伍，有姑娘的人家便把宝押了上来：若是今后能在队伍上出息个军官，自己的姑娘也就能跳出去，弄个太太当了。若是干几年回来，女婿也算是见过些世面，不会比土里刨食的更差。匆匆忙忙订的好事，待到青年小伙儿真的套上四个兜的干部服，这种没有感情基础的婚姻便遇上了地震。一把扯散了，怕组织上从此对自己有看法，影响前程；凑合着，又觉得委屈，便一直拖着。

尽管老协自己的事挺挠头，对看守我们还是尽责尽职。在他心里，肯定觉得我们像一堆炸药包，说不定哪一刻就会有火花冒出。

绒裤还真是穿不得。阴冷的地气先把双腿骨缝里的浆液凝成鸡蛋清样，使关节涩得像一盘老磨。凉气继续向上蔓延，像拔节的麦子，一会儿就抵到腰，冰冷冷地有直逼胃脘之势。

我佩服游星，别看只是换穿了一条绒裤，没有一股火热的朝气，还真抵挡不住。

事情似乎有些异样。那副精美的扑克？那缸子没有溶化的白糖？那个披军大衣的男人？听说他是地方政府的机要交通员，一个普通干部……

也许，我应该找老协汇报一下这些疑点？可是，他会不会说我思想太复杂了？万一要让游星知道了，也许会骂我一个狗血喷头，我又何苦？在我内心最隐秘的地方，我甚至希望游星沿着这条危险的路走下去。她很聪明，又有能力。特别是她有那样一位父亲，单凭这一条就值得别人忌恨。虽说迄今为止还没显出她的老爹对她有何特别关照，但所有的人都知道，到了关键时刻，这柄巨大的保护伞肯定会起作用。游星是我强有力的竞争对手。

“班长！班长！”芦花在暗夜中呼唤我。

我没回答。尽管高原的黑夜是世上最黑暗的地方，我还是不愿让芦花发觉我很清醒。

芦花轻手轻脚地穿好衣服，又叫了我几声，好像要同我商量。

作假既然已经开了头，只有继续装下去，我坚持一动不动。

芦花开门出去了。

三个人中两人不在，我感到孤单和恐惧。我竭力劝慰自己，游星就会回来，芦花就会回来，蒙蒙眬眬睡着了。

等我醒来时，满屋亮堂堂的。高原的阳光像一把寒冷的钢针，尖锐地刺着你的眼，却丝毫不给你温暖。

两张床都空着。

出了什么事？她们俩上哪儿去了？彻夜未归，在野外是要冻死的！

“周　帆，你出来！”是老协，声音冷得瘆人。

“到我办公室去！”他用命令的口吻说。

到底怎么啦？我心中忐忑不安，满腹狐疑地推开协理员办公室的门。

地中央的椅子上坐着一个人，皮大衣、皮帽子、毛皮鞋、皮手套……武装得像要赴前沿潜伏，尽管穿了这么多，浑身还在瑟瑟发抖，好像恶性疟疾病人在发高热。门响，我进来，都泥塑般毫无动静，好像灵魂远遁了这个世界。

这是谁？犯了什么过错？明知不该过于好奇，我还是转过去仔细端详。

这个把自己包裹得严严实实，仿佛想缩进地缝里的人，竟是——游星！

在此之前，我不相信时间会在一夜内如此残酷地改变一个人的外貌：她的头发不知被汗水还是泪水黏结在额角，细密的皱纹像渔网一样罩在她年轻的脸庞上，显得那么做作虚假，仿佛伸出手去就可以抚平。最重要的是眼睛，司令员女儿那双高傲聪灵的秀目，像泉眼一样在一夜间干涸了，只剩下深不见底的凹洞，用毫无表情的目光与我对视。

要不是老协站在一旁，我真想拼命将她摇醒："游星！你怎么啦？该不是夜里做了个噩梦，迷失在了茫茫的雪原？"

老协面向我布置任务，完全无视游星的存在。我感到大事不好。

"游星昨天晚上同地方上的机要交通员伍光辉坐同一辆吉普车，向国境方向叛逃。幸好芦花同志及时报告了她失踪的情况，侦察部队才将他们俘获。在事情没有最后查清之前，先施行单独拘留。"

天哪！我一时如五雷轰顶！这怎么可能！游星有种种不讨人喜欢的毛病，但她绝不会干出这种事，绝不会的！我想，这都怪我，假如我昨天拦住芦花，也许一切就不会发生！

椅子好像突然燃烧，游星跳了起来："不是的！我绝没想到叛国！我没有——没有——"她从呆若木鸡变得歇斯底里。

"不是想外逃，我们从吉普车中堵住你们的时候，车头正向着国境方向。这是什么意思？"老协咄咄逼人。

是的。游星必须回答这个问题，不然，她如何洗清自己作为一名军人的忠诚？！

游星苍白的脸突然变得通红，好像一只无形的巨手把她的头按到了地上："这……我们忘了那是国境方向……"

"好一个'我们'！好一个'忘了'！你们在干什么，把国家这么重要的事情都能忘了？还有一个解释，就是你们……冰天雪地的，就不怕冻着？想得还挺周到，穿了一身皮货……说啊，你们到底是干了什么？说！”

如果有一根树枝在老协面前，他的目光会让它冒烟。

“我们什么也没干，只是想坐着车看看夜里的高原……”游星极力为自己辩解。

“哄谁哩！”老协鄙夷地说，“看高原？成天看还看不够？孤男寡女夜里溜出去，还能干什么？说……说不清楚，你们就是企图叛逃！”老协像把一柄刀和一条绳索扔到游星面前，由她选择。

游星必须说清楚，否则她无法保持自己作为一个女人的清白！

久久的沉默。游星的脸缩在毛茸茸的皮帽扇圈成的洞穴里，像一块万古不化的寒冰。

我预备悄悄地退出去，我忍受不了这种严酷的煎熬。

“不要走。拿出纸笔，把游星的话记下来。这件事现在轰动了整支部队！”老协好像背后有眼，及时制止了我的逃跑。

游星的鼻翼痛苦地颤动着，她面临可怕的选择：要么承认对祖国的背叛，要么承认自己是一个放荡的女人。

游星继续沉默了很长很长时间。老协也并不催促，好像面临一桌盛宴的人，并不太计较时间。

我看着桌上一只积满茶锈的大缸子，褐黑色的图案像一座城堞和许多锋利的牙齿……我仔细地研究那只缸子，看出像未定国界一样蜿蜒的曲线……

突然我发现游星也在盯着那只茶缸，我立即把眼光移开……我突然充满恐惧地想到，那重重毛皮包裹之内的可怜的人儿，倘不是游星而是我，该怎么办？怎么办？

脊背中央有一股冷血在向上升……

室内的海拔好像上升到比珠穆朗玛峰还高的地方，稀薄的空气还在不断逃逸。游星低着头，看不清她的脸，只见双肩在抽动。

我猜她在哭，却听不见丝毫声响。

终于，她抬起头来。我和老协看到一张惨白却十分果决的脸。

“我说。”她说。

“这就好。”老协心满意足地说，吩咐我：“拿纸笔！快记录！一个字也别落下！记原话！”

我记下的游星第一句原话是：“我有一个要求——”

“不许要挟组织！”老协很严正地拒绝。

“不答应，我就不说。”游星不退让。

“那你先说说看。”老协心切，先退了一步。

“那就是——无论我说了什么，都不要告诉我的父亲！”

“这个……我可以答应你，我不告诉你父亲！”老协松了一口气，在他看来，这算什么先决条件！但他同时也要了滑头，他只保证自己不说。

游星这么爱、这么怕她的父亲！我原以为，她会迫不及待地找她的父亲以求庇护。

“我爱伍光辉，他也爱我，就这些。”游星突然很快地说。

“详细点儿！”老协不依不饶。

游星拒绝谈细节。

“那还是有叛国投敌的嫌疑。”老协又端出无敌的法宝。

游星抬头看了我一眼，突然跳出一缕亲昵的光：“能让班长出去一下吗？”她轻声问老协。

这是我与游星相识后，她第一次称呼我的职务。

“不成。”老协很干脆地拒绝了，“这种事，有两个人在场好。”

于是游星不再看我。她开始讲一个轻浮女人的故事。这个女人就是她自己。伍光辉是那么英俊而无辜，所有的责任都是游星承担。还有老协最感兴趣的时间和地点……

“好啦，你先回去吧！没有允许，不许出屋，等待处理。”老协对游星赦免似的说。

“周一帆，作为一个班长，你是很不称职的！昨天晚上有人夜不归队，你为什么不报告？幸好芦花警惕性高，积极请示，又和我们一起去找。要是真有人叛逃，从你到我都得上军事法庭！”

原来真是芦花！可是你呢？你昨天晚上想了些什么？事情到了这个地步，是我们都不曾料到的。假如我昨夜拦住芦花，假如芦花安静地睡着了，他们以后也还会去看高原的星星……

"游星是不会叛国的。"我急急辩解，这是我此刻能为游星做的唯一一件事。

"我说，你什么时候才能老练起来？那不过是个工作艺术嘛！不这样唬，她哪能老老实实说真话！"

我瞠目结舌！

"周一帆，游星的事如何处理——还得等待研究。这期间，你不上班了。也就是说，你的工作改为监护游星。千万不能出意外。"

"协理员，这事还是让别人干吧，比如，芦花。"这是我第一次抗拒命令。一个宿舍的战友，突然成了看守与被看守的关系，对她对我都是折磨。

"芦花说她不愿见游星，我已经把她调到别的宿舍了。你是班长，这是党交给你的任务。"老协很严肃地说，"最近边界形势很紧张，军区要组织一个前线指挥部到阿里。军人要以服从为天职。"

七

一只懒洋洋的黑猪，肚子上粘着雪白的纱布，在高原上漫步。

高原上难得有家畜家禽。这些人工驯养的动物，初上高原还没能循序渐进地适应高原，高原就毫不留情地把它们淘汰了。这只黑猪是一个例外，大家猜它一定刚从野猪变过来不久，保存着蛮荒的强悍之气，所以才能在高原上苟且偷生。

因为缺氧，军人们的胃口很糟。农民的子弟也开始扔白馒头，黑猪便顿顿会餐。因为缺氧，猪也动作迟缓，肥膘触到地上的卵石，肚皮就磨破了，经常像个功臣似的到卫生科换药。

黑猪这两天开始挨饿，军人们的胃口出奇地好。

我到食堂去给游星打饭。乱糟糟的咀嚼之声突然噤住，仿佛我是个大人物。

这些天，游星事件和火药味日见其浓的国境战事，成了高原师永不衰竭的话题。年轻的军人们在密切注视敌人枪口的同时，也分心关注着我给游星打饭的碗。

游星不得擅自出入我们的宿舍，我昼夜同她在一起，成了名副其实的看守。除了我以外，没有人知道游星的真实近况。她的桃色故事在传播中乌烂发紫，不忍卒听。

我没法儿替游星辩解，她使我们女兵班蒙受了巨大耻辱。大家都忙不迭地洗白自己，好像早就看出游星是个淫荡女人。我难以自保，何以保人。

我端着满满的饭碗，在男人目光的甬道中穿行。我感到那目光中的荆棘和火焰。我无法设想游星有一天当真走出那禁闭的小屋，该如何在这剑戟般的目光中生存！

推开门，我有意让门扇敞着，希望正午的日光带给我们温热。

早上的饭还摆在桌上，纹丝没动。我把中午饭又放上，游星连看都不看。

“游星，多少吃一点儿。你已经几天不吃饭了！”我好声劝她。

“不。”她极轻微但毫无商量余地地回答我。

自那个可怕的夜晚之后，游星就几乎不吃不喝。最令人费解的是，她再也不肯脱掉厚重的棉服和皮大衣。据说与追寻他们的汽车相遇时，她就匆匆穿上了全套的防寒装备，好像一副铠甲。

我每逢走进屋里，看到她，就感到周围是一座大冰窖。

我熟悉的那个游星死去了，剩下的只是一个外表像她的女人。

“吃吧。真把身体搞坏了，以后你怎么上班？再说，你们家里人也会伤心的。”我不是一个巧嘴的人，但看着游星陡然清癯的面庞和黯淡无神的眼珠，搜肠刮肚地劝她。

“你是说，我过不久就能上班？”她幽暗的眼窝亮了一下。

我使劲儿点头。其实，我哪有权力做这么大的主！

“你骗我。”游星在苦难中依然聪明，“我知道，在部队，一个人打了败仗可以原谅，沾上了这种事，就永世不得翻身！”

我木讷无声。游星呀游星，你什么都明白，为什么要陷进去？

她忽然又自己笑起来：“你说得也对。身体要真坏了，他会伤心的。”说罢，她像吃药似的扒拉了几粒饭。

那个他，是谁？她父亲吗？

不管怎么样，游星开始吃饭了。这就好。

“班长，有人找你。”芦花怯怯地在远处喊我。

一对半红早已彻底解体。我并没有把芦花汇报这事告诉游星，芦花却总是不愿见我们。

“你去吧。我不会自杀的。”游星见我犹豫是否离开岗位，设身处地为我着想。

“帮我照看一下。”我对芦花说。

她端了张小板凳，呆坐在院子里，从敞开的门洞瞄着游星。

孔博像一株抖掉积雪的绿树，峭拔潇洒。我知道，他不但斗胆脱了棉裤，趁着正午，居然把棉衣也扒了。

“很精干呀！不过关节可要疼的。”我信口说。

“疼了就请你打针。你打针一点儿也不疼，简直是享受！”

“别胡说！再要贫嘴，我以后像纳鞋底一样戳你。”我突然察觉这样说笑下去十分危险，前车之鉴，不可不防，便板起脸，“你喊我出来什么事？”

“告诉你一个秘密。”

穿便衣的老百姓给心爱的姑娘送上一束花，穿军装的小伙子就携带一个秘密。

“什么秘密？”

“军区的游司令员，也就是游星的父亲，被任命为阿里前线指挥部的司令员，就要上山了！”

八

高原师进入了紧急战备状态。水壶灌满水，子弹推上膛。每人两双鞋，捆在背包上。解放鞋预备冲锋时穿，厚重的毛皮鞋是跋涉雪山时用。部队像伺机猛扑的虎豹，鬃毛奓起，抖动得不耐烦了！

唯有我们，像台风中的风眼，过着异常平静的生活，日出而作，日落而息。时间稀释了刻骨铭心的痛苦，游星略略恢复了一点儿生气。

“外面在忙什么呢？”她问我。

唯一能够同她交谈的是我。老协曾再三告诫过我，不能将战备之事透露给游星。为什么，我不知道。但游星是将门之女，战争除了是种种极为细致严谨的准备工作之外，更是君临一切、笼罩一切、浸透一切的气氛。它像一团浓重的铅色烟云，裹挟着全师随它旋转。游星用她聪明的心感觉到了。

老协的命令不可违。我含糊应道：“可能是有什么行动吧！”

“你去跟领导说说，放我出去工作吧！我一不会外逃，二不会自杀，一定等候处理。外面这么忙，咱们俩都这么闲着，多窝囊！就是打仗，也允许戴罪立功啊！”她央告我。

听了我的转述，老协冷笑一声：“我还没急，她倒急了！事情还没处理完，她就到外面大摇大摆地走来走去，党纪军法岂不成了儿戏！”

我非常憎恨自己现在的角色。老协杀一儆百的用心，我不得不服从。游星尴尬悲凉的处境，我毫无办法。内心深处，除了对弱者的怜悯之外，又希望游星受点儿挫折，从此敛起傲慢。

“不过，事情很快就要有眉目了。领导的意见，是尽快做出处理，最好赶在游司令员到达‘前指’之前。”老协搓着手掌，像在部署一场重大战役。

我一时猜不透这其中的联系，面露不解。

“部队马上就要进入临战状态，一天把女人的事挂在嘴上，岂不影响斗志？再者，游司令员一上来，还能不包庇他的亲生女儿？处理起来就棘手了！我不怕得罪人，坚持从严惩处。司令的女儿和农民的女儿，败坏了军纪要一视同仁！谁说好话也不能宽容，才能保证军队铁的纪律！”

老协义正词严。这些话自然都是不错的。

“不要透露游司令即将上山的事。一个字也不许对游星说。不然，她提前同她爹通了消息，咱们的工作就被动了！”老协再三叮咛。

我深一脚浅一脚地往宿舍走，左右为难。

这正是阿里高原上最温暖的时光。我突然看到地面铺满金砖！

啊！是我们种的葵花开了！

多少天来，它被我们彻底遗忘。游星忙着坐牢，我忙着看守，芦花无声无息地像一只老鼠。向日葵不理会人间的一切沧桑，毫不懈怠地生长着，从寒冷的土地中汲取养料，从稀薄的空气中收集阳光，竟不可思议地匍匐着开起灿烂的花！

它只有人的膝盖那么高，细细的茎子像一缕柔韧的麻，虽被飓风吹得东倒西歪，却顽强地探向天空。花盘极小，只有五分硬币大小，异常菲薄。四周尖锐地分蘖出像箭头般的金色的花冠，像黄铜一样闪着明亮而细腻的辉光。

向日葵这种平原上司空见惯的植物，在高原显露出陌生的模样。

这不知是不是地球上最矮的向日葵，但我想，它肯定是世界上最高的向日葵了！

回想我们共同栽下它们的时光，多么快活！

“我能工作了吗？”游星充满渴望。见我久未答话，她便知趣地垂下眼帘，让浓密的睫毛遮住水光。

“你爸爸，对你……好吗？”我小心地选择字眼。在命令与良心之间，我要开辟一条崎岖的小路。

现在，只有游星的爸爸能够救她了。

“你问这个干什么？”游星警觉地问我。

“不过是随便聊聊。我想，世上只有极少的人到过高原，女人当然就更少了。我们住在一间宿舍，像一家人。”

“班长，你是个好人。特别是这些日日夜夜，在我一生最困难的时候，你没有像别人一样把我看成是一个坏女人。”游星动情地说。

哦！游星！我绝没有你想象的那么好。不过，现在不是谈论这些的时候。

我接着问：“你一定很想你的亲人们，对吧？”

“是的。”游星仿佛预感到什么，紧张地盯着我。

“也许你不久就能见到。”我咬着牙吐出这句话。依游星那个机灵劲儿，她一定能猜到我的用意。

“太好啦！”游星攥住我的手。她的手指尖冰凉如笋，但手掌已经温热有汗。“求求你，快帮我送封信给他！出了这么大的事，他的日子一定很不好过！”

“他——谁？！”我目瞪口呆。

“伍光辉呀！”游星嗔我明知故问。

我真恨游星的痴情！大难当头，还不快想保全之策，反倒雪上加霜！我不能帮游星做这种串联的事，很坚决地摇了摇头。

“我给你出了个难题……”游星像个老妪一样悠长地叹了口气。

我们凝望远山。

窗玻璃像一副镜框，镶进无数巍峨的雪峰。那些地图上显赫一时的峰峦，那些令人咂舌的世界之最，都像静止的油画，摆在我们面前。当你看到喜马拉雅山、冈底斯山、喀喇昆仑山的任何一座主峰时，你都注定会失望。它们同你见过的成千上万座雪峰毫无二致。只有极精密的仪器会告诉你：你们确实比其他的兄弟要高那么百十千米。但对苍莽的高原来说，这差距实在只是一根头发的间隙。而且从某个特定角度看去，也许近旁那座无名的山峰更高大魁伟，更有不可一世的威严气概，可惜它只是芸芸众生。

高原是由无数无名之辈构成的宏大体系，时间在这里永恒。

九

那时游星的父亲是师长。年轻骁勇的野战军师长，该是多少姑娘倾心的对象！可骄傲的师长一律不理不睬。功未成，国未报，何以谈家！一场血战下来，敌人尸横遍野，冲锋陷阵的师长大捷归来，连根毫毛都未伤。

“做完战斗总结，你给我住院去！”首长像对自己的儿子说话。

过草地的时候，游师长实在走不动，曾趴在这位首长的背上。现在，当年健壮的后背已稍显佝偻，游师长还是唯命是从。

“可我没受伤啊！”游师长挠挠后脑勺。

“那就是身上哪个地方不舒服了。”老首长很肯定地说。

“没有哇！除了头发长了，每个月得剃一回，哪儿都装备精良。”

“就你这个憨样，真不知是怎么打的胜仗！”老领导发怒了，“叫你去，你就得去，回去好好想想，想出个病名来。明天下午野战医院来接你。到了那儿，你仔细看，看好了哪一个，就用车把她拉回来。记住，可要挑个贤惠的！”

游师长傻呵呵地站在那儿，这是他生平接受的最艰巨的任务。

野战医院住进一位年轻彪悍的军人。

游师长的病号服甩在一边，穿着警卫员浆洗一新的军装，在医院里闲逛。他无法忍受像斑马一样的布衫，只有军服才会给他勇气和力量。

他像以往执行任务般勇猛快捷，只是忘了前辈的谆谆教导。他没有挑选最贤惠的姑娘，而是看中了全野战医院最骄傲的女兵。

所有的女孩子都对年轻的师长另眼看待，唯有这个女兵，依旧在铁丝上晾晒散发着特殊气味的手术巾，对走近的师长不屑一顾。

师长感到自己遇到了难以攻克的鹿砦和城堡，他立刻兴奋起来，发动了猛烈的攻势。

“不，我不。”那个后来成为游星母亲的女人，低声但是很清晰地拒绝了师长，“我从看到您的第一眼就很怕您。现在也是这样。这怎么能在一起过日子呢？”

原来如此！师长还以为洗衣班的小姑娘看不起他呢！师长不想再耽搁了，他觉得这真是一件麻烦事，他还急着去打仗呢！“我这个人就是这个脾气，爱瞪眼睛，一回生，二回就熟了嘛！”

师长俯尊就屈，游星的母亲依旧不从。师长动怒了：这又不是篮球场，可以随便换人！游师长不想落个挑三拣四的恶名。这已不仅仅是老婆的问题，还关系到军人的尊严。

上至野司，下至医院领导，走马灯似的来给小女兵做工作。当游星的外祖父母都被接来劝说时，游星的母亲终于同意了婚事。

游星的母亲只为游师长生了游星，总是骄傲而忧郁。游师长成为游军长、游副司令，依旧威武，依旧具有独特的魅力。天下美丽的女人，并不都像游星母亲那样冷若冰霜。

“怎么办呢？有个女人非要嫁我。”游星的父亲在同妻子讨论这样的问题时，坦率而磊落。假如妻子哭一顿闹一顿，说你从此再不要理那个女人，游副司令员一定会干脆利落地了断此事。可惜游星的母亲单独对墙站立了一会儿，然后回过头来平静地说：“我走了，把游星留给你。走出你的家门，我就重新是个普通的女人了。孩子跟着你，会有一个好前途，我放心。”

母亲长久地亲吻了游星，把冰凉的泪水灌满她小小的耳窝。当时，她正躺在床上，不知道这是一次永远的别离。

作为平民子弟，对权贵们的家眷有天然的敌视，想不到游星有这样的身世！

“继母对我很坏。我说的坏，不是吃不饱穿不暖那种。在我们那种家庭，坏不是用这种形式表现出来的。她只是不管我，说穿了，就是不爱我。要一个和你没有血缘关系的人挚爱你，你也爱他，这挺不容易……认识了伍光辉，我才知道爱的力量……”

挺好的谈话，突然混淆进那个穿皮大衣的男人，我急忙扭转话题：“还是说你爸爸吧！”

“他根本就不懂得爱……”

“你爸爸万一知道了你的事，会怎么样？”

“不！不！无论受多重的处罚，千万不能让我父亲知道！那样会把他气死的！你们答应过的，你们不能说话不算数！”她声音嘶哑地叫起来。

游星其实深爱她的父亲！

随着战备升级，大家对游星事件的久悬不决反应也愈加强烈。这是一道辛辣无比的调料，极大地刺激着人们的想象力和正义感。每个人都在同游星境遇的比较中感到了自身的优越与崇高。越显示对游星的鄙弃，越反衬本人的纯正。同仇敌忾，义愤填膺，怎么谴责那位龟缩在小屋内的昔日的公主都不过分，她的利嘴又得罪过那么多人。她的贵族成分，更使这种愤慨具有了广泛的群众基础。人人都能从他人的苦难中，汲取濡养自尊的维生素。

我不敢说这些情绪我一分没有。但只要见到蜷缩在羊毛中的游星，我就感到深切的痛苦和同情。游星就像一个青核桃，用强硬的外壳包装着嫩弱的内心。那些涉世未深的普通军人，不敢爱一个高不可攀又性格莫测的姑娘。当终于有人向她表达爱慕之情时，她几乎是迫不及待地走向了深渊……

十

游星能自由活动的唯一时间是上厕所。厕所在半山腰，我尽量同她慢慢走，让她在蓝天下多待一会儿，呼吸空气，晒阳光。

高原的空气很阴险。初闻的时候，它新鲜而凛冽，像刚摘的雪花梨一样清香。但它很快就会抽走人类不可须臾离开的氧气，填进一种透明的麻醉剂。吮吸高原的空气，会被它不动声色地引向死亡。高原用看不见的黑手扼住你的脑，扼住你的胸，扼住你的心肺和所有空腔，使它们像一只只漏水的皮囊，永远不能充分供给生命的食粮。

稍微不慎，你就会被缺氧击倒在地。无数粉红色的泡沫痰像螃蟹沫似的从你的口鼻涌出，血液被偷换成浓重的铅汁。高原用手轻轻一点，你的肌肉就凝固成岩石，满头的青丝变成冰雪样苍白……

神圣而又残酷的高原啊！

游星走路的时候极不老实，总是东张西望。遇到迎面而过的干部战士鄙薄的目光，连我都替她难堪，她全不在意，四处环顾。

她在找人。找伍光辉。她以为他会找机会来看她。这件事，整支部队地方人言鼎沸，伍光辉不会不知道游星已失去自由。他没来，说明他一定也受到阻碍……

游星的这点儿心思，明明白白写在她缺少阳光、苍白如瓷的额头和焦灼的幽暗瞳仁里。

听说，地方上远没有我们这么法度森严。伍光辉只写了篇检查，检讨了私自动用吉普车外出的错误，其余的，并无人追查。

这世界有一把女人尺，还有一把男人尺。

这一切，我不敢向游星透露。

天，阴沉沉的，像在孕育风暴。阿里这地方短暂的暖意，像白驹一样走了。

从厕所归来，中间夹一块空旷的谷地。在遥远的过去，狮泉河可能从这里流过。河水变迁了，卵石沉积下来，一排排鱼鳞般地裸露在地面上。

我和游星一前一后。我有意同她拉开距离，不让她感到被人监视的侮辱。突然，她僵住了，前仰着身子，脖子固定在一个很不舒服的角度，像被人用钢钎钉住了。

顺着她的目光，我迅即找到一个深蓝色的身影。他拎着一个黑色公文包，很急促地朝我们走来。

那身影越走越近，像一个轻捷有力的音符。我分辨出周正的鼻梁，很有棱角的微抿的嘴唇……他穿着一身藏蓝制服，在看惯了草绿的军营里，这蓝色鲜艳悦目。

来人正是伍光辉！虽然他没有穿皮大衣。

游星并没有认错人！在她面临四面八方的训责时，伍光辉迎着高原这个冬季最早飘下的雪花向游星走来！

游星站着没动。漫长的等待和巨大的欢欣，使她脸上充满圣洁之光。

我陷入进退维谷的窘境。他俩的接触，显然不相宜。作为执行任务的军人，我理应制止。但在目睹了游星痛不欲生的磨难之后，我又实不忍心阻挠。

我的心在矛盾中煎熬。闭上眼睛，背转身，装作养神？抑或劈头盖脸地迎上去，像庖丁剔骨的刀子楔进他俩之间？

没容我艰难地做出选择，伍光辉一个折身，大步流星地拐向侧方，目不斜视地走进通信科办公室。

我费力地思索这意外的变故。是不是有人监视？四周空寂，只有无数鹅卵石像煮熟的死鱼眼目睹这一幕。是不是他为掩人耳目，随手丢下一封信，或是一张字条？没有哇！只见风儿卷着谣言似的雪花，围着我们上下翻飞。

答案其实现成而简单：伍光辉是在履行正常的公文交换事务，完全是一次偶然路遇。观察他的路线，是一条穿过谷地的便道。他没有多走一步路，自然，也没有少走一步路。

我不忍心看游星。她钉在地上的两只脚，仿佛被人钻透了，全身的血液都从那里流失，只剩下薄脆的躯壳。

“刚才……我是不是看错了……人？”她恍惚地问。

我应该骗她，说我不认识这个人或者根本不知道她说的是谁。但是，瞬间我没想到这些假话，几乎是本能地点点头：“正是他，伍光辉。”

游星朝着伍光辉隐没的方向说：“他还能工作。这挺好。”

我叫芦花帮我照看游星，跑去把老式电话机摇得像一挺机枪。

“喂！孔参谋吗？我是周一帆，我想见你。”

“周一帆，你终于想见我啦？太好了！我马上跑步就去！”孔博在电话另一头高兴得大叫。

他果然气喘吁吁地赶来。

“伍光辉到你们那儿去了？干什么？”我没好气地问。

“他是地方机要交通员，经常与我们互换信件公函，很正常啊。”孔博摸不到头脑。

“他这个人一定有些过人的地方吧？”我问。我心中还存着最后的幻想：游星倾心爱慕的人总该有可爱之处吧！

“又是为你那狐朋狗友！”孔博火了，“实话告诉你吧，我们其实一直小心地爱护你们，丢人哪！游星把大家的心给伤了，如今大家都等着看戏呢！”

“看什么戏？”我机械地问，头脑木然。

“河南兵等着看豫剧，河北兵等着看梆子，上海兵看评弹，陕西兵看秦腔……甭管什么调，都是好戏都热闹。她爸爸就要上来了，她爹要是敢包庇她，弟兄们就敢不打仗！”

“孔博，你走，快走！我不想听你再说下去！”我只觉得神经像钢丝勒进脑浆。

“这可是你叫我来的！周一帆，要是你找我只是为了谈谈游星，下次我将不再奉陪！”孔博也发起脾气来。

十一

卫生科全体党员大会，讨论给游星党纪处分问题。

会场上挂着战备动员时的横标：“共产党员冲锋在前，退却在后。轻伤不下火线，重伤不哭。”

人们三三两两地议论着其他话题，几乎没有一句涉及游星。在讨论重大议题之前，往往貌似平和。

我不希望给游星的处分太重，我们相处日久，感情笃深，也不相信能轻描淡写地让她过关，她给我们的集体带来耻辱。

“‘轻伤不下火线’这句话还可以，‘重伤不哭’有点儿孩子气。”我同身旁的人随口搭讪。

“那是打仗时遗留下的口号，革命传统，改不得的。”芦花凑过来说。

我没理她。

老协宣布开会：“游星同志犯了这样严重的错误，我作为政治领导，要负主要责任。”他态度真诚，悔恨之心溢于言表。因为女兵们管理不善，他受到严厉批评。

“我们要纯洁队伍，教育同志，从此杜绝此类事件发生。”他的语锋开始凌厉。

我吓了一跳：这不分明暗示着要开除游星的党籍吗?

我用眼去睃游星。她端端正正地坐着，像一座冰塔，虽不断融化，还撑得住架势，眼睛紧盯着“重伤不哭”的横幅。

其后，宣读了当事人的检查交代材料。游星写得很简单，基本上就是我笔录的那些。伍光辉则要复杂得多，而且记忆十分清楚，简直令人怀疑当初他与游星相好时，就想到了坦白交代的这一天。

假如可能，我真要捂起耳朵，跑出这血腥的房间。我知道这些话像玻璃片，游星被解剖后贴在上面供观察分析。所有的隐私像咸鱼，赤裸裸地晾晒在天地之间。

“同意开除游星党籍的人，举手。”老协像教练员扣响起跑枪，庄严宣布。

片刻的静寂。

游星入党不容易呀！比芦花和我多花了几倍的汗水！人们对干部子弟，一半是羡慕，一半是苛求。游星的父亲并未给她特殊关照，也许以后会给，以前肯定没有。但大家认为她既然比一般人幸运，理应多受些磨难。她硬是用一点一滴的劳动改变了人们的印象。她是科里技术最优秀的卫生员，虽说嘴巴爱发牢骚说怪话，真到关键时刻，绝对是把好手……这一切，人们通通都忘记了吗？一个晚上的过失，就能遮蔽人一生的光亮吗？

轻微的声响。

一只胳膊举起来了。游星像中了枪伤的兔子，用无比哀怨渴求的目光看着那个方向，希望那个人能瞧她一眼，哪怕只是短暂的对视。她要把心中的怨悔告诉他。

那个人没有抬头，只是拼命吸烟。成团的烟雾像湿木柴燃烧，从那人的嘴巴、鼻孔，似乎还包括耳朵眼儿和眼皮下角，一齐冒出来。

又一声轻微声响。是衣袖与军服下摆摩擦的动静，在死一般沉寂的会场听来竟像汽车轮胎紧急刹车时刺耳。又一只胳膊举起来了。它位置很低，但明白无误。

游星绝望地把头扭过来扭过去，好像一条牛尾，在忙不迭地扑打成群而来的牛虻……她开始喘息，好像那些手都捂着她的口鼻。

一阵声响。音量比刚才大许多。这是几只手一齐举起。

游星的嘴张成一个椭圆，有稀薄的口水挂在两唇之间，好像在吹肥皂泡。这神情很古怪，像个天真的孩子，突然不认识朝夕相处的人了。

唰！唰！

如林的臂膀举起来了。大家的愤怒终于找到了宣泄的锥形山口。

游星把头伏下了，伏得那样低，直抵双膝。从她的座位背后看去，会以为那个位子是空的。

我迟疑地举起了手。老协正审视地盯着我，别的人也用目光督促我。游星，原谅我。你遭受的是一场暴风雨，大概不会再计较我这一盆水吧？表决所需的半数已然超过，这一票对你是无所谓的，对我却很重要。我还要奋斗光辉灿烂的前程。

我真怕游星在这时抬起头来看我。幸好，直到结束，她始终维持着近乎匍匐的姿势，一动未动。

“全票通过。”老协拉长声音宣布道。

“咦！我并没有举手呀！”一个孱细的女声说。

是芦花！

“要处理也得先惩治男的。这种事，男的罪过大！”一向腼腆的芦花鼓足勇气说。

我从此原谅了芦花。

十二

游司令员率领的前线指挥部，于傍晚抵达阿里高原师。从师长到炊事员都虎虎有生气，仿佛战争已经打响。

大功率的天线矗立起来了，这是同北京直接联络的电台。手臂夹卷宗的陌生军人出出进进，那是游司令随身的工作人员。增派了许多流动岗哨，你会在最出其不意的地方看到一道闪光，那是士兵雪亮的枪刺。

是旧地重游了。二十年前，作为解放阿里的先遣部队指挥员，他曾叱咤雪山的风云。在军人的传说中，他像牦牛一样强悍。

其实，此刻的游司令员正高垫枕头，面色瓦灰，扣着氧气面罩，神志不清地躺在前指司令部的一张床上。

毕竟是岁月不饶人。严重的高山反应，像一排霰弹击中了他。

当然，这是绝密的军事情报。

出师未捷，先失主帅，此乃用兵之大忌。稍一清醒，游司令员便嘱咐他的副手：关于他的身体状况，暂不要向军委报告。路途遥远，再换一位司令员，一是时间来不及；二是对方得知我指挥官突然临阵易人，必然在气势上胜我一筹。三军不可夺帅。“叫最好的医生最好的护士来！明天我要按计划去前沿视察！”游司令用最后的力气说完这些话，昏睡过去。

卫生科成了硝烟气氛最浓的地方。

科长无疑是最好的医生，谁是最好的护士?

“这阶段，芦花进步很大。”老协建议。

“还是让周一帆去吧！”科长委婉地说。

“其实游星技术最好。”我知道，按规矩没我说话的份儿，但这是实情，况且为了我表决时举起的手，一直心中很不安，想找个机会赎罪。

“游司令现在身体不好，还是缓些安排他们父女相见为宜。”科长纯粹从医疗角度考虑。

说实话，我不愿去见游星的父亲。他要问我，我说什么?我甚至不负责任地想：但愿他一直昏沉，不要醒来。

“前指”戒备森严。这所孤立的石砌房屋，每一间都亮着灯，人影幢幢。因为游司令的到来，高原师将彻夜发电。

我身穿白色工作服，行进在长长的甬道中。我将看到一位威严的将军、严酷的父亲、不懂得爱的丈夫……

在随同人员的引导下，我们进入一间小小的屋子。我惊讶极了。

屋内光线昏黄。从走廊强光下骤然入内，一时难以适应，更觉幽暗。一位骨骼粗大却很瘦削的老人，白发苍苍的头颅无力地倚在枕头垛上，仿佛一团喘息的老刺猬。可怕的泡沫黏痰封闭了他的口鼻，每一轮艰难的呼吸之后，你都怀疑他还会不会再喘第二口气!

高原把司令员凌迟了，只剩一具苍老的躯壳。

片刻后，眼睛适应了，我对这位从未谋过面的司令员涌上亲切之情。关键是他太像游星了。当然，正确的说法是游星像他，眉毛、鼻子、眼睛……简直像同样花纹的大碗和小碗，完全配套。游星苦命的妈妈除了遗传给她窈窕的身段外，在相貌上像清水流过一般没留痕迹。这面孔太熟稔了，我几乎忘记了他是统辖千军的司令，只记得他是我朋友的父亲!

科长毫不客气地屏退左右无关人员，指挥我进行紧张的抢救。

高原上所有疾病的死结就是缺氧。新鲜的高压氧气像泉水灌进去，辅以必要的措施，加之游司令员是一个性格非常顽强的人，他的症状迅速好转。

科长委顿地靠在墙上。我只是执行医嘱，他却须运筹帷幄，司令员的生命悬于一身，自然心力交瘁。

“你们——休息去吧！”游司令员醒来了，推开氧气面罩，用嘶哑而威严的声音说。

我俩面面相觑，不知该服从还是该反驳。论理他是我们的病人，但病稍见好，他就反过来指挥我们。

“这样吧，我到旁边屋去打个盹儿，小周注意观察病情，有变化随时叫我。”科长养精蓄锐去了，以备突发意外。

安静的病房里，只剩下我和司令员两人。

“明天，噢，现在要说今天了，我就可以去前沿视察了。”游司令员耸着花白眉毛，成竹在胸。

“您现在刚好一点儿，哪能到一线哨卡去！”我着急地劝阻。

游司令员根本没理我的话茬儿。

“你是师卫生科的？”

“是的，司令员。”

他忽然迟疑了一下，朝四周打量了一眼。虽然只有我一个人，他还是压低了声音说：“有个叫游星的，是不是同你在一起？”

这个倔老头，问到自己的女儿还挺不好意思！我看，他并不像人们传闻的那样冷酷无情。

“是，司令员。”我回答。

他略微沉吟了一下，好像在措辞如何打探下去又不显出儿女情长，似乎也没什么好招数，索性直说了：“她最近很长时间没给我写信了，不知为什么。”

我的心像被人狠狠绞了一下，光影中，他虽然已从死亡线上挣扎回来，仍旧衰弱不堪。我含混答道：“是不是她写了信，在路上遗失了？阿里路远，这是常有的事。”

“对，路远，常有的事。”他似乎很高兴找到这个理由，连连重复。

“她表现好吗？我是说……游星工作、学习……生活各方面，都好吧？”他结结巴巴，殷切地望着我。

骁勇的野战师长和威风凛凛的司令员，都像泥塑一样坍塌了，跟一般来队问短问长婆婆妈妈的农村老大爷没什么不同！

只是，这个貌似简单的问题太难回答了。我只好撒谎：“我们虽在一个科，但彼此也不很熟。她的情况我不大了解。”

我真想掐掉自己的舌头！可这也比实话强啊！

老人失望地垂下眼睛。下垂的硕大眼袋，贮满忧虑。半晌，他又自言自语般地说：“游星自小就有关节炎，不知最近犯了没有？”

我歉然摇了摇头。这我真的不知道。以前，倒是常听游星念叨她的腿痛。从那件事后，她再也不曾提到自己的腿。

“你跟游星是不是不大合得来？”老人敏锐地觉察出异样，“她脾气躁，爱和人顶嘴——”

“我们挺好……一块儿划船、种葵花……”我急忙辩解。

“本来是不该让她上阿里高原的。当时正好第一批女兵上山，我说，星儿，你去吧！她说，我不是特等甲级身体，我有关节炎，不适宜去的。我说，星儿，为了爸爸，你得去。山上有农民的孩子、工人的孩子，也得有我这样人的孩子……不然，我没法儿带兵。后来，她头也不回地到高原去了。她像她妈妈……”

我不知这位声名威赫的将军换一个场合，对另外一个人，会不会说出这番话。但在那盏昏黄的灯下，面对同他女儿一般大小的女孩，我看见，他略显混浊的瞳仁里充满慈爱。

也许，人在疾病的时候，心便脆弱细腻。

一个大胆的想法像蹦豆一样从我脑子里跳出。

“司令员，您既然这么想您女儿，为什么不把游星叫来或您去看看她呢？”我大胆试探。

“傻孩子，你以为我是来队探亲的房东老大娘吗？你回去见了游星，就说我挺好的，叫她放心。等这仗打胜了，我们再见面也不迟。”

我的眼泪差点儿掉下来。

我越发想让游星来见她父亲一面。这一仗，谁知要打到什么时候？近在咫尺不相见，不通情理！

“首长，要是我回去，另换一位护士来，您不会介意吧？夜这么深了，我们都穿着白大衣，戴口罩，戴帽子，没有人会分得清。她的技术比我好。天亮时，我再把她换回去就成了。”

游司令员注意地盯了我一会儿，然后微笑着说：“你是要我和你同搞一场移花接木、瞒天过海？”

“是的，首长。主要是我来搞，同您没有什么关系。”我调皮地说。

“好个机灵的小鬼！可惜你是个女孩，不然可以提个作战参谋的。”游司令员说。

“首长，可不要过一会儿就睡着了。”我打趣地说。

“怎么会？从现在开始，我一直睁着眼睛。”司令员极认真地说。

我拔腿就往外跑。脚步声惊动了科长，他睡眼惺忪惊恐万状地问：“司令员出了什么危险？”

“什么危险也没有，他比原来好多啦！”我把我的计划告诉科长。他揉着胸口说：“只要司令员没问题，别的我不管。也许这是一味心药。你去吧，这边我来照料。”

十三

窗户黑着。游星大概睡着了。我拿不准她会对我的建议采取什么态度，但我有把握说服她。

我轻轻走进屋，预备到床边叫她。有月亮的夜晚，外面比屋里亮。我看到一个黑色的人影端坐在桌前，凝望那灯火通明的独立房屋。

游星挺惦记她的老父亲，看来我的想法有门儿。

见我进来，她惊慌地问：“我爸爸出事了？”

“没有。游司令员的病情已经平稳了，没有生命危险。”我忙说。

她重重地舒了一口气，像是卸下了千斤重负。

“你爸爸非常想见你。你穿上白大衣，快去吧！”我热切地鼓动她。

“你把我的事同我爸爸说啦？”她的话带着令人心碎的悲哀。

“没有！绝没有！”我恨不能长出八张嘴来为自己分辩，“我什么都没说。我只说你挺好的，别的事我一概没说。”我在心里对游星说：别把我想得那么坏！除了万不得已，我愿意尽自己所能帮你一点儿忙。

“其实，说了也没什么，他早晚都会知道的。比如我爸爸来了这件事，谁也没有告诉我，但是我马上就感觉到了。爸爸很快就会察觉出异样，什么都瞒不过他的。”游星远比我想象得平静。

“嘿！能拖一时是一时，到什么山上说什么话呗！我看他非常爱你，不会把你怎么样的！他正在病床上等着你呢！”我竭力劝她。

游星终于站起身，顺从地说：“我去。”

“就穿我的工作服吧，省得再找。警卫肯定分不清咱俩的区别。”

“谢谢你，想得这么周到。”她冲我笑笑，说，“我的白衣也在宿舍。我今天下午上班去了。我的处分已经定了，我就可以上班了，你说是不是？”

“是。”我说。我不知道这和看她爸爸有什么关系。

“有一名小战士，挺可爱的小战士，不让我给他打针……我穿着工作服就跑回来了……你说得对，我就穿你的工作服吧，干净。”她突然很敏捷地套上白衣，说，“我去了。”

我庆幸总算劝动了她，又不放心，悄悄跟到门外。

起风了。

像一千头野牦牛在鼓面上奔跑，天地轰然作响。风不是起于青萍之末，高原上没有青萍，只有无数的大丘大壑。风是在某一个神鬼指定的时刻，在高原千山万岭的孔隙中一齐诞生，瞬间汇成狂暴的涡旋。它们排列成从太空才可鸟瞰的图案，把高原所有能移动的物体吮吸进去，用鹏鸟般黑色的羽翼抚摸狰狞的山石和圆润的冰川。营房在风暴中颤动，房顶像丝绸被扯紧，咝咝作响。平日丢弃的空罐头盒，像羽毛一样在天空飞翔，窗玻璃被风吹得呈弧形向室内凹陷，所有根基不稳之物都被风剥了去，携带到人所不知的远方……

只有喀喇昆仑、喜马拉雅、冈底斯这三座岿然的高峰，在无尽的黑夜与风暴中，一如既往地安睡着。一个极小的白色身影幽灵般地在风中飘行。

我尾随游星。她走得很快，大方向对头，是朝着前线指挥部方向。但我总有些不放心，也许是她的神情有些古怪。

果然，游星的行动变得不可思议。她避开正门，沿着漆黑的墙角潜行。

这是干什么？

终于，她停在一扇窗前，久久地向屋内张望。窗帘没有遮严，漏出稀朗的灯光。

那是司令员的病房。

游星看到了什么？

我无法凑到近前。屋里的情形不用看我也知道：病卧在床的老人，大大地瞪着双眼，等待他的女儿……

游星一直站着，好像打算待到天塌地陷。

时间不等人。我也顾不上她发现我跟踪会怎样想，咳嗽了一声，先给她个信号，免得惊吓了她，然后走过去说："你怎么还不快进去？要是流动哨发现了，没准儿把你当特务抓起来。"

她转过脸。我清清楚楚地看见两道微黄的泪水流淌着，风把沙粉像胭脂似的涂在她脸上。

"我这么脏，总得洗一洗。"她为难地原地不动。

洗洗也好，时间还来得及。要不司令员会起疑心的。

我和游星便手拉手往回走，就像曾经多少次走过那样。

风渐渐息了，怕要下雪。阿里大地沉浸在梦魇之中。群山鬃毛低垂，积蓄再度昂起的力量。狮泉河很温柔地在远处流淌。日渐寒冷，高山不再有融化的雪水濡养宽阔的河床，水像一条巨大的柏油马路，无声无息地延续到远方。

"你知道这片土地为什么叫阿里吗？"游星柔声问我。很长时间以来，这是她第一次谈起别的话题。

"不知道。"我老老实实地承认。

“你知道阿里是什么意思吗？”她又问，声音轻轻的，仿佛怕惊动了沉寂的山峦。

“不知道。”我有点儿难为情。阿里，阿里，高原师的人们都把这两个字像口头禅一样呼唤着，其实它既不是汉语，也不是地方语。没有人深切追究过它的含义，仿佛一个约定俗成。

“阿里是有来历的。这是我上山的时候，爸爸讲给我听的。我本来不愿意来，听完这个故事，我就自觉自愿地来了。”

“真的？”我越发想听这个有关阿里的传说。

“爸爸是最早到达阿里的军人。他们奇怪，这块中国最高的领土为什么有这样古怪的名字。一位鬓发像山羊一样白的老人告诉爸爸，‘阿里’是一句古藏语。就是现在的藏文中，也没有这个词了。”

哦！我们每天念叨无数次的阿里竟是一个早已消亡了的词语。它是怎样世世代代流传下来的？

山风像它骤然发动时一样，骤然停止了。

我们回到宿舍，游星很仔细地洗脸洗手，然后换上了一套新军装，飒爽英姿，很是精神。见了这样的女儿，游司令也许早晨真可以到前沿阵地去视察了。

游星认真地照了照镜子：“真想洗个澡。”她很遗憾地说。

自从游星出那事以后，就不许她上洗澡车洗澡了。

“洗不成澡，也得洗个头。”游星说。

她的头发很长很黑，洗时泡在脸盆里，水都要溢出来。洗一次头，工程浩大，很费时。

“天快亮了，怕来不及了。”我有些着急。

“班长，我去井边打水，一会儿就能洗好。”

游星愿意以最好的形象出现在父亲面前，也是人之常情。

我只好帮她找手电筒。天冷了，井沿儿已经结冰，夜晚打水，虽是轻车熟路，还是带上手电保险。“我新买的塑料壳手电又轻又亮。”

游星拿起水桶和扁担。

“还是咱俩一块儿去吧！”我不放心地说。

“班长，我已经可以自行活动了！”游星坚持她的主意。

看她想到哪里去了！

我只好退回来。

“你小心点儿。”我说。

游星担着水桶，用纤长的手指捏着扁担钩与桶钩相搭的铁环处，轻轻地走了。

落雪了。

雪片从云层直扑大地，像沉重的木屑，落在棉衣上，很黏，像半融化的砂糖。苍天很有耐心地用雪花把大地的皱纹抹平，安抚被狂风搜刮得赤裸裸的高原。

雪把阿里装饰一新。

等了一会儿，游星没回来。

又等了一会儿，游星还没回来。一担水，怎么会用这么长时间？我觉得蹊跷，跑出去找她。远远地，看到水井处亮着一道雪白的光柱。

待再往前走，看见那光柱毫不晃动，笔直地射向天空，竟像是从井底发出来的。

井边整齐地摆着水桶和扁担，却不见游星的踪影。

我三步并作两步跑上井台。井沿儿结了薄薄一层冰凌，一踩就碎，并不很滑。手电光柱确实是从井底发出来的。苍茫的雪花飞越这窄而亮的光束时，像金箔一样闪动着，倏忽隐没。

塑料手电筒防水性能极好，沉入水底依然发光，像一盏小探照灯。

借助灿烂的光柱，我看见井底有一柄黑伞似的秀发，随着井壁的渗水而微微荡漾。

十四

游星是呛水而死，除了鼻孔渗血，拭净后一如常态。所有的抢救措施都无效，我们只得给她换上干净的衣服，安置在她的床上。有人建议把她送到太平间，我不同意。我不怕死人，学医的人都不怕死人。我不能接受游星已从这个世界上消失了的事实。游星还在，就躺在她的床上。桌上摆着她刚才照过的小镜子，梳子上还留有她梳头时飘落的干燥的发丝……

芦花趴在床前，哭得泪人一般。我却一滴泪都没有。

我总在固执地思索一个毫无意义的问题：游星是先把手电筒亮着丢下去，还是手执手电筒扎下去的？

不管是哪种，游星是在一团明亮的光明之中走向那片幽静的水域的。那里面有星星，有月亮，有云彩，有雪花，有世界上最高的峰峦和一股股奔涌而出来自地心的泉……水是热的。

当她最初浴进澄清温暖的泉水时，该感到水波像柔软的被子覆盖过来，抵挡住了所有的风霜雨雪，像一块纯净的水晶，包裹着她到远方。

游星的头发渐渐干了。

正是黎明前最黑暗的时光。

老协用尺子量了水桶的位置，并提醒几个人同时注意到这一事实。“井边太滑，失足落水。”他很沉痛地说。

“半夜三更的，游星为什么要到井边去打水呢？”有人不解。

是啊，我必须回答这个问题。游星是为了她的父亲能够磊落地站在阿里高原上才走的。我不能让人朝别的方面想。

“为了明天早上，不，现在是今天早上了，她能干干净净地重新上班，她要洗澡。”我干巴巴地回答。

所有的人沉默不语。大家都相信这种说法。在茫茫大雪中，也许有人会想到，这个叫游星的姑娘做过的一些好事。

将游星的死讯通知游司令员，是一件极为棘手又必须尽早去做的事。科长说，游司令员似乎觉察到了什么，在漫长的等待之后，他反倒昏昏入睡了。

没有人愿意干这件苦差事，想象不出游司令员将怎样震怒。最后，老协自告奋勇去做：“游星是我的兵，我来负责。”

早晨，游司令员就要乘车赴一线哨卡。他面色冷峻地眺望着远山，似乎在同一位位熟悉的老朋友打招呼。

老协猛吸一口气，好像要潜入深海，迎了上去……

科长紧张地注视着这一幕：他原本就不同意司令员带病出发，再加上这致命的一击，谁知会出什么事？

我也为老协捏了一把汗：事情远比他所意识到的危险。游司令员为等待爱女，几乎一夜未眠。现在噩耗突然袭来……

老协一句三停地报告了游星同志因工作时不慎，失足落水牺牲……声音中充满抑制不住的恐惧，但他还是勇敢地说完了所有的话，等待指示。

很静很静。我听见睫毛上的雪花融化成水时有毒蛇般的咝咝声。

游司令员当时正准备上吉普车。看到一名不认识的下级军官拦住去路，不禁十分诧异。他注意地听完老协的话。众目睽睽之下，他的双腿明显地趔趄了一下，却很快挺直了身躯，显得比片刻之前更为高大。他用让所有的人都听得见的声音说："普通战士死亡，应当去通知军务部门。"

收拾游星的遗物时，我发现了一张小小的字条，上写："弄脏了井水，我很抱歉。但我不愿随着狮泉河水，漂到异国。"

没有时间，没有地点，没有署名，但我相信那是写给我的。

我把它撕碎，烧毁，把纸灰扬了出去。

雪更大了。每一片雪花都有巴掌大，像一块块素白的手绢从天空飘下。雪花与雪花之间的空隙很大，能穿过一峰骆驼。

我不敢说这漫天的飞雪是为游星所下。阿里的冬季已经来临，阿里的冬天连着冬天，暖和的季节只是白色冰雪中的一个逗号。

这是去冬最后一场大雪，也是今冬第一场大雪。

雪中，我看到一片全身洁白的植物，像玉石雕成，在风中叮当作响。

啊！那是我们的向日葵！

我走过去，摇落它们身上堆积的雪粉。灰绿色的茎被冰冻塑得坚挺起来，剑一样指向苍穹。葵叶像一把把翠绿的折扇，风雪打磨掉了它们表面细密的茸毛，比平日更加细腻鲜活。只是叶片僵硬得如不会飘扬的旗，隐隐露出网络般纵横的叶脉。小小的花盘脆得像黄玻璃，刚刚长出极不成熟的葵花子，如同婴儿初萌的乳齿。看得久了，竟泛出晶莹的紫色，好像稀薄的血液。

雪继续下着。向日葵重又披满冰晶。终于，它被封闭在柱形的冰雪之中……

给那个亚热带小学孩子们的信，我还没有回呢。

十五

游星无法在她的处分决定上签字了，那个处分便不再存在。我不知道这是不是游星的本意。

游司令员统率下的“前指”，胜利地完成了这次重大的军事行动。高原师全体官兵英勇善战，固守边陲，受到通报嘉奖。

那口井封了。又打了一口井。俗话说，山有多高，水有多高。但新井一滴水都不出，只有用原来的井，水质清冽甘美。开始，有些人还有顾忌，时间长了，士兵一批批轮换，竟不大有人知道井的故事了。

游司令员返回军区后，亲自下令将所有的女兵撤离阿里。

我和孔博，终于天各一方。

老协和芦花后来结了婚，听说过得不错。

每当风将息、雪将飘的夜晚，我会听到一个轻柔的女孩子的声音：“你知道祖国这块最高的土地为什么叫阿里吗？”

在很久很久以前，这里是一片未定国界。有一天，要正式勘定边界了，也就是说，在高原上打下第一道篱笆。中国的代表骑着骏马在高原上飞驰，告诉游牧的人们：明天若是有外国人问起这片土地的名字，就告诉他，这里叫作“阿里”。消息在高原上以风暴一样的速度传开。第二天，正式勘界，牧民们异口同声地呼唤：“阿里！阿里！”

“阿里是什么意思呢？”我听到自己的声音在遥远的地方问。

“阿里的意思就是‘我的’‘我们的’。”那女孩轻轻地回答。

图书在版编目（CIP）数据

藏红花 / 毕淑敏著. —长沙：湖南文艺出版社，2013.3
ISBN 978-7-5404-6012-9

Ⅰ. ①藏… Ⅱ. ①毕… Ⅲ. ①中篇小说—小说集—中国—当代
②短篇小说—小说集—中国—当代 Ⅳ.①I247.7

中国版本图书馆CIP数据核字（2013）第013577号

上架建议：名家经典 | 小说

藏红花

作　　者：毕淑敏
出 版 人：刘清华
总 策 划：谢不周
责任编辑：薛　健　刘诗哲
监　　制：张应娜
特约编辑：丛龙艳
封面设计：耶律阿宝猪
版式设计：姜利锐
出版发行：湖南文艺出版社
（长沙市雨花区东二环一段508号　邮编：410014）
网　　址：www.hnwy.net
印　　刷：北京通州皇家印刷厂
经　　销：新华书店
开　　本：880mm×1230mm　1/32
字　　数：310千字
印　　张：10
版　　次：2013年3月第1版
印　　次：2013年3月第1次印刷
书　　号：ISBN 978-7-5404-6012-9
定　　价：32.80元
（若有质量问题，请致电质量监督电话：010-84409925）